Sandra Lüpkes, geboren 1971, aufgewachsen auf der Nordseeinsel Juist, lebt in Münster, wo sie als Autorin und Sängerin arbeitet. Im Rowohlt Taschenbuch Verlag sind bislang acht Kriminalromane erschienen, sechs davon um ihre tatkräftige Kommissarin Wencke Tydmers. Mit «Die Inselvogtin» legt Sandra Lüpkes ihren ersten historischen Roman vor.

«Sandra Lüpkes kann es – und sie kann es gut!»
(Caren Miosga, N3 Kulturjournal)

Mehr zu der Autorin und ihrer Arbeit unter:
www.sandraluepkes.de

Sandra Lüpkes

DIE INSELVOGTIN

Historischer Roman

Rowohlt Taschenbuch Verlag

Originalausgabe
Veröffentlicht im Rowohlt Taschenbuch Verlag,
Reinbek bei Hamburg, April 2009
Copyright © 2009 by Rowohlt Verlag GmbH,
Reinbek bei Hamburg
Karte Copyright: Sammlung Recke, Emden
Umschlaggestaltung any.way, Cathrin Günther
(Foto: L. v. Hofmann, Frühlingssturm, 1894/95 [Detail]
© VG Bild-Kunst, Bonn 2008; akg-images)
Satz in Janson Text bei Pinkuin Satz und Datentechnik, Berlin
Druck und Bindung CPI – Clausen & Bosse, Leck
Printed in Germany
ISBN 978 3 499 24617 3

*Kursiv gedruckte Namen und Begriffe
sind im Anhang erläutert.*

1 Juist
2 Norden
3 Esens
4 Dornum/Westerbur
5 Aurich
6 Pewsum
7 Emden
8 Leer

Ostfrieslandkarte, von dem Amsterdamer Verleger Carel Allard um 1697 herausgegeben.

TEIL 1

24. Dezember 1717

1

Sie stirbt!»

Eine große Gestalt füllte die Tür. Die blonden Haare hingen dem Mann nass in die Stirn, und er drehte seltsam verkrampft seine Strickmütze in den Händen. Es waren kräftige Hände, gewohnt, zuzupacken. Aber jetzt wirkten sie hilflos. Die Weste aus Schweinsleder mit den golden glänzenden Knöpfen und das feste Leinenhemd mochten im trockenen Zustand etwas hermachen, der Sturmregen hatte sie jedoch zu triefend nassen Lappen werden lassen, die schwer am Körper des Besuchers hingen.

Tasso Nadeaus war gerade dabei, die Glut im Herd zu schüren, damit seine Mutter das Abendessen bereiten konnte. Er erinnerte sich nicht daran, den *Inselvogt* jemals auch nur in der Nähe ihrer Kate gesehen zu haben. Männer wie er hatten keinen Grund, ein windschiefes Häuschen wie das ihre zu besuchen. Und nun trat Vogt Boyunga ausgerechnet heute, am Heiligen Abend, direkt zu ihnen in die feuerwarme Hütte. Fast schien der Raum, in dem Tasso und seine Mutter sowohl aßen, arbeiteten und schliefen, durch die Anwesenheit des Vogtes zu klein geworden zu sein. Einer seiner Söhne, es war der blasse Gerjet, war ihm gefolgt, und gleich dahinter versuchte auch der eiskalte Sturm in die Stube einzudringen.

«Schließt die Tür, Vogt Boyunga, sonst erfrieren wir hier.» Geesche Nadeaus blickte den Inselvogt streng an, woraufhin sich der Mann eilig gegen die Holzplanken stemmte, aus denen vor Jahren notdürftig eine Tür zusammengenagelt worden war. Dann schob er den Riegel vor.

Sein Sohn krallte sich an das Hosenbein des Vaters. Es war nicht zu übersehen, dass er sich fürchtete. Wahrscheinlich hatte er von geschwätzigen Weibern oder deren Kindern gehört, dass Tassos Mutter ein Grund zum Fürchten sei.

«*Geeschemöh* ...», begann der Inselvogt.

«Über Euer Anliegen braucht Ihr mir gar nichts sagen. Ich kann mir schon denken, weswegen Ihr Euch mit Eurem Erstgeborenen in der Weihnachtsnacht zu mir verirrt. Wohl kaum, um meinem Sohn und mir ein gesegnetes Fest zu wünschen.»

Tassos Mutter blieb am Tisch neben dem Feuer stehen, schaute nicht einmal auf, rieb nur weiter die kleinen Fleischstücke mit einem Mus aus Meerwasser und getrockneten Kräutern ein. Der schwere Topf hing bereits über dem Herd, und die Schwarte aus fettem Speck begann allmählich auf dem schwarzen, heißer werdenden Eisen zu zischen und saftige Blasen zu schlagen.

Tasso wagte kaum zu atmen. Der Mann, den er bislang immer nur aus der Ferne bewundert hatte, war der Inselvogt von Juist. Aber was wollte er hier?

Seine Mutter wendete die hellroten Brocken, die ihr im Tauschgeschäft für eine Fettsalbe gegen Gliederschmerzen von einem großzügigen Nachbarn gebracht worden waren. Fleischreste, Schlachtabfall, dachte Tasso, gerade noch zu schade für die Katzen, mehr nicht.

«Ich bitte dich, Geeschemöh, schau nach ihr!» Die Stimme des Inselvogts war jetzt erstaunlich leise. Tasso hatte ihn schon oft brüllen hören, wenn er seiner Aufsicht nachging und die Insulaner anhielt, den Strand nach einer Sturmflut aufzuräumen. Oder wenn er in Wut darüber geriet, dass sich unvernünftige Menschen wie Bauer Switterts trotz der vom Fürsten unterzeichneten Strandverordnung noch immer nicht an das strikte Weideverbot in den Dünen hielten.

Nun aber wirkte er blass und still, wie sein wortloser Sohn neben ihm, der einige Jahre jünger als der zwölfjährige Tasso war.

«Sie schreit schon seit Stunden. Ich kann ihr nicht helfen, beim besten Willen nicht.»

«Vor neun Monaten hättet Ihr die Finger von ihr lassen sollen, Vogt, das hätte ihr geholfen.»

«Ich weiß.» Er blickte zu Boden und seufzte schuldbewusst. «Du hast es mir ja gesagt, mehr als einmal. Was gäbe ich jetzt darum, auf dich gehört zu haben! Aber heute kommt das Kind, und ich mache mir solche Sorgen um Imke.» Nun schaute er auf. In seinen hellgrauen Augen sah Tasso den Widerschein des Kaminfeuers flackern, aber noch mehr flackerte die Angst in ihnen.

«Ich flehe dich an, Geesche Nadeaus. Ich weiß, der Sturm ist schlimm heute Abend, aber wir haben Ebbe, und der *Hammrich* ist noch trockenen Fußes zu überqueren. Wir werden dir helfen.»

«Ich brauche keinen Beistand von einem Schwächling wie Euch.»

Tasso erschrak. Wie konnte seine Mutter so reden? Der Pastor und der Inselvogt waren die mächtigsten Männer auf der Insel, sie machten die Gesetze. Beide unterstanden direkt dem Amtmann, und dieser wiederum korrespondierte mit dem Fürstenhaus. Jedermann kuschte vor ihren Predigten, die sowohl in der Kirche wie überall auf Juist gehalten wurden. Immer ging es darum, das sandige Eiland, auf dem sie alle lebten, zu erhalten.

Und nun redete seine Mutter, die kleine, gebeugte Geesche Nadeaus, von der alle behaupteten, sie sei eine Hexe mit einem vaterlosen Sohn, ausgerechnet seine Mutter redete in einem solchen Ton mit diesem Mann. Was, wenn sie für ihre Worte belangt würde? Niemand sprach ungestraft auf diese Weise mit dem Inselvogt.

Endlich schaute sie auf. «Geht in die Kirche und betet für Euer armes Weib. Und für das Kind, welches sie zu zerreißen droht. Ich habe Euch gewarnt, Imke ist zu schmal und zu schwach, um immer und immer wieder geschwängert zu werden. Sie ist nicht wie die anderen Insulanerinnen, die es an Kraft und Gestalt mit den meisten Mannsbildern aufnehmen können. Das müsste Euch klar sein.»

Das Nicken des Beschuldigten wirkte wie bei einem kleinen Jungen, der Schelte für einen üblen Streich bezog. Schuldbewusst wiegte er sich vor und zurück.

«Ihr erinnert Euch an die letzte Geburt?»

Der Vogt nickte.

«Das Kind war schon tot, als ich es aus ihr herausgezogen habe. Und Eure Frau wäre auch beinahe krepiert, blutleer, wie sie war. Die Möglichkeit, dass Euer Weib diese Nacht überleben wird, ist so groß wie die Wahrscheinlichkeit, dass bei Ebbe der Hammrich mit Wasser bedeckt ist.»

Die Augen des Mannes wurden groß. In ihnen waren gleichzeitig Angst und Hoffnung abzulesen. «Aber das kommt vor, nicht wahr? Manchmal bleibt auch bei Niedrigwasser das Meer auf dem Inseldurchbruch liegen. Sie kann es also schaffen?»

«Ihr solltet es wissen», gab Tassos Mutter zurück. «Die Höhe des Meeres und alles andere liegt in Gottes Hand. Also geht zu Eurem Freund Pastor *Altmann* und kniet nieder, wenn Ihr in der winzigen Kirche den Platz dafür findet. Dies ist das Einzige, was Ihr für Eure Frau tun könnt, Vogt Boyunga.»

Das Seufzen des Mannes klang gerade so wie die Jammerlaute, die das alte Haus bei einem Nordweststurm wie heute von sich gab. Seine eigentlich hochgewachsene Gestalt schien in sich zusammenzusinken.

«Ihr wisst, was der Vorgänger des Pfaffen einmal gesagt hat. Damals, bevor Ihr ihn von der Insel gejagt habt.»

«*Elias Thielen*, der *Spökenkieker*? Du meinst doch nicht etwa …» Der Vogt richtete sich so schnell auf, dass er sich den Kopf an einem der rauchgeschwärzten Balken stieß. Die Schnur mit den getrockneten Bohnen schwankte hin und her.

«Heute ist die Nacht, von der er sprach.»

«Er war ein falscher Prophet, Geesche Nadeaus. Was er voraussagte, entsprang seinem kranken Hirn.» Das Verhalten des eben noch so unterwürfigen Besuchers änderte sich mit einem Schlag. Er schien jetzt aufgebracht über die Worte der Mutter zu sein. Tasso konnte die Adern an der Stirn des Inselvogtes schwellen sehen.

Doch seine Mutter fuhr unbeirrt fort. Fast leierte sie die nächsten Sätze herunter wie ein tausendfach gesprochenes Gebet: «*Das gottlose Streben der Insulaner, das Geifern nach dem Unglück der Schiffbrüchigen, der Neid und die Unbarmherzigkeit untereinander, es wird ein Urteil vollstreckt werden für die Sünden der Insulaner –*»

«Hör auf, so zu reden, altes Weib!», rief der Vogt dazwischen.

«*… in einer Nacht, die das Weltenheil verspricht, wird –*»

«Ich habe gesagt, du sollst schweigen!»

«*… Gott selbst gegen die Regeln verstoßen und –*»

«Ich warne dich!»

«*… sie alle verschlucken, als wären sie nichts weiter als Sandkörner im Fluge des Sturms.*»

Es war nun still in der Kate. Der Vogt atmete heftig ein und aus, sein Sohn umklammerte angstvoll seinen Unterarm. Ein Holzscheit fiel Tasso aus der Hand und landete mit einem kurzen Knacken im Feuer. Niemand sagte ein Wort. Selbst der Orkan schien sich einen Wimpernschlag lang an ein unausgesprochenes Schweigegebot zu halten. Und obwohl sie zu viert auf engstem Raum und nah bei der Feuerstelle standen, lief Tasso ein frostiger Schauer über den Rücken.

Erst Tassos Mutter beendete den gespenstischen Augenblick. Sie wischte sich die feuchten Hände an ihrem Rock ab. «Gut, Vogt Boyunga, ich werde nach ihr sehen. Geht in die Kirche zu den anderen. Sagt ihnen, dass die Nacht, von der Elias Thielen sprach, gekommen ist. Vielleicht haben sie noch eine Möglichkeit, das Schicksal abzuwenden, ich weiß es nicht. Schließt mich und meinen Sohn Tasso in Eure Gebete ein.»

«Das werden wir, nicht wahr, Gerjet?» Er streichelte den Kopf des Jungen. «Und auch meine anderen Söhne, die bereits beim Pastor warten. Wir werden beten. Das schwöre ich bei meinem Leben!»

«Schwört lieber nicht, Vogt Boyunga, nicht heute Nacht.» Sie legte das Fleisch in ein Tuch und schlug die Zipfel fest darüber. Dann schwenkte sie den Topf mit der schon kross gebratenen Speckschwarte zur Seite, sodass die Flammen ihn nicht mehr weiter erhitzten. Tasso verstand, was dies zu bedeuten hatte: Den mit Vorfreude erwarteten Weihnachtsbraten würde es so bald nicht geben.

«Ich werde dir dankbar sein, solange ich lebe», sagte der Inselvogt, als seine Mutter nach ihrem Beutel griff. Jeder Inselbewohner wusste, dass dessen Inhalt für die Besitzerin zu Zeiten der Hexenverfolgung noch das Todesurteil bedeutet hätte.

«Gib mir die dicke Wolldecke, Tasso, und nimm das Fell. Wir müssen über den Hammrich, Junge. Du weißt, wie weit der Weg ist.»

2

Im Winter war der Hammrich ein Ort, den man nur schnell genug hinter sich lassen wollte.

Schon die ersten Schritte, die Tasso und seine Mutter aus dem Dorf an der *Bill* auf das Stück Niemandsland setzten, wurden vom Sand gebremst. Schwer hing der Brei aus Schlick und zermahlten Muschelschalen an den Sohlen, immer tiefer sank der Fuß. Kaum waren sie aus dem Windschatten der letzten Randdünen getreten, kam es Tasso vor, als säße dort unter der Insel ein Wesen und versuchte, ihn festzuhalten. Es zog an seinen Beinen und machte ihm das Gehen fast unmöglich.

«Mutter, ich schaffe das nicht.» Wenn Tasso daran dachte, dass sie erst den kleinsten Teil der Strecke hinter sich gebracht hatten, wuchs seine Angst. «Lass uns umkehren», flehte er.

Er musste schreien, um im tobenden Wind die Ohren seiner Mutter zu erreichen. Sie hatte ihre schwere Wolldecke fest um den Kopf gebunden und blickte stur geradeaus.

Tasso hielt sich die Hand vor den Mund, um noch atmen zu können. Denn obwohl der Sturm sie im Rücken anschob, wehten einige kalte Böen immer wieder mitten in sein Gesicht und erstickten ihn beinahe mit ihrer Gewalt.

Er versuchte, einen Zipfel ihres Umhangs zu greifen. Doch die Mutter verlangsamte noch nicht einmal den Schritt.

Der Regen war dicht wie ein Schleier, und die Nacht brach allmählich herein, auch wenn man den Unterschied kaum bemerkte, da der Sturm bereits alles verdunkelt hatte. Tasso verspürte schreckliche Angst, die Mutter aus den Augen zu verlieren.

Er schluckte ein paar Tränen herunter.

Plötzlich erfüllte ein dumpfes Krachen die Sturmnacht. Von der Seeseite her grollte es wie ein Donnerhall. Das konnte kein Gewitter sein, dachte Tasso, denn der Blitz, den er in weiter Entfernung ausmachte, flackerte direkt über der Wasseroberfläche und war zu klein, um aus den schweren Wolken zu stammen. Selbst seine Mutter blieb jetzt erschreckt stehen. Tasso näherte sich ihr.

«Eine Kanone, Mutter! Da draußen ist ein Schiff. Direkt auf dem *Koper Sand*!»

«Sie sind in Seenot, Tasso. Sie schießen mit ihren Kanonen, damit wir ihnen zu Hilfe eilen.»

Der Koper Sand, eine tückische Untiefe zwischen zwei scheinbar bodenlosen *Seegatts*, war nur knapp zwei Meilen entfernt. Es geschah nicht selten, dass hier Schiffe stecken blieben. Bei ruhiger See war dies auch kein Grund zur Aufregung. Doch bei einem Sturm wie an diesem Abend konnte das gewaltsame Zusammenspiel von Wasser, Wind und scheuerndem Meeresgrund den größten Dreimaster zu Kleinholz zerbersten.

Tasso ließ seine Augen dorthin wandern, wo er mit viel Anstrengung die schwachen Lichter der Inselkirche ausmachen konnte.

«Die Leute in der Billkirche haben den Kanonenschuss

mit Sicherheit auch gehört. Gleich werden sie herausstürmen und die Boote klarmachen.»

Mutter schloss die Augen. Noch immer machte sie keine Anstalten, ihren Weg fortzusetzen. Tasso war verwundert, denn es war ganz und gar nicht ihre Art, sich von irgendetwas aufhalten zu lassen.

«Es ist die Prüfung, von der Elias Thielen sprach», flüsterte sie.

Tasso erinnerte sich, dass seine Mutter diesen Namen auch im Beisein des Inselvogtes ausgesprochen hatte. Fragend sah er sie an.

«Elias Thielen war ein weiser Mann, Tasso. Er hat den Juistern oft gepredigt, dass ihr scheußliches Handeln nicht ohne Strafe bleiben wird.»

«Was haben sie denn getan?»

«Nicht selten setzen die Leute hier falsche Lichter, damit es noch anderen so ergeht wie diesem Kriegsschiff da draußen. Sie eilen dann erst zum Strand, wenn es Zeit ist, sich um das Treibgut zu streiten. Elias Thielen wollte, dass seine Gemeinde damit aufhört. Sogar das Abendmahl hat er ihnen verwehrt, mit der Begründung, dass ein bisschen Brot und Wein die schweren Sünden der Insulaner ohnehin nicht vergeben könnten. Da haben sie ihn von der Insel gejagt.»

«Und von welcher Prüfung hat er denn gesprochen?»

«Er hat eine Sturmflut kommen sehen, zerstörerischer und mächtiger als ein Heer gerüsteter Soldaten, aber ebenso unberechenbar. In einer Heiligen Nacht sollen die Wasser hereinbrechen, wenn keiner damit rechnet. Und es wird eine Gottesstrafe sein.»

«Mutter ...» Tasso stand steif vor Schreck, der Sand hatte ihn längst schon bis zur Mitte des Schienbeins verschluckt, doch es kümmerte ihn nicht.

Die Mutter strich ihm kurz über den Kopf, als wolle sie ihn beruhigen, doch er wusste, dass sie mit den Gedanken ganz woanders war.

Ein zweiter Kanonenschuss dröhnte.

Tassos Herz schlug schmerzhaft schnell und heftig, und er versuchte krampfhaft, seine Füße aus dem Sog des Untergrunds zu befreien. Doch er schlug der Länge nach ins Wasser. Die feuchte Kälte fraß sich sofort in seine Kleidung, sein Mund war voller Sand und Salz, und die Augen brannten. Seine Hände krallten sich in den Schlick. Er wollte die Ellenbogen gerade stemmen, aber es ging nicht, ihm fehlte die Kraft.

«Mutter!», schrie er. Doch sie ging bereits weiter, und allmählich verschwand die umhüllte Gestalt aus seinem Blick. Würde sie ihn tatsächlich hier alleine lassen?

Tasso wusste, er durfte nicht länger im Schlick stecken bleiben und tatenlos die Flut abwarten. Er musste ein Mann werden, ein starker Mann wie der Inselvogt – mit dem Unterschied, dass er niemals vor einem Menschen kuschen würde, wie Boyunga es heute getan hatte. Wer Schwäche zeigte, der würde im Leben verlieren. Das hatte er selbst allzu oft erfahren müssen, wenn die anderen Insulaner ihn gehänselt, ihn ausgegrenzt hatten. Nur wer sich wehrte gegen die vermeintlich Stärkeren, der würde überleben.

Ein letztes Mal versuchte Tasso, die Muskeln in den Armen anzuspannen. Aber die Hände gehorchten ihm nicht mehr, denn seine Finger waren inzwischen steif vor Kälte und fühlten sich an wie aus Stein. Doch die Arme gaben noch etwas her, und mühsam bekam er die Beine frei. Langsam wanden sie sich im schmatzenden Schlick.

Tasso Nadeaus wusste, er würde es schaffen, und nach heute Nacht würde er auch alles andere im Leben schaffen. Nie wieder würde er dabei nach seiner Mutter rufen.

Ein weiterer Kanonenschuss fiel, und Tasso spürte die Schwingungen des Grollens. Im selben Moment kam er frei. Er stemmte sich hoch. Das Wasser lief als grauer Brei an ihm herunter.

Und mit einem Mal war auch die Angst weg, sie war in diesem Loch steckengeblieben. Er hatte sich nicht nur aus dem Schlick, sondern auch von seiner Feigheit befreien können.

3

Das Schreien der Frau klang fürchterlich. Es wechselte in regelmäßigem Abstand von kläglichem Jammern zu einem unerträglichen Geheule. Der Anblick der gequälten Imke Boyunga tat sein Übriges, damit Tasso bereute, der Mutter zum Vogthaus gefolgt zu sein.

Seine Kleider waren inzwischen wieder getrocknet, und jetzt juckte der salzige Sand auf seiner Haut. Doch das war nicht das Schlimmste, auch nicht der Hunger, der sich inzwischen wie ein wundes Loch in der Mitte seines Körpers ausbreitete. Nein, am schlimmsten war das lautstarke Leiden der Frau, die sich dort auf dem mit Stroh gepolsterten Bodenbett hin und her warf.

Tasso drückte sich ganz eng an die Wand, die hinter dem Bett lag. Er wollte nicht mit ansehen, was seine Mutter dort zwischen den gespreizten Beinen der Ärmsten verrichtete.

Die Frau stöhnte und stieß immer wieder Worte zwischen den trockenen Lippen hervor. Mal waren es Gebete, doch meistens Flüche, die Tasso lieber gleich vergessen wollte, so gottlos kamen sie ihm vor.

Tasso kannte die Frau des Inselvogts. Angeblich kam sie vom *Fürstensitz* der *Cirksena* in Aurich. Imke Boyunga war früher eine blonde, anmutige Frau mit rosigen Wangen gewesen und einem Lächeln, das von der Leichtigkeit des Lebens erzählte.

Doch heute Nacht stand ihr der Schweiß auf der weißen Stirn, und sie zitterte, dass ihre Zähne aufeinanderschlugen und die hohlen Wangen bebten.

Tasso glaubte nicht, dass Imke Boyunga und das Kind noch gerettet werden konnten.

Seine Mutter hingegen blieb wie immer ruhig und hantierte gelassen, wenngleich sie nicht zimperlich war im Umgang mit dem geschundenen Körper. Eine Hand tauchte jetzt tief in den Leib hinein, während die andere so fest auf den runden Bauch drückte, dass die Knöchel weiß hervortraten.

«Ich habe es gedreht, Imke, nun liegt es endlich richtig. Das Köpfchen ist in meiner Hand, ich fühle die langen Haare.»

Imke Boyunga stöhnte. «Du belügst mich doch. Es ist alles aus, das spüre ich. Ich sterbe!»

«So leicht stirbt es sich nicht. Reiß dich zusammen. Die Flut hat eingesetzt, hörst du, Imke? Fast alle Inselkinder werden bei auflaufendem Wasser geboren. Du musst pressen, mit all deiner Kraft, dann haben wir es bald.»

«Ich bin nicht stark genug, es wird mich zerreißen ...»

«Unsinn, wenn du jetzt nicht presst, werdet ihr beide krepieren, das kann ich dir versprechen. Aber das Kind, Imke! Es muss leben! Gott hat einiges mit ihm vor! Elias

Thielen hat es gesagt. In der Nacht wird ein Kind geboren –»

«Aber er meinte doch Weihnachten ... Christus ... und nicht dieses ...» Der Rest des Satzes verlor sich in einem Schmerzensschrei.

Geesche Nadeaus schob sich weiter nach oben, legte ihren Arm unter die Brust der Frau und stemmte sich mit ihrem ganzen Gewicht nach unten. Imke Boyunga schrie erbärmlich.

Tasso hielt sich die Ohren zu, bis er am Gesicht der Liegenden ablesen konnte, dass die Wehe vorüber war. Am liebsten wäre er davongelaufen.

«Soll ich Wasser holen, Mutter?», fragte er hoffnungsvoll.

«Wasser? Wozu brauchen wir Wasser, wenn das Blut hier in Strömen fließt? Komm her, mein Junge, du kannst mir helfen.»

Um Gottes willen, dachte Tasso, bitte nicht das. Er rührte sich nicht.

«Ohne dich wird es nicht gehen. Der verdammte Winter hat mir das nötige Gewicht geraubt. Ich bin zu leicht, um das Kind allein herauszupressen. Komm her.»

Langsam schob Tasso einen Schritt vor den anderen. Ein widerlicher Geruch von Blut, saurem Schweiß und Exkrementen stieg ihm in die Nase, je näher er kam.

«Mach schon!», befahl seine Mutter unbarmherzig. Das aufflammende Stöhnen der Frau kündigte bereits die nächste Schmerzenswelle an. «Leg dich auf ihre Brust, Tasso. Du musst es tun!»

Übelkeit stieg in ihm auf. Warum quälte seine Mutter ihn so, warum ließ sie ihm nie die Möglichkeit, einer unerträglichen Situation zu entfliehen?

Hart umfassten ihre knochigen Finger seinen Nacken und schoben ihn dorthin, wo der säuerliche Atem der Schreienden zu riechen war. Tassos Hände ertasteten den Berg, unter dessen Oberfläche sich ein lebendiges Wesen verbarg. Ihm grauste, und doch folgte er den Anweisungen seiner Mutter. Er drückte und schob und wehrte sich gegen die Schläge der Frau, die wie von Sinnen versuchte, ihn loszuwerden.

Die Wehen folgten nun so kurz aufeinander, dass keine Zeit mehr zum Atemholen blieb. Tasso blickte in zwei schreckensstarre Augen, in denen das ehemals Weiße nun so blutrot war, dass man keinen Übergang mehr zur braunen Iris, zur schwarzen Pupille ausmachen konnte. Wie leblose, unergründliche Höhlen klafften die Augen in dem bleichen Gesicht, sie schauten ihn an und durch ihn hindurch.

Doch Imke Boyunga war nicht tot. Sie war nur stehengeblieben, auf dem Höhepunkt dieser Welle, ohne Luft und ohne Worte, bis endlich eine Abwärtsbewegung auszumachen war. Der Berg unter Tasso glitt plötzlich dahin, und kurz darauf war ein zarter Schrei zu hören. Ein leiser Schrei, fast ein Singen.

«Es ist ein Mädchen, Imke», sagte seine Mutter und wischte sich den Schweiß aus dem Gesicht.

«Ein Mädchen?», fragte die Frau des Inselvogts mit erschöpfter Stimme. «Siehst du, nichts hat es auf sich mit deinem Gerede von Elias Thielen. Ein Mädchen bedeutet nicht viel. Es kann keine Gottesaufgabe sein. Niemals!»

«Das werden wir sehen, Imke Boyunga.» Tassos Mutter saß noch immer zwischen den gespreizten Beinen und zog an der blutigen Schnur, die den Säugling mit der Mutter verbunden hatte. Ein Schwall dunkelroten Fleisches rutschte auf das Strohbett. Tasso musste würgen.

«Renn los, Junge, und such den Inselvogt. Sag ihm, wir haben unsere Aufgabe erfüllt. Das Kind ist da. Es lebt. Genau wie die Mutter.»

4

Tasso stemmte sich gegen den Sturm. Der Wind hatte weiter zugenommen, und es war, als hätte die Natur heute all ihre Kräfte mobilisiert, um es ihm besonders schwer zu machen.

Er versuchte zu rennen, doch er prallte gegen eine Wand aus Luft. Für die Strecke über den Inseldurchbruch würde er sicher mehr als doppelt so lange brauchen wie für den Hinweg. Zudem stand schon viel Wasser auf dem Hammrich, obwohl die Flut gerade erst eingesetzt hatte. Wenn er sich nicht beeilte, war der Weg gen Westen bald abgeschnitten.

Angestrengt lauschte er in den Orkan hinein. Ob am Koper Sand noch immer Kanonenschüsse abgefeuert wurden? Doch Tasso hörte nur das Brausen des Meeres und die tausendfach variierenden Töne, die ein Sturm hervorbringen konnte.

Er lief bereits durch tieferes Wasser, als plötzlich etwas Hartes an sein Schienbein stieß.

Es war ein Stück gebrochenes Holz, eine zersplitterte Schiffsplanke. Nur eine Handbreit weiter schwamm ein ähnliches Stück Treibgut im breiten *Priel*. Tasso hob das Brett aus dem Wasser, die Fasern waren noch fest. Undeutlich erkannte er die Maserung, ebenso die Stellen, an der einst ein Schiffsbauer mit dem Hobel entlanggefahren war. Kein Zweifel, dieses Stück Holz hatte noch nicht lange im Wasser gelegen. Es war nicht unförmig aufgequollen, keine Seepocken hatten sich daran festgemacht. Nicht weit von hier musste ein Schiff gesunken sein.

Das Kriegsschiff? Ob es Überlebende gab?

Tasso watete weiter durch den Priel, ohne auf die Splitter zu achten, die vorbeitreibendes Holz in seine Haut rammte.

Und wenn die Seeleute nun nicht gerettet worden waren?

Die Leichen brachte das Meer immer erst ein paar Tage später, das wusste Tasso bereits. Menschenkörper verhielten sich anders als Holz, sie sanken erst auf den Grund, wurden dort von den Unterströmungen ergriffen und in unterschiedliche Richtungen auf Reisen geschickt. Erst später blähten sich die Bäuche, dann trieben die Ertrunkenen oben und folgten wieder den Wellen Richtung Strand.

In der Nähe meinte Tasso nun kleine, flackernde Punkte zu erkennen. Die Fackeln der Kirchgänger! Es mussten die *Loogster* sein, die sich nach der Messe gemeinsam auf den Weg über den Hammrich machten. War es vielleicht möglich, dass sie von den Kanonenschüssen gar nichts gehört hatten?

Tasso rannte los. Trotz der vorbeischwimmenden Trümmer ringsherum gab es ja noch eine winzige Hoffnung, dass einige Seeleute das Unglück überlebt hatten. Er wollte helfen. Er wollte beweisen, dass er eben doch falsch entschieden hatte, als er der Mutter gefolgt war, statt Alarm zu schlagen.

«Braucht ihr noch einen starken Mann?», schrie er gegen den Sturm an und versuchte, auf sich aufmerksam zu machen.

«Wer ist da? Bist du es, Hexenbastard?», antwortete eine dröhnende Männerstimme. Es war Bauer Switterts. Er trug eine Fackel und führte die Truppe an. Seine massige Gestalt war nun gut zu erkennen.

«Das Schiff! Am Koper Sand! Habt ihr die Kanonenschüsse nicht gehört?» Tasso bekam kaum noch Luft, so schnell war er den Insulanern entgegengerannt.

«Da kommen wir wohl schon zu spät», erwiderte der Fackelträger nur. «Die hat's erwischt.»

«Warum habt ihr sie nicht retten können?»

Bauer Switterts lachte kurz: «Sind wir lebensmüde?»

«Aber ... ihr hättet doch ...»

«Tasso Nadeaus!» Die Stimme des Inselvogts klang sorgenvoll. Der Mann lief weiter hinten, er hielt seine jüngsten Söhne links und rechts an der Hand. Als er Tasso erkannte, ließ er die Jungen los und rannte auf ihn zu. «Erzähl, was ist mit meiner Frau? Ich habe gebetet! Wie ein Wahnsinniger habe ich gebetet!»

«Es ist ein Mädchen», fasste Tasso sich kurz. «Inselvogt, was ist mit dem Schiff? Da war ein Kriegsschiff in Seenot! Habt Ihr die Kanonen nicht –»

Der Inselvogt packte ihn am Kragen und zog ihn zu sich heran. «Ob meine Frau noch am Leben ist, will ich von dir wissen!»

«Vorhin hat sie noch geatmet.»

«Was heißt vorhin?»

«Bevor meine Mutter mich losgeschickt hat, um Euch zu holen.» War das wirklich das Einzige, was den Inselvogt interessierte? «Was ist mit den Schiffbrüchigen?», fragte er abermals, doch niemand schien es für nötig zu halten, ihm zu antworten.

«Ich muss zu Imke!», entgegnete der Inselvogt nur, und

die Ungeduld war ihm anzumerken. «Gott gebe, dass sie noch lebt.»

Tasso hielt ihn am Ärmel fest. «Warum hat denn niemand geholfen?»

Boyunga seufzte gereizt. «Wir haben auch für die Männer da draußen gebetet. Aber wenn wir ins Boot gestiegen wären ...» Er drängte weiter.

«Was dann?» Glaubte er wirklich, das reichte ihm aus?

«Wir wären ertrunken. Wir alle. Und was wäre dann aus Imke geworden? Und den Kindern? Manchmal muss man eben Entscheidungen treffen, die für den einen den Tod bedeuten können ... und für den anderen das Leben. Wenn du groß genug bist, Junge, dann wirst du verstehen, wovon ich rede.» Mit diesen Worten riss er sich los und rief nach seinen beiden Söhnen.

Der ältere von ihnen starrte mit schreckensweiten Augen in die Richtung, in die sie zu gehen hatten. «Da ist gar kein Land mehr, Vater! Ich habe Angst.»

«Was sagst du?» Der Inselvogt lief weiter und stand wenige Schritte später im Priel. «Aber ... wie kann das sein? Wir hatten doch gerade noch Ebbe!»

«Das Wasser steht schon sehr hoch, Vogt, wir hätten nicht so lang auf der Bill bleiben sollen.» Evert Janssen, einer der Schiffer, schien beunruhigt. Tasso konnte seine großgewachsene Gestalt vor dem Sturmhimmel ausmachen. Er trug ein kleines Mädchen auf den Schultern.

«Musst ausgerechnet du dich jetzt beschweren?», höhnte Bauer Switterts. «Du warst es doch, der die ganze Zeit gedrängt hat, zum Koper Sand zu fahren. Ohne dich wären wir längst schon zu Hause beim Weihnachtsbraten!» Auf Bauer Switterts' feistem Gesicht lag der rotgelbe Schein der Fackel.

«Hier kommen wir mit den Kindern tatsächlich nicht rüber, das Wasser ist bereits zu tief», rief der Inselvogt und zeigte in die Richtung, aus der Tasso gekommen war. «Weiter nördlich wird es besser sein. Schaut nach!» Seine Stimme hatte wieder den üblichen Befehlston.

«Dort ist es nicht besser, das kann ich Euch erzählen! Ich stand eben schon bis zu den Knien im Wasser», warnte Tasso. Doch niemand hörte auf ihn.

«Bestes Holz, meine Herren», johlte Bauer Switterts und hob einen Balken in die Höhe. «So eine Bescherung lasse ich mir am Weihnachtsabend gern gefallen.»

«Lass es liegen, Switterts», mahnte Evert Janssen. «Was du hier machst, ist gottlos!»

«Wenn ich für meine Familie Feuerholz besorge, wird es Gott nicht großartig stören. Vergiss nicht, mein jüngster Sohn Weert wartet mit der Mutter zu Hause und –»

«Vor ein paar Stunden war es noch Teil eines Schiffes», erwiderte der Seemann. «Es klebt Blut daran!»

Bauer Switterts drehte und wendete das Holz. «Ich kann nichts sehen …»

«Verdammt!», erklang weiter entfernt der Fluch eines anderen Insulaners. «Das Wasser wird immer tiefer. Wie kann das sein?»

Eine der Frauen mischte sich jetzt ein: «Vogt Boyunga, wir hätten auf Pastor Altmann hören sollen. Es war falsch, die Hilferufe zu ignorieren. Wir sind …»

«Halt den Mund, Trientje. Wären wir hinausgefahren, dann wärst du jetzt Witwe und würdest über die Planken unseres Bootes stolpern!»

«Aber der Pastor hat gesagt, es sei unsere Christenpflicht!»

Bauer Switterts lachte laut. «Der Pastor bleibt auch immer fein in seiner Kirche. Sein Beitrag zur Rettung hätte sich auf Beten beschränkt, deswegen konnte er uns auch gefahrlos etwas über angebliche Christenpflichten erzählen. Seinen Anteil am Strandgut hingegen nimmt er dann aber doch ganz gern, möchte ich wetten!»

Niemand stimmte in Switterts' schallendes Gelächter ein.

«Wenn man dich so reden hört, sollte man meinen, du hättest wieder einmal falsche Leuchtfeuer gezündet, Bauer Switterts.»

«Wo denkst du hin, Vogt Boyunga? Ich doch nicht!» Doch der Tonfall des Mannes konnte auch das Gegenteil bedeuten. Eifrig sammelte er weiter Treibgut ein, inzwischen trug er bereits so viel Holz im Arm, dass er bei jedem Schritt ächzte.

Evert Janssen wandte sich voll Verachtung ab und richtete sich an den Inselvogt, der in Richtung Norden laufen wollte. «Wir wären bereit gewesen, Vogt Boyunga. Wir wären da raus und hätten vielleicht noch ein paar arme Seelen retten können. Wenn du nicht darauf bestanden hättest, bis zum Morgen zu warten ...»

Tasso schluckte. Konnte das wahr sein? Ausgerechnet der Inselvogt, den er bislang für so unerschrocken und stark gehalten hatte, ausgerechnet dieser starke Mann sollte eine Rettung verhindert haben?

«Und wenn es die Prüfung ist, von der Elias Thielen sprach?», fragte Tasso irritiert.

«Unsinn!» Der Inselvogt sah ihn drohend an. «Thielen war verrückt! Das habe ich schon deiner Mutter gesagt!» Die Adern auf der Stirn des Inselvogtes schwollen bedrohlich an. «Und jetzt geh aus dem Weg, sonst ...»

«Sonst was?»

Plötzlich wurde Tasso von hinten gepackt und in die Höhe gehoben. In seinen Schultern knackte es, und er jaulte auf.

«Sonst brechen wir dir alle Knochen, du Bastard!»

Tasso erkannte die Stimme von Bauer Switterts. «Aber meine Mutter hat gesagt, es ist alles prophezeit worden: ... *in einer Nacht, die das Weltenheil* ...»

Bauer Switterts gab wieder sein dröhnendes Lachen von sich und verstärkte den Griff, mit dem er Tasso hielt.

«Deine Mutter war das Liebchen des verrückten Pfaffen. Und du bist das kleine Andenken, das er ihr hinterlassen hat, bevor er abgehauen ist! Kein Wunder, dass du ebenso wirres Zeug daherredest.»

Tasso schwindelte. Er hatte höllische Schmerzen und konnte einen kurzen Schrei nicht unterdrücken.

«Lass ihn los, sofort!», befahl der Inselvogt. «Er ist doch noch ein Junge!»

Bauer Switterts gehorchte nicht ohne Widerwillen.

Als Tasso den Boden unter den Füßen spürte, rannte er los. Nicht Richtung Norden, wie die anderen, nein, er wollte zur Kirche, er wollte schauen, ob er dort vielleicht noch einen Menschen fand, der mutig genug wäre, zum Koper Sand zu fahren. Und wenn nicht, dann würde er es eben allein versuchen. Aber er wollte keinen Moment mehr mit diesen Feiglingen hier verbringen. Und er wollte keine Lügen mehr hören über seine Mutter und diesen Elias Thielen, der angeblich sein Vater sein sollte. Diese Insulaner waren bösartig und gemein. Aber vor allem waren sie feige. Er wollte nie wieder zu ihnen gehören.

5

«Bleibt nicht stehen, Kinder!» Die Befehle des Inselvogtes wurden vom Tosen des Sturmes verschluckt. «Männer, lasst das Treibholz liegen, wo es ist. Wir können es morgen sammeln. Wir müssen uns beeilen! Das Wasser steigt schnell.»

Aus der Entfernung hörte Tasso noch die Kinder schreien. Tatsächlich hatte sich die Flut weiter vorgearbeitet. Vor wenigen Minuten hatte das Salzwasser ihm erst bis zum Knöchel gestanden, und nun umspielten die Wellen, die von Norden heranrollten, bereits fast seine Knie. Eine solche Geschwindigkeit der Fluten hatte er noch nie erlebt. Als könne man dem Wasser beim Ansteigen zuschauen! Was für ein Spiel trieb das Meer heute bloß mit der Insel?

Die Kälte stieg immer weiter hinauf. Tasso zitterte am ganzen Körper. Das Wasser war im Dezember unbarmherzig eisig, und der nasse Stoff seiner Hose saugte die Feuchtigkeit auf und erschwerte jeden Schritt. Trotzdem rannte Tasso jetzt, als ginge es um Leben und Tod.

Von den anderen Juistern vernahm er nur noch die Rufe, die immer gellender und schriller klangen, und es war nicht mehr auszumachen, ob sie einer kindlichen oder einer erwachsenen Kehle entsprangen.

Doch mit einem Mal spürte Tasso, wie sich das Meer beruhigte. Es stieg nicht weiter an, im Gegenteil. Es erschien Tasso, als hätte die Flut ihr Versehen bemerkt und versuchte nun, ihr zu schnelles Auflaufen wieder rückgängig zu machen. Das ablaufende Wasser versickerte im Sand, das Treibholz um ihn herum knirschte, als es tiefer in den Boden sackte. Tasso blieb stehen.

Obwohl der Wind weiterhin wehte, war es still, fast unheimlich still. Die Bedrohung schien so plötzlich verschwunden, wie sie aufgetaucht war. Selbst der breite Priel war leer gelaufen. Aber nicht mal bei Niedrigwasser zeigte sich der Hammrich so unbedeckt und trocken.

Das war seltsam. Das war teuflisch, fand Tasso.

Weiter entfernt waren auch die Kirchgänger stehen geblieben. Sie hatten vorhin ein gutes Dutzend Fackeln dabeigehabt. Nun trugen nur noch zwei Männer ein Feuer, der Rest stand im Dunkeln.

«Es ist vorbei!», rief eine Frau schließlich aus, und in der plötzlichen Stille waren ihre Worte zu hören, als stünde sie neben Tasso. «Was immer das auch war, es ist wieder ins Meer zurückgeflossen.»

Doch Tasso mochte sich nicht mit ihr freuen. Er überlegte kurz, ob er zu den anderen zurückkehren sollte. Aber irgendetwas hielt ihn zurück. Es war Zeit, von hier zu verschwinden.

Dann hörte er das Donnern. Erst dachte er, das Dröhnen säße nur in seinem Kopf, denn es war ein Geräusch, wie er es noch nie vernommen hatte. Es schien nicht von dieser Welt zu kommen, war tausendfach gewaltiger als die Kanonenschüsse und breitete sich plötzlich aus wie das Brüllen eines Ungeheuers. Der Boden vibrierte, die Insel erbebte unter seinen Füßen.

Tasso blickte aufs dunkle Meer. Und plötzlich sah er etwas Großes, etwas Mächtiges, von dem er keine Ahnung hatte, was es sein konnte. Er spürte, wie sich die Angst in seinen Armen und Beinen breitmachte.

Wenn das, was da heranrollte, die Strafe Gottes war, dann durfte sie ihn nicht treffen. Die feigen Juister, die nur an ihren eigenen Vorteil dachten, ihnen galt der Zorn des

Allmächtigen. Aber er, Tasso Nadeaus, wollte der Gefahr trotzen. Er hatte ein solches Todesurteil nicht verdient.

Das Meer hatte sich zu einer Mauer erhoben. Und mit einem Mal verstand Tasso: Diese Welle hatte in den stillen Minuten alles Wasser gesammelt, hatte es an sich gerissen, um so gewaltig, so groß und furchteinflößend zu werden, deswegen war der Hammrich plötzlich so trocken gewesen.

Tasso hörte die Schreie der anderen, die jetzt in Panik auseinanderstoben, doch er konnte sie kaum noch verstehen. Er blickte sich um. Wohin sollte er rennen? Er war mitten auf dem Hammrich, es gab nichts, woran er sich hätte festhalten können.

Da erblickte er einen Kasten aus Holz. Es war eine riesige Kiste, die weiter südlich im Priel schaukelte. Tasso lief darauf zu. Als er näher kam, erkannte er in der Dämmerung die schmuckvollen Ornamente und Verzierungen im Holz.

Das unheimliche Grollen war jetzt ganz nah. Wenn er dieses Ding erreichte, dann … vielleicht … Er musste es schaffen!

Tasso streckte die Hände aus und erkannte, was es war. Am liebsten hätte er geheult vor Glück, denn es war ein Kapitänsstand. Der Kapitänsstand des gesunkenen Schiffs!

Mit aller Kraft krallten sich seine Finger in die Fugen. Seine Füße stemmte er gegen die Wand. Von allen Seiten schoss jetzt Wasser hinein. Alles geriet in Bewegung. Der Unterstand erzitterte, löste sich kurz vom Boden und prallte wieder zurück in den Sand.

Fast fühlte Tasso sich hochgehoben, als würde eine unsichtbare Hand unter ihn greifen, unter das Holz, an welchem er wie festgewachsen hing. Schemenhaft nahm er seine Arme wahr, erkannte an der langsamen, unwirklichen

Bewegung, die sein schwebendes Hemd machte, dass er bereits im grauen Wasser schwamm.

Das Meer wirbelte alles herum. Tasso schluckte, saugte gierig nach Luft und bekam wieder Salzwasser in den Hals.

Der Kapitänsstand hatte sich gewendet, und was vorhin noch ein Dach gewesen war, befand sich nun unten. Es dauerte wertvolle Augenblicke, bis Tasso begriff, dass er nun darin schwamm.

Vorsichtig blickte er über den Rand, so als zwinge ihn diese übermenschliche Macht, die ihn eben in seinem Versteck gehalten hatte, nun dem Schicksal ins Auge zu blicken.

Ringsherum war nichts als Schaum, weiß glänzende Gischt vor einem tiefen, grauschwarzen Abgrund. Der Kapitänsstand schwebte auf dem höchsten Kamm einer Welle, eine Welle, die ihn über die Insel trug.

Vor sich erkannte Tasso plötzlich die Kate seiner Mutter mit dem faserigen Strohdach, daneben die Kirche aus Stein. Doch noch nie hatte er die vertrauten Gebäude aus diesem Winkel gesehen. Von oben, wie eine Möwe sein Zuhause sonst betrachtet haben mochte, konnte er für einen kurzen Moment alles überblicken.

Dann sah er, wie das Wasser sein Zuhause fraß, wie es das Dach der Kate verwirbelte, als wäre es ein federleichtes Nichts. Er erkannte ein paar menschliche Gestalten, beobachtete ein verzweifelt strampelndes Rind. Alles wurde verschluckt.

Und auf einmal klangen die Worte seiner Mutter in seinen Ohren wider, die Prophezeiung des Predigers, das leiernde Gebet:

«... *in einer Nacht, die das Weltenheil verspricht, wird Gott selbst gegen die Regeln verstoßen und sie alle verschlucken, als wären sie nichts weiter als Sandkörner im Fluge des Sturms.»*

Sie würden alle sterben. Auch er.

Und obwohl er dem Tod so nah war, graute Tasso mit einem Mal nicht mehr davor. Plötzlich war er stark. Doch seine Mutter würde dies wohl nie erfahren. Es würde keinen Moment mehr geben, in dem sie stolz auf ihn sein könnte. Denn er würde sie nie wieder sehen.

Die Welle spülte ihn fort, die Insel lag bereits hinter ihm. «Mutter», dachte er noch einmal.

Dann ritt Tasso Nadeaus auf der Welle und vergaß alles, was ihm bislang wichtig erschienen war. Er war oben. Ganz oben.

TEIL 2

Frühjahr 1729

1

Mit zehn Schritten Anlauf wollte sie es schaffen. Maikea Boyunga atmete tief durch. Zehn Schritte mussten reichen für den Sprung über den Priel. Sie hatten gewettet, Weert Switterts und sie. Wenn es ihr gelang, mit einem Satz über das Wasser zu kommen, musste er zurücknehmen, was er über Geesche Nadeaus gesagt hatte.

Sie lief los.

Der Priel war breiter, als sie groß war. An den Rändern verästelt wie ein Baum. Das hereinströmende Wasser formte Wellen in den graubraunen Sand. Weert Switterts selbst hatte sich nasse Füße geholt, als er vorhin gesprungen war. Maikea hatte lachen müssen. Über seine triefende Hose, aber in erster Linie über seinen schweren, breiten Körper, der bei dem missglückten Versuch ausgesehen hatte, als versuche sich des Pastors dickste Milchkuh im Weitsprung. Leider hatte Maikea nicht heimlich und leise lachen können, so etwas lag ihr einfach nicht, es war aus ihr herausgeplatzt. Und Weert Switterts hasste es, ausgelacht zu werden.

Er hatte sich vor Maikea hingestellt, sich aufgeplustert – und dabei noch mehr nach einem Rindvieh ausgesehen. Sie hatte weiter lachen müssen. Selbst als er an einem ihrer langen, blonden Zöpfe zog, konnte sie nicht aufhören. Im Gegenteil, ein Schluckauf gesellte sich dazu. Und da hatte er behauptet, sie sei von einer verfluchten Hexe großgezogen worden und habe vor ihm zu kuschen.

So etwas wollte Maikea sich nicht sagen lassen, von niemandem, auch nicht von einem Kerl, der fast drei Jahre älter und einen guten Kopf größer war als sie.

«Das nimmst du zurück!»

«Einen Teufel werde ich tun!» Weerts Tritt verfehlte knapp ihr nacktes Schienbein, und das auch nur, weil Maikea flink zur Seite gesprungen war. Das hatte ihn nur noch ärgerlicher gemacht. Und es war nicht gut, wenn Weert Switterts ärgerlich war, denn er schien nicht zu wissen, wohin mit seiner Wut. Er trat und schlug dann stets um sich wie ein wildes Pferd, das man in die Enge getrieben hatte.

Die anderen Kinder ringsum hatten sich schnell vor ihm geduckt, die meisten hatten mehr als nur Respekt vor dem Ältesten in ihrer Runde. Sie hatten vor allem Angst vor Weert Switterts.

«Wenn ich es schaffe, mit nur zehn Schritten Anlauf über den Priel zu springen», hatte Maikea zu ihm gesagt, «dann lässt du uns in Ruhe und nimmst zurück, was du über Geesche Nadeaus gesagt hast.»

Da war Weert es gewesen, der lauthals lachte. «Mit deinen Stummelbeinchen? Die Flut läuft auf, das Ding wird immer breiter. Du wirst dir dein Lumpenkleidchen nass machen.»

«Ich schaffe das.»

Wie gern hätte Maikea ihn *Düllkopp* genannt. Aber sie schluckte das Schimpfwort herunter. Er sollte sich nicht weiter aufregen. Sie wollte hier auf dem Hammrich einfach mit den anderen Kindern weiterspielen, und zwar in Ruhe.

Also maß sie die zehn Schritte vom Rand des Wasserstroms ab, atmete tief durch und rannte los. Sie konnte schnell rennen, und ihre Beine waren nicht so dünn und staksig wie die der anderen Kinder. Nicht, dass sie und ihre Mutter mehr zu beißen gehabt hätten als der Rest der Inselbewohner. Aber Maikea hatte ihre Beine gestärkt bei den langen Wegen, die sie jeden Tag am Strand, in den Dünen und an der Wattseite zurücklegte, wenn sie auf Erkundungsreise ging, wie Pastor Altmann es nannte.

Die letzten drei Schritte stieß sie sich vorwärts, drückte ihren Fußballen mit ganzer Kraft in den feuchten, festen Sand, als wolle sie jetzt schon zum Sprung ansetzen. Und dann war es so weit. Nur eine Handbreit neben dem fließenden Meerwasser trat sie mit dem rechten Fuß ein letztes Mal auf, streckte ihr Knie in die Gerade und nutzte den Schwung der Bewegung, um sich vom Boden abzustoßen, als wolle sie gleich in den hellblauen Himmel über sich gelangen. Ein paar Kinder konnten sich einen aufgeregten Schrei nicht verkneifen, aber niemand sagte ein Wort. Fast kam es Maikea vor, als fliege sie.

Hätte sie Flügel wie eine Silbermöwe, dann müsste sie nur ein paarmal damit schlagen, schon wäre sie in den Lüften, ganz weit oben über der Insel. Doch auch ohne Federkleid kam sie weiter, als sie es selbst für möglich gehalten hatte. Ihr linker Fuß fand wieder festen Boden, und tatsächlich hätte der Priel noch fast eine Elle breiter sein können, sie hätte ihn auch dann bewältigt.

«Du hast gewonnen!», jubelte ein kleines Mädchen. Die anderen klatschten. Nur Weert Switterts stand regungslos da und verzog keine Miene. Stattdessen spuckte er in den Sand.

Maikea wurde übermütig. Sie machte noch im Laufen eine Kehrtwende, rannte zurück und wagte einen zweiten Sprung. Als sie direkt vor Weert landete, war ihr Kleid noch immer so trocken wie zuvor. Sie stemmte die Hände in die Hüften und schaute zu dem missgelaunten Jungen auf.

«Und? Hast du mir nicht was zu sagen?»

«Ich wüsste nicht, was. Außer vielleicht, dass Mädchen, die von einer verfluchten Hexe großgezogen worden sind, mir überhaupt nichts zu befehlen haben.»

Maikea konnte sich nicht zurückhalten, und obwohl sie wusste, dass er ihr an Größe und Kraft überlegen war, ballte sie die Fäuste und trommelte auf seine breite Rindviehbrust. Doch er hatte ihre Handgelenke umfasst und bereitete der energischen Bewegung ein jähes Ende.

«Welcher Hahn kräht denn schon danach, was ich über die alte Hexe sage? Sie ist seit einem Jahr tot und schmort wahrscheinlich dort, wo sie hingehört: in der Hölle! Und außer dir weint ihr kein Mensch eine Träne nach.»

«Du bist so hundsgemein. Wie kann man nur so bösartig sein? Warum beschimpfst du Geeschemöh und brichst sogar ein Versprechen, das du per Handschlag besiegelt hast? Sie hat dir doch nichts getan.»

«Nichts getan?», höhnte Weert. «Wegen ihr sind sie alle ersoffen vor fast zwölf Jahren. Dein Vater, mein Vater, deine Brüder, meine Brüder …»

«Das war doch nicht Geeschemöhs Schuld!» Maikea schrie jetzt beinahe.

«Doch. Sie war eine Hexe. Sie hat damals einen Fluch über die Inselbewohner gesprochen. Sie und dieser verdammte Elias Thielen.»

«Das ist nicht wahr!» Maikea schüttelte den Kopf hin und her, wobei sich einer ihrer Zöpfe löste und ihr das blonde Haar ins Gesicht fiel.

«Und wenn ich dich so anschaue, Maikea Boyunga, dann könnte ich glauben, du bist auch eine von der Sorte. Pass auf, dass du nicht eines Tages …»

«Hör damit auf, Weert Switterts!», unterbrach ihn eine tiefe Stimme, die vom Dünenrand herüberschallte. Es war

Pastor Altmann, der auf einen Stock gestützt mit mühsamen Schritten auf sie zukam.

Sofort ließ Weert sie los. Schnell nutzte Maikea die Gelegenheit, ihrem Widersacher einen kräftigen Tritt gegen das Schienbein zu verpassen.

«Und du auch, Maikea Boyunga! Ihr sollt augenblicklich voneinander ablassen!» Obwohl der Inselpastor schon beinahe achtzig Jahre alt war und sich nur noch krumm und schwerfällig bewegen konnte, hatte seine Stimme nichts von ihrer Gewaltigkeit eingebüßt. Seine Worte waren für alle Insulaner nach wie vor Gesetz.

«Maikea, dich suche ich. Du musst sofort nach Hause kommen.»

«Was? Aber warum?»

«Es ist wegen deiner Mutter.»

Während sie auf den alten Mann zulief, hatte Maikea das Gefühl, ihre Arme und Beine seien mit schwerem Sand gefüllt. War der Moment gekommen? Der Augenblick, den sie schon seit Tagen fürchtete? Vielleicht sogar seit Wochen, Monaten. Im Grunde genommen hatte sie schon, seit sie denken konnte, damit gerechnet, dass eines Tages der Pastor nach ihr rief, um ihr zu sagen, dass es mit ihrer Mutter zu Ende ging.

Von den Menschen auf Juist wusste Maikea, dass Imke Boyunga einmal eine schöne, edle Frau gewesen sein musste. Doch seit Maikeas Geburt in dieser schicksalhaften Nacht wäre sie nur noch ein Schatten ihrer selbst. Bleich wie der Muschelkalk, mit dem man ihre Kate verputzt hatte.

Ihre Mutter sprach nur selten, und wenn, dann waren ihre Worte fast unhörbar. Sie wollte etwas gegen den Durst oder den Hunger, bat darum, gewaschen zu werden, oder fragte nach Maikeas Vater und ihren Brüdern, die vor elfeinhalb Jahren ebenfalls ums Leben gekommen waren. Kein Mensch in der Gemeinde hatte damit gerechnet, dass die Frau des Inselvogtes so lange leben würde. Und doch hatte sie so manchen eiskalten Winter überstanden, mehreren Sturmfluten und Krankheitswellen getrotzt. Maikea war sich sicher: Den Verdienst daran trugen Geeschemöh und ihre Kräuter.

Seit jener *Weihnachtsflut* hatte die Alte bei ihnen im Haus gelebt. Mit ihrem Tod war auch aus Imke Boyunga das Leben verschwunden. Ein paar Frauen halfen Maikea zwar bei der Pflege, aber seit dem letzten Sommer hatte das Mädchen jeden Tag damit gerechnet, den Pastor rufen zu müssen – oder von ihm gerufen zu werden.

Jetzt stand er ihr gegenüber und legte seine Hand auf ihre Schulter. Maikea verbrachte gern ihre Zeit bei dem alten Gottesmann, der gleichzeitig auch ihr Schulmeister war. In der kleinen Pastorei brachte er den Kindern der Insel das Lesen der Bibel bei. Und denjenigen, die es sich leisten konnten, auch das Rechnen und Schreiben. Maikea war bei diesem Zusatzunterricht das einzige Mädchen, denn die meisten glaubten, dass sich das Lernen nur bei den Jungen lohnen würde. Wären Maikeas Brüder noch am Leben, hätte sie wahrscheinlich auch keinen Tag länger als nötig die Schulbank drücken dürfen. Mit ihren fast zwölf Jahren war sie ohnehin eines der ältesten Kinder. Doch Pastor Altmann wollte ihre Wissbegierde nicht unbefriedigt lassen. Immerhin war ihr Finger am häufigsten oben, und im Gegensatz zu einem Weert Swittert hatte sie schon längst verstanden, wie man die Flächen von Kreisen und den Umfang von Dreiecken ermitteln konnte. Es war nicht zu übersehen, dass Maikea des Pastors Lieblingsschülerin war. Häufig ging er mit ihr über die Insel, um ihre Fragen zu beantworten.

Weil sie ihn so gut kannte, konnte sie auch den Blick seiner grauen Augen deuten. Die Falten in seinem Gesicht schienen heute noch tiefer in der ledrigen Haut zu liegen, die buschigen, fast weißen Brauen zogen sich über der Nase zusammen.

«Deiner Mutter wird nicht viel Zeit bleiben. Aber ich habe soeben eine ganze Weile mit ihr reden können.»

«Worüber, Pastor?»

«Ich mache mir schon lange Gedanken, was mit dir gesehen soll, wenn sie einmal nicht mehr ist.»

Maikea wusste nicht, was sie sagen sollte. Wortlos folgte sie seinen langsamen Schritten Richtung Loog.

«Maikea, du weißt schon, dass du mir besonders ans Herz gewachsen bist?»

Die Stimme des Pastors hatte denselben Klang, den sie an Feiertagen in der Kirche annahm. Das gefiel Maikea nicht. Sie war es gewohnt, dass er auf den gemeinsamen Inselrundgängen mit ihr sprach wie zu einer Tochter. Auch wenn Maikea ihren leiblichen Vater nie kennengelernt hatte, malte sie ihn sich so aus wie Pastor Altmann, nur jünger und stattlicher natürlich. Ein Mann, der ihr das Leben erklärte, der von der Vergangenheit sprach und seine Lehren für das Heute daraus zog.

Was hatte er ihr nicht alles beigebracht! Warum die Inseln bei Sturmfluten so angreifbar und welche Dünen besonders gefährdet waren. Zudem hatte er sich ein paar holländische Schriften kommen lassen, in denen von neuen Ideen für den Inselschutz die Rede war: Angeblich sollten gezielte Pflanzarbeiten und geflochtene Zäune aus Reisig dabei helfen, die Insel zu schützen. Gern hätte der Pastor dies auch auf Juist ausprobiert, aber kein Insulaner war zu überzeugen gewesen. Niemand wollte sich im Frühjahr und Sommer mit solch mühsamer Plackerei quälen, wenn das Meer doch nur im Herbst und Winter zu wüten begann.

Eigentlich war dies ohnehin die Aufgabe des Inselvogtes, doch der Nachfolger ihres Vaters war, was den Inselschutz anging, ein Taugenichts. Das jedenfalls behauptete Pastor Altmann immer. Er fühlte sich daher für den Inselschutz zuständig und vernachlässigte sogar öfter seine Pflichten als Gottesmann. An manchem Sonntag gab es keine Predigt, weil er damit beschäftigt war, die Sturmschäden der letzten Nacht zu flicken. Oder er predigte statt aus der Heiligen Schrift die wichtigsten Regeln zur Inselsicherung. Mit seinen Schülern suchte er den Lobpreis auf Gottes Schöpfung nicht in den Psalmen, sondern lieber an der Westseite der Insel, wo neuer *Strandhafer* gepflanzt werden musste. Der Strandhafer war eine seltsame Pflanze, die es liebte, wenn der Wind wehte und der Boden nur Sand, Salz und Wasser hergab. Der Pastor setzte den Strandhafer bündelweise in kleine Dünensenken in der Nähe des Hammrichs. Maikea schaute ihm dabei über die Schulter und beobachtete jeden seiner Handgriffe. Und obwohl sie noch keine zwölf Jahre alt war, leistete sie schon gute Arbeit. Während die anderen Mädchen davon träumten, eines Tages Mutter oder vielleicht auch die wohlhabende Frau eines Schiffers zu werden, verfolgte Maikea ein anderes Ziel: Sie wollte die Insel erhalten. Nicht, indem sie das Meer bekämpfte, sondern vielmehr, indem sie es zu überlisten versuchte. Wäre das nicht eine erfüllende Aufgabe?

Als sie gerade die höheren Randdünen erklommen hatten, blieb Maikea stehen.

«Warum kann denn nicht alles so bleiben, wie es ist?»

«Nichts bleibt, wie es ist. Das wäre gegen die Natur.» Pastor Altmann atmete schwer. Das Erklimmen der Dünen bereitete dem alten Mann immer größere Schwierigkeiten. Ein Rasseln und Summen kam aus seinem Hals. «Können wir uns einen Moment setzen?»

Vorsichtig ließ er sich im Sand nieder. Maikea setzte sich neben ihn und rückte nach kurzem Zögern dicht an ihn heran, so wie sie es schon immer gern getan hatte.

«Schau dich um, Maikea. Das Leben bedeutet Veränderung. Jetzt haben wir auflaufendes Wasser, und der Sand wird von Stunde zu Stunde schmaler, bis unsere Insel wieder in zwei Teile geteilt ist. Dann setzt die Ebbe ein und gibt den Weg an die Bill wieder frei. Wenn man die Zeit hätte, sich einen ganzen Tag hier niederzusetzen, dann würde man die Veränderung, die dieser Ort immer und immer wieder erfährt, genau beobachten können.»

«Ja, aber das sind doch die Gezeiten, Pastor. Die kann jedes Kind ausrechnen. Je nachdem, wie der Wind steht und der Mond bei Nacht in Erscheinung tritt, weiß man, wie es auf dem Hammrich aussieht. Da verändert sich was für kurze Zeit, aber für die Ewigkeit gesehen bleibt es eben doch so, wie es ist.»

«Du bist wirklich die klügste Elfjährige, die mir je die Welt erklärt hat.» Pastor Altmann musste lachen. «Was du hier siehst, hat vor hundert Jahren auch noch nicht so ausgesehen. Bis zur schrecklichen *Petriflut* war die Insel noch aus einem Stück. Hier ganz in der Nähe stand ein Kirchturm, der so hoch war, dass die Schiffer sein Leuchtfeuer bis in die Emsmündung sehen konnten und es ihnen den Weg entlang der Küste wies.»

«Das ist doch schon fast achtzig Jahre her.» Maikea

zupfte einen Halm vom Strandhafer heraus und kaute das Ende, so wie sie es immer tat, wenn Pastor Altmann ein bisschen Zeit für eine Unterhaltung fand.

«Dir mag das wie eine Ewigkeit vorkommen. Aber ich bin im Jahr der Petriflut geboren worden.»

«Woher weiß man das denn alles, wenn es schon so lange Vergangenheit ist?»

«Die Insulaner haben diese Geschichten von ihren Eltern und Großeltern erzählt bekommen.»

Für Maikea war das alles unvorstellbar, so als wäre eigentlich von einem fremden Ort die Rede und nicht von ihrer Heimatinsel, die sie seit ihrer Geburt kein einziges Mal verlassen hatte.

Pastor Altmann hatte in der Schulstunde von zwei weiteren Inseln erzählt, die damals noch das Eiland einrahmten. Buise im Osten und Bant im Westen, letztere sei so nah gewesen, dass einige Bauern bei Niedrigwasser ihr Vieh zum Grasen dorthin geführt hatten. Doch als Maikea jetzt an diese Stelle schaute, wo die Abendsonne in den Spiegel des Wattenmeeres eintauchte, war von alledem nichts zu erkennen. Nicht die leiseste Ahnung einer Insel. Und von Buise konnte man nur noch ein paar armselige Grashalme sehen, dabei sollten dort vor einigen Jahren noch Menschen gelebt haben. Das stimmte Maikea traurig.

Zum Glück hatte Juist bislang den Sturmfluten getrotzt, auch wenn die Insel erheblichen Schaden hatte erleiden müssen. Im ehemaligen Billdorf waren noch die verwitterten Grundrisse von Brunnen und Häusern zu erkennen. Geeschemöh hatte Maikea einmal mit hinübergenommen auf das ausgestorbene Stück Insel. Sie hatte ihr die Narben der Weihnachtsflut, wie sie sich ausdrückte, gezeigt. Die Stelle, an der damals ihre Hütte gestanden hatte, in der sie mit ihrem Sohn Tasso lebte. Geeschemöh hatte zuvor nie geweint, aber als sie an jenem Tag in einer Sandkuhle einen alten Topf fand, rußgeschwärzt an der Unterseite, da waren der alten Frau die Tränen gekommen. Sie hatte alles verloren bei dieser Flut. Ihr Haus und ihren Sohn würde sie nie wieder sehen. Und sie selbst hatte nur deshalb überlebt, weil sie Maikea in dieser Nacht auf die Welt geholfen hatte.

Seit jener Sturmflut lebten nun alle Insulaner in der östlichen Siedlung, im Loog.

Die Wunde zwischen den beiden Inselteilen klaffte seitdem immer breiter, und schon bei einer gewöhnlichen Flut wurde der Hammrich kniehoch überspült. Ein Besuch an der Bill musste also gut überlegt und dem Takt der Gezeiten angepasst sein. An Sommertagen, so wie heute, war dies ein fröhliches Spiel. Doch wenn es ab Oktober kalt und stürmisch wurde, war es zu gefährlich.

Pastor Altmann setzte sich aufrecht hin, stemmte seinen Stock in den Sand und legte die Arme darauf, als müsse er sich beim Sitzen festhalten.

«Wie gesagt, ich habe mir schon vor Wochen Gedanken gemacht, was mit dir geschieht, wenn deine liebe Mutter nicht mehr unter uns weilt.»

Maikea stemmte die Fäuste in die Hüften. «Was mit mir geschehen soll? Was meint Ihr damit?»

«Du vergisst, dass auch ich nicht ewig leben werde. Wenn man so alt ist wie ich, kann es jeden Tag geschehen, dass der Herrgott einen zu sich holt.»

«Bis dahin bin ich groß genug, um alleine zurechtzukommen.» Es war eine Mischung aus Trotz und Überzeugung, mit der Maikea den letzten Satz ausgesprochen hatte.

«Und wovon willst du dann leben?»

«Ich ... Ich werde einfach Inselvogtin.» Dieser Satz war schneller über Maikeas Lippen gesprungen, als sie ihn in Gedanken hatte wahrnehmen können.

Pastor Altmann legte seine Hand auf ihre Schulter. «Frauen können nicht Inselvogt werden.»

«Können nicht? Oder dürfen nicht?»

«Ein Vogt ist immer der wichtigste Mann auf der Insel.»

«Nach dem Pastor, denke ich», warf Maikea ein und gab sich keine Mühe, den Spott in ihrer Stimme zu verbergen.

«Vorlaute Mädchen werden es sowieso nicht weiter bringen als zum *Schill*sammeln am Strand. Dafür sorgen die Männer schon.»

Ein wenig beleidigt legte Maikea die Lippen aufeinander und schwieg.

«Inselvogt kann man nicht einfach so werden, wie man vielleicht Schiffer oder Bauer oder Pastor werden kann. Das Wort Vogt kommt aus dem Lateinischen und bedeutet so etwas wie *Der vom Fürsten Berufene*. Ein Vogt bekommt seinen Lohn ja direkt vom Fürsten, er ist sein Stellvertreter, also derjenige, der sich um die Einhaltung der fürstlichen Erlasse kümmert. Und dass ein Fürst sich von einem Weib vertreten lässt, davon habe ich wirklich noch nie gehört.» Pastor Altmann schüttelte den Kopf und lachte, als fände er die Vorstellung wirklich sehr komisch.

Maikea war anderer Meinung: «Aber im Sommer, wenn die Männer auf See sind, da kümmern sich doch auch die Frauen um die Insel. Sie bestellen die Felder, sorgen für das Vieh, sammeln Schill ...»

«Doch nur, weil der Inselvogt ihnen sagt, was zu tun ist.»

«Aber der Inselvogt, den wir jetzt auf Juist haben, ist ein Faulpelz. Das habt Ihr selbst gesagt. Er taugt zu nichts, außer sich seinen Anteil in die Taschen zu stopfen, wenn es Strandungen gegeben hat. Dies sind Eure eigenen Sätze, Pastor, die habe ich mir nicht ausgedacht!»

«Frauen brauchen eine starke Hand, damit sie nicht aus dem Ruder laufen, Maikea.»

«Nicht alle Frauen sind gleich. Meine Mutter hat sich niemals so aufgeführt!»

«Deine Mutter kommt aus einem ganz anderen Stall. Sie war Kammerfräulein am Auricher Fürstenhof. Sie hat in Federbetten geschlafen und sich jeden Tag das Gesicht mit Seife gewaschen, bis dein Vater sie kennengelernt und auf die Insel gebracht hat.» Pastor Altmann kramte in seiner Jackentasche ein Stück Papier hervor. «Wir haben großes Glück, Maikea. Ich habe einen Brief an die Fürstin *Sophie Caroline von Ostfriesland* geschickt. Deine Eltern scheinen am Auricher Hof noch in guter Erinnerung zu sein, jedenfalls ...»

Maikea entriss ihm das Schreiben. Buchstaben, so steil und gerade wie die Zinnen der Festlandskirchen, die sie nur von Bildern kannte, füllten das Blatt.

«Ein *Waisenhaus in Esens*?», schrie sie. Das durfte nicht wahr sein.

«Eine gute Schule. Und die Einrichtung wird seit Jahren von hochgeachteten Pastoren geleitet, ein sehr gottesfürchtiges Haus!»

«Aber was soll ich da? Ich will die Insel nicht verlassen!»

«Es wird nicht so schwer sein, wie du denkst. Immerhin kam deine Mutter auch vom Festland, dort gibt es bessere Kleidung, bequemere Betten, und das Essen ist abwechslungsreicher. Vielleicht bist du sogar eines Tages ganz froh, ein bisschen mehr von der Welt gesehen zu haben als nur diese schmale Sandbank, auf der wir leben.»

«Das wird nicht passieren! Niemals!»

Es war kaum zu glauben, aber auf dem Gesicht des Pastors breitete sich ein Lächeln aus. «Du bist wie dein Vater», sagte er und legte ihr wieder seine Hand auf die Schulter. «Diese Ader an der Stirn, wie sie anschwillt … Wie haben die Juister deinen Vater gefürchtet, wenn bei ihm dieses Zeichen unter dem Scheitel erschien!»

«Mein Vater würde es sicher nicht zulassen, dass seine Tochter in ein Waisenhaus gesteckt wird. Ganz bestimmt nicht! Er war immer tapfer, er wusste stets eine Lösung für alle Probleme. Niemals hätte er mich fortgegeben!»

«Weißt du, Maikea, es passiert manchmal, dass wir die Toten besser machen, als sie zu Lebzeiten gewesen sind.»

«Was wollt Ihr damit sagen? Dass mein Vater kein Held gewesen ist?»

«Er war vor allen Dingen ein Mensch.»

«O nein, er war mehr als das! Er war, er war …» Sie konnte keinen Satz mehr aussprechen. Die Gemeinheit des Pastors ließ sie aufschluchzen, so heftig, dass ihre Stimme nach jedem Wort zerrissen wurde. Maikea schob seine Hand von ihrer Schulter, stand auf und rannte die Düne herunter. Er sollte nicht sehen, dass sie weinte.

2

Das Sterben war leise geschehen. Eines Morgens, als Maikea bereits das Feuer im Kamin schürte und sich anschließend auf den Weg zur Schule machen wollte, traf ihr

Abschiedskuss eine eiskalte Wange. Die Augen der Mutter waren geschlossen.

Zahlreiche Nachbarn hatten versucht, Maikea zu trösten, doch ihr Herz war trotzdem nicht leichter geworden.

Und nun war der Moment gekommen. Unausweichlich. Sämtliches Bitten und Flehen hatte nichts genützt, sie musste die Insel verlassen.

Maikea saß in den Dünen in der Nähe der Schiffsanlegestelle und wartete auf das Boot, das heute zur Insel segeln würde, um ein paar Säcke Getreide, etwas Tuch und Garn zu liefern. Die Masten waren bereits am Horizont auszumachen. Der Wind stand günstig, und schon bald würde die *Schaluppe* an der Wattseite der Insel anlanden.

Auf der Rückfahrt würde Maikea mit an Bord sein. Das erste Mal würde sie die Insel verlassen, und das womöglich für immer. Maikea trauerte um ihre Mutter, und auch den Tod von Geeschemöh hatte sie noch nicht verwunden. Aber der drohende Abschied von der Insel war das Schwerste, was ihr je auf dem Herzen gelegen hatte. Auf Juist kannte sie jeden Weg, jede Düne, jeden Strauch. Sie konnte die Melodie des Westwindes nachsummen, wenn er nachts um das Haus wehte. Ihre Tage waren stets eng verbunden mit dem Takt der Gezeiten. Und das alles sollte sich heute ändern?

Maikea blinzelte zum Horizont und konnte am südöstlichen Horizont die Türme einer Kathedrale erkennen. Die Ludgerikirche zu Norden, ein Monument so hoch wie der Himmel, erzählte man sich. Die Orgel würde golden glänzen und verzauberte Töne besitzen. Vogelsingen und Zimbelstern, Höllenspektakel und Engelszungen, all das konnte man dort in diesem Gotteshaus angeblich hören. Und trotzdem war ihr die kleine Inselkirche mit den krummen Steinen und den unbequemen Holzbänken lieber.

Die Stadt Esens und das Waisenhaus, in dem sie bereits heute die erste Nacht verbringen sollte, erschienen ihr unglaublich weit weg. Schon die nächstgelegenen Festlandsstädte Norden und Emden kamen Maikea unerreichbar vor.

Sie starrte auf das geschnürte Bündel zu ihren Füßen. Ein zweites Kleid zum Wechseln, ein wenig Wäsche, ein Paar Winterstiefel. Mehr würde sie nicht brauchen, hatte die Nachbarin gemeint, als sie Maikea beim Packen geholfen hatte. Beschweren dürfe man sich nicht, wenn die Fürstin höchstpersönlich einen unter ihre Fittiche nehme. Mit fast zwölf Jahren noch lernen zu dürfen sei eine Ehre, vor allem für ein Mädchen. Vielleicht habe sie ja Glück und könne später auch Kammerfräulein werden. Die vornehme Gestalt ihrer Mutter habe sie ja geerbt.

Bei dem Gedanken an ihre Mutter fasste Maikea sich unwillkürlich an den Hals. Das silberne Medaillon, ein Hochzeitsgeschenk, das ihre Mutter bis zu ihrem Tod getragen hatte, lag nun um ihren Hals.

Maikea hatte keine Vorstellung, welche Arbeit ein Kammerfräulein zu verrichten hatte. Aber schon das Wort erinnerte sie an ein Eingesperrtsein. Es klang weder nach Meer noch nach Strand und hatte also nichts mit dem zu tun, was ihr bislang wichtig gewesen war. Sie vergrub ihre nackten Füße im Sand, der, von der Mittagssonne beschienen, angenehm warm war.

Der Sommer ließ noch auf sich warten. Zwar vertrieb die Maisonne bereits die Erinnerung an den Winter, doch abends und morgens war es noch kühl und oftmals windig. Das Geschrei der Möwen, die um diese Jahreszeit zänkisch ihre Jungtiere bewachten, dauerte den ganzen Tag an und übertönte das wesentlich melodischer klingende «Kiwitt» der Kiebitze, die sich zum Brüten auf der Salzwiese niedergelassen hatten. Die Zugvögel malten bewegliche Bilder in den Himmel. Schwalben formierten sich zu Wolken, Gänse flogen in Pfeilen über sie hinweg, und der salzige Duft des Wattflieders wehte zu ihr herüber.

Erst als Maikea das Knirschen des Kiels auf dem sandigen Untergrund hörte, schaute sie wieder auf. Die Schaluppe konnte an dieser Stelle dicht an der Insel anlegen, weil die tiefe Fahrrinne mit einer steilen Abrisskante an das flachere Watt grenzte.

Der Schiffer war ein drahtiger Kerl mit hellblondem Haar und schiefem Grinsen. Er warf das Ankerseil über Bord und zog den schweren Metallhaken tiefer in den Schlick. So würde das Schiff auch bei auflaufendem Wasser noch festen Halt haben. Dann holte er die Segel ein und winkte den herbeieilenden Leuten zu.

«Eyke! Hast du an meine Scheren gedacht?», rief Frauke Oncken von den Dünen her. Sie raffte ihren Rock weit nach oben. Sie tat dies nicht nur, um so besser durch das kniehohe Wasser Richtung Boot waten zu können, sondern wohl vor allem, um ihre nackten Beine zu zeigen. Man munkelte, dass Eyke in jedem Hafen eine Braut habe. Und hier auf Juist war es eben Frauke Oncken. Tatsächlich küsste der Seemann sie auf den Mund und schob ihr, während er ein mitgebrachtes Paket in ihre Rockfalte legte, eine Hand auf den Oberschenkel.

«Finger weg, du Lümmel!», blökte Uke Christoffers, der wegen seines kranken Beines nicht ganz so schnell zum Schiff geeilt war, und zeigte wenig Begeisterung, dass der Festländer sich an einer der Inselfrauen vergriff. Doch in seinen Worten lag mehr Freundlichkeit als Argwohn, schließlich hatte auch er den Fährmann erwartet, wie so ziemlich jeder Insulaner.

Die wöchentliche Schiffsankunft war immer etwas Besonderes. Uke Christoffers quälte sich seit Tagen mit der Wunde an seinem offenen Bein und konnte nun die passende Arznei in den Händen halten. Peta Visser bekam nach Wochen endlich wieder einen Brief von der Schwester aus Norderney und strahlte. Bauer Runcke nahm dankbar drei Käfige gackernder Hühner entgegen, nachdem ein wilder Hund im letzten Monat sechs seiner besten Legehennen zerfleischt hatte.

Das Treffen an den Schiffsplanken glich einem kleinen Fest. Alle riefen durcheinander, forderten ihre Ware oder reichten Eyke ihre Pakete, die er in die große Welt mitnehmen sollte. Aber die meisten waren einfach nur so hierhergekommen, ohne etwas zu erwarten, man wollte eben einfach dabei sein, wenn Eykes Schiff für eine kurze Stunde anlandete und für die nötige Abwechslung im Inselleben sorgte. Alle packten mit an. Begleitet von jeder Menge «Hau ruck!» lagen bald am Rand der Dünen zahlreiche dicke Bündel.

Aber der Schiffer Eyke brachte nicht nur Tiere und Werkzeug und anderen Kram mit, sondern auch Geschichten. Wo hatte eine Sturmflut den Deich zerrissen? Wie gestaltete sich das bunte Leben in den unvorstellbar großen Städten Aurich, Esens, Norden und Emden? Und seit dem letzten Winter gab es ein neues Thema, das die Insulaner aufhorchen ließ, sobald die erste Silbe gefallen war.

«Was macht der Weiße Knecht?», fragte diesmal Uke Christoffers. «Haben sie ihn gekriegt?»

Tatsächlich waren jetzt alle still, und sogar die Kinder

hörten auf zu toben. Vom Weißen Knecht wollte jeder etwas erfahren. Eyke wusste das. Er setzte sich in aller Seelenruhe auf die Reling, ließ die Füße baumeln und schaute sich um. Augenscheinlich genoss er seine Aufgabe, den unwissenden Inselbewohnern etwas von der großen Politik zu erzählen. Erst bei seinem letzten Besuch hatte er von Steuern und Hoheitsrechten gesprochen und davon, dass es Rebellen gab, die sich gegen den Fürsten zur Wehr setzten, weil er zu viel Geld von ihnen forderte. Und der schlimmste von ihnen, der gefährlichste, war ein Mann, der sich selbst der Weiße Knecht nannte. Man erzählte, er habe fast weißes Haar und kleide sich auch nur im hellsten Leinen. Und er fühle sich als Knecht des Volkes, hieß es weiter. Dies sei ein Protest gegen das Fürstenhaus, das durch sein ausschweifendes Hofleben die Steuergelder vergeude, die man eigentlich so nötig für den Deichbau brauchte. Das Volk war in seiner Meinung über den Weißen Knecht hin und her gerissen, einerseits schwärmte es für den mutigen und unbeugsamen Rebellen, andererseits fürchtete es sein Erscheinen. Denn er nahm keine Rücksicht, war stark und schrecklich wütend.

«Nein, sie haben ihn nicht. Und sie werden ihn auch nicht bekommen. Denn der Weiße Knecht ist immer schneller als die hohen Herren aus Aurich.» Mit großen Augen blickte Eyke jetzt in die Runde.

Maikea stand nun ebenfalls auf, sie hatte bislang wie ein Häufchen Elend im Sand gehockt. Obwohl sie von den Dingen, die den Weißen Knecht betrafen, so gut wie nichts verstand, war sie doch fasziniert. Sie vergaß sogar für einen Moment ihr trauriges Schicksal.

«Es gab wieder schwere Kämpfe in Leer, habe ich gehört. Wie schon vor drei Jahren, als auf der *Pfefferstraße* die

Soldaten des Fürsten gegen die Rebellen angegangen sind. Geschossen haben sie dieses Mal auch, es gab Tote und Verletzte. So viel Blut soll auf die Pflastersteine geflossen sein, dass alles rot war in den Straßen. Und einige Aufständische sind gefangen genommen worden und warten nun auf ihren Prozess.»

«Ist der Weiße Knecht dabei?», fragte Peta Visser mit einer Mischung aus Furcht und Neugierde.

«Das weiß keiner so genau. Seit der Schlacht im April ist er verschwunden. Vielleicht ist er tot, vielleicht sitzt er im Gefängnis. Aber wenn ihr mich fragt ...» Eyke hob wichtigtuerisch die Arme und schwieg. Er wusste, wie er das Publikum noch mehr in seinen Bann ziehen konnte.

«Erzähl schon!», forderte Bauer Runcke. «Was denkst du, Eyke? Was pfeifen die Spatzen von den Dächern?»

Der Schiffer beugte sich ein wenig herunter und flüsterte, sodass man wirklich nah an ihn heranrücken musste, um seinen Worten zu lauschen. «Man sagt, der Weiße Knecht habe eigenhändig fünf Soldaten in den Tod geschickt. Ohne Waffe, versteht sich. Nur mit der Wucht seiner Fäuste. Dabei hatte die dänische *Salvegarde* jede Menge Musketen dabei, die besten Schusswaffen, die Ostfriesland je gesehen hat.» Eyke streckte seine kräftigen Arme aus, so wie es die Fischer manchmal zu tun pflegten, wenn sie mit einem besonders glücklichen Fang prahlten. Aber dieser Bursche sprach von Waffen, die tödliche Kugeln abgaben, wenn man an einem Hebel zog. Kein schöner Gedanke, dachte Maikea, aber trotzdem ungemein spannend.

«So einen Kerl», fuhr Eyke fort, «den kriegt man nicht so einfach. Der Weiße Knecht wird ihnen wieder einmal entkommen sein. Er ist der wichtigste Mann im Kampf gegen die geldgierigen Cirksena und den verfluchten Kanzler *Brenneysen* und –»

Er hielt inne. Normalerweise geriet Eyke nicht ins Schwärmen, wenn er von den Rebellen sprach, denn das barg ein Risiko. Hier auf der Insel gab es wie überall treue Anhänger des Fürsten. Und wenn diese seine Ausrufe an die richtigen Stellen weitergaben, konnte er eine ganze Weile im Gefängnis schmoren, statt mit seiner Schaluppe die Wasserwege zu kreuzen. Maikea ahnte, dass der Fährmann der Wahrheit ohnehin stets ein paar Sätze hinzufügte, um den Juistern ein bisschen Aufregung zu bescheren.

«Ich muss wieder los», sagte er plötzlich. «Wir haben schon fast Hochwasser, und ich muss noch über die Untiefen am Memmertsand rutschen, damit ich abends wieder in Norden bin.» Er stand auf und gab den etwas enttäuschten Juistern Zeichen, dass sie ihm das Ankerseil zuwerfen sollten.

«Halt, Eyke, du musst heute Passagiere mitnehmen», hörte Maikea die Stimme des Pastors. Altmann musste die ganze Zeit in der Menschenmenge gestanden haben, ohne dass Maikea ihn bemerkt hatte.

«Oh, das freut mich. Dann wird es nicht so öde auf dem Watt. Wer leistet mir denn Gesellschaft?» Der Blick des Schiffers blieb an einigen Jungfrauen hängen, die daraufhin erröteten.

Pastor Altmann trat zu Maikea, ergriff sanft ihren Arm und schob sie Richtung Boot. «Hier, die Tochter des seligen Vogtes Boyunga. Eine wertvollere Fracht hast du selten.»

Eyke sah eher enttäuscht aus. Ein kleines Mädchen war wohl nicht nach seinem Geschmack. Er fasste nach Maikeas Arm und zog sie an Bord. Pastor Altmann reichte ihren Beutel nach und drückte seiner Schülerin ein letztes Mal fest die Hand. Maikea hatte das Gefühl, als schnüre ihr jemand den Hals zu. Sie musste sich an der Reling festhalten.

«Leb wohl, Maikea. Und sei fleißig und gottesfürchtig, so wie ich es dich gelehrt habe. Dein Vater wäre jetzt sehr stolz auf dich!» Der alte Mann musste sich zusammennehmen, um den Abschiedsschmerz nicht allzu offensichtlich werden zu lassen.

«Na, dann wollen wir mal», sagte Eyke und wollte gerade die Segel hissen.

«Nicht so schnell, Kapitän, du hast noch einen Passagier!», rief der Pastor. Einen kurzen Moment hüpfte Maikeas Herz vor Freude, denn sie war froh, nicht ganz allein fahren zu müssen. Doch dann erkannte sie, wer sie auf ihrer Reise begleiten würde: Weert Switterts machte sich auf den Weg durch das Watt. Auch er hatte ein Bündel dabei, es war wesentlich dicker als das von Maikea. Und im Gegensatz zu ihr schien er Gefallen daran zu finden, auf Reisen zu gehen. Maikea konnte ein boshaftes Blitzen in seinen Augen erkennen. Kein Zweifel, er schien schon etwas ausgeheckt zu haben, wie er ihr diesen ohnehin schwer erträglichen Moment noch unangenehmer machen konnte. Warum musste ausgerechnet Weert Switterts ihr Reisebegleiter sein? Was dachte sich Pastor Altmann dabei, wo er doch wusste, wie spinnefeind sich die beiden waren?

«Gleich zwei Kinder?», beschwerte sich Eyke. «Was soll ich denn mit denen anfangen, wenn wir an Land festmachen?»

«Sie werden abgeholt. Pastor *Bilstein*, der Leiter des Waisenhauses in Esens, wird eine Kutsche schicken, die die beiden zu ihrem neuen Zuhause bringt.» Pastor Altmann wich Maikeas Blick aus. Also musste er die ganze Zeit gewusst haben, dass sie nicht alleine dort hingehen würde. Und er hatte es ihr verschwiegen, weil ihm klar war, mit Weert Switterts im Schlepptau wäre sie niemals mitgefahren.

Maikeas Herz fühlte sich so schwer an, dass das schwimmende Boot eigentlich Schlagseite hätte haben müssen. Aber es lag gerade und satt in den Wellen, als die Insulaner es gemeinsam ins tiefere Wasser schoben.

Maikea drehte sich zum offenen Meer um, ohne noch einen Blick auf die Insel Juist zu werfen. Immer hatte sie sich ausgemalt, wie ihre Heimat wohl von der Wattseite her aussehen würde. Die flachen und hohen Dünen, die geduckten Steinhäuschen, die graugrünen Salzwiesen. Aber nun schaute sie lieber in die entgegengesetzte Richtung. Schemenhaft konnte sie den Ort erkennen, wo dieses Boot in ein paar Stunden ankommen würde.

Eyke hantierte mit den Seilen und Segeln, dann nahm er am hinteren Ruder Platz und zündete sich eine Pfeife an.

Maikea setzte sich auf einen Holzverschlag und lehnte sich mit dem Rücken gegen ein aufgerolltes dickes Tau. Sofort stand Weert Switterts vor ihr.

«Das hast du nicht gewusst, dass wir beide ein gemeinsames Schicksal haben, nicht wahr?» Weert grinste ohne jede Freundlichkeit. Der kurze Tritt, den er ihr verpasste, tat nicht so weh wie das Heimweh, das sich in Maikeas Herz eingenistet hatte. «Wir haben nicht nur beide in derselben Nacht unsere Familie verloren, sondern auch am selben Tag unsere Heimat. Das treibt einem schon mal die Tränen in die Augen ...» Er setzte sich neben sie und reichte ihr mit affektierter Geste sein furchtbar schmutziges Taschentuch. «... jedenfalls, wenn man ein Mädchen ist.»

«Hätte ich gewusst, dass du dabei bist, dann wäre ich lieber geschwommen!»

«Ohne mich wärst du doch gar nicht hier auf dem Schiff.»

«Wieso das denn?» Maikea schaute ihn irritiert an.

«Was meinst du, wer die Überfahrt bezahlt hat? Und wer dafür sorgt, dass wir heute Abend noch in diesem Heim ankommen?»

«Ich dachte, Pastor Altmann ...»

Weert lachte laut und scheußlich. «Der alte Kirchenknochen hat doch keinen Gulden mehr in der Tasche.» Er setzte sich neben sie.

«Aber meine Familie, meine Mutter ...», begann Maikea zaghaft, doch Weerts schadenfrohe Miene verriet ihr, dass sie auch hier falschlag.

«Deine Mutter hat doch ihr ganzes Leben lang nicht einen Handschlag gearbeitet. Und zehn Jahre im Bett herumzuliegen kostet was, da ist vom ohnehin schon bescheidenen Vermögen deines Vaters wohl nichts mehr übrig geblieben.» Nun strich er sich über die Weste, die aus gutem Stoff war und sich nur mit Mühe über seinem runden Bauch schließen ließ. «Bei mir ist das anders. Mein Vater hatte eine kleine Schatzkammer in unserem Haus. Und obwohl er ja damals auch in den Fluten umgekommen ist, mussten meine Mutter und ich keine Not leiden. Er hat gut vorgesorgt. Er war eben ein weiser Mann.»

Jetzt konnte Maikea nicht mehr an sich halten: «Er war ein Strandräuber, der falsche Leuchtfeuer gesetzt hat, mehr nicht.»

«Wer sagt das?», keifte Weert zurück.

«Geeschemöh hat's mir erzählt!» Im selben Augenblick wusste Maikea, dass dieser Satz nur wieder neues Futter für Weerts giftigen Spott liefern würde. Also fügte sie schnell hinzu: «Und von Pastor Altmann weiß ich, dass dein Vater der einzige Bauer war, der trotz Weideverbots sein Vieh in den Dünen grasen ließ.»

«Ja und? Früher sind auf Juist *wilde Pferde* über die Insel galoppiert, da hat auch niemand so ein lächerliches Verbot ausgesprochen. Mein Vater hat sich eben von niemandem sagen lassen, was er zu tun und zu lassen hat.»

«Es war ihm egal, dass die Insel bei Sturmflut angreifbar war, weil die Schutzdünen zertrampelt worden sind. Dein Vater war ein Verbrecher.»

«Nimm das zurück!» Weert sprang auf und riss Maikea am linken Zopf mit sich.

Die Stelle, an der die Haare am Kopf spannten, brannte heiß, aber sie verkniff sich einen Schrei.

«Hey, ihr Rotzlöffel», mischte Eyke sich ein, nahm die Pfeife aus dem Mund und warf einen mehr als finsteren Blick in ihre Richtung. «Dies ist mein Boot, und ich bin hier der Kapitän. Und wenn ihr euch weiter so zankt, dann befördere ich euch über Bord, verstanden?»

Weert nahm wieder auf der Kiste Platz.

«Du wirst nicht glücklich werden, Maikea Boyunga», flüsterte er und rückte dabei so nah an sie heran, dass sein unangenehm warmer Atem in ihr Ohr drang. «Dafür werde ich schon sorgen. Alle werden erfahren, dass du von einer Hexe großgezogen worden bist. Und das wird dich verdammt einsam machen.»

3

Seit zwei Stunden fuhren sie schon in dieser erbärmlichen Kutsche. Weert war speiübel, aber er versuchte es zu verbergen. Bereits auf dem Meer war ihm das ewige Auf und

Ab der Wellen auf den Magen geschlagen. Aber auch das Gepolter des Wagens auf den unebenen Straßen bekam ihm nicht. Dennoch versuchte er, Maikea mit seinem andauernden Grinsen zu beweisen, wie viel härter er im Nehmen war als sie.

Die beiden schmutzig braunen Kaltblüter zogen die Kutsche geduldig voran. Niemals zuvor hatte Weert so kräftige Gäule gesehen. Die wenigen Pferde auf Juist waren sehnig und klein und hätten auf dieser Strecke wahrscheinlich schon längst schlappgemacht. Ein Stein von der Größe eines Kinderkopfes geriet unter eines der Kutschenräder und ließ das ganze Gefährt mehr als unsanft auf die Straße schlagen. Weert spürte, wie ihm Säure und Speichel in den Mund stiegen. Er beugte sich zur Seite und spuckte aus. Doch gleich darauf kroch wieder über Brei zwischen seine Zähne, und er erbrach sich erneut. Wie lange musste er noch durchhalten?

Die magere Frau, die ihn und Maikea am Hafen abgeholt hatte, drehte sich missmutig zu ihm um. Sie schien arm zu sein, denn unter ihrem abgewetzten Kleid zeichnete sich ein knochiger Körper ab. Wie alt sie war, konnte Weert nicht schätzen, vielleicht achtzehn, vielleicht auch schon sechsundzwanzig. Wortlos hatte sie neben dem Kutscher Platz genommen, während Weert und Maikea hinten auf der schmalen Holzbank durchgerüttelt wurden. Maikea hatte sich in eine Ecke gekauert, ihren Kopf auf das Reisebündel gelegt und die Augen geschlossen. Wie konnte sie bei diesem Geschaukel schlafen? Weert hatte es versucht, denn er war zugegebenermaßen ebenfalls sehr müde. Aber sobald seine Augen sich nicht mehr am Horizont festhalten konnten, wurde ihm schwindelig. Also war er gezwungen, wach zu bleiben und dem Klappern der Pferdehufe zu lauschen. Er hatte keine Ahnung, wie weit sie noch vom Ziel entfernt waren, so weit der Blick reichte, sah man meist nur Wiesen und Gräben. Nur selten passierten sie einsame Höfe oder diese knorrigen Bäume, die durch den stetigen Westwind ganz krumm geworden waren. In der Dämmerung, die bereits eingesetzt hatte, sahen sie gespenstisch aus. Windflüchter nannte man sie, hatte der Kutscher erzählt. Im Gegensatz zu dem stummen Weib, das wohl zum Kinderheimpersonal gehörte, war der Pferdetreiber ein redseliger Mensch.

Während der Fahrt erklärte er ungefragt, was es links und rechts zu sehen gab. Aber die Wasserschlösser, Burgen oder Klöster interessierten Weert einen Dreck. Er war so verdammt müde und wollte nur endlich ankommen.

Weert freute sich auf das Leben auf dem Festland. Alles war besser als dieses ärmliche Dasein auf Juist, wo ihm alte Weiber Tag für Tag denselben Fraß vorsetzten und er dafür auch noch etwas tun sollte. Es war unter seiner Würde, so zu leben, das hatte Weert Switterts immer tief in seinem Innern gewusst.

Besonders die eiskalten Sturmnächte von Oktober bis März machten ihm das Leben schwer und brachten ungute Erinnerungen mit sich. Dagegen konnte Weert sich nicht wehren. Immer wieder hatte seine Mutter ihm von der Sturmnacht erzählt, in der sein Vater und die drei Geschwister von einer gewaltigen Welle davongerissen worden waren. Ein Bild hatte sich tief in sein Inneres eingegraben, ein Spukbild: Ein dicker Mann, die Augen weit aufgerissenen und das Gesicht mit Sand und Muschelschalen bedeckt, lag mit einem – und das war das Schrecklichste – Holzpfahl im Leib vor ihm, eine zersplitterte Schiffsplanke, die aus seinem Bauch herausragte und auch in seinem Rücken ein klaffendes Loch hinterlassen hatte. Der Leichnam konnte nur in Seitenlage zur ewigen Ruhe gebettet werden, eingerahmt von zwei bleichen, aufgedunsenen Mädchenleibern und einem Jungenkörper ohne Beine.

Weert hatte noch mit niemandem über diese Erinnerung gesprochen. Alle dachten, er sei mit seinen damals drei Jahren zu klein gewesen, um sich an die Bergung der Ertrunkenen zu erinnern, aber sie irrten sich. Er hörte noch immer das Schreien seiner Mutter, als man den Sand über die Toten schaufelte. Er hatte ihre Hand gehalten und sich die Heulerei verboten. Und dabei war es bis heute geblieben.

Selbst als seine Mutter vor zwei Jahren gestorben war, hatte sich keine Träne auf seinem Gesicht gezeigt. Er war weiter zur Schule gegangen und war von den Nachbarfamilien versorgt worden. Viele Insulaner sagten, er würde seinem Vater immer ähnlicher, in Statur und Wesen. Das machte ihn stolz, immerhin war sein Vater zu Lebzeiten der reichste Bauer der Insel gewesen. Weert nahm sich fest vor, es irgendwann mindestens ebenso weit zu bringen. Er konnte zupacken, er war nicht dumm, und das Erbe seines Vaters würde ihm ein gutes Leben als Waisenkind auf Juist ermöglichen. Da mochte Maikea noch so schlecht über seine Familie reden und das Märchen verbreiten, sein Vater habe falsche Leuchtfeuer gesetzt und sei ein Strandpirat gewesen. Er glaubte es nicht. Und selbst wenn sein Vater gegen Gesetz und Moral verstoßen haben sollte, er hatte damit immerhin für Weert und seine Mutter gesorgt. Der Inselvogt, dem Maikea immer so gern einen Heiligenschein aufsetzte, hatte hingegen eine ausgelaugte Frau im Kindbett mit einem Neugeborenen hinterlassen, die dazu verdammt waren, mit einer alten Hexe in einer windigen Kate zu hausen.

Weert hatte begonnen, seine Heimatinsel für ihre Kargheit, ihre Armut und vor allem für ihre Verletzlichkeit zu hassen. Das Meer fraß sich immer weiter in den Sand. Und es war nur eine Frage der Zeit, wann die Wellen alles mit sich reißen würden. Da konnte der Pastor noch so viele Zweige in die Dünen stecken, die Nordsee würde immer die Siegerin bleiben.

Deswegen wollte Weert auch weg. Die Schule hatte er eigentlich schon abgeschlossen, immerhin war er fast fünfzehn. Und hier auf dem Festland erhoffte er sich eine gute Arbeit. Eine Arbeit, bei der man sich nicht die Finger schmutzig machen musste und trotzdem genug Gulden in der Tasche hatte.

«Voraus könnt ihr eure neue Heimatstadt sehen», rief plötzlich der Kutscher. Weert hob den Kopf und blinzelte in die Richtung, in die der Kutscher gezeigt hatte. Auch Maikea neben ihm erwachte jetzt. Sie sah verschlafen aus und schien nicht so recht zu wissen, wo sie sich befand und was gerade vor sich ging.

Er stieß sie mit dem Fuß an, etwas gröber als nötig. «Was immer der Idiot da vorne erzählt, zu deiner Heimatstadt wirst du das hier niemals machen», raunte er ihr zu, sodass es niemand sonst hören konnte.

«Das hatte ich auch nicht vor», zischte sie zurück. «Sobald ich alt genug bin, fahre ich zurück nach Juist und werde Inselvogtin.»

Weert lachte sie aus. Das tat gut, denn mit dem Lachen ließ er auch die Anspannung ein wenig los, die sich in ihm aufgebaut hatte. Noch einmal trat er nach ihrem Schienbein, doch diesmal war sie schneller, zog das Knie zur Seite, sodass sein Fuß das Ziel verfehlte und gegen einen Metallbeschlag knallte. Es tat höllisch weh, doch Weert wollte sich nichts anmerken lassen. Maikea tat so, als hätte sie nichts von alledem bemerkt. Wie sehr er sie verabscheute!

Die Frau auf dem Kutschbock drehte sich nun zu ihnen um, und Weert verzichtete auf einen weiteren Tritt in Maikeas Richtung.

Er schaute auf die Ansammlung roter und weißer Häuser, um die sich eine Mauer schnürte wie ein Gürtel. Zwei schlanke, hohe Türme und ein dicker kleinerer hoben sich gegen den Nachthimmel ab. An der nördlichen Seite von Esens stand etwas, das wie ein riesiger Vogel aus Holz aussah. Gewaltige Schwingen schlugen im gleichmäßigen Takt, ohne dass sie davonflogen.

«Die Peldemühle», erklärte der Kutscher, der seinen Blick beobachtet haben musste. «Der Wind treibt die Flügel an und bringt ein Gewinde zum Drehen. Und unten, zwischen zwei Mühlsteinen, wird das Korn gemahlen. So etwas gibt es auf eurer winzigen Insel nicht, was?»

Weert und Maikea schwiegen beide.

«Und dort, das große Haus in der Nähe der Kirche, das ist das Waisenhaus. Dahin bringe ich euch jetzt. Dort werdet ihr ab heute residieren.»

Er lachte und trieb die müden Pferde weiter an.

4

Niemals hatte Maikea ein solches Haus aus der Nähe gesehen. Es erschien ihr wie ein Palast, ein Waisenhaus hatte sie sich dürftiger vorgestellt. Konnte es sein, dass die ärmsten Kinder auf dem Festland ein besseres Dach über dem Kopf hatten als die wohlhabendsten Inselbewohner? Gerade, hohe Wände aus rotem Stein, so hoch, dass ihr schwindelig wurde, wenn sie zum dreieckigen Giebel aufblickte, in den ein Steinmetz ein kleines Kunstwerk gemeißelt hatte: eine Sonne und zwei Vögel mit gewaltigen Flügeln. Oder waren es Engel? Links und rechts neben der Tür waren lange Fenster in die Mauer eingelassen, fünf an jeder Seite, und genau darüber gab es noch einmal welche, so groß und so breit wie im Erdgeschoss.

Direkt über dem Eingang konnte Maikea trotz der Dunkelheit eine Inschrift entziffern: *Wie teuer ist deine Güte, dass Menschenkinder unter dem Schatten deiner Flügel Zuflucht haben.* Die Worte beruhigten sie. Maikea atmete tief durch, dann nahm sie ihr Bündel und stieg hinter Weert aus der Kutsche. Die Frau, die sie seit ihrer Ankunft auf dem Festland begleitete, ohne ein Wort gesprochen zu haben, reichte ihr dabei die Hand. Als der Kutscher sich mit einem kurzen Gruß verabschiedete und davonfuhr, mochte Maikea die Hand der stummen Frau nicht loslassen. Sie war warm und weich, und das tat in diesem Moment sehr gut.

Ein dicker Mann öffnete die Tür. Er hatte kaum Haare auf dem Kopf, dafür waren seine Wangen und sein Kinn mit einem Bart bedeckt, der bis zur Brust reichte. Seine Stirn war so zerfurcht wie der Sand an der Wasserkante bei Ebbe.

Wenn das Pastor Bilstein ist, dachte Maikea, musste er wesentlich jünger sein als Pastor Altmann. Dennoch wirkte er betagt und müde. Er lächelte nicht und streckte ihnen auch keine Hand zum Gruß entgegen. Er sagte nur: «Noch zwei hungrige Mäuler, die es zu stopfen gilt.» Dann zeigte er mit ungeduldiger Geste in den Flur.

«Los, los! Es ist schon viel zu spät. Das Nachtgebet ist

gesprochen, und die Teller sind ohnehin längst leer gegessen und abgeräumt.» Er musterte die beiden Neuankömmlinge mit skeptischem Blick, strich mit einem Finger fest über Maikeas Wange und hielt ihn in das karge Flurlicht. «Ein schmutziges Mädchen bist du.»

Maikea musste schlucken. So etwas Gemeines hatte noch nie ein Mensch zu ihr gesagt. «Wir waren ja auch den ganzen Tag unterwegs und …»

«Hier wird nur gesprochen, wenn man etwas gefragt wurde, verstanden?»

Der Mann, der sich noch nicht einmal vorgestellt hatte, aber allem Anschein nach der Leiter in diesem Haus war, schob sie hinter der stummen Frau in den Flur. «Helene zeigt euch die Waschräume, dann weist sie euch die Betten zu. Ich erwarte, dass ihr keinen Lärm macht, kein Wort sprecht und niemanden durch euer Benehmen aus dem Schlaf reißt. Denn morgen heißt es bei Sonnenaufgang aufstehen, damit alle ihr Tagewerk im Namen Gottes erledigen können.»

Damit machte er auf dem Absatz kehrt und verschwand durch eine Seitentür.

Die stumme Frau zog Maikea hinter sich her. Weert folgte mit schlurfendem Schritt. Es war schwer, seinen Gesichtsausdruck zu deuten, aber er schien auch nicht gerade erfreut über den Empfang zu sein.

Er baute sich auf, wie er es immer tat, wenn er protestieren wollte. «Soweit ich weiß, zahle ich aus dem Erbe meines Vaters eine Menge Geld an dieses Haus, also kann ich doch …»

Helene drehte sich hektisch um. In ihren Augen spiegelte sich Angst. Sie legte den Finger auf die Lippen und brachte Weert damit zum Schweigen.

Obwohl sich Maikea manches Mal gewünscht hatte, ihr Erzfeind hielte für einen Moment seinen Mund, wäre es ihr heute lieber gewesen, er hätte weitergesprochen.

Die junge Frau zog sie schweigend weiter. Sie war recht hübsch und hielt ihr wildes Kraushaar im Nacken zusammengebunden.

Im Flur roch es jetzt nach Kohl und Brot, der Raum links schien der Speisesaal zu sein. Ein Dutzend eng aneinandergestellte Holztische und Bänke lagen im Halbdunkel. Maikea hatte Durst und Hunger, aber die Worte des Heimleiters waren eindeutig gewesen: Für sie gab es heute nichts mehr zu essen.

Im hinteren Bereich führten Stufen in das obere Stockwerk. Noch nie hatte Maikea ein zweigeschossiges Haus betreten. Die steile Stiege war ihr nicht ganz geheuer, und sie umfasste Helenes Hand noch fester. Was, wenn die Dielen nachgaben und sie in die Tiefe stürzten?

Aber als sie oben ankamen, stellte Maikea erleichtert fest, dass nichts schwankte und der Boden unter ihren Füßen standhielt. Sie wurden in ein enges Zimmer geführt, in dem einige Wasserschalen und Krüge aufgestellt waren. Es roch merkwürdig hier, nach Ölen oder Salzen. Maikea hatte so einen Duft noch nie in der Nase gehabt.

Als sie die grauen Würfel sah, die neben den Waschschüsseln lagen, wusste sie allerdings, dass es sich um Seife handelte. Damit wuschen sich die feinen Herrschaften, das hatten die Insulaner immer erzählt.

Helene bedeutete ihr, sich zu entkleiden, dann führte sie Weert aus dem Raum. Maikea war erleichtert. Sie hätte nicht gewollt, dass er ihr dabei zusah.

Langsam schob sie ihr Kleid über den Kopf. Sand rieselte heraus. Sie zuckte kurz zusammen, Juister Sand. Er lag auf dem Boden, und ihre Zehen konnten die feinen Körner spüren. Es war zu wenig, als dass sie ihn zusammenfegen und aufbewahren könnte. Wie gerne hätte sie ein Andenken gehabt an die Insel, nach der sie sich jetzt schon so sehr sehnte, dass es ihr in der Brust wehtat.

Das Wasser war kalt und stank. Auf Juist hatten sie einen Brunnen gehabt, aus dem man klares, frisches Süßwasser aus der Tiefe holen konnte. Es fühlte sich gut auf der Haut an und schmeckte besser als alles andere, was Maikea je getrunken hatte. Aber in diesem Waschraum würde sie ihren furchtbaren Durst nicht stillen können, diese milchige, trübe Brühe könnte sie nie herunterschlucken.

Maikea trug jetzt nichts mehr außer der Kette, an der das Medaillon ihrer Mutter baumelte. Vorsichtig öffnete sie den Verschluss und starrte auf die zwei Porträts ihrer Eltern, als sie noch jung waren. Als sie noch lebten.

Maikea holte ihr Nachthemd aus dem Beutel und schlüpfte hinein. Im Stoff vermochte sie noch den Geruch ihrer Kate wahrzunehmen. Das warme, rußige Feuer im Kamin und die salzigen Aromen der Wattkräuter, die dort zum Trocknen an der Decke hingen. Ein bisschen erschnupperte sie auch die Daunen, die in ihrem Kissen gesteckt hatten. Es roch wunderbar.

Maikea löste ihre Zöpfe, fuhr sich mit den Fingern durch die blonden Haare und nahm schließlich den Kamm zu Hilfe, den ihr Geesche Nadeaus vermacht hatte. Er war aus Perlmutt, glatt und kühl, und wäre es hell gewesen im Waschraum, dann hätte man die Farben des Regenbogens erkennen können, die auf dem Weiß schimmerten. Früher, als ihre Mutter noch kräftig genug gewesen war, hatte sie ihr immer die Haare gekämmt und geflochten. Das Kämmen hatte sich stets wie sanftes Streicheln angefühlt. Nun versuchte Maikea, sich selbst damit ein Gefühl der Zärtlichkeit zu geben, aber die Haare waren verknotet, und der Kamm verhakte, dass es schmerzte. Maikea wollte fort von hier.

In dem Moment kam Helene herein und streckte die Hand nach ihr aus. Ihre hochgezogenen Mundwinkel zitterten unsicher. «Es wird schon werden», sagte sie, und Maikea erschrak, als sie erstmals ihre Stimme vernahm.

Der Schlafsaal war das größte Zimmer, in dem Maikea sich je befunden hatte. Durch die hohen Fenster schien der Mond herein und ließ die Sprossenscheiben gitterartige Schatten werfen, die sich wie Fischernetze über die Schlafstätten legten. Es war vollkommen still hier, und einen Moment hatte Maikea das Gefühl, ganz allein im Raum zu sein.

Ihr Bett befand sich in der Mitte des Saals und war nicht mehr als eine mit Leinenstoff bespannte Pritsche aus Stroh, hart und kratzig. Zudem lag da schon jemand auf der schmalen Liegefläche. Maikea konnte schemenhaft zwei Zöpfe erkennen. Sie würde ihre Arme und Beine eng anwinkeln müssen, damit beide Platz fanden. Die Bettnachbarin war ein wenig kleiner als sie und schien sich von ihrer Ankunft nicht stören zu lassen. Ihr Atem ging gleichmäßig und tief, als würde sie schlafen.

Helene brachte eine dünne Decke, die sie über Maikeas Beine legte. Kurz strich sie ihr mit der Hand über den Scheitel und schlich dann eilig davon.

Maikea drehte sich auf die Seite. Sie hörte ihr Herz klopfen, ganz laut, aber es übertönte nicht die Schlafgeräusche der anderen Kinder, die sie nun vernahm.

«Wie heißt du?», fragte plötzlich eine Stimme direkt neben ihr. Es war ein fast unhörbares Flüstern, aber Maikea zuckte zusammen, als sei es ein Donnergrollen gewesen.

«Entschuldige, ich wollte dich nicht erschrecken. Ich bin Jantje. Ich wollte doch nur wissen …» Ein Ächzen aus dem Bett links ließ die Bettnachbarin verstummen.

Maikea wartete eine Weile, doch als alles ruhig blieb, drehte sie sich zu Jantje.

«Ich bin Maikea.»

«Woher kommst du?»

«Von Juist.»

«Wirklich von der Insel?» Ihre Bettnachbarin schien erstaunt zu sein und richtete sich ein wenig auf. «Da wohnen doch die Wilden!»

«Unsinn!» Maikea musste kichern.

«Doch, die essen da rohen Fisch und Vogeleier!»

Jetzt wurde aus dem Kichern ein Lachen. «Wer behauptet das?»

Zwei Betten weiter machte jemand «Psst!». Maikea versuchte, sich zurückzuhalten.

«Die Rauschweiler. Unsere Lehrerin in der Weberei.»

«Weberei?»

«Ja, da arbeiten wir nach der Schule. Wir machen Trachtenstoffe. Die verkauft der Pastor dann.» Jantje seufzte. «Es ist sehr anstrengend.»

Maikea hatte nie besonderes Talent bei der Handarbeit gezeigt. Wenn sie nähen sollte, stach sie sich stets den Finger blutig. Und am Spinnrad hatte sie mehrmals den Faden so unlösbar verknotet, dass die Frauen sie irgendwann gar nicht mehr an das Gerät ließen.

«Müssen die Jungen auch am Webstuhl hocken?», fragte Maikea.

«Denen geht es noch viel schlechter.»

«Weshalb?»

«Sie müssen im Garten arbeiten. Rüben und Kohl pflanzen. Die Hühner füttern. Und manchmal auch am Deich bauen, wenn der ausgebessert werden muss. Und zwar bei jedem Wetter!»

Maikea fand im Gegensatz zu Jantje, dass sich diese Tätigkeit sehr spannend anhörte. Warum nur war sie kein Junge?

«Die Rauschweiler hat gesagt, die Wilden auf der Insel können nicht lesen und schreiben.»

«Können wir wohl! Ich hab sogar schon das Neue Testament gelesen!»

«Ganz?»

«Na ja, bis auf die Offenbarung. Die war mir zu unheimlich.»

Jantje legte sich wieder ins Kissen zurück. «Da bin ich ja froh.»

«Froh, dass du nicht mit einer Wilden das Bett teilen musst?»

«Genau.»

Maikea merkte, wie ihr die Augen zufielen.

«Gute Nacht», murmelte sie.

«Gute Nacht.» Jantje rückte ein Stück näher heran. Es war nicht zu eng, im Gegenteil, es tat Maikea gut. Endlich war sie nicht mehr so allein.

5

Die Männer unterhielten sich im Flüsterton.

Angeblich waren Soldaten des Fürsten unterwegs. Wie immer, wenn sich die Situation zuspitzte, schickte *Georg Albrecht* seine Salvegarde los, um für Ruhe und Ordnung zu sorgen. Eine Ordnung im Sinne des Fürstenhauses. Für diese Männer handelte es sich jedoch vielmehr um Zensur und Unterdrückung.

Im engen Hinterzimmer brannten nur zwei mickrige Kerzen. Zu viel Licht wäre gefährlich. Man könnte es vielleicht von der Straße aus sehen. Um diese Uhrzeit hielt sich normalerweise niemand mehr in der Werkstatt auf. Und je weniger man von den anderen Mitstreitern wusste und sah, desto weniger würde verraten werden, sollten die Soldaten einen von ihnen doch eines Tages erwischen und in die Zange nehmen.

Auch ihr Anführer, den sie nur den Weißen Knecht nannten, kannte die wenigsten Männer beim Namen. Aber er kannte ihre Schicksale, denn sie alle hatten unter dem Machtstreben des Fürsten gelitten, jeder auf seine Art.

«Dem Fürsten geht es von Tag zu Tag schlechter», wusste einer von ihnen zu berichten. Er hatte nach dem Bürgerkrieg fast vier Monate im Gefängnis gesessen, weil er auf der Pfefferstraße einem Soldaten zwei Finger abgeschlagen hatte. Und auch danach hatte er ständig unter Beobachtung gestanden und war für das geringste Vergehen gleich wieder inhaftiert worden. Zuletzt, weil er dem Bäcker gegenüber erwähnt hatte, dass sich die Deichpflege in Dornum immer schwieriger gestalte aufgrund der verpfändeten Steuergelder. «Aufrührerische Reden», hatte das Hofgericht befunden. Erst seit acht Wochen war er wieder frei.

«Georg Albrecht, der uns gottesfürchtiges Hungern aufzwingen will, er frisst sich langsam zu Tode, wenn ihr mich fragt. Das fette Essen, das träge Herumsitzen ... Kein Wunder, wenn sein adeliges Blut verklebt und das Herz schlappmacht.»

«Sofern er eines hat», rief ein anderer dazwischen. Er war jünger als die anderen, ein Hitzkopf.

«Nicht so laut!», mahnte der Weiße Knecht.

«Aber es ist doch wahr! Wozu haben wir in Ostfriesland diese besondere Art der Freiheit, wenn wir nicht reden dürfen?»

«Genau! Unsere Vorfahren haben dafür gekämpft, sie haben Deiche und Straßen gebaut und die Felder bestellt, weil sie fest daran glaubten, dass sich niemand hier jemals durch Fürstenhäuser oder Kirchenhäupter einschränken lassen muss. Will ich denn den Glauben meines Vaters und Großvaters verraten?»

Es war wie so oft, wenn sie sich trafen. Irgendwann kochte die Stimmung hoch, dann war es beinahe unmöglich, das halbe Dutzend Männer ruhig zu halten. Dabei hatten sie heute Nacht noch einiges zu besprechen.

«Wenn ich überlege», sagte wieder der Erste, «dass auch Mitglieder des Cirksena-Geschlechts den *Freiheitsbund* zugesichert haben, von dem die Nachfahren jetzt anscheinend nichts mehr wissen wollen, dann ...»

«Das ist doch schon dreihundert Jahre her.»

Der Hitzkopf stand auf, sprang auf den Tisch und zeigte seine geballten Fäuste. «Aber die Macht der Cirksena beruht auf diesem Schwur. Es ist richtig, dass wir den Fürsten immer wieder daran erinnern. Zur Not mit Gewalt.»

«Dann landest du im Gefängnis. So wie ich.»

«Das ist mir egal! Wenn man für die Wahrheit ins Gefängnis gesteckt wird, dann stimmt doch etwas nicht.» Der Hitzkopf zuckte mit den Achseln und setzte sich wieder hin.

Damit hatte er natürlich recht, das war auch dem Weißen Knecht klar. All die Rechte, die schon im Mittelalter am *Upstalsboom* beschlossen worden waren und den Charakter der Küstenbewohner geprägt hatten, wurden in den letzten Jahren mit Füßen getreten. Kanzler Rudolph Brenneysen wollte für Ostfriesland den Absolutismus. Alles würde dann in Fürstenhand liegen: Religion, Steuergelder, Gesetzgebung. Nur den ungeliebten Deichbau, der Geld verschlang und harte Arbeit bedeutete, wollte man den Ständen überlassen. Es wurde gemunkelt, im Fürstenhaus würden täglich zehn Gänge und mehr als Mahlzeiten gereicht, die Herrscher kleideten sich in Samt und Brokat, während sie dem Volk Fleiß und fromme Bescheidenheit verordneten.

Die Macht der Cirksena lag im Freiheitsbund begründet; der Urahn Ulrich I. würde sich wohl im Grabe umdrehen, dachte der Weiße Knecht, wenn er sehen könnte, was nun daraus geworden war.

Dagegen hatten die Rebellen in der Pfefferstraße gekämpft. Und deshalb hatte einer von ihnen seine Freiheit eingebüßt. Jener Mann hatte keinem erzählt, was ihm im Gefängnis angetan worden war. Aber er war seitdem nicht mehr derselbe. Früher hatte er als freier Bauer seinen Lebensunterhalt verdient und im Winter den Deich bei Dornum ausgebessert, wenn es nötig war. Die Zeit hinter Gittern hatte ihn altern lassen, er ging nun gebeugt und fegte die Straßen von Esens. Aber seine innere Stärke hatte er behalten.

Die Männer hier hatten sich für den Widerstand entschieden, aber dennoch die Zusammenarbeit mit den *Renitenten* in Emden abgelehnt. Sie waren eben wirkliche Freiheitskämpfer und trachteten nicht danach, lediglich die Herrscher auszuwechseln. Die Emder machten gemeinsame Sache mal mit Holland und mal mit den Preußen, um ihr Ziel zu erreichen. In den Augen des Weißen Knechts beriefen sie sich zwar auf die friesische Freiheit, doch in Wahrheit sicherten sie nur ihre Positionen, falls die Gegner Ostfrieslands eines Tages die Herrschaft übernahmen. Das war nicht mutig, das war nicht der Kampf, den er anstrebte.

«Das Problem ist nur, je schwächer der Fürst wird, desto stärker ist der Kanzler!», gab er nun zu bedenken, trank einen Schluck aus seinem Krug und wischte sich mit seinem zerfledderten Ärmel über die Lippen. «Viel Zeit bleibt uns wahrscheinlich nicht.»

Jetzt waren sie wieder beim Thema. Es ging um den Plan, den er in den letzten Tagen ersonnen hatte und der so bald wie möglich in die Tat umgesetzt werden sollte. Er stellte sich aufrecht hin und sah ernst in die Runde.

«Es wird Zeit zu handeln. Bevor Georg Albrecht stirbt und Kanzler Brenneysen die ganze Macht an sich reißt, sollten wir die Sache wagen.»

Alle stimmten kopfnickend zu. Sie hörten auf das, was der Weiße Knecht sagte.

Ihr Anführer wusste um seine Wirkung. Er war groß, stark und hatte dunkle Augen, die eng zusammenlagen und im Kontrast zu seinem hellen, zusammengebundenen Haar und der von ihm gewählten weißen Kleidung standen. Er war eine wilde Mischung aus friesischem Stolz und fremdländischer Bedrohung. Wenn man ihn nach seinem Stammbaum fragte, um seinem ungewöhnlichen Aussehen auf die Spur zu kommen, dann schwieg er. Seine Herkunft ging niemanden etwas an, genauso wenig wie sein wirklicher Name. Er war jetzt und heute der Weiße Knecht. Und wenn der Kampf irgendwann einmal gewonnen war, dann würde er sich einen neuen Namen suchen. Und ein neues Leben beginnen. Er hatte keine Angst, unbekannte Wege einzuschlagen. Seit er geboren war, hatten sich die verschiedenen Zeiten zusammengesetzt wie ein Flickenteppich. Die Kindheit, die frühen Erwachsenenjahre und das Jetzt hatten nichts miteinander zu tun, und doch ergaben sie in ihrer Gesamtheit eben sein Leben. Er war schon Mitte zwanzig, und obwohl er weder ein Weib noch ein Kind und auch kein Haus sein Eigen nannte, hatte er es weit gebracht. Immerhin war er eine wichtige Figur in einer politischen Auseinandersetzung. Und diejenigen, die mutig genug waren, dafür ihr Leben zu riskieren, hatten ihn als Anführer gewählt und vertrauten auf seine Erfahrung.

«Erzähl uns deinen jüngsten Plan!», forderte der Straßenkehrer. «Wie willst du an den Jungen herankommen? Er ist, soweit ich weiß, besser bewacht als die Juwelen des englischen Königshauses.»

«Und genau darin liegt unsere Möglichkeit», antwortete der Weiße Knecht. «Keiner seiner Schritte ist ungeplant. Wenn wir wissen, wohin seine Minister ihn schicken, ist es ein Leichtes für uns, ihn zu schnappen.»

«Aber er hat immer einen Pulk Soldaten um sich geschart.»

«Das mag sein. In Georg Albrechts Sohn liegt immerhin die Zukunft Ostfrieslands. Wie ihr wisst, gibt es diese Klausel: Sollte das Fürstengeschlecht der Cirksena in der männlichen Linie aussterben, so fällt unsere Heimat in die Hände anderer Herrscher.»

Der Straßenkehrer nickte. «Derzeit haben die Welfen und die Preußen ihre Fühler nach dem Fürstentitel ausgestreckt. Aber man munkelt, Fürstin Sophie Caroline schaut sich schon jetzt nach einer Schwiegertochter um, damit genug Zeit bleibt, einen Nachfolger zu zeugen.»

«Dabei ist der Thronfolger doch gerade erst dreizehn

Jahre alt geworden!», wusste einer der Männer, der als Kutscher für das Fürstenhaus arbeitete. «Bei der Festlichkeit zu seinem Geburtstag hat der Zuckerbäcker seine Initialen und eine kleine Garnison aus essbaren Soldaten auf den Tisch gezaubert. Die Kanonen konnten sogar schießen. *Carl Edzard* soll sich gefreut haben wie ein kleiner Junge.»

«In seinem Kopf soll er ja auch nicht älter sein als fünf», fügte der Straßenkehrer hinzu. Er wusste immer am besten, was im Volk gemunkelt wurde. «Ein echter Sprössling der Adelsinzucht. Fettleibig, dämlich und verhätschelt. Stimmt es eigentlich, dass der Bäcker den Zuckersoldaten aus Versehen die preußische Uniform angezogen hat statt der rotgelben Röcke der ostfriesischen Truppen?»

Der Kutscher nickte grinsend. «Alle haben es gemerkt außer dem Thronfolger, dem das Wasser im Munde zusammenlief und der vor lauter Gier den Soldaten den Kopf abgebissen hat.»

«Auch ein Sieg gegen die Preußen!», rief der Hitzkopf.

Die Männer lachten. Der Weiße Knecht blieb jedoch ernst. Wenn es nicht so traurig wäre, dass die Steuergelder im Magen eines Taugenichts landeten, dann hätte er vielleicht auch seinen Spaß an den Erzählungen gehabt.

Der Straßenkehrer setzte jetzt noch einen obendrauf: «Na, dann bleibt abzuwarten, ob Carl Edzard überhaupt in der Lage ist, irgendeiner Cousine ein Kind in den Leib zu pflanzen. Wahrscheinlich findet er ohne seinen persönlichen Hofmarschall den Eingang gar nicht.»

«Zur Schlafkammer oder zum Weib?»

Das Lachen wurde nun so laut, dass der Weiße Knecht mahnend den Arm hob. «Ruhe jetzt!», rief er und schlug mit der Faust auf die Tischplatte, dass die Bierkrüge hüpften. Sein Einsatz verfehlte die Wirkung nicht. Er blickte in fünf Augenpaare, die sich jetzt alle voll angespannter Erwartung auf ihn richteten.

«Der Kanzler hat verlauten lassen, dass Carl Edzard demnächst öfter in der Öffentlichkeit zu sehen sein wird. Es sei an der Zeit, dass der Thronfolger sein Land kennenlernt.»

Die Männer staunten. Sie wussten, dass der Thronfolger bisher keine weiten Reisen unternommen hatte. Seit seiner Geburt hielt sich Carl Edzard hauptsächlich am Auricher Hof auf. Wenn überhaupt, fuhr man – wie es das exaltierte Fürstenhaus ausdrückte – zum Plaisir ins fürstliche Lustschloss zu Sandhorst. Dort hörte die Welt für die Fürstenfamilie auf.

«Bei diesen Reisen soll vor allem die Volksnähe des Fürstenhauses demonstriert werden. Und da die Fürstin ein Waisenhaus in Esens unterhält, wird dieser Ort vermutlich auch auf der Route liegen. Eine geniale Gelegenheit für uns!»

Nun meldete sich der Kutscher zu Wort: «Bei allem Respekt, Weißer Knecht, aber erkläre mir bitte mal, wie du das überhaupt in Erfahrung bringen willst. Wann und wohin die Mitglieder der Fürstenfamilie ihre Reisen unternehmen, weiß ja noch nicht einmal der Stallmeister. Ausfahrten der hohen Herren werden immer nur kurz vorher bekannt gegeben. Aus Angst vor …, hm, na ja, wahrscheinlich aus Angst vor Leuten wie uns. Woher also sollen wir wissen, wann dieser Besuch sein wird?»

«Das lass mal meine Sorge sein.»

Der Weiße Knecht würde seinen Plan nicht in allen Einzelheiten ausbreiten. Das war zu gefährlich. Denn die Zeit drängte. Dem Fürsten ging es nicht gut, und sein Kanzler leitete bereits alle Geschäfte. Brenneysen war berüchtigt für sein rigoroses Vorgehen gegen die Aufständischen. Es musste ihnen gelingen, den Thronfolger in ihre Gewalt zu bringen. Dann waren sie ihrem Ziel ein Stück näher. Wenn sie den schwächlichen Carl Edzard erst entführt hatten, würde das Fürstenhaus keine Wahl haben, dann mussten sie sich endlich an den alten Freiheitsschwur erinnern.

«Wenn es so weit ist, werde ich euch informieren. Es kann sich nur um wenige Wochen handeln. Also haltet euch bereit.»

Doch das war den Männern nicht genug.

«Wie wollen wir ihn überhaupt in unsere Gewalt bekommen? ... Wo werden wir den Fürstensohn verstecken? ... Wer bringt die Forderungen an den Hof?»

Sie sprachen alle durcheinander, doch er blieb ihnen die Antworten schuldig. Es war besser, wenn diese Männer nicht alles wussten.

«Wenn sich die Fürstin wieder auf den Heimweg macht, schlagen wir zu. Was meinst du, Kutscher, kannst du sicherstellen, an dem Tag einen Wagen zu lenken?»

Der Kutscher blickte skeptisch drein. «Für das Waisenhaus war ich schon manches Mal tätig. Erst heute habe ich zwei Kinder auf Geheiß des Pfaffen vom Norder Hafen abgeholt und nach Esens gebracht. Ich könnte ja mal nachfragen ...»

«Tu das. Wir müssen wissen, durch welches Tor der Fürstensohn die Stadt Esens verlassen wird.»

«Und wie erfahren wir die richtige Uhrzeit?»

Der Weiße Knecht zögerte kurz. «Ich habe Kontakt zu einer Person im Waisenhaus. Sie wird mir ein Zeichen geben. Und dann können wir uns auf den Weg machen.»

«Aber wenn wir uns schon vorher versammeln, könnte jemand Verdacht schöpfen.»

«Da hast du recht, Straßenkehrer. Wir müssen aus allen Himmelsrichtungen kommen. Und wir sollten unterschiedliche Kleidung tragen. Lumpen und Hemden, Röcke und Hirtenfell. Dann wird niemand auf den Gedanken kommen, dass wir eine Gruppe sind. Zugreifen können wir allerdings erst, wenn die Stadtwache außer Sichtweite ist. Ich schlage vor, wir bleiben in Sichtweite des Herdetors.»

«Und wann genau sollen wir dort eintreffen?»

«Der Tag steht noch nicht fest. Aber wenn euch meine Nachricht erreicht, dann treffen wir uns, wenn *St. Magnus* sechs Uhr geschlagen hat.»

6

Eine Freundin zu haben war etwas ganz Neues für Maikea. Auf Juist war sie mehr ihre eigenen Wege gegangen, vielleicht, weil sie sich immer so sehr von den anderen Kindern unterschieden hatte.

Doch mit Jantje war es etwas anderes. Zwar war das Mädchen erst zehn und liebte es, mit ihrer Puppe zu spielen und Süßgebäck zu knabbern. Zudem hatte sie andere Vorstellungen vom Leben: Ihre Mutter arbeitete am Fürstenhof, also war es Jantjes größter Wunsch, ebenfalls einmal für die Herrscherfamilie das Leinen zu schrubben oder die Betten zu machen. Unvorstellbar für Maikea. Aber die Andersartigkeit störte die beiden Mädchen nicht, im Gegenteil, sie bereicherte ihre Freundschaft sogar.

Jantje verteidigte ihre neue Bettnachbarin tapfer, wenn die anderen Heimkinder sie als «Wilde von der Insel» hänselten. Zum Glück war sie beliebt, und die anderen hörten bald auf sie und unterließen die Lästereien. Maikea dagegen half dem wesentlich kleineren, etwas rundlichen Mädchen mit den großen dunklen Augen und den roten Wangen, wenn es schwere Lasten zu tragen gab oder sie an etwas gelangen musste, das ganz oben im Schrank lag.

Ihre Freundschaft war nach wenigen Tagen bereits so fest, als hätten sie sich schon ein Leben lang gekannt. Insbesondere in der Weberei, die neben dem Wohnhaus lag und in der die Mädchen ihre Nachmittage verbringen mussten, wäre Maikea ohne sie sehr unglücklich gewesen.

«Diesen Lappen würde ich nicht einmal in die Hand nehmen, um damit den Küchenboden aufzuwischen.» Die Rauschweiler stand hinter Maikea, mit verschränkten Armen und gerümpfter Nase.

Seit drei Wochen postierte die Leiterin der Weberei sich nun schon jeden Tag in ihrem Rücken, blickte ihr misstrauisch über die Schulter und schimpfte, selbst wenn Maikea sich noch so sehr anstrengte, alles richtig zu machen.

Jantje lächelte jetzt zu ihr hinüber. Manchmal zwinkerte sie ihr auch zu, um Maikea daran zu erinnern, wie sie sich abends flüsternd über ihre strenge Lehrerin lustig machten. Die Rauschweiler war so mager, man wunderte sich, dass ihre Knochen beim Gehen nicht klapperten und knirschten. Zudem machte sie stets ein Gesicht, als habe sie eben in einen unreifen Apfel gebissen.

Maikea blickte auf ihre Finger. Sie waren rot und wund. Obwohl alle gesagt hatten, nach einer Woche würde sich die Haut an die raue Wolle und das einschneidende Leinen gewöhnt haben, tat die Arbeit am Webstuhl noch immer weh.

Warum hakten die Kämme zum Festschieben des Wollgarns nur bei ihr? Die Schiffchen der anderen Webstühle rauschten nur so zwischen den gespannten Kettfäden hindurch. Und niemandem außer ihr schien es Schwierigkeiten zu bereiten, mit dem Pedal die Schäfte zu verstellen. Die anderen hatten schon eine Elle vollendet, wenn sie gerade mal eine Handbreit gewebt hatte – und das auch mehr schlecht als recht, denn von einem festen Musterstoff war ihr Ergebnis noch weit entfernt.

«Wir weben hier in Ostfriesland den *Fiefschaft*», erklärte die Rauschweiler streng. «Das bedeutet, die Leinenfäden müssen jedes fünfte Mal über dem Schuss liegen. Und dann musst du das ganz dicht heranschieben.» Sie griff von hinten in Maikeas Arbeit und hantierte geschickt mit dem hölzernen Kamm. Ihre Bewegungen waren voller Ungeduld und Wut. «Das soll einmal ein feines Tuch für eine Tracht werden! Aber wenn ich mir dies hier so anschaue, dann würde ich es eher für eine Satteldecke halten ... Wie willst du überhaupt jemals einen Mann finden, wenn du dich so ungeschickt anstellst? Immerhin bist du schon fast zwölf! Bald wirst du für dich selbst sorgen müssen. Und bei deiner Ungeschicklichkeit wird das schwierig. Und wenn du dann keinen Mann findest ...»

«Aber Sie sind doch auch unverheiratet, oder nicht?»

Jantje legte angstvoll den Finger auf ihre Lippen, doch Maikea dachte nicht daran zu schweigen. Die letzten drei Wochen hatte sie sich dieses bösartige Gerede schon anhören müssen. Außerdem war sie es leid, in zu engen Betten schlafen zu müssen und dreimal am Tag auf den Knien zu beten. Das Essen war wässrig und in jämmerliche Portionen eingeteilt. Und zu allem Überfluss waren sie gezwungen, nach dem Unterricht noch fünf Stunden am Tag für ihren Unterhalt zu arbeiten.

«Ich vergaß», kam prompt die bissige Reaktion der

Lehrerin. «Ich habe es hier ja mit einer Wilden zu tun. Was kann man von einem Inselkind außer unflätigem Benehmen und linkischem Ungeschick schon erwarten?»

«Nun, ich kann lesen, rechnen und schreiben. Und ich kann Vogelarten bestimmen und Heilkräuter sammeln. Ich weiß, wie man Strandhafer pflanzt und einen Gemüsegarten pflegt und ...»

«Halt den Mund!», fuhr die Rauschweiler dazwischen. «Du weißt genau, was der Herrgott vom Hochmut hält. Als Junge könntest du auf all diese Dinge stolz sein, als Mädchen solltest du dich schämen!»

Ein sonores Räuspern ließ sowohl Maikea wie auch die Lehrerin zusammenzucken.

«Gibt es Probleme?», fragte Pastor Bilstein.

«Dieses Mädchen hier ist ein einziges Problem», gab die Rauschweiler zur Antwort und schlug demonstrativ auf Maikeas Rücken. «Sie will nicht arbeiten, und sie gibt Widerworte, wenn ich sie zur Sorgfalt ermahne. Pastor, wirklich, ich glaube, das Kind ist für unser Heim nicht tragbar.»

«Soso.» Pastor Bilstein kratzte sich den Bart. Er war ein unleidlicher Mann; die Kinder trauerten dem vor vier Jahren verstorbenen Gründer des Waisenhauses nach, der ein warmherziger Mann gewesen sein soll. Sein Nachfolger hatte schon nach zwei Jahren das Weite gesucht, und auch dem aus Halle herberufenen Pastor Bilstein schien die Leitung des Heims nicht so sehr zu behagen. Außerhalb der Andachten, die dreimal am Tag in der kleinen Kapelle stattfanden, ließ er sich nur selten blicken. Man munkelte, er sitze stundenlang in seiner Schreibstube und zerbräche sich den Kopf, wie man das Geld für die Erhaltung des Heimes aufbringen könnte. Denn – so viel hatte Maikea schon verstanden – er hatte bei den Regierenden Rechenschaft über seine Arbeit abzulegen.

Fürst Georg Albrecht war zwar ein sehr frommer Mann und seine Frau Fürstin Sophie Caroline die Schirmherrin des Waisenhauses, dennoch achtete Kanzler Brenneysen sehr genau darauf, wo im Namen der Herrscher Geld ausgegeben oder eingenommen wurde. Erschwerend kam hinzu, dass die Handwerker und Bauern in der Stadt es nicht gerade begrüßten, wenn die Heimkinder ihre Ware auf dem Markt anboten. Mehr als einmal waren die Glasscheiben im Amtszimmer des Pastors zertrümmert gewesen. Und viele Einwohner drehten dem Pastor den Rücken zu, wenn er durch die Straßen lief. Angeblich waren die Gottesdienste des zweiten Pastors von Esens auch stets besser besucht als die von Pastor Bilstein. Sonntags füllten seine Messen in St. Magnus nur die vordersten Reihen.

Sein Missmut war also gefürchtet. Und nun sah Maikea sich seinem unverblümten Groll ausgeliefert. Doch statt die Schultern einzuziehen und den Kopf gesenkt zu halten, drehte sie sich um, setzte sich kerzengerade hin und blickte dem Gottesmann direkt in die Augen.

«Die Lehrerin hat recht: Ich tauge nichts am Webstuhl. Aber ich bin trotzdem gern bereit, mich nützlich zu machen für das Heim. Wenn Ihr mir doch nur die Möglichkeit dazu gäbet ...»

«Wer bist du, dass du mir etwas vorschreiben willst?» Das Gesicht des Pastors verfärbte sich rot.

Jeder wusste, dass er nicht angesprochen werden wollte, erst recht nicht von einem seiner Zöglinge.

Doch Maikea dachte nicht daran zu kuschen. Sie entschied sich, seine Frage wörtlich zu nehmen, stand auf und streckte ihm die Hand entgegen.

«Maikea Boyunga. Tochter des Inselvogtes von Juist. Ihr habt in einem Schreiben an meine Mutter gesagt, dass es Euch eine Ehre sei, mich in Eurem Heim zu erziehen. Im Dezember werde ich zwölf Jahre alt. Und ich mache alles, was Ihr von mir verlangt. Hauptsache, ich muss nie wieder an diesem schrecklichen Webstuhl sitzen.»

«Wie kannst du es wagen, so wenig Respekt vor dem Pastor an den Tag zu legen?» Die Rauschweiler schlug ihr mit der flachen Hand ins Gesicht. Sofort brannte die Stelle heiß.

Vor allen Leuten geschlagen zu werden, weil man seine Meinung geäußert hatte, war schmerzhaft. Doch Maikea blieb stehen.

«Pastor, ich kann schwere Dinge heben, ich weiß, wie man Gemüse pflanzt, und ich kann einen Spaten halten. Ich –»

«Jetzt ist Schluss!», dröhnte der Pastor und haute mit der Faust auf den Webstuhl, sodass das Holzgestell wackelte. Den anderen Kindern stockte der Atem. Selbst Maikea war jetzt eingeschüchtert. Hatte sie es zu weit getrieben?

«Pastor Bilstein?» Die Unterstützung, die Maikea in diesem Moment so dringend brauchte, kam aus einer Ecke, in der man sie nicht vermutet hätte. Kleinlaut erhob sich Jantje von ihrem Arbeitsplatz, strich sich den Rock glatt und zeigte ihr schönstes Lächeln.

«Pastor, es gibt da etwas …» Sie schlug die Augen nieder und senkte demütig den Kopf. Ihre langen, dunkelblonden Zöpfe baumelten über die Schultern. «Dürfte ich reden?»

«Ja, meinetwegen. Aber unterstehe dich, mich belehren zu wollen, Jantje Haddenga!»

«Es ist … Meine Mutter, sie arbeitet doch am Hof.»

«Das weiß ich, Kind. Komm zur Sache!»

«Also, die Fürstin Sophie Caroline ... nun ja, sie ist doch unsere Schirmherrin und wünscht, mehr aus unserem Hause zu erfahren.»

Die Gesichtsfarbe des Pastors wechselte augenblicklich ins Aschfahle. Wie klug von Jantje, ihr Anliegen mit den Wünschen der Obrigkeit zu verknüpfen, dachte Maikea. Aber worauf wollte ihre Freundin eigentlich hinaus?

«Könnte Maikea nicht ... Also, ich meine, sie ist doch stark und gut zu Fuß, könnte sie nicht so etwas wie eine Botin sein?»

«Eine Botin?» Pastor Bilstein lachte. «Die Idee ist vielleicht nicht die schlechteste. Aber dazu bräuchten wir eher einen unserer älteren Jungen. Dieser Weert Switterts zum Beispiel, er ist ohnehin zu alt für die Schulbank ...»

«Aber denkt doch an den Weißen Knecht und seine Leute. Die Bande soll schon öfter Kuriere in ihre Gewalt gebracht und ihnen Geheimnisse entlockt haben, die nur für die Ohren des Fürsten bestimmt waren. Bei einem Mädchen würde er wohl nie auf den Gedanken kommen.»

Dem Pastor war nur unschwer vom Gesicht abzulesen, dass ihn das Thema allmählich anwiderte, aber er würde in der Angelegenheit noch ein Machtwort sprechen müssen. Maikea wagte kaum zu hoffen, dass er Jantjes Idee zumindest überdenken würde.

Pastor Bilstein stand in der Tür, schaute von Jantje zur Rauschweiler und schließlich zu Maikea. Dann räusperte er sich.

«Nein. Ein Mädchen hat am Webstuhl zu arbeiten. So will es Gott, so hat es mein seliger Vorgänger festgelegt, so ist es vom Fürsten bestätigt. Also streng dich an, Inselmädchen, und sei dankbar und fleißig.» Ohne ein weiteres Wort verließ er den Raum.

Jantje schaute ihm enttäuscht hinterher, dann schenkte sie ihrer Freundin einen mitfühlenden Blick und zuckte traurig mit den Schultern. Maikea würde ihr dennoch für immer dankbar sein.

7

Je länger Weert die Frau beobachtete, desto besser gefiel sie ihm. Ihre wilden Locken verleiteten ihn zum Hineingreifen. Und dass sie so mager war, hatte auch einen gewissen Reiz: Wenn sie sich bückte, um Mehl aus dem Vorratsraum zu holen, schlotterte ihr das Kleid um den Oberkörper. Er konnte dann ihre festen, blassen Brüste sehen, was ihn erhitzte. Er wollte sie haben. Es drängte ihn geradezu, sie überall berühren zu können.

Weert war beinahe fünfzehn, und es wurde Zeit, dass er sich wie ein Mann benahm. Deshalb legte er es immer wieder darauf an, Helene zu treffen.

Auch in der Stadt kreuzten sich ihre Wege oft, denn aufgrund einer glücklichen Fügung hatte der Pastor ihn von der mühsamen Gartenarbeit erlöst und stattdessen zu seinem persönlichen Laufburschen gemacht. Weert kam herum und kannte mittlerweile so ziemlich jeden, der in Esens wichtig war. Und er verdiente sich ein kleines Zubrot. Denn die Briefe, die er für seinen Auftraggeber austrug, enthielten nicht selten Informationen, für die man im Ort gern ein paar Mariengroschen zahlte.

An diesem Mittag war Weert auf dem Weg zum Tuchmacher, der sich immer sehr für die Gewinne aus der Weberei des Kinderheims interessierte. Helene kam gerade aus der Bäckerei und hatte einen Korb unter dem

Arm, in dem vier Laibe Brot lagen. Sie schleppte schwer daran.

«Kann ich helfen, meine Hübsche?», versuchte er es.

Doch Helene schüttelte nur wortlos den Kopf und wurde noch nicht einmal langsamer. Weert lief hinter ihr her, tanzte zwei- oder dreimal um sie herum und probierte es mit Sätzen wie «Der Tag ist so schön, noch schöner wäre er, wenn wir ihn gemeinsam verbringen würden». So etwas in der Art hatten die jungen Männer auf Juist immer gesagt, wenn sie um ein Mädchen warben.

Aber Helene rollte nur die Augen und beschleunigte den Schritt. Der Rock rutschte ihr beim hastigen Laufen etwas nach oben und legte ihre nackten Knöchel frei.

Das hat sie absichtlich so eingefädelt, dachte Weert, sie wollte ihm den Kopf verdrehen. Also nutzte er die kleine Nische zwischen Münzerei und Goldschmiedewerkstatt, um sie gegen die Wand zu drücken und seinen Mund auf ihre Lippen zu pressen. Doch sie stieß ihn von sich und rammte ihm den Brotkorb in den Unterleib. Dann sah sie ihn das erste Mal direkt an und sprach: «Du verfluchter Bastard! Was bildest du dir ein?»

Diese Abfuhr schmerzte Weert. In jeder Hinsicht. Das Pulsieren seiner Lenden quälte ihn noch eine ganze Weile, doch von einer Küchenmagd als Bastard beschimpft und wie der letzte Dreck behandelt worden zu sein, setzte ihm weit mehr zu.

«Sie hat einen Kerl, möchte ich wetten», fügte Weert am späten Nachmittag hinzu, als er Rudger von diesem Erlebnis erzählte. Natürlich schilderte er die Begegnung etwas anders, als sie sich zugetragen hatte.

Rudger war sein Bettnachbar und kannte sich gut in der Gegend aus. Der rothaarige Waisenjunge war zu allen

Schandtaten bereit und so dumm wie der Klotz, an dem er täglich stand, um Holz für die Kamine zu spalten.

«Hast du sie mal mit einem Mann gesehen?», fragte er Weert.

«Nein, aber wenn sie mit der Küchenarbeit fertig ist, geht sie immer pünktlich aus dem Haus und hat dabei so einen seltsamen Blick ... Ich werde ihr auf die Schliche kommen. Du wirst schon sehen.»

Nach dem Abendessen postierte Weert sich direkt neben der Küchentür. Und als Helene ihre Schürze abgelegt hatte und beschwingten Schrittes Richtung St. Magnus verschwand, nahm er ihre Verfolgung auf. Aber je näher sie dem Stadttor kam, desto öfter sah sie sich um, beinahe schreckhaft, fand Weert. Er lief ganz eng an den Häusern entlang und entwischte ihrem Blick, indem er schnell in eine der schmalen *Lohnen* oder Hauseingänge schlüpfte. Jenseits der Stadtmauer band sie ihre Bluse auf, sodass der Stoff über ihre linke Schulter rutschte. Wie ein Versehen sollte es wirken, aber Weert ließ sich nicht hinters Licht führen. Als sie das Band aus ihren Haaren löste und die Locken auf ihre nackte Haut fielen, war ihm klar, dass er mit seiner Vermutung richtiggelegen hatte. Helene eilte zu einer geheimen Verabredung mit einem Mann.

Außerhalb der Stadt gab es keine dunklen Ecken mehr, in denen er schnell verschwinden konnte. Also hockte Weert sich hinter einen Busch und beobachtete Helene aus der Entfernung. Einige Ruten weiter stand ein Mann auf dem Weg, der auf Helene zu warten schien. Als sie auf seiner Höhe war, fassten sie sich an den Händen, rannten auf irgendeinen Feldweg – und waren verschwunden.

Die Eifersucht war ein brennendes Gefühl. Weert versuchte, es herunterzuschlucken, aber es saß hartnäckig in seinem Hals. Er stellte sich vor, wie Helene sich diesem Fremden hingab. Dass dieser Kerl nun an ihre Brüste fasste, mit ihrem Haar spielte und ihr den Rock über die Hüften schob.

Er wollte dieses Bild loswerden.

Und er wollte sich rächen. Irgendwie. Das konnte nicht so schwierig sein. Immerhin kannte er jede Menge Leute in der Stadt, die sich für viele Dinge interessierten.

Und für einen Mann, der unter dem Umhang von oben bis unten weiß gekleidet war, für den würden sie sich bestimmt besonders interessieren.

Weert wusste, er müsste sich schon sehr getäuscht haben, wenn es sich bei dem Galan, der mit Helene im Nichts verschwunden war, nicht um den Weißen Knecht gehandelt hatte.

8

Es war hoffnungslos. So hoffnungslos, dass selbst Pastor Bilstein irgendwann ein Einsehen hatte und Maikea vom Webstuhl erlöste. Stattdessen half sie nun seit einigen Wochen im Kräutergarten und in der Küche mit.

In den riesigen Töpfen brutzelten heute Fleischstücke, was sehr selten vorkam. Die stille Helene kippte Mehl über die Brocken und gab einen Berg geschnittene Zwiebeln dazu. Es roch köstlich nach *Sniertjebraa*, den Pastor Bilstein schon vor zwei Tagen angeordnet hatte. Maikea wusste, dass ein solch opulentes Mahl den Haushaltsplan überstieg, und hatte die Sorgenfalten des Heimleiters registriert.

Den Grund für diese ungewöhnliche Verschwendung wusste niemand, doch es kursierte das Gerücht, dass sich für den heutigen Montag hoher Besuch angekündigt hatte. Die Schirmherrin, Fürstin Sophie Caroline von Ostfriesland höchstpersönlich, würde am frühen Nachmittag kommen. Gemeinsam mit ihrem Stiefsohn wolle sie nach dem Rechten schauen, hieß es. Deshalb war es dem Pastor auch so wichtig, eine reichhaltige Mahlzeit auf den Tisch zu bringen.

Die vierzig Kinder der Einrichtung erwarteten daher nicht wie sonst Buchweizenpfannkuchen, Kohlsuppe oder *Updrögt Bohnen*, sondern ein Festmahl. Verdient hatten sie es schon lange, fand Maikea. Schließlich arbeiteten alle hart für ihren Lebensunterhalt. Und schon jetzt freute sie sich auf die Gesichter, wenn in einer Stunde das Essen serviert würde.

Wehmütig blickte Maikea aus einem der großen Küchenfenster. Ende September schien alles grau und nochmals grau. Der Himmel über Juist war da schon einfallsreicher gewesen: aufgetürmte Sturmwolken und Regengüsse, die man aus der Ferne beobachten konnte. Sie hatte seit unendlich vielen Wochen das Meer nicht mehr gesehen, und die Sehnsucht nach dem Strand und den Wellen wurde von Tag zu Tag größer. Es gab für jeden Menschen einen Platz, da war sich Maikea sicher, und ihrer war weder am Webstuhl noch in der Küche.

«Wie gern würde ich nur für einen Tag zurück zur Insel ...» Maikea seufzte, und plötzlich kamen ihr die Tränen.

Helene schaute sie von der Seite an. Das Mitgefühl war ihr an den Augen abzulesen, sie nickte stumm, wobei sich eine dunkelblonde Locke aus ihrem zurückgebundenen Haar löste.

«Es ist komisch», sagte Maikea stockend. «Auf Juist war

ich tausendmal freier, obwohl die Insel vom Meer eingekreist ist. Hier dagegen fühle ich mich wie eine Gefangene.»

Sie sprach mehr zu sich selbst, denn von der stillen Helene erwartete sie eigentlich keine Antwort.

«Wäre ich doch nur als Junge auf die Welt gekommen. Dann müsste ich nicht mein Leben lang am Webstuhl hocken oder Kohl schnippeln, sondern könnte auch als Bote durch die Gegend fahren. Oder Inselvogt werden.»

«Wer sagt dir, dass du das alles nicht kannst?», fragte Helene plötzlich. Maikea hatte kaum eine Erinnerung an die Stimme der jungen Frau gehabt. Seit ihrer Ankunft im Heim und Helenes Mut machenden Worten in jener Nacht war kein weiterer Satz von ihr zu hören gewesen.

«Alle sagen es. Meine Mutter, der Pastor, die Menschen überhaupt.»

«Es gibt auch andere Menschen, Maikea.» Helene flüsterte jetzt und schaute sich in der Küche um, doch außer ihnen war gerade niemand da. Der Koch, ein recht freundlicher Mann mit dickem Bauch, schaute im Vorratsschuppen nach dem Rechten. Die zweite Küchenhilfe deckte das Geschirr ein.

«Es sind alles Stiefellecker des Fürsten. Sie machen, was ihnen von oben gesagt wird. Jeder von ihnen ist gefangen im engen Netz der Mächtigen, egal ob Frau oder Mann. Wenn du so lebst wie sie, wirst du niemals frei werden!»

Maikea traute sich kaum zu atmen. Was Helene da sagte, klang gefährlich.

«Ich kenne auch andere Menschen. Hast du schon einmal etwas vom Weißen Knecht gehört?»

Maikeas Mund wurde trocken. Der Weiße Knecht, von

dem Eyke, der Schiffer, immer die aufregendsten Abenteuer erzählt hatte? Der brutale Rebell, der sich in Leer eine Schlacht mit den Soldaten geliefert hatte?

«Kennst du ihn etwa?»

Helene schwieg wieder. Hatte Maikea die falsche Frage gestellt?

«Was macht der Weiße Knecht denn anders?»

«Er hat im Gegensatz zu den Pfaffen und Fürstentreuen die richtigen Ziele.»

«Und welche sind das?»

«Die Freiheit eines jeden Einzelnen.»

«Aber ich dachte immer, er will der Gemeinschaft schaden. Er kämpft doch gegen die Steuern und ruft zum Krieg auf. So hat man es sich jedenfalls auf Juist erzählt.»

«Über den Weißen Knecht und seine Leute wird viel erzählt. Und das meiste sind Lügen.»

«Und woher kennst du die Wahrheit?»

Tatsächlich färbte sich Helenes sonst so blasse Haut nun in ein glühendes Rot. Sie wirkte so seltsam aufgeregt, wie Maikea es sonst nur bei den Juister Jungfrauen gesehen hatte, wenn Eyke mal wieder seine Hand unter einen Rock schob.

In diesem Moment kam der Koch zurück. Er machte ein grunzendes Geräusch, schaute skeptisch in den großen Kochtopf und dann von Helene zu Maikea.

«Wehe, ihr versalzt mir das Essen», knurrte er.

Augenblicklich begann Helene wieder, mit dem Messer zu hantieren. Maikea rührte im Topf. Ihr war heiß geworden.

Es gab also Menschen, die für ihre Freiheit kämpften. Für das Recht, der zu sein, der sie sein wollten. Maikea wusste, auch sie würde kämpfen müssen. Für ihre Freiheit.

Und für ihren Wunsch, dieses schreckliche Waisenhaus hinter sich zu lassen, nach Hause zurückzukehren und Inselvogtin zu werden.

9

Der Junge, der in der Mitte der langen, übermäßig geschmückten Tafel saß, löste in Weert Switterts eine Mischung aus Faszination und Belustigung aus. So einer sollte mal Regent von Ostfriesland werden? Er kam ihm eher vor wie eine Puppe, die nur von unsichtbaren Fäden gezogen wurde.

Die Kleidung war edel und lächerlich zugleich: ein kastanienbrauner Rock mit silbernen Knöpfen und feinsten Blumenstickereien an Ärmeln und Taschen, dazu in der gleichen Farbe knielange Hosen und Strümpfe. Um den Hals war ein Schal aus weißer Spitze geknotet, der für Weerts Geschmack etwas zu weibisch aussah.

Carl Edzard von Ostfriesland trug sogar Handschuhe, einen Spazierstock und schwarze Stiefel. Er wirkte wie ein zu klein geratener Edelmann, und trotz seiner knabenhaften Stimme sprach er wie ein Erwachsener. Nur wenn man sein Gesicht betrachtete, diese rosaroten Pausbäckchen, die geschwungenen Lippen und das dünne Lockenhaar, dann erkannte man das Kind in ihm.

Wie ungerecht doch diese Sache mit der adeligen Abstammung war, dachte Weert. Da würde in absehbarer Zeit so viel Macht in die Hände eines Schwächlings gelegt, obwohl es junge Männer wie ihn gab. Männer, die mit Geschick das Geschehen zu lenken wussten und dabei sogar noch gut verdienten. Zwar würde er selber niemals die Möglichkeit haben, als Fürst zu regieren, aber dennoch reizte Weert die Aussicht, ein Leben zu führen, wie Carl Edzard von Ostfriesland es tat: keine körperliche Arbeit, kein Schmutz an den Händen, immer das feinste Essen auf dem Tisch und den besten Zwirn am Leib.

Nach einer kleinen Andacht in der Kapelle und allen sechs Strophen von «Lobet den Herren» wurde der Fürstin und ihrem Stiefsohn nun das Essen serviert. Auf den einzigen silbernen Tellern, die es im Waisenhaus gab, dampften bereits verlockende Fleischstücke. Die Dauer des Tischgebets war den Heimkindern wie eine Ewigkeit erschienen, und nun warteten alle gespannt darauf, dass die Gäste mit dem Essen begannen. Doch der zukünftige Regent von Ostfriesland zögerte noch.

«Ihre Durchlaucht, hochfürstliche Stiefmutter, mir ist so übel», jammerte der Junge. «Warum serviert man uns hier den Fraß für die Hunde?»

Niemand sagte ein Wort. Weert schaute sich um: Pastor Bilsteins Gesicht war aschfahl. Der Koch, der sich erwartungsfroh in der Tür zum Speisesaal postiert hatte, drehte sich brummelnd um und stampfte davon. Die Rauschweiler lächelte tapfer. Nur Maikea, die gerade die Servierschalen auf den Tisch stellte, konnte ihre Wut nicht verbergen. Womöglich platzte sie gleich wieder los, dachte Weert. Das würde ihren schlechten Ruf als Wilde von der Insel einmal mehr unterstreichen.

Die Fürstin, eine freundliche Dame mit ruhigem Wesen, beugte sich zu ihrem Stiefsohn und flüsterte ihm etwas ins Ohr.

«Muss ich das wirklich essen?», fragte der Fürstensohn laut. «Was ist das denn überhaupt? Fasan? Hirsch? Ich habe nie ein solches Fleisch gesehen.»

«Es ist bestes Schweinefleisch», antwortete der Pastor, wohl in der Hoffnung, den unangenehmen Moment zu übergehen.

«Schwein?», rief Carl Edzard. «Ich habe einmal Schweine gesehen. Sie sind furchtbar schmutzig und stinken zum Himmel.»

Seine Stiefmutter lächelte, als ob es sich nur um einen dummen Scherz handelte. Doch jeder im Saal hatte verstanden: Der Fürstensohn hielt das Festessen der Waisenkinder für unzumutbaren Fraß, und es war sein voller Ernst.

«Aber Carl Edzard, soweit ich mich erinnere, fandest du die Tiere doch auch ganz niedlich.» Im Saal wurde es unruhig. Wer besaß die Dreistigkeit, den Fürstensohn anzusprechen und ihn dann auch noch beim Vornamen zu nennen? Neugierig sah Weert sich um.

Jantje Haddenga, ein hübsches, aber etwas einfältiges Ding, das sich in den letzten Wochen ausgerechnet mit Maikea Boyunga angefreundet hatte, winkte zum Fürstensohn hinüber. Weert war sich sicher, dass es nun ein Donnerwetter geben würde. Wenn nicht vom beleidigten Carl Edzard selbst, dann zumindest von seiner Stiefmutter, dem Pastor oder einem der bereitgestellten Soldaten, die zu seinem Schutz mitgereist waren und sich links und rechts an der Fensterseite postiert hatten.

Doch etwas völlig anderes geschah: Die maulige Miene des Thronfolgers hellte sich auf, und er erhob sich.

«Jantje! Wie bin ich froh, dich zu sehen!»

Das Mädchen rannte zu ihm hinüber, reichte ihm die Hand und machte einen tiefen Knicks. Bei aller Höflichkeit war nicht zu übersehen, dass sie ihm wohl am liebsten um den Hals gefallen wäre.

Weert konnte sich keinen Reim darauf machen, also schubste er den rothaarigen Rudger an, der immerhin schon sechs Jahre hier lebte und wesentlich besser Bescheid wusste.

«Was ist hier los?»

Rudger zuckte die Achseln. «Jantjes Mutter arbeitet am Hof. Vielleicht kennen sie sich von früher.»

Das würde auch erklären, warum Carl Edzard auf einmal wirklich wie ein Junge aussah und in seinen blassen Augen so etwas wie Leben aufblitzte, dachte Weert.

«Eure Durchlaucht mögen entschuldigen, dass ich so einfach an Euch herantrete», sagte Jantje jetzt zur Fürstin und senkte den Blick. Sie schien durch und durch mit den Gepflogenheiten am Hofe vertraut zu sein.

«Ich weiß, wer du bist, mein Kind», antwortete Sophie Caroline, und ihr war keinerlei Strenge anzusehen. «Du bist die Tochter meines treuesten Kammerfräuleins. Und ich soll dich von deiner Frau Mama auf das herzlichste grüßen. Mir ist auch nicht entgangen, dass mein lieber Stiefsohn, Seine Durchlaucht Carl Edzard, sich auf dich gefreut hat. Nur scheint er seine älteste Spielkameradin unter den vielen Mitschülern gar nicht erkannt zu haben.»

Der Junge bekam tatsächlich einen roten Kopf. «Es ist eben schon viel zu lange her …»

Jantje strahlte ihn an. «Aber lieber Freund, erinnerst du dich nicht an unseren Spaziergang? Da haben wir auch den Schweinestall besucht. Ich glaube, es war im Sommer vor zwei Jahren, als ich das letzte Mal heimfahren durfte.»

«Ja, natürlich erinnere ich mich. Es fing an zu regnen, und mein Leibarzt hatte große Sorge, dass ich mir eine *Maladie* holen könnte. Ich musste drei Tage lang im Bett liegen bleiben.»

«Und bist nicht krank geworden, stimmt's?»

Der Junge nickte verwundert, so als sei ihm das glückliche Ende jenes Tages erst in diesem Moment wieder eingefallen. Plötzlich begann er mit großem Appetit den Schweinebraten zu verschmausen. Jantje Haddenga hatte mit ihrer unbekümmerten Art die Situation gerettet.

Im Gegensatz zu Pastor Bilstein konnte Weert sich nicht darüber freuen. Ihm wäre ein verknöchertes, steifes Mahl wesentlich lieber gewesen. Carl Edzard sollte nicht glauben, das Leben sei leicht und fröhlich und ohne Gefahr. Denn das war keineswegs der Fall.

Weert hatte einem alten Straßenkehrer einige Groschen zugesteckt, um mehr über den verfluchten Weißen Knecht und seine Leute zu erfahren. Und er wusste, heute war der Tag, an dem sie wieder in Erscheinung treten würden. Aber er wollte ihren Plan vereiteln. Er, Weert Switterts, allein. Damit das Fürstenhaus wusste, wem es zu Dank verpflichtet war.

«Lass uns verschwinden», raunte er Rudger zu, der ihn ganz entgeistert anstarrte. Der Fleischsud lief ihm links und rechts aus den Mundwinkeln.

«Jetzt? Aber warum denn das? Ich habe noch nie so gut gespeist!»

«Frag nicht so viel, du Schwachkopf!» Weert verpasste ihm unter dem Tisch einen kräftigen Tritt, damit er den Ernst der Lage begriff. «Komm mit hinters Haus!»

Rudger biss noch ein letztes Mal in das saftige Fleisch, griff sich ein Stück Brot und folgte Weert unauffällig. Er hatte bereits gelernt, dass es sich lohnte, Weerts Befehlen zu gehorchen.

Auf dem Hof liefen nur ein paar Hühner und Katzen herum. Ansonsten lag alles einsam und ruhig da. Auf der anderen Seite des Haupt- und Nebenhauses waren Remise, Weberei und Stall. Von der Straße aus konnte niemand hereinblicken.

«Was willst du, Weert? Dauert es lange?»

«Schlag mir ins Gesicht», forderte Weert und stellte sich vor seinen Begleiter, der zu den Größten und vor allem Kräftigsten im ganzen Waisenhaus zählte.

Rudger tippte sich an die Stirn. «Wie bitte? Spinnst du jetzt? Hattest du etwa Bier in deinem Krug?»

Doch Weert drehte sein Gesicht zur Seite und präsentierte Rudger die rechte Seite. «Hier auf den Wangenknochen. Es sollte ein bisschen bluten. Und dann nochmal gegen die Nase.»

«Was soll denn der Mist? Ich schlag dich doch nicht!»

«Unter meinem Bett liegt in einer kleinen Schachtel *Zuckerbankett*. Das kannst du haben. Und einen Groschen dazu.» Weert packte den Arm des anderen und boxte sich damit selbst in die Seite. Das tat kein bisschen weh, aber Weert dachte, so würde dieser trübe Rudger vielleicht seine Scheu überwinden.

«Mach schon!»

«Nicht, wenn du mir nicht sagst, was das soll. Willst du mich hinterher beim Pfaffen anschwärzen?»

Wenn dieser Junge wirklich so schwer von Begriff war, dann musste Weert eben andere Saiten aufziehen. Und er wusste, wo Rudgers wunde Stelle war.

«Stimmt es, was man sich erzählt? Dass deine Mutter eine fette Seekuh gewesen ist und gar nicht genau wusste, wer von den verlausten Kerlen, die sie in ihrem Bett hatte, dein Vater ist?»

Rudger schnappte nach Luft. Seine Gesichtshaut glich immer mehr seinem roten Haar. «Wer behauptet das?»

«Alle sagen es. Sie war eine Hure, stimmt's? Und sie hat die Matrosen, die bei ihr gelegen haben, beim Saufen noch locker abgehängt ...»

«Du willst also unbedingt, dass ich dich verprügle, du Inselwilder?» Rudgers Bewegungen wurden hektischer. Er blickte nach links und rechts, wischte sich über den Mund und scharrte mit dem Fuß im Sand. «Sind wir nicht Freunde?»

«Ich will mit keinem Hurensohn befreundet sein!»

Rudger holte aus. Verglichen mit den Schlägen, die er sonst austeilte, war der Hieb zaghaft gewesen. Doch als seine geballte Faust auf Weerts Schläfe traf, war der Schmerz schon ganz schön beachtlich. Weert taumelte.

«Entschuldige ...», murmelte Rudger.

«Mehr sitzt nicht drin, du Schlappschwanz?»

«Wie nennst du mich?» Rudger packte ihn am Kragen.

Das war gut, dachte Weert, sie waren auf dem richtigen Weg. Es kam nur darauf an, dass niemand sie beobachtete. Also musste es schnell gehen.

«Wie gut kennst du denn deine fette Mutter? In- und auswendig, so wie die meisten?»

Der zweite Fausthieb traf Weert unvermutet auf den Mund. Verflucht, er hatte nicht richtig aufgepasst. Sofort schmeckte er das warme Blut auf seiner Zunge, und das Harte vorn zwischen seinen Lippen war ein Zahn.

Wieder schlug Rudger zu, aber diesmal konnte Weert ausweichen. Doch die Hand, mit der er am Kragen gehalten wurde, riss sein Hemd ein. Er hatte sich wohlweislich eines der schäbigsten ausgesucht. Als er nach unten blickte, besudelte er den beachtlichen Riss mit seinem Blut.

«Gut, es reicht!», rief er.

Aber Rudger war zu wütend. Er hob seinen Fuß und trat

Weert mit dem Stiefel zwischen die Beine. Die Sohle hinterließ einen schmutzigen Abdruck.

«Es ist gut jetzt! Rudger, hör auf!» Weert streckte einen Arm aus und fing Rudgers nächsten Schlag ab. Vielleicht war Rudger der Stärkere von ihnen beiden, aber Weert vermochte seine Kräfte gezielt einzusetzen und konnte mit kleinen, gemeinen Bewegungen so ziemlich jeden außer Gefecht setzen. Ein paar Knochen knackten, und Rudger jaulte kurz auf.

«Verdammt, bist du verrückt geworden, Weert Switterts? Erst zwingst du mich, dir eine reinzuhauen, dann zerquetschst du meinen Arm. Und schau dich mal an! Du siehst fürchterlich aus.»

Weert wandte sich zu einem der Fenster, in dessen Scheibe er sein verzerrtes Spiegelbild sehen konnte. Ein oberer Schneidezahn war herausgebrochen, und die Wunde blutete fürchterlich. Die Augenbraue, die Rudgers erster Schlag getroffen hatte, war auf die doppelte Größe angeschwollen. Der Stoff seines Hemdes war bis unter die Brust eingerissen und färbte sich Tropfen für Tropfen dunkelrot.

«Man könnte meinen, eine Horde Räuber hätte dich überfallen», brachte Rudger heraus. Gerade wollte er seinen Hemdzipfel zücken, um die Blutung aufzuhalten, doch Weert wich zurück.

«Nein, lass das. Du musst jetzt hineinrennen und um Hilfe schreien!»

«Wie bitte?»

«Erzähl ihnen, wir seien überfallen worden.»

«Aber … das war doch ich! Und der Fürstensohn … er ist doch gerade bei Tisch und …»

«Stammel nicht so rum, sondern ruf nach den Leuten!

Wenn mein Plan aufgeht, werden wir beide heute Abend die Helden des Tages sein.»

«Aber was soll ich ihnen denn sagen, wenn sie Fragen stellen?»

«Gib dich einfach noch blöder, als du ohnehin bist. Alles andere regle ich. Kapiert?»

Rudger nickte plump, zögerte kurz und lief dann ins Haus. Kurz darauf hörte Weert tumultartiges Geschrei.

Er grinste, auch wenn sein Kiefer dabei höllisch schmerzte. Dann legte er sich auf den Boden, wälzte sich ein paarmal im Staub und blieb liegen.

Jetzt könnte er noch ein paar Tränen gebrauchen.

Aber Tränen fand Weert Switterts wie immer keine.

10

Bis zu dem Zeitpunkt, an dem die hintere Tür aufgerissen wurde und Rudger hereingestolpert kam, war es ein schöner Tag gewesen im Speisesaal. So viel Spaß hatte Maikea seit ihrer Ankunft vor vier Monaten nicht gehabt. Doch nun starrten alle auf den Jungen, der völlig außer sich war, sodass man ihn kaum verstehen konnte. Er schien jeden Moment zusammenzubrechen.

Der Pastor sprang auf und eilte ihm entgegen. «Meine Güte, was ist los?», fragte er und griff Rudger in den Nacken.

«Es ist ... es waren ...»

«Wo kommst du überhaupt her? Wer hat dir erlaubt, den Speisesaal zu verlassen?»

«Sie haben Weert Switterts ... Blut und Schläge und ...» Der Rest ging im Keuchen unter.

«Wer hat was?» Nun schien auch Pastor Bilstein bemerkt zu haben, dass es hier um etwas anderes ging als das unerlaubte Verlassen des Speisesaals. Rudger zeigte nur Richtung Hof, dann fiel er schluchzend auf die Knie.

Die mitgereisten Soldaten waren die Ersten, die Rudgers Fingerzeig folgten. Auch der Pastor und ein paar Küchenangestellte rannten aus dem Raum. Die stille Helene war kreidebleich geworden und hatte sich in die hinterste Ecke verkrochen.

Maikea konnte nicht länger hier auf ihrem Platz sitzen bleiben, sie musste einfach wissen, was geschehen war. Sie sprang auf und hastete durch den Flur in den Hinterhof. Es war furchtbar:

Der große, starke, immer so unerschütterlich wirkende Weert Switterts lag im Dreck und blutete so heftig am Kopf, dass sich rings um sein aufgequollenes Gesicht bereits eine kleine rote Pfütze gebildet hatte. In seinem aufgerissenen Mund klaffte eine hässliche Zahnlücke. Er schrie nicht, sondern stöhnte fast tonlos, was in Maikeas Ohren noch viel unerträglicher klang.

Um ihn herum standen drei Soldaten, die wild auf ihn einredeten.

Maikea wollte gerade näher treten, als Jantje neben ihr auftauchte. Auch sie konnte ihre Aufregung nicht verbergen. Mit ihrer rechten Hand hielt sie jemanden fest.

«Ich kann nicht hinschauen. Ich mag kein Blut sehen», flüsterte der Thronfolger.

Ganz eng stand er bei ihr und verbarg sein Gesicht hinter ihrer Schulter.

Maikea übersah nicht, dass Jantje seine Hand fester drückte.

«Es war ...» Trotz seiner Schmerzen begann Weert

plötzlich zu stammeln. «Es war eine Horde wild gewordener Räuber!»

«Hier in unserem Innenhof? Ich bitte dich, Weert Switterts, was sollten sie hier stehlen?» Pastor Bilstein war absolut überfordert. Man sah ihm an, dass er nicht wusste, ob er helfen, schimpfen, beten oder besser davonlaufen sollte.

Weert hustete und spuckte auf die Erde. Der Blutstrom schien zum Glück zu versiegen. «Es waren fünf Männer. Sie waren hier im Hof. Ich glaube, sie wollten gerade hinein …»

Einer der Soldaten mischte sich nun ins Gespräch: «Junge, hast du sie erkannt?»

«Ich? … Ja, ich glaube schon.»

«Wie sahen sie aus?»

«Einer könnte der Straßenkehrer gewesen sein. Dieser krumme alte Mann, der … mit dem Besen …» Er stöhnte wieder und fasste sich an das geschwollene Augenlid.

«Harmen Hinrichs … natürlich!», rief einer der Wachmänner. «Der saß mehrfach wegen Rebellion im Gefängnis.»

«Bist du dir sicher?», hakte der Pastor nach und sah Weert eindringlich an.

«Ja, ich habe ihn schon oft gesehen. Wenn ich für Euch die Botendienste mache, Pastor. Da bin ich dem Straßenkehrer oft begegnet.»

Die Soldaten wurden ungeduldig, aufgeregt sprachen sie miteinander und wandten sich wieder an Weert. «Und sonst noch ein bekanntes Gesicht, Junge? Irgendetwas Auffälliges?»

«Die Küchenhilfe, dieses dünne Mädchen … Sie hat der Truppe das Tor geöffnet!»

Helene? Das konnte nicht wahr sein, dachte Maikea.

Sie hatte die junge Frau gerade eben noch im Speisesaal gesehen. Nie im Leben könnte sie so schnell wieder hineingekommen sein, ohne dass es aufgefallen wäre.

«Alles ging so schrecklich schnell …», jammerte Weert und versuchte sich aufzurichten. Aber er knickte mit den Knien ein, und seine Schultern zuckten, als würde er von einem Weinkrampf geschüttelt. Aber er weinte nicht wirklich, sein Gesicht blieb staubig. Maikea registrierte außerdem, dass er mehrfach zu Rudger hinüberschaute. In diesem Blick war etwas Seltsames auszumachen. Etwas Verschwörerisches.

Endlich endete sein merkwürdiger, trockener Weinkrampf, und Weert richtete sich wieder auf.

«Ich bin mir nicht sicher … oder vielleicht war er es doch. Aber das Auge, wisst Ihr, es tut so furchtbar weh.»

«Komm zur Sache, Junge. Was hast du gesehen?»

«Einer von den Räubern trug weiße Kleidung, von oben bis unten. Er hatte schneeweißes Haar und einen Blick, der schon allein hätte töten können!»

Einige Sekunden war es so still im Hof, dass man das Gackern der unbeteiligten Hühner hören konnte.

«Willst du damit sagen, der Weiße Knecht ist hier gewesen?» Einer der Soldaten hatte Weert an den Schultern gepackt.

«Aua, Ihr tut mir weh!», jammerte Weert. «Woher soll ich denn wissen, wer das war? Ich bin noch nicht so lange hier! Ich kenne keinen Weißen Knecht …»

«Lasst ihn los!», forderte die Fürstin, die sich beinahe unbemerkt neben ihren Sohn gestellt und die Situation beobachtet hatte. «So, wie es aussieht, hat dieser Junge gerade eine Räuberbande verjagt. Wir sollten ihm dankbar sein und ihn entsprechend behandeln!»

«Und wenn es tatsächlich der Weiße Knecht war?», fragte einer der Soldaten.

«Dann schulden wir dem Jungen hier noch größeren Respekt, weil er einen Angriff auf den Fürstensohn vereitelt hat. Denkt nur daran, was dieses Ungeheuer unseren Soldaten in der Pfefferstraße angetan hat.»

Alle schauten auf Weert, der seine Schultern hängen ließ und zu Boden blickte.

Nein, dachte Maikea, so viel Demut passt einfach nicht zu ihm. Der muss uns hier irgendetwas vorspielen. Warum auch immer.

«Wir gehen wieder hinein. Und ich wünsche den Jungen zu sprechen, nachdem er die Gelegenheit hatte, sich frisch zu machen. Bis dahin solltet Ihr Euch Gedanken machen, wer etwas vom Besuch des Erbprinzen gewusst haben kann, damit wir dem Kanzler berichten können, wenn er uns gleich abholen kommt.»

Mit diesen Worten schob sie den sichtlich verstörten Fürstensohn vor sich her zurück ins Gebäude.

Die Soldaten stellten sich gerade auf und zogen ihre Hüte. «So soll es geschehen, Durchlauchtigste Regierende Fürstin.»

Während sich alle Umstehenden wieder in den Speisesaal begaben, zog Maikea ihre Freundin zur Seite. «Kann ich dich einen Moment sprechen?», flüsterte sie. «Du kennst doch die Fürstin und ihren Stiefsohn.»

«Ja, seit meiner Geburt. Warum?»

«Ich werde gleich im Speisesaal sehr langsam den Tisch abräumen, denn ich will mitbekommen, was Weert den Soldaten und der Fürstin zu erzählen hat.»

«Und dann?»

«Es könnte sein, dass ich etwas zu sagen habe. Also,

falls ich den Mund aufmache, kannst du dann ... also, ich meine ...»

«Ich werde ihnen sagen, dass du meine beste Freundin bist und nur sehr kluge Sachen sagst. Meistens jedenfalls.»

«Denkst du, sie werden mir zuhören?»

11

Die Glocke von St. Magnus schlug sechsmal.

Der Weiße Knecht wurde ungeduldig.

Am Herdetor lösten sich bereits die Wachen ab. Einige Händler zogen ihre Karren aus der Stadt. Sie machten unzufriedene Gesichter, was aber nicht bedeuten musste, dass ihre Geschäfte schlecht gelaufen wären. Die Menschen, die am meisten in den Taschen hatten, schauten oft am missmutigsten drein, dachte der Weiße Knecht.

Niemals wollte er sein Leben mit diesen Männern tauschen, auch wenn er schon manchen Tag erlebt hatte, an dem er nicht wusste, ob er etwas zu beißen haben würde. Und auch wenn schon manche Nacht vergangen war, ohne dass er ein Dach über dem Kopf oder eine weiche Unterlage gehabt hätte. Doch wenn er diese Händler beobachtete, die ihren Kopf nur zum Rechnen benutzten und denen das Herz höchstens dann brach, wenn sie von ihrem Verdienst den Steueranteil zahlen mussten, bedauerte er sie. Den Reichtum neidete er ihnen nicht. Sie mochten fein daherkommen und Wein trinken und eine Hütte ihr Eigen nennen, aber sie waren unfrei und merkten es noch nicht einmal.

Er fühlte sich reicher als sie. Denn er hatte sich seine

Freiheit bewahrt. Er war sein eigener Herr und niemandem Rechenschaft schuldig. Kein Meister, der ihm vorschrieb, dass er vor Sonnenaufgang aufzustehen hatte. Er konnte leben, wie und wo er wollte.

Seit der Schlacht in der Pfefferstraße hatte er sich in Esens niedergelassen. Es war nicht das schlechteste Fleckchen Erde, wenn man unerkannt bleiben wollte.

Das nicht allzu weit entfernte Aurich war stets gut bewacht, weil dort die Fürstenfamilie residierte. In Emden hätte man ihn und die seinen vielleicht am ehesten vermutet, denn die Hafenstadt weigerte sich nach wie vor recht erfolgreich gegen die Unterdrückung durch die Cirksena und galt als Hochburg der Renitenten. Oder aber man suchte ihn in Leer. Seit der Schlacht in der Pfefferstraße war auch dieser Fleck nicht mehr zum Leben geeignet. Und in Norden war er zu bekannt, denn dort hatte er seine Jugendjahre verbracht und mal hier und mal dort gearbeitet.

Also blieb nur Esens. Dies würde zwar nie seine neue Heimat werden, aber unwohl fühlte er sich hier nicht. Esens war keine reiche, aber auch keine wirklich arme Stadt. Dass man ihr das Münzrecht verliehen hatte und innerhalb der Stadtmauern die fürstlichen Gulden, Groschen und Mariengroschen geprägt wurden, förderte den Handel. Die Nähe zum Meer war ein weiterer Vorteil, auch wenn der nächstgelegene Hafen es bei weitem nicht mit denen in Emden oder Norden aufnehmen konnte. Doch es gab genügend Obst und Getreide, Tuch und Leder, Fleisch und Fisch. Natürlich konnten auch hier die Ärmsten nicht mit gefüllter Börse auf den Markt gehen und kaufen, wie es ihnen beliebte. Aber für die Witwen und Bettler standen Armenhäuser zur Verfügung, und die Waisen waren in einer eigenen Einrichtung untergebracht.

Der Weiße Knecht seufzte. Fast war es schade, dass er am heutigen Tag die Stadt würde verlassen müssen. Vielleicht nur für ein paar Wochen, wenn alles wie geplant lief. Doch wenn sein Vorhaben missglückte, wäre dies das letzte Abendläuten von St. Magnus, das seine Ohren zu hören bekämen.

Die Sonne stand schon recht tief, und nachdem sie sich den ganzen Tag hinter grauen Herbstwolken versteckt hatte, brach sie nun durch eine Lücke und blendete ihn. Er musste seinen Arm vor das Gesicht heben.

Um nicht erkannt zu werden, hatte er sich einen dunkelgrünen Umhang über die Schultern gelegt. Erst wenn die Zeit gekommen war, wollte er ihn abwerfen und den Herrschaften zeigen, mit wem sie es zu tun hatten.

Er wurde unruhig. Wo blieb sein Mädchen nur? Sie war eine zuverlässige Person, und ihre Arbeit verlief nach strengen Zeitregeln, was die Planung ihrer Treffen bislang stets begünstigt hatte. Bisher hatte er sich auf sie verlassen können.

Natürlich wurde sie hauptsächlich von der Sehnsucht getrieben, und meistens landeten sie beide recht schnell in irgendeinem abgelegenen Schuppen im Heu. Der Anlass des heutigen Treffens war jedoch ein anderer, das wusste sie. Ob sie sich deshalb verspätete? Oder hatte sie es gar vergessen? Immerhin hatten sie sich ein paar Tage nicht gesehen. Das wäre zu gefährlich gewesen.

So gern er sie mochte, manchmal zweifelte der Weiße Knecht an ihrer Verschwiegenheit. Sie war eben eine Frau. Eine recht hübsche und nicht allzu dumme Frau. Doch dem anderen Geschlecht fiel es ja bekanntlich nicht leicht, Geheimnisse für sich zu behalten. Und der Weiße Knecht wusste nur zu genau, wie redselig sie sein konnte, wenn die Gefühle mit ihr durchgingen. Im Heu plapperte sie manchmal ununterbrochen.

Er blickte sich um. Weiter hinten, neben einem Gatter, an dem die Reisenden vor Einlass in die Stadt ihre Pferde festmachen und tränken konnten, stand der Hitzkopf. Auch er hatte sich schon weit vor der Zeit hier eingefunden. Er lief unstetig hin und her, und wenn er doch einmal stehen blieb und sich gegen einen Pfahl lehnte, dann wippte er unablässig mit dem Fuß.

Sein ganzes Herzblut steckte in diesem Kampf, ahnte der Weiße Knecht. Seit der Fürst ihn für nicht standesgemäß erklärt hatte, die Tochter seines Marschalls zu heiraten, war er bereit gewesen, gegen die bestehende Ordnung zu kämpfen. Zuvor hatte er als Soldat auf der Gegenseite gestanden, doch aufgrund seiner Auflehnung gegen die Hochzeitsabsage war er unehrenhaft entlassen worden. Nun würde er sogar sein Leben dafür geben, für die vom Fürstenhaus so willkürlich eingeschränkte Freiheit der Friesen zu kämpfen. Leute wie der Hitzkopf waren wichtig, auch wenn sie sich aufführten wie wild gewordene Wespen. Wenn er doch nur nicht andauernd herüberschielen würde.

Der Weiße Knecht drehte ihm den Rücken zu. Auf der anderen Seite des Stadttors ging der Straßenkehrer seiner Arbeit nach. Seine Seelenruhe war unbezahlbar, aber er hatte ja auch nichts zu verlieren.

Von links näherte sich jetzt der Kutscher. Er hatte Fässer geladen und steuerte den Wagen geschickt bis zum Stadttor. Dann blieb er in Rufweite stehen und tat so, als habe sich die Deichsel des Wagens verschoben.

Jetzt fehlte nur noch eine Person. Langsam schlich sich die Unruhe in sein Bewusstsein, doch der Weiße Knecht versuchte, seine unguten Vorahnungen zu ignorieren. Sie hatten sicher nichts zu bedeuten. Er hörte nicht gern auf seine Gefühle, denn das machte ihn womöglich verletzlich. Als kleiner Junge hatte er einmal geschworen, sich nie wieder von seinen Gefühlen leiten zu lassen. Damals hatte er nur dank dieses Schwurs überleben können.

Sie hatte sich bestimmt lediglich verspätet. Gleich würde sie die Straße entlangkommen, nach ihm Ausschau halten und ihm dann im Vorübergehen zuflüstern, wann die Abreise der fürstlichen Kutsche angedacht war. Und wenn das fürstliche Gefährt schließlich auftauchte, würde er sich unauffällig zum Kutscher gesellen und auf dessen Wagen springen. Der Hitzkopf sollte sich unterdessen einen der angeleinten Gäule schnappen und eilig davonreiten. Die Stadtwache war stets hinter Pferdedieben her, sie würden sich also ablenken lassen und die Verschwörer nicht bemerken. Der Hitzkopf war ein geübter Reiter, sie würden ihn wohl kaum einholen können. Und in der Zwischenzeit hätten der Weiße Knecht und der Kutscher bereits hinter einer kleinen Baumreihe Stellung bezogen.

Der Plan musste einfach funktionieren. Sie durften nur nicht zu früh und nicht zu spät mit ihrem Ablenkungsmanöver beginnen. Davon hing alles ab.

Die ausgewechselten Wachen hatten sich nun links und rechts des Stadttors postiert. Der Weiße Knecht betrachtete sie genauer. Täuschte er sich, oder schauten sie aufmerksamer als sonst? Waren es andere Männer als die, die normalerweise um diese Zeit Reisende ins Visier nahmen? Vielleicht war er aber auch einfach nur besonders angespannt. Den einzigen Sohn eines Fürsten entführen zu wollen war ein riskanter Plan, der sie alle den Kopf kosten konnte.

Endlich tauchte sie auf. Sie musste gerannt sein. Aus der Entfernung konnte er erkennen, dass sich ihr Haar gelöst hatte und auf der verschwitzten Stirn klebte. Sie hatte ihr grünes Kleid und die Schürze zum Rennen nach oben gerafft und gab sich keine Mühe, sich unauffällig zu benehmen, sondern gestikulierte wild in seine Richtung. Was wollte sie ihm sagen? Sie zeigte zurück, schüttelte den Kopf, bewegte den Mund, aber er konnte ihre Botschaft nicht von den Lippen ablesen. Zwischen ihnen lag eine Distanz von mindestens fünfzig Ruten. Doch als sein Blick ihrem Fingerzeig schließlich folgte, verstand er, was sie meinte: Die fürstliche Kutsche rollte bereits heran. Das Gefährt näherte sich dem Stadttor in einer halsbrecherischen Geschwindigkeit, normalerweise durften die Pferde nur im Schritt durch die Stadt gelenkt werden. Doch die beiden fürstlichen Rappen zogen ihre Last in einem raschen Trab. Einige Händler mussten gar zur Seite springen, um nicht überrollt zu werden. Sie fluchten dem Wagen hinterher, doch der Kutscher war lauter.

«Aus dem Weg!», rief er. «Macht Platz für den Fürstensohn!» Er stand auf dem Bock und hatte eine Peitsche in der Hand. Es war klar, sobald die Kutsche das Tor passiert hatte, würde er die Gäule in den Galopp treiben.

Der Weiße Knecht blickte sich um. War ihr Plan verraten worden? Weiter hinten sah er, wie zwei Soldaten eine Frau davonschleppten. Sie trug ein grünes Gewand und eine graue Schürze.

«Verdammt», fluchte er. Wohin brachte man sie? Das durfte nicht sein. Es würde keine andere Gelegenheit geben als heute. Denn wenn das Fürstenhaus – woher auch immer – von der geplanten Entführung des Nachfolgers wusste, dann wäre dies mit Sicherheit der letzte Ausflug des Stammhalters für lange Zeit. Also mussten sie die Sache durchziehen, komme was wolle. Aber sie würden ihre Vorgehensweise ändern müssen. Für den ursprünglichen Plan fehlte die Zeit.

Der Weiße Knecht riss den Arm hoch und signalisierte seinem Kutscher, dass er sich ohne ihn aufmachen sollte. Der Mann reagierte sofort, sprang auf den Wagen und trieb seine Pferde an. Im gemäßigten Trab, ganz unauffällig.

Der Weiße Knecht rannte zum Pferdegatter hinüber. Der Hitzkopf blickte ihn wild entschlossen an, und es war dem heißblütigen Mann anzusehen, dass er am liebsten sofort zu seinem versteckten Messer gegriffen hätte.

«Bleib ruhig, Junge», mahnte der Weiße Knecht. «Pass auf und mach genau, was ich sage. Hast du dir die Pferde hier angesehen?»

Er nickte.

«Welche beiden sind die besten?»

«Wir nehmen zwei Gäule?»

«Frag nicht lang!»

«Der Apfelschimmel und der schwarze *Friese*, denke ich. Jung, wildes Temperament, die Muskeln sitzen an der richtigen Stelle. Zudem: Die Besitzer sahen edel aus. Das Zaumzeug ist von bester Qualität. Wäre ich ein Dieb, ich würde die beiden …»

«Jetzt bist du einer! Also, nichts wie los!» Der Weiße Knecht zog sein Messer hervor und schnitt das Seil durch, mit dem der Rappe angeleint war.

Der Schimmel schien ein ähnliches Naturell wie der Hitzkopf zu haben, denn das Tier warf den Kopf in die Höhe und scharrte ungeduldig mit den Hufen, als die Kutsche des Fürsten herannahte. Tatsächlich war sie in den

Galopp gefallen und rauschte nun an ihnen vorbei. Kurz konnte der Weiße Knecht einen Blick in das Wageninnere werfen: Die Fürstin saß auf der ihnen zugewandten Seite, den Kopf des Jungen hatte er nur als Schatten neben ihr wahrnehmen können. Es ging alles viel zu schnell. Aber wenn er diesem Gefährt noch weiter hinterherstarrte, dann verlor er wertvolle Zeit und würde es nie einholen können.

«Los geht's!», rief der Hitzkopf. Er saß bereits im Sattel und hielt die Zügel des aufgeschreckten Tieres stramm, bevor er ihm in die Flanken trat. Auch der Weiße Knecht hatte seine Stiefel bereits links und rechts in den Steigbügeln. Welch ein Glück, dass er einen Friesen erwischt hatte. Diese einheimischen Pferde waren kraftvoll und schrittsicher, aber gleichzeitig auch folgsam, wenn sie einen geübten Reiter auf ihrem Rücken hatten. Auf dem schwarz glänzenden Tier würde er keine zwei Wimpernschläge brauchen, bis er den Hitzkopf eingeholt hatte.

«Pferdediebe!», schrie ein Mann hinter ihnen her. «Haltet sie!»

Doch das Rufen ging im allgemeinen Tumult unter, den die fürstliche Kutsche verursachte, als sie durch das Tor raste. Zwei kleine Kinder weinten, die Hühner im Käfig eines Händlers flatterten aufgeregt herum, ein alter Mann lag neben der Straße und hielt sich den blutenden Kopf. Er musste sich beim Ausweichen der Kutsche verletzt haben. Der Weiße Knecht riss die Zügel im letzten Augenblick nach links, sonst hätten die Hufe des Pferdes dem Verletzten noch den Rest gegeben.

«Du Wahnsinniger!», rief dieser ihm hinterher und erstarrte, als er sah, wie der Reitende seinen grünen Umhang abstreifte und sich den Stoff um die Hüfte legte.

«Um Himmels willen, es ist der Weiße Knecht!»

Doch der Weiße Knecht war zu schnell, um mehr von der Aufregung mitzubekommen. In zwei oder drei Hufschlägen hätte er die Kutsche der Fürstin erreicht. Er trieb seinen Gaul noch stärker an. Denn vor ihnen, mitten auf der staubigen Straße, entdeckte er jetzt den Wagen ihres Verbündeten. Auf diesem schmalen Wegstück würde es dem fürstlichen Gefährt unmöglich sein, zu überholen.

«Mach Platz, du Idiot!», schrie der Kutscher. «Im Namen des Fürsten, schieb deine halbtoten Klappergäule auf den Acker und lass uns durch!»

Der Wagen vor ihnen bewegte sich nun immer langsamer. Schließlich wurden die Kutschpferde ein Stück herumgerissen, und das Gefährt schwankte gefährlich. Ein paar Fässer kamen ins Rollen und fielen auf die Straße.

«Was ist hier los?», fluchte der fürstliche Kutscher. Seine Pferde scheuten, als er sie mit stramm gezogenen Zügeln zum Stehen brachte, und ihre Hufe wirbelten den Staub der Straße auf.

Inzwischen war der Weiße Knecht an die rechte Wagenseite gelangt. Gern hätte er sich den Schrecken der Fürstin und den ängstlichen Blick des Thronfolgers angesehen. Aber ihm genügte die Genugtuung, nun doch noch sein Ziel erreicht zu haben. Hier in der Nähe der dichten Baumreihe hatten sie den Überfall ohnehin geplant. Den Weißen Knecht und seine Leute überlistete man nicht so schnell. Doch für zufriedene Schadenfreude blieb keine Zeit, denn von hinten näherten sich die Wachen auf ihren Pferden.

Der Weiße Knecht hatte sich zwar auf ein kurzes Gefecht mit den Soldaten eingestellt, aber irgendetwas erschien ihm merkwürdig, und er schreckte kurz zusammen. Wenn die Pläne zur Entführung des Fürsten bekannt gewesen waren, warum hatte man dann nicht links und rechts eine Eskorte mitreisen lassen? Stattdessen saßen die Fürstin und ihr Stiefsohn ganz allein und unbewacht auf ihren Plätzen. Niemand reiste mit ihnen, abgesehen vom Kutscher, der ja eigentlich mit dem Wagenlenken beschäftigt war. Was hatte das zu bedeuten?

So viel Leichtsinnigkeit passte nicht ins Bild. Aber jetzt war nicht die Gelegenheit, sich darüber den Kopf zu zerbrechen. Er musste handeln, und zwar schnell.

«Kümmere du dich um den Kutscher, ich nehme den Jungen», rief er dem Hitzkopf zu und riss die Tür der Kutsche auf.

Im Inneren war es so dunkel, dass er das Gesicht der Fürstin kaum erkennen konnte. Sie kam ihm seltsam mager und um Jahre gealtert vor. Vielleicht war es der Schock, vielleicht war sie auch einfach müde oder krank. Der Junge neben ihr presste sich in seinen Sitz. Auch er sagte nichts. Kein Flehen, kein Drohen. Nichts.

Die beiden Passagiere schienen zwar ängstlich, aber keinesfalls überrascht zu sein. Carl Edzard in seinem braunen Mantel, dem Spitzenschal um den Hals und den feinen Lederstiefeln ließ sich ohne weitere Gegenwehr aus dem Wagen und auf den Rappen ziehen. Er war ein Fliegengewicht, und dabei hieß es doch immer, der Fürstensohn sei fettleibig. Das helle Haar roch auch nicht nach Parfüm, wie der Weiße Knecht es von den feinen Herrschaften erwartet hatte.

Merkwürdig, dachte der Weiße Knecht. Es ging alles viel zu einfach. Und selbst, als er sein gestohlenes Pferd antrieb und in das dichte Waldgebiet rechts des Weges galoppierte, wollte sich keine Freude, kein Triumph einstellen.

Er wurde das Gefühl nicht los, in eine verfluchte Falle getappt zu sein.

Als er schon beinahe bei den Bäumen angelangt war, vernahm er einen Schuss. Zeitgleich zersplitterte nur wenige Ellen neben ihm der Stamm einer Weide.

Die Soldaten schossen nach ihm. Damit hatte der Weiße Knecht nicht gerechnet. Immerhin befand sich doch der Thronfolger direkt vor ihm, und wenn die Soldaten auf ihn zielten, so könnte auch Carl Edzard getroffen werden. Würden die eigenen Leute es wagen, den Hoffnungsträger des Cirksena-Geschlechts zu erschießen? Wollten sie dieses Risiko tatsächlich eingehen?

Ein zweiter Schuss fiel, brachte sie aber nicht mehr wirklich in Gefahr. Denn auch wenn es sich hier um eine dieser modernen Musketen handeln sollte, konnte selbst der geübteste Soldat auf diese Entfernung nicht mehr zielgenau schießen. Und bis er nachgeladen hatte, würde der Weiße Knecht mit seiner kostbaren Fracht auf und davon sein.

Doch dann vernahm er einen Schrei, der verriet, dass die gefährliche Munition der Salvegarde getroffen haben musste. Der Weiße Knecht schaute sich nur kurz um. Er konnte gerade noch erkennen, wie sich der Hitzkopf den Bauch hielt. Blut quoll zwischen seinen Fingern hindurch, dann kippte er leblos nach vorn. Seine schlaffen Arme umfassten den Hals des Pferdes, dessen Mähne bereits rot gefärbt war. Verdammt, es hatte ihn erwischt.

Der Weiße Knecht trieb den Friesenhengst noch schneller voran in die Baumgruppe und durch sie hindurch. Die tiefen Äste peitschten ihm durch das Gesicht, und auch der Junge musste einige Blätter und Zweige abbekommen. Er jammerte aber kaum, sondern zuckte nur hin und wieder zusammen und legte sich schützend einen Arm vor die

Augen. War der Fürstensohn doch nicht der Schwächling, für den das Volk ihn hielt? Manch anderer hätte geheult und vor lauter Schreck vergessen, sich im Sattel zu halten. Doch dieser Kerl zeigte sich wirklich tapfer.

«Wir haben es nicht mehr weit», ächzte der Weiße Knecht. «Und wenn Ihr weiter so vernünftig seid, werden wir Euch auch kein Haar krümmen.»

«Das tut weh! Diese Zweige ...»

Der Weiße Knecht fasste nach seinem Umhang und zog ihn nach vorn. Mit einer Handbewegung hatte er den grünen Stoff über das Gesicht und den Oberkörper des Jungen geworfen. «So seid Ihr geschützt! Außerdem ist es ohnehin besser, wenn Ihr nicht wisst, wohin wir reiten.»

«Die Soldaten werden Euch sowieso finden, noch vor Sonnenuntergang!»

«Darauf würde ich nicht schwören, Eure Durchlaucht.»

Der Weiße Knecht hatte den kleinen Wald hinter sich gelassen. Vor ihnen lag nun ein weites Feld, auf dem der Buchweizen fast schon in Kniehöhe stand. Ein unsicheres Stück Land, das es zu überqueren galt. Hier gaben sie eine gute Zielscheibe ab, doch niemand schien ihre Fährte aufgenommen zu haben.

Hatten die Soldaten so bald aufgegeben? Wieder beschlich den Weißen Knecht das Gefühl, dass nicht er die Fürsten genarrt hatte, sondern es sich vielmehr umgekehrt verhielt.

«Ihr seid der Weiße Knecht, nicht wahr?», vernahm er plötzlich die Kinderstimme unter dem Tuch.

«Es ist mir eine Ehre, dass Ihr bereits von mir gehört habt. Was erzählt man sich denn? Dass ich kleine Kinder fresse?»

«Ich habe keine Angst vor Euch», kam die Antwort.

Der Weiße Knecht wollte etwas erwidern, doch dann ließ er es bleiben, denn im Grunde genommen wollten weder er noch die anderen Männer diesem Jungen etwas antun. Carl Edzard brauchte sich nicht zu fürchten. Und wenn dieses Kind nun vielleicht gar nicht so dumm und einfältig war wie sein Ruf, dann konnte man eventuell sogar Einsicht von ihm erwarten. Denn Carl Edzard entsprang immerhin dem Geschlecht der Cirksena. Diese Familie hatte einst mutige Herrscher, Kämpfer und Politiker hervorgebracht, auch wenn dies einige Jahrhunderte zurücklag. Vielleicht war das Blut dieses Jungen noch nicht verwässert durch die Adelszucht, sodass vom Geist seiner Urahnen etwas übrig geblieben war. Warum sollte man den zukünftigen Herrscher dann bedrohen, wenn man ihn vielleicht auch für sich gewinnen konnte?

Er ist jedenfalls tapferer, als ich dachte, sagte sich der Weiße Knecht, als sie das Feld überquert hatten. Am Horizont war nun bereits der Deich zu erkennen. Ein grüner Wall, der den äußersten Rand des Festlandes markierte. Und dorthin wollte der Weiße Knecht.

12

Josef Herz war fürstlicher Kartenmaler und damit ein mächtiger Mann. Auch wenn man das dem weißhaarigen Geographen nicht ansah, denn er wirkte klein und sogar ein bisschen verschüchtert. Aber sein Wissen um die Ausmaße des Fürstenreiches war beachtlich. Er kannte die genaue Aufteilung der *Deichachten*, wusste sämtliche befahrbaren Wege aus dem Gedächtnis auf ein Blatt Papier zu zeichnen und hatte sogar die Wasserstraßen mit Zirkel und Federkiel niedergeschrieben. In seine Schreibstube kamen die Gesandten der Cirksena, wenn sie sich ein Bild davon machen wollten, wie die Grenzen ihrer Macht verliefen und wo das Meer bei der letzten Sturmflut ein Stück Land eingefordert hatte.

Dass sich ab heute der Nachfolger der Fürsten als Gefangener in seinem Hinterzimmer befinden würde, darauf käme sicher so bald niemand.

Josef Herz hatte seinen einzigen Sohn bei der Schlacht auf der Pfefferstraße verloren. Vor jenem Tag hatte der alte Mann nichts mit den Aufständischen zu tun gehabt. Danach bot er ihnen seine Hilfe an. Und die war sehr viel wert. Seine Stellung in Ostfriesland war gesichert, und selbst wenn man seine Beteiligung an der Entführung irgendwann einmal vermuten würde, einen Mann wie ihn, Josef Herz, würde niemand gefangen nehmen und zur Aussage zwingen können.

Als er das Haus des Kartenmalers entdeckte, ließ der Weiße Knecht das Pferd im Schritt laufen. Jegliche Eile hätte unnötig Aufmerksamkeit erzielt. Zwar war hier in dieser Gegend keine Menschenseele unterwegs, es gab auch keine befestigten Wege, und der nächste Hof war meilenweit entfernt, aber endlich fand er etwas Zeit, ein wenig durchzuatmen. Das überstürzte Handeln und die anschließende Flucht waren anstrengend gewesen. Der Schweiß lief ihm jetzt am Körper hinunter. Wie erfrischend war da doch der leichte Wind, der jetzt vom Meer herüberwehte.

«Sind wir am Strand?», fragte der Thronfolger. «Bitte, darf ich kurz gucken?»

«Nein!» Der Fürstensohn sollte nach seiner Befreiung

nicht in der Lage sein, das Versteck zu beschreiben. Doch das Kind setzte sich zur Wehr, als der Weiße Knecht den Umhang dichter zog. «Es ist nicht mehr weit», versuchte er den Jungen zu beruhigen.

Umgeben von einigen Büschen und Bäumen lag das Haus von Josef Herz lediglich einen Steinwurf vom Deich entfernt. Es war nicht besonders groß, ein bisschen aus den Angeln geraten, die Fensterläden schlossen nicht mehr richtig, und Efeu überwucherte die windgeschützte, östliche Mauer.

Der Weiße Knecht seufzte. Ein Heim wie dieses wünschte er sich für die Zeit, wenn er seine Ziele erreicht hatte. Manche Menschen mochten ihn für den geborenen Rebellen halten: ein Mann ohne Vergangenheit und Zukunft, dessen einzige Aufgabe darin bestand, für die Freiheit zu kämpfen.

Aber es gab auch diesen anderen Mann, der einen Namen hatte, einen Beruf, eine Heimat. Zwar hatte er selbst immer öfter das Gefühl, dass dieser Mann mehr und mehr in Vergessenheit geriet und unwiederbringlich verschwand im Schatten des Weißen Knechts. Aber die Heimstatt des Kartenmalers erinnerte ihn an seine Kindheit. An das Haus, in dem er als kleiner Junge gelebt hatte, auch wenn es dort weder Büsche noch Bäume noch Efeu gab. Aber dieses Geborgene, Geduckte ließ ihn an damals denken, als er noch gewusst hatte, wohin er gehörte und wo sein Zuhause war.

Worüber denkst du da eigentlich nach, schalt er sich selbst. Solch ein gefühlsdusliger Unsinn.

Der eingewickelte Junge begann ungeduldig zu werden, die strampelnden Arme und Beine waren unter dem grünen Stoff auszumachen, als er ihn vom Pferd hob.

«Jetzt ist es aber gut!», schimpfte der Weiße Knecht.

«Warum rettet mich niemand?», beschwerte sich das Bündel.

Der Weiße Knecht musste lachen, das Trotzige und Widerstandsfähige seines Entführungsopfers gefiel ihm irgendwie.

«Eure Durchlaucht, wenn Ihr mich fragt, so muss ich ehrlich antworten: Ich denke, es mag daran liegen, dass meine Leute und ich schlauer sind als die Soldaten Eures Vaters.»

«Was wollt Ihr denn eigentlich mit mir?»

«Wir wollen Eure Familie zum Nachdenken bringen. Mehr nicht.»

«Wie lange muss ich hierbleiben?»

«Das liegt ganz in den Händen Eures Vaters.»

«Und wann werde ich endlich diesen muffigen Sack los? Mir ist schrecklich heiß, und der Stoff riecht so, als hätte das Vieh darauf geschlafen.»

«Sobald wir im Haus sind, enthülle ich Euer empfindliches Näschen, Durchlaucht!»

Die Tür war nur angelehnt, und der Weiße Knecht schob den Thronfolger vor sich her in den kleinen Raum, der auffallend große Fenster hatte. Die letzten Strahlen der tief stehenden Sonne fielen gerade herein und tauchten den Raum in ein warmes Licht.

Josef Herz stand an seinem Zeichenpult. In der einen Hand hielt er einen Zirkel, in der anderen den Kompass. Er war in seinen Auftrag vertieft und fixierte mit seinen für sein Alter erstaunlich klaren Augen einen Punkt auf der Papierrolle vor ihm.

Dem Weißen Knecht erschien das Zeichnen, Messen und Rechnen noch immer als unbegreifliche Kunst, auch wenn der Jude ihm schon mehrmals seine Arbeit zu erklären versucht hatte.

Er begrüßte den Kartenmaler und schob den noch immer vermummten Fürstensohn vor das Pult.

Der Mann würdigte sie keines Blickes, sondern schob ein Messinglineal mit langsamer Bewegung über das Blatt und schaute dabei durch ein schmal zulaufendes Rohr.

«Nimm dem Kind die Decke vom Kopf. Ich dulde keine Gefangenen in meinem Haus.»

«Ich dachte, wir bringen ihn erst nach hinten.»

«Nein, er hat sicher Angst. Und das will ich nicht. Hier soll sich niemand fürchten müssen.»

Der Weiße Knecht seufzte. Josef Herz war ein freundlicher, weiser Mann, aber auch ein sturer Bock, wenn es um seine Prinzipien ging. «Er könnte Rückschlüsse darauf ziehen, wo wir sind.»

«Wir sind in der Nähe des Meeres!», sagte die Stimme unter dem Umhang.

«Siehst du, der Junge ist ohnehin zu schlau, als dass wir ein großes Geheimnis um uns machen müssen. Also bitte ...» Jetzt schaute der Kartenmaler erstmals hoch. Seine hellblauen Augen blickten auf das Bündel, er nickte auffordernd.

«Wenn Ihr meint ...» Der Weiße Knecht hob den grünen Stoff an. Die Enden hatten sich beim wilden Ritt verheddert, und er musste daran zerren, um ihn zu lösen.

Der Fürstensohn half eifrig mit, bis er endlich befreit war. Seine Augen schienen sich erst an das Helle gewöhnen zu müssen, er blinzelte in den Raum und hielt sich den Arm vor das Gesicht. Er war ein hübsches Kind mit einem feinen Gesicht, frischer Haut und vollem Haar, die Wangen gerötet in derselben Farbe wie die geschwungenen Lippen. Als er endlich den Arm sinken ließ, erkannte man auch seine Augenfarbe: hellblau, wie der Himmel über dem Meer.

«Wo habt Ihr dieses Kind aufgegabelt?», fragte der Kartenmaler und gab sich keine Mühe, die Belustigung in seinem Tonfall zu verbergen.

«In der Fürstenkutsche. Er saß neben Sophie Caroline …»

Der Jude schüttelte langsam den Kopf. «Ich kenne Georg Albrecht von Ostfriesland persönlich, er ist feist, und seine Nase ist ein Monstrum. Sein einziger Sohn ist mir zwar noch nie begegnet, aber ich habe mal ein Porträt von ihm in die Ecke einer Karte zeichnen müssen. Der Fürstenspross ist kein Schreckgespenst, aber mit Sicherheit auch nicht so ein … Wie soll ich sagen? Nun, wisst Ihr, als Kartenmaler hat man ein genaues Auge für Details …»

«Was wollt Ihr damit andeuten?»

Der Kartenmaler machte einen Schritt von seinem Pult weg, zog das Kind näher ans Fenster und begutachtete es. «Die Wimpern sind lang und dunkel. Die Augenbrauen geschwungen wie die Mondsichel. Das Kinn ist zierlich. Die Hände schmal. Der Kopf sitzt gerade auf dem Hals …»

«Sprecht endlich klar!»

«Wen immer Ihr da heute entführt habt, es ist mit Sicherheit kein Mitglied der fürstlichen Familie.»

Der Weiße Knecht starrte das Kind an. Das durfte nicht wahr sein! War alles umsonst gewesen? Der sorgsame Plan, der gefährliche Ritt, der Tod seines Kumpanen – alles ein großer Irrtum?

«Ihr meint, wir haben den falschen Jungen?»

Wieder schmunzelte Josef Herz, und sein Gesicht zeigte Hunderte Falten. «Seid Ihr denn gänzlich blind? Ihr habt überhaupt keinen Jungen erwischt, sondern ein Mädchen. Ein hübsches, aufgewecktes, mutiges Mädchen.»

Nein! Der Weiße Knecht schluckte. Ihm wurde plötzlich ganz heiß. Aber jetzt, wo der alte Mann es ausgesprochen hatte, sah er es auch: So weich und weiblich konnte selbst der verhätschelte Thronfolger nicht aussehen. Die blonden Locken dieses Kindes waren nicht künstlich frisiert worden, das Haar wirkte seidig und natürlich. Unter dem festen Westenstoff zeichneten sich zwei winzige Hügelchen ab ...

Darum hatte es keine Salvegarde bei der Kutsche gegeben! Darum war alles so einfach gewesen! Jemand hatte ihren Plan verraten, und dann hatten sie ein anderes Kind aus dem Waisenhaus in die Kutsche gesetzt. Derweil mussten Carl Edzard und seine Stiefmutter unbehelligt durch ein anderes Stadttor entkommen sein.

Wie hatte er nur so unglaublich naiv sein können? Nie zuvor war der Weiße Knecht so wütend auf sich selbst gewesen. Er hätte sich ohrfeigen können. Zornig wandte er sich an die Geisel.

«Hat man dich überredet, die Rolle des Prinzen zu übernehmen?»

«Ich selbst hatte die Idee ...»

«Und dann versprachen sie dir, dich zu retten. Aber kein Soldat hat sich angestrengt, dich vor deinem Schicksal zu bewahren.»

Das Mädchen schluckte. «Wir waren wohl zu schnell für die Männer, glaube ich.»

Der Weiße Knecht schnaubte. «Man hat dich geopfert. Du bist ein Nichts.»

«Ich bin Maikea.» Sie griff sich in den Hemdkragen und holte ein silbernes Medaillon hervor. «Schaut Euch die Bilder an. Das sind meine Eltern. Ich bin kein Nichts! Ich bin die Tochter des Juister Inselvogtes Boyunga.»

«Was?» Der Weiße Knecht fühlte, wie der Schreck ihm das Blut gefrieren ließ. Sämtliche Hitze wich nun aus seinem Körper. Das konnte nicht wahr sein! Das war zu viel für ihn.

Erinnerungen rissen ihn zurück in das Leben, in dem er einen Namen gehabt hatte, ein Zuhause, eine Mutter, einen Auftrag. Er sah die starren Augen einer Gebärenden, er roch das Blut und die Angst, er hörte das Wort «Gottesaufgabe», dann das Schreien eines Säuglings. Und plötzlich war alles wieder da: das Haus in den Dünen, der Sturm, die Männer, die Welle, das Aus.

13

«Wir haben das Küchenmädchen. Sie war gerade auf dem Weg zum Herdetor. Wahrscheinlich, um die Rebellen zu warnen.» Zwei Soldaten kamen in den Speisesaal und schleppten eine Frauengestalt zwischen sich herein.

Weert erkannte Helene. Der Kopf war ihr schräg auf die Schultern gefallen, als schliefe sie, doch die zahlreichen Wunden im Gesicht und am Körper gaben eine andere Erklärung für ihre Ohnmacht. Das Kleid war zerschlissen. Vielleicht hatte man sie ein Stück weit hinter sich her geschleift, dachte Weert. Geschah ihr ganz recht, fand er und musste sich sehr zusammennehmen, damit niemand seine Genugtuung mitbekam.

Kanzler Brenneysen jedoch interessierte sich kaum für die Gefangene. «Was ist mit dem Weißen Knecht? Habt ihr ihn?»

Der direkte Vertreter des Fürsten war ohnehin auf dem Weg nach Esens gewesen, um die fürstliche Familie sicher nach Hause zu geleiten. Nun nahm er gleich die Fäden in die Hand. Entschlossenheit lag in seiner Stimme, als er die Befehle erteilte, wie man nach dieser Beinahe-Katastrophe vorzugehen habe.

Er war ein großer Mann mit kantigem Gesicht und hellgrünen Augen, der eine gewaltige, falsche Lockenpracht auf dem Kopf trug. Seine ganze Erscheinung wirkte derart erhaben, dass Weert ihn vom ersten Moment an bewunderte. Als der Kanzler ihm anerkennend auf die Schulter geklopft hatte und ihm für seinen mutigen Einsatz gegen die Rebellen dankte, hatte Weert innerlich geglüht vor Stolz.

«Ich will wissen, was aus dem Anführer geworden ist, bevor ich Ihre Durchlaucht auf die gefährliche Weiterreise schicke.»

«Unsere Männer sind noch nicht alle wieder hier», erklärte einer der Soldaten. «Aber soweit wir unterrichtet sind, hat der Weiße Knecht unser Täuschungsmanöver nicht bemerkt und ist mit der falschen Geisel davongeritten. Leider gab es einen Toten.»

Brenneysens Gesicht wurde augenblicklich zornesrot, und er sprang so schnell von seinem Stuhl auf, dass dieser nach hinten kippte. «Bei einem solch gut geplanten Einsatz lasst Ihr einen meiner Männer über die Klinge springen?»

«Es war einer der Rebellen. Bauchschuss.»

Einer der Wächter hob den Stuhl wieder auf, und Brenneysen ließ sich beruhigt darauf nieder.

«Mmh, aber irgendwann wird der Weiße Knecht seinen Irrtum bemerken. Bis dahin sollten wir die Stadt verlassen haben. Gebt mir die Karte!»

Auf dem Esstisch wurde eine Papierrolle ausgebreitet. Weert hatte ein solches Bild noch nie gesehen und konnte mit den vielen Linien und Punkten nichts anfangen. Erst als der Kanzler mit dem Finger eine Route anzeigte und einige Ortsnamen dazu nannte, verstand er den Sinn der Zeichnung.

Fasziniert lauschte er dem Plan, den Brenneysen nun der Fürstin zu erklären versuchte.

«Eure Durchlaucht, um die Aufständischen zu täuschen, sollten wir das Nordertor wählen. Nur müssen wir dann im weiten Bogen Esens umfahren, und statt der gewohnten Strecke über Middels nehmen wir den Weg über Victorbur. Wir werden wohl zwei Stunden länger brauchen und erst spät in der Nacht ankommen.»

«Und wenn die Rebellen uns erkennen?» Man sah der Fürstin an, dass sie den Heimweg fürchtete.

«Wir werden für Euch und Euren Sohn eine andere Garderobe besorgen, damit Ihr auf der Reise die Kleidung der Bürgerlichen tragt. Das dient nur Eurer Sicherheit. Zudem werden wir auf der ganzen Strecke die Salvegarde postieren.»

«Dann machen wir es so, Kanzler», entgegnete die Fürstin. Der mitleidige Blick, mit dem sie die geschundene Helene betrachtete, entging Weert nicht. «Was geschieht mit dieser Frau, Brenneysen?»

Der Kanzler schaute nur einen kurzen Moment zu Helene, die gerade zu sich zu kommen schien. «Eure Durchlaucht, diese Frau ist eine Verräterin. Sie kann nicht viel Mitgefühl erwarten, wenn meine Männer sie später verhören. Wahrscheinlich weiß sie, wer in die geplante Entführung involviert war und wo wir den Weißen Knecht und die seinen finden können.»

«Ich weiß nichts», stöhnte Helene.

Einer der Soldaten schlug ihr mit der flachen Hand ins Gesicht. «Halt's Maul. Du hast nur den Mund aufzumachen, wenn wir es dir befehlen!»

Brenneysen wandte sich an Weert. «Sag, Junge, es war doch diese Frau, die den Rebellen das Tor geöffnet hat?»

Weert nickte und blickte dann zu Boden. Besser wäre es gewesen, er hätte mit dem Finger auf Helene gezeigt, doch er schaffte es nicht, sie anzusehen. Es war kein Mitleid, das er empfand. Es war eher die Scham, eine solche Gestalt einmal begehrt zu haben, dass er ihr sogar einen Kuss hatte entlocken wollen. Jetzt fand er sie abstoßend und erbärmlich.

«Warum machst du das, Inseljunge?», rief Helene verzweifelt. «Ist es wegen der Sache vor ein paar Wochen? Weil ich dich nicht …» Sie verstummte, als sie eine Männerhand auf den Mund gelegt bekam. Nun konnte sie nur noch röcheln und husten.

«Schafft sie raus!», befahl Brenneysen knapp, und die Soldaten gehorchten. «Und nun nochmal zu euch beiden», fuhr der Kanzler fort und schaute Weert und den neben ihm stehenden Rudger genauestens an.

Weert schluckte, und für einen kurzen Moment beschlich ihn die Befürchtung, dass man ihren kleinen Betrug doch aufgedeckt hatte und jetzt ihre Bestrafung anstand. Doch der sonst so strenge Mann lächelte plötzlich. «Wie alt seid ihr beide?»

Rudger machte den Mund nur auf und zu, deswegen antwortete Weert für sie beide: «Ich bin fünfzehn, und mein Freund hier ist ein Jahr jünger.»

«Dann seid ihr ja fast schon Männer. Und ein bisschen zu alt für ein Waisenhaus, findet ihr nicht?»

«Doch, Kanzler.»

«Und was wollt ihr gern einmal machen, wenn ihr erwachsen seid?»

«Zur See fahren», antwortete Rudger, aber Weert stieß ihm unauffällig in die Seite und ergriff das Wort: «Aber, wenn wir wirklich wählen dürften, würden wir natürlich viel lieber solch stattliche Soldaten werden wie Eure Männer hier.»

Brenneysen zog interessiert die Augenbrauen hoch. «So? Soldaten wollt ihr sein?»

Weert nickte, und Rudger – nach einem erneuten Stoß in die Rippen – tat es ihm gleich. «Ja, das wäre was!»

«Mein Junge, du scheinst ja wirklich aus hartem Holz geschnitzt zu sein, wenn du dir eine Rauferei mit einem ganzen Pack wüster Rebellen lieferst.» Fast klang die Feststellung ein wenig spöttisch.

«Das war nicht besonders tapfer von mir. Ich habe mich einfach verhauen lassen. Besser wäre es gewesen, ich hätte sie einen nach dem anderen aufgespießt!»

Nun lachte der Kanzler schallend. «Du gefällst mir wirklich!» Er schien einen Moment lang nachzudenken, dann wandte er sich an Pastor Bilstein, der bis zu diesem Zeitpunkt teilnahmslos am Ende des langen Tisches gesessen hatte. «Sagt mir, Pastor, wäre es möglich, dass ich diese beiden strammen Kerle mitnehmen kann?»

Der Gottesmann machte große Augen. «Wie meint Ihr das?»

«Gegen eine großzügige Spende, versteht sich.»

«Ja», stotterte Pastor Bilstein ungläubig. «Natürlich, wenn Ihr meint ...»

«Eure Durchlaucht?», fragte Brenneysen nun die Fürstin, mehr der Form halber, wie es schien. Diese nickte.

«Und euch beide brauche ich wohl kaum zu fragen?»

«Wir dürfen mit nach Aurich und Soldaten werden?», platzte Weert heraus.

«Ihr habt eure Tapferkeit bewiesen. Zwar müssen wir morgen noch das Einverständnis des Fürsten abwarten, aber ich bin mir sicher, er wird meine Ansicht teilen, dass man mutigen Jungen wie euch eine Chance geben sollte.»

«Wann werden wir uns auf den Weg machen?» Weert konnte es kaum erwarten. Würde sich sein Traum von einem anderen Leben endlich erfüllen? Daran hatte er beim Ersinnen seines kleinen, gemeinen Planes nicht im Entferntesten gedacht, so berechnend war er nicht. Aber das eine fügte sich so wunderbar zum anderen, dass er tatsächlich glauben mochte, das Schicksal belohne ihn für seinen bösen Streich.

«Wir haben eine große Kutsche geordert. Darin ist auch noch für euch beide Platz. Also rennt los und holt eure Siebensachen. Die fürstlichen Hoheiten werden nun ihre neuen Kleider angezogen bekommen. Danach wollen wir bald aufbrechen.»

Weert nahm Rudger, der stumm und steif neben ihm stand, an die Hand und zog ihn hinaus auf den Flur, die Treppe hinauf bis in den Schlafsaal der Jungen. Dort ergriff er in Windeseile die wenigen Sachen, die in den Beutel passten, und verteilte aus einer großzügigen Laune heraus das Zuckerbankett, das er im Bäckerladen für ein paar Interna aus dem Waisenhaus erhalten hatte, unter den kleineren Kindern, die schon in ihren Betten lagen.

«Ab heute nächtigen wir nicht mehr im Stroh, sondern auf bequemen Matratzen!», rief er zum Abschied und verließ die Schlafstätte, ohne sich ein weiteres Mal umzuschauen. Er war froh, das Waisenhaus endlich verlassen zu können.

※

Die Kutsche stand bereits auf dem Hof. Brenneysen instruierte gerade den Wagenlenker und begutachtete die Sitzflächen, als eine kleine Gruppe Soldaten angeritten kam. Die Männer sahen aus, als hätten sie sich einen verheerenden Kampf geliefert. Ihre Gesichter wirkten alles andere als zufrieden.

«Kanzler, wir haben eine schlechte Botschaft ...», rief einer der Soldaten.

Brenneysen seufzte. «Ich ahne es schon: Der Weiße Knecht ist uns wieder mal entwischt!»

«Er hat einen verdammt schnellen Gaul gestohlen. Und dann ist er mit dem Kind durch den Wald. Wir haben keine Ahnung, wohin sie geritten sind. Eventuell in Richtung Deich, wir könnten morgen bei Tagesanbruch die Häuser kontrollieren.»

«Ach, das könnt ihr euch schenken», entgegnete der Kanzler. «Ich werde alle Männer in Aurich postieren. Der Schutz der Fürstenfamilie ist jetzt oberstes Gebot!»

«Entschuldigt, Kanzler, aber der Weiße Knecht hat noch das Kind, dieses Mädchen ...»

Brenneysen dachte kurz nach. «Ich denke, sie werden die falsche Geisel freilassen, sobald sie den Schwindel bemerken. Das Kind schwebt in keiner Gefahr. Ein Waisenmädchen ist für den Weißen Knecht bedeutungslos. Er wird sie so schnell wie möglich fortschicken. Das soll nicht mehr unsere Sorge sein.»

Die Soldaten blickten verwundert drein, und auch Weert

fragte sich, ob er richtig verstanden hatte. Wollte man Maikea Boyunga einfach so ihrem Schicksal überlassen?

Der Kanzler räusperte sich. «Nun, und wenn die Fürstin, der Pastor oder irgendjemand anderes fragen sollte, was mit dem Kind ist, dann antwortet, es sei alles gutgegangen. Wir wollen niemanden beunruhigen.»

Die Soldaten schienen mit dieser Auskunft zufrieden zu sein. Sie wendeten ihre Reitpferde und entfernten sich. Weert war sprachlos und überlegte gerade, ob er seinen Mund öffnen sollte, als die Fürstin und ihr Stiefsohn aus dem Haus kamen. Beide hatten sich umgezogen und trugen nun wesentlich schlichtere Kleidung.

Carl Edzard verabschiedete sich von Jantje. Man sah ihm an, dass er sich nur ungern von diesem Mädchen trennte. Dann halfen ihm zwei Soldaten in die Kutsche, in der Sophie Caroline bereits Platz genommen hatte.

«Das Hemd kratzt ganz schrecklich», beschwerte er sich und rieb sich mit der Hand zwischen Hals und Kragen.

«Das Hemd kann Euch heute vielleicht das Leben retten, denn es verbirgt Eure adlige Abstammung», antwortete Kanzler Brenneysen. Dann wies er Weert und Rudger ihre Plätze auf dem Kutschbock zu und nahm selbst neben der Fürstin Platz. «Auf geht's nach Aurich, Kutscher. Ich möchte, dass du diesen Ort so schnell wie möglich hinter dir lässt.»

Diese Aufforderung entsprach auch Weerts Wunsch. Und je mehr sich die Pferde ins Geschirr legten und je größer der Abstand zum Waisenhaus wurde, desto besser fühlte er sich. Weert konnte sein Glück kaum fassen: Sie waren unterwegs nach Aurich, an den Fürstenhof.

Die Dämmerung setzte bereits ein, als sie das Nordertor passierten. Der Himmel färbte sich rot über dem

Deich. Und schon in diesem Moment hatte Weert jeden Gedanken an Maikea Boyunga und ihr ungeklärtes Schicksal verdrängt. Was hatte sie noch mit ihm zu tun? Er war unterwegs in sein neues Leben.

TEIL 3

Juni 1734

1

Maikea zog die letzte Linie, rechnete die Zahlen noch einmal durch und notierte sie auf einem Blatt Papier, welches schon so angefüllt mit Ziffern und Buchstaben war, dass man kaum noch einen weißen Fleck erkennen konnte.

Es war unglaublich. Ihr Herz schlug bis zum Hals. Sie konnte es nicht erwarten, bis ihr Lehrmeister wieder von seinem Abendspaziergang zurückkam, damit sie ihm endlich den Beweis unter die Nase halten konnte. Er würde staunen, er würde nachrechnen und ein zweites Mal das Maßband an die exakte Zeichnung legen. Und Maikea wusste, heute musste er zugeben, dass sie all die Monate recht gehabt hatte mit ihrer Vermutung.

Sie legte die Feder zur Seite und trat ans Fenster. Da es draußen schon dämmerte, konnte sie ihr Spiegelbild in der Scheibe erkennen. Maikea nahm ihr Aussehen nur selten wahr, denn im Haus des Kartenmalers gab es keine Spiegel – bis auf das halbblinde Ding, nicht größer als eine Handfläche, das der Jude zum Rasieren benutzte. Ihr inzwischen hüftlanges Haar kämmte Maikea sich noch immer mit Geeschemöhs Perlmuttkamm, doch sie tat es meist, ohne einen Blick darauf zu werfen. Jetzt erschrak sie fast ein bisschen, denn das Fenster zeigte ihr ein Bild, das sie an ihre Mutter erinnerte. Ihr Tod lag schon fünf Jahre zurück, und Maikeas Erinnerungen an die Insel und die Menschen ihrer Kindheit waren so diffus wie die Deichlandschaft da draußen, die an diesem Abend im frühsommerlichen Dunst lag. Aber Maikea wusste, sie war ihrer Mutter sehr ähnlich, nur etwas kräftiger und größer war sie, denn sie hatte wohl auch etwas von ihrem stattlichen Vater mitbekommen. Ob sie hübsch war oder nicht, daran verschwendete Maikea kaum einen Gedanken. Für wen auch? Das Augenlicht des alten Josef Herz war zwar noch immer hervorragend, doch er schätzte an ihr weniger die weiblichen Reize als vielmehr die Tatsache, dass sie ihm so fleißig zur Hand ging. Wenn seine Finger zu zittrig waren, erstellte sie nach seinen Anweisungen die Kartenzeichnungen. Und nur, wenn der Weiße Knecht für ein paar kurze Stunden zu Besuch kam, flocht sie sich das Haar besonders sorgfältig und zog sich das blaue Kleid an, das aus dem Schrank der längst verstorbenen Frau ihres Meisters stammte. Der Stoff fühlte sich weicher und luftiger an als die anderen Stoffe. Zudem hatte der Weiße Knecht sie, als sie das Kleid zum ersten Mal trug, ganz besonders lange angesehen und festgestellt, dass es die Farbe ihrer Augen zum Strahlen brachte. Derlei Sätze sagte er sonst nicht, und es hatte Maikea merkwürdig verwirrt. Seitdem zog sie sich manchmal hastig um, wenn sie das Hufgeklapper seines Friesenhengstes hörte. Sie beeilte sich dann, die Haare zu lösen und das silberne Medaillon über den Stoff auf die Brust zu legen. «Den Weißen Knecht schlage dir aus dem Kopf», sagte Josef Herz immer, wenn er ihre Unruhe bemerkte. «Er ist zu wild. Und er hat ein Weib, dem er zu Dank verpflichtet ist. Helene musste viele Wochen wegen ihm in Gefangenschaft verbringen, und die Soldaten haben sehr schlimme Dinge mit ihr angestellt, aber sie hat ihren Liebsten nicht verraten.» Meist fügte er noch hinzu: «Außerdem wird es Zeit, dass du unter die Menschen kommst und nicht ständig bei einem alten Knochen wie mir über Landkarten brütest.»

Maikea wurde dann stets sehr still. Obwohl sie in den letzten Jahren in einem Haus mit Josef Herz gelebt und nahezu den ganzen Tag mit ihm verbracht hatte, war ihr Verhältnis ein sonderbares. War sie seine Haushälterin? Seine Schülerin? Oder noch immer eine Geisel, die man niemals ausgelöst hatte und in all den Jahren vergessen zu haben schien?

Aber es war nicht das schlechteste Leben in diesem Haus am Deich. Sie hatten stets genug zu essen, Maikea genoss die Ruhe und die Nähe zum Meer. Und sie lernte sehr viel von ihm. Manchmal holte der alte Mann ein paar Karten hervor, die er aus seiner Lehrzeit aufgehoben hatte. Sein eigener Meister war einige Jahre bei *Ubbo Emmius* zur Schule gegangen und hatte dort die wunderbarsten geographischen Zeichnungen kopiert und so über die Jahrhunderte gerettet.

Maikea erhielt auf diese Weise ein sehr umfangreiches Bild von der Entstehung, Wanderung und partiellen Vernichtung der Ostfriesischen Inseln, aber auch die Veränderung der Küstenlinien durch Deichbau oder heftige Fluten konnte man auf diese Weise nachvollziehen. Und sie liebte es, am Abend mit Josef Herz über ihre Heimat zu sprechen. Das machte sie zufrieden.

Maikea wandte sich vom Fenster ab. Wann kam Josef Herz endlich zurück? Der alte Mann war ein Freund von Gewohnheiten, jeden Abend genoss er seinen Spaziergang auf dem Deich. Immer wollte er dabei allein sein. Aber heute, so schien es, ließ er sich mehr Zeit als sonst. Oder es kam Maikea nur so vor, weil sie vor Ungeduld beinahe platzte?

Schließlich hielt sie es nicht länger aus, nahm ihren Umhang und das Papier und ging vor die Tür. Normalerweise störte sie ihren Meister nicht, aber das Ergebnis ihrer Berechnungen war doch wohl ein guter Grund, ihm ein Stück entgegenzugehen.

Es war kühl draußen und ungewöhnlich windstill. Die feuchte Luft schwebte in nebligen Wolken über den Gräsern. Einige Schafe blökten. Die Tiere sorgten mit ihren Hufen und ihrem Dung für die Festigkeit der Grasnarbe auf dem Deich. Von der Brandung hörte Maikea nichts. Überhaupt war das Meer hier nicht zu vergleichen mit dem um Juist. Die vorgelagerten Eilande bremsten es aus, weshalb nur kleine Wellen leise und müde den Festlandsdeich erreichten. Selbst bei Sturmfluten im Winter – die in den letzten Jahren zum Glück kaum vorgekommen waren – hatte das Meer nichts Bedrohliches, wie es Maikea von ihrer Insel kannte. Und heute, am Deich von Westerbur, war die Nordsee nahezu stumm.

Maikea entdeckte Josef Herz weiter hinten auf dem Deichkamm. Sein Gang war noch immer der eines fast jugendlichen Mannes, obwohl er bald siebzig wurde und sein Rücken etwas krumm war. Sein weißes, dünnes Haar war feucht geworden und warf wilde Locken. Er schaute auf das Meer hinaus. Die Feuchtigkeit der Grasnarbe hatte die Beine seiner Hose durchnässt.

Als er sich zu ihr umblickte, schien er verwundert. Normalerweise bereitete Maikea um diese Zeit das Nachtmahl für sie beide zu: Käse aus der Milch der Deichschafe, Gerstenbrot und Butter. Es hatte sie ein paar Wochen gekostet, bis sie sich an das koschere Essen gewöhnt und dessen Zubereitung erlernt hatte. Es gab so vieles, an das man denken musste. Doch heute hatte sie es vor lauter Aufregung einfach vergessen.

Nun lief sie schnell den Deich hinauf und musste erst einmal Luft holen, als sie oben bei ihm ankam.

«Ich habe es herausgefunden!», schnaufte sie nur.

«Was hast du herausgefunden?»

«Es gibt einen Zusammenhang zwischen den Seegatts und den dahinterliegenden Landflächen. Man kann es ausrechnen. Und das ist gar nicht so kompliziert!» Maikea hielt ihm ihre Notizen unter die Nase.

«Kinderleicht scheint es mir aber nicht gerade zu sein, wenn ich mir dieses Zahlengewirr anschaue …»

Doch Maikea beachtete seinen Spott nicht, sondern rollte das Papier wieder zusammen und zeigte stattdessen auf das vor ihnen liegende Wattenmeer.

«Wenn es nicht schon fast dunkel wäre, könnten wir jetzt die Inseln sehen. Den östlichen Zipfel von Norderney, dann das winzige Baltrum und weiter rechts die Westküste von Langeoog.»

«Ich bin Kartenmaler, ich kenne die Namen und Lage der Inseln.»

«Ja, aber wisst Ihr, genau diese drei Eilande machen es besonders deutlich, denn sie sind so verschieden. Norderney hat sich aus den Überresten der alten Insel Buise gebildet und …»

«Was du mir hier gerade erzählst, habe ich dir beigebracht. Auch wenn ich mich bei meiner Arbeit mehr auf das Festland konzentriere, ist mir die Geschichte der Inseln wohlbekannt. Was kannst du mir also Neues berichten?» Josef Herz lachte.

«Ihr macht Euch lustig, obwohl Ihr ganz genau wisst, dass ich recht habe.»

«Ich mache mich lustig über deine Verbissenheit.»

Doch Maikea wollte sich nicht von ihm auslachen lassen, dazu war ihr dieses Thema zu wichtig. «Ihr wisst, dass ich recht habe. Mit den Berechnungen könnte man die Inseln viel wirkungsvoller vor Sturmfluten schützen.»

Eine Zeit lang sagte Josef Herz nichts. Seiner Miene war

nicht abzulesen, ob er nun stolz war, gelangweilt oder vielleicht sogar verärgert. Aber Maikea wollte ihn überzeugen, denn Josef Herz war ein kluger Mann, und er besaß einen gewissen Einfluss. Wenn er an ihre Idee glaubte und bereit war, sich dafür starkzumachen, dann gab es eine Chance, sie an die richtigen Leute zu bringen.

Endlich kratzte er sich das Kinn, und Maikea wusste, das war ein gutes Zeichen. Er machte diese Geste stets, wenn er ernsthaft über etwas nachdachte.

«Und was sollen wir nun deiner Meinung nach mit diesem Wissen anfangen?»

«Könnt Ihr nicht beim Fürstenhaus einen Vorschlag einbringen, dass die Arbeit der Inselvogte und Deichachten nach einem allgemeinen Prinzip –»

«Dann müsste ich Kanzler Brenneysen überzeugen», unterbrach er sie. «Denn Fürst Georg Albrecht liegt, soweit ich weiß, im Sterben.»

Maikeas Herz schlug schneller.

«Aber es ist nicht so einfach, wie du es dir vorstellst, Maikea. Sturmfluten mögen schrecklich sein. Sie kosten Menschenleben und zerstören Weideland und Viehbestände. Aber sie haben auch einen großen Nutzen für die Obrigkeit.»

«Einen Nutzen? Was soll gut daran sein, wenn man in ständiger Angst lebt, alles an das Meer zu verlieren?»

«Nun, genau mit dieser Angst lässt sich Macht gewinnen.»

Josef Herz schaute noch einmal zum Meer, dann wandte er sich um und begann, schräg den Deich hinunterzustapfen. Die feuchte Wiese ließ ihn rutschen, Maikea eilte hinter ihm her und griff nach seinem Arm, um ihn vor dem Sturz zu bewahren.

«Meister, was meint Ihr damit?»

«Der Fürstenhof ist vom *Pietismus* geprägt, strengster Protestantismus also.»

«Aber Ihr seid doch Jude. Was kümmert Euch der Glaube des Fürsten?»

«Nun, in allen Religionen läuft es gleich: Gott sieht alles, und Gott bestraft die Menschen für ihre Sünden. Doch im Pietismus wird die Angst vor dem Zorn des Allmächtigen ganz besonders geschürt. Nicht umsonst haben Landesherren, die gern absolutistisch regieren wollen, sich dieser Kirchenbewegung angeschlossen.»

«Warum? Was ergibt das für einen Sinn?»

«Wenn das Volk stets den Zorn des Allmächtigen fürchtet und der Landesherr sagt, dass Katastrophen wie Sturmfluten eine Gottesstrafe für ihren Lebenswandel sind, dann bleiben die Menschen ängstlich, bescheiden und ergeben.»

«Ich verstehe», sagte Maikea, als sie unten ankamen. Es waren nur noch wenige Schritte bis zum Haus. «Wenn die Menschen begreifen, dass es in ihrer Macht steht, sich gegen Sturmfluten zu schützen, dann kann man ihnen damit nicht mehr drohen ...»

«So ist es.»

«Aber wenn Gott uns doch die Möglichkeiten gegeben hat, uns gegen seine Strafen zu wehren, warum dürfen wir sie dann nicht nutzen?»

«Wenn ich zum Kanzler Brenneysen gehe und ihm erzähle, dass eine gewisse Maikea Boyunga so klug und so fleißig ist, dass es ihr vielleicht gelingen könnte, das Meer zu bändigen, dann wird er es als Gotteslästerung ansehen und uns beide so schnell wie möglich mundtot machen.»

«Das glaubt Ihr wirklich?»

«So wahr wir beide denselben Gott haben, das wird geschehen. Du weißt, ich arbeite für den Fürsten, doch gleichzeitig beäuge ich seine Machenschaften mit großer Sorge. Deswegen habe ich mich auch damals angeboten, als der Weiße Knecht mich um Unterstützung bat. In Ostfriesland brennt die Erde. Nicht nur Sturmfluten, auch Viehseuchen und Missernten haben den Menschen zugesetzt. Das Fürstenhaus hat schon jetzt keinen starken Cirksena mehr an seiner Spitze, und nach Georg Albrechts Tod wird dessen Sohn noch weniger Macht haben. Die Ständekriege höhlen das Volk von innen aus. Und der vom Kanzler berufene Geheime Rat gießt noch Öl ins Feuer, indem er die Rebellen mit aller Härte bekämpft.» Sie standen nun schon an der Rückseite des kleinen Hauses. Josef Herz blieb stehen und sah seine Begleiterin ernsthaft an. «Liebe Maikea, ich halte deine Entdeckung für großartig und wunderbar. Aber ich fürchte, dass der Fürstenhof nicht gerade auf eine starke Frau wie dich wartet. Eine Frau, die weiß, wie man die Angst vor dem Meer in den Griff bekommt. Es ist gefährlich, Maikea. Und deswegen werde ich auf keinen Fall in Aurich von deinen Ideen berichten.»

«Und wenn ich selbst fahre?» Maikea konnte nicht einfach so aufgeben. Doch in diesem Moment hörte sie von der Vorderseite des Hauses her das Schnauben eines Pferdes, und eine bekannte Stimme rief: «Ist denn hier niemand? Josef Herz? Maikea? Es gibt etwas Wichtiges zu erzählen!»

Augenblicklich wurde Maikea warm ums Herz, und sie strich hastig ihre Strähnen hinter das Ohr. Warum nur musste der Weiße Knecht immer so überraschend auftauchen?

«Hört Ihr mich? Stellt Euch vor, letzte Nacht ist der

Fürst gestorben. Ab heute werden die Karten in unserem Land neu gemischt!»

2

Im Hof welkten die Hochzeitsgestecke vor sich hin. Kurz hatte man aus Sparsamkeit in Erwägung gezogen, die edlen holländischen Blumen neu zu arrangieren und als Schmuck für die Totenbahre zu nutzen. Doch zartrote Rosen wirkten zu fröhlich neben dem einbalsamierten Leichnam des Fürsten.

Erst vor fünf Tagen hatte man Georg Albrecht den letzten Segen erteilt. Doch der Tod des ewig kranken Fürsten schien den Menschen kein zu beklagendes Leid. Ebenso hatte sich vor vier Wochen kaum ein Mensch an der Hochzeit des Fürstensohnes erfreut. Nur der Kanzler war mit den politischen Vorteilen zufrieden, die die Heirat Carl Edzards mit seiner zwei Jahre älteren Stiefcousine *Prinzessin Wilhelmine Sophie von Culmbach-Bayreuth* brachte. Ansonsten war sowohl dem gerade 18-jährigen Bräutigam wie auch seiner blassen Braut das Unglück anzusehen gewesen. Dass Carl Edzard viel lieber der Tochter eines Kammerfräuleins das Jawort gegeben hätte, war in Aurich kein Geheimnis. Doch für Gefühle und nicht standesgemäße Mätressen war jetzt keine Zeit: Es musste so bald wie möglich ein neuer Stammhalter geboren werden. Dieses Ziel hatte der Geheime Rat zur wichtigsten Sache erklärt.

Weert Switters unterbrach die Vorbereitungen für das Staatsbegräbnis, um an der heutigen Sitzung teilzunehmen. Der Geheime Rat tagte nun beinahe täglich in den schmucken Räumen der neuen Kanzlei, die der Fürst erst kürzlich im herausgeputzten Marstall hatte einrichten lassen. Der Sitzungssaal befand sich im ersten Stock und hatte eine Reihe fast bodentiefer Fenster, durch die man auf das Fürstenschloss blicken konnte.

Von seinem Arbeitszimmer waren es nur wenige Schritte dahin. Rudger trug die nötigen Papiere unterm Arm und folgte ihm eilig. Er machte seine Arbeit als persönlicher Sekretarius gut, fand Weert.

«Weert, ich würde dich später gern unter vier Augen sprechen, wenn es geht. Eine wichtige Angelegenheit, privat, wenn du verstehst ...»

«Sobald ich Zeit habe, gern.» Er nahm ihm die Akten ab und betrat den Sitzungssaal.

Die Ratsmitglieder saßen bereits auf ihren wuchtigen Stühlen und breiteten vor sich unzählige Papiere auf dem langen, schweren Holztisch aus. Seit vier Monaten gehörte auch Weert zum engsten Kreis um Kanzler Brenneysen und *Hofmarschall von Langeln*, der die Geschicke des Landes lenkte.

«Diese Jantje Haddenga ist ein echtes Problem.» Brenneysen räusperte sich geräuschvoll. Der Tod des Fürsten hatte ihn nicht allzu sehr mitgenommen, auch wenn er in der Öffentlichkeit einen anderen Eindruck zu erwecken versuchte. Dass er so abgeschlagen wirkte und der Husten ihm zu schaffen machte, war wohl eher auf die anstrengende Aufgabe zurückzuführen, in Ostfriesland das Chaos zu verhindern, das durch den Tod Georg Albrechts hereinzubrechen drohte. «Solange dieses Mädchen in der Nähe ist, wird Seine Durchlaucht im Ehebett nichts taugen. Außerdem ist Carl Edzard auch sonst kein Kerl, bei dessen Lebenserwartung ich allzu optimistisch wäre. Er muss seiner Gemahlin so bald wie möglich einen Sohn machen.»

«Ist denn noch kein Brief aus Bayreuth eingetroffen?», hakte Weert nach. «Gibt es noch keine Antwort auf unser Anliegen, ob man das Kammerfräulein dort als Hofdame übernimmt? Ich denke, die Fürstin sollte ihre Kontakte nutzen. Es wird auch in ihrem Sinne sein, wenn ihr Stiefsohn sich mehr auf seine ehelichen Pflichten konzentrieren kann.»

Das beipflichtende Nicken in der Runde bestätigte Weert wieder einmal, dass auf sein Wort gehört wurde. Was hatte er nicht alles erreicht in den letzten fünf Jahren! Zwar hatte seine Karriere ihm anfangs einige harte Wochen beim Militär abverlangt, und der Aufstieg in die politischen Kreise war ebenfalls nicht ganz billig gewesen. Doch Respekt verschaffte man sich bekanntlich nicht, wenn man sich an Regeln und Gesetze hielt, sondern vielmehr, wenn man die richtigen Leute kannte und im passenden Moment ein paar interessante Geheimnisse erzählte – oder als Gegenleistung für sich behielt. Nach dem Kanzler und dem Hofmarschall war Weert mittlerweile der dritte Mann am Fürstenhof. Und Rudger stand ihm als sein privater Sekretarius loyal zur Seite. Was wollte er mehr?

Brenneysen, der am Kopf des Verhandlungstisches saß, waren die Sorgen dieser Tage anzusehen.

«Es muss uns gelingen, beim Volk den Eindruck zu erwecken, dass es nach wie vor von starker Hand regiert wird. Sonst tanzen uns die Stände bald auf der Nase herum, und die Rebellen haben ein leichtes Spiel.»

«Der Weiße Knecht glaubt ohnehin, dass er Narrenfreiheit genießt. Insbesondere, da es dem alten Rat nicht gelungen ist, die Amnestie des Kaisers abzuwenden, und dadurch vor zwei Jahren sämtlichen Rebellen die Strafe erlassen wurde.» Diese spitze Bemerkung konnte Weert sich nicht verkneifen. Obwohl er wusste, Brenneysen würde den indirekten Angriff auf seine damaligen Amtsgeschäfte sofort verstehen.

«Wer zum Teufel kennt denn noch den Weißen Knecht?», konterte Brenneysen. «Nach der missglückten Entführung hat dieser Rebell nur noch wenige kleine Auftritte gehabt. Der kann uns nicht mehr gefährlich werden.»

«Aber jetzt ist der Fürst tot. Und in Emden stehen die verdammten Renitenten schon in Lauerposition. Sie haben Carl Edzard die Huldigung verweigert. Wäre ich der Weiße Knecht, so würde ich diesen Zeitpunkt nutzen, um neue Forderungen zu stellen und den Kampf wiederaufleben zu lassen.»

«So, so, wenn Ihr der Weiße Knecht wäret ...» Brenneysen schnaubte kurz und schaute dann verächtlich in die Runde, um zu demonstrieren, wie lächerlich er Weerts Gedankengänge fand. Doch kein Ratsherr zog auch nur die Mundwinkel hinauf. Sie wussten, Weert hatte recht.

Brenneysen konnte immer seltener die kleinen Wortduelle für sich verbuchen.

Schon lange standen die beiden Männer sich alles andere als freundschaftlich gegenüber. Weert wurde von einigen Ratsmitgliedern bereits als Nachfolger des Hofmarschalls gesehen, und von der Position aus war es nur noch ein kleiner Schritt ins Kanzleramt. Brenneysen mochte jahrelange Erfahrung haben. Auch hatte er die schlimmste Phase des Bürgerkrieges durchgestanden und, zumindest auf dem Papier, den Sieg über die Rebellen errungen. Aber er war alt und krank. Und in vielerlei Hinsicht wirkte sich das auf sein Verhandlungsgeschick aus. Manchmal hatte Weert den Eindruck, dass sich beim Kanzler eine ungünstige Nachgiebigkeit zeigte, und das war fatal. Der neue

Fürst war ein Weichling, da mussten die Männer hinter ihm doppelt so hart sein.

Brenneysen ließ sich vom Sekretarius rasch die neuen Papiere geben, um dann das Thema zu wechseln.

«Die ersten Rückmeldungen aus den anderen Fürstenhäusern sind gekommen. Alles läuft darauf hinaus, dass wir unseren hochgeehrten Verstorbenen im September zu Grabe tragen werden.»

«In drei Monaten ein Staatsbegräbnis planen, da bleibt nicht viel Zeit», entgegnete der Hofmarschall und seufzte. «Wir brauchen zusätzliches Personal, weitere Köche, dann die Musikkapelle …»

«Entschuldigt die Störung, Euer Ehren», unterbrach ein eilig in den Verhandlungsraum eingetretener Wachmann. «Vor dem Tor gibt es Probleme.»

«Was steht Ihr dann hier rum?», blaffte Weert. «Wir haben nicht die Zeit, uns um derlei Kleinkram zu kümmern. Wenn Eindringlinge Unfrieden machen, nehmt die Degen in die Hand, dann rennen sie davon.»

Doch der Mann blieb stehen und blickte verschämt zu Boden. «Es ist nur eine Person, Ratsherr Switterts. Eine junge Frau. Es erscheint uns unpassend, sie mit der Waffe anzugehen.»

Weert schüttelte den Kopf. «Manchmal habe ich das Gefühl, wir befinden uns hier in einer dieser albernen Molière-Possen statt auf dem Hof des ostfriesischen Fürsten. Nicht zimperlich sein, Soldat! Die Weiber sind oft die schlimmsten!»

«Aber sie sagt, dass sie Euch kennt.»

«Mich?» Weert musste nachdenken. Es gab einige Frauen in Aurich und Umgebung, mit denen er bestens bekannt war. Aber keine von ihnen hätte den Mut oder die

Dreistigkeit, ihn hier bei Hofe aufzusuchen. «Was will sie denn?»

«Soweit ich verstanden habe, will sie zum Fürsten vorgelassen werden.»

«In welcher Angelegenheit?»

«Nun ...» Tatsächlich errötete der Uniformierte unter seiner Kappe. «Es kommt mir auch seltsam vor, aber sie behauptet, sie hätte eine wichtige Entdeckung gemacht, die unser Land vor Sturmfluten schützen könne.»

Ein allgemeines Gelächter breitete sich unter den Mitgliedern des Geheimen Rates aus. Doch Weert blieb ernst. Es kam ihm eine Vermutung, die so unwahrscheinlich war, ihm aber dennoch das Blut stocken ließ. Konnte es Maikea sein? Nach all den Jahren? Man war stillschweigend davon ausgegangen, dass dieses Mädchen – nachdem sie selbst Wochen nach der Entführung nicht wiederaufgetaucht war – ihren Abenteuerausflug in die Fänge des Weißen Knechtes nicht überlebt hatte. Die besorgte Fürstin hatte sich damals mehrfach über das Schicksal des Waisenmädchens informiert, sodass schließlich ein hochoffizieller Brief verfasst worden war, in dem Maikea Boyunga als tapferes Opfer der rücksichtslosen Rebellen betrauert wurde. Und damit schien das Problem gelöst.

Doch was der Soldat da eben von der ungebetenen Besucherin berichtete, klang so sehr nach Maikea Boyunga, dass Weert erstarrte. Wenn er ehrlich war, hatte er nie an den Tod seiner alten Widersacherin glauben können. Dazu war dieses Mädchen einfach zu lebendig, zu zäh und verdammt nochmal auch zu schlau gewesen. Aber wenn es tatsächlich Maikea war, die dort am Tor die Wächter auf Trab hielt, dann würde es ein Schock für alle sein. Es gab bereits genug Aufregung.

«Was soll ich denn jetzt machen?», fragte der Mann unsicher.

«Führt sie zu uns», antwortete Brenneysen mit amüsiertem Gesicht. «Wollen wir doch mal sehen, welche junge Dame aus dem Dunstkreis unseres Ratsherrn Switterts sich erdreistet, dem Allmächtigen die Stirn bieten und dem Meer trotzen zu wollen.»

Gerade wollte der Wächter dem Befehl Folge leisten, da wurde er auch schon zur Seite gedrängt, und eine Frau betrat den Sitzungssaal, atemlos und voller Feuereifer.

Auch Weert blieb die Luft weg, und er musste sich setzen. Er hatte nicht daran gedacht, dass Maikea nun eine Frau war. Irgendwie hatte er ein kleines Mädchen mit Zöpfen erwartet. Aber ihr Haar war nicht geflochten, es wurde nur mit einem Band aus der Stirn gehalten und fiel ihr ansonsten in strohgoldenen Fluten über den Rücken. Sie trug ein blaues Kleid, das absolut nicht der neuesten Mode entsprach und zudem an den Brüsten etwas zu eng zu sein schien, trotzdem sah sie gut darin aus. Besser als die feinsten Edelfrauen, die sich am Fürstenhof tummelten. Ihr Gesicht war erhitzt, und das war es auch, was Weert an die Maikea seiner Kindheit erinnerte. Diese glühenden Wangen und die leicht geschwollene Ader auf der Stirn. Mein Gott, dachte er, sie ist schön geworden. Dabei entsprach ihre Schönheit nicht dem Ideal einer Frau bei Hofe, denn sie war weder blass noch vornehm noch von graziler Gestalt. Im Gegenteil, sie hatte sich etwas Wildes bewahrt.

«Maikea Boyunga! Sieh mal einer an», sagte Weert, und es gelang ihm, die Erregung hinter einem etwas blasierten Ton zu verbergen.

Maikea schaute ihn mehrere Augenblicke lang an, ohne ihn zu erkennen. Weert wusste, sein Äußeres hatte sich stark verändert. Er hatte sich einen ordentlichen Bauch zugelegt, wie man es von einem stattlichen Ratsherrn erwartete. Und die teure Perücke ließ ihn älter aussehen, als er wirklich war. Erst als er lächelte, schien sie zu wissen, wem sie gegenüberstand. Vielleicht lag es an der Zahnlücke, die Rudger ihm damals verpasst hatte und die bis heute sein einziger äußerlicher Makel war.

«Weert Switterts. Du bist tatsächlich Mitglied im Geheimen Rat? Bis eben hatte ich es mir nicht vorstellen können.»

«Ihr kennt dieses Weib tatsächlich, Switterts?», fragte Brenneysen.

Maikea kam seiner Antwort zuvor. «Oh, auch Ihr kennt mich, Kanzler!»

Er musterte sie von oben bis unten, leidenschaftslos, wie es seine Art war. «Ich wüsste nicht, dass ich Euch schon einmal begegnet wäre.»

«Ihr habt mich damals an die Rebellen ausgeliefert, um den Fürstensohn vor einer Entführung zu schützen. Und dann habt Ihr mich wohl vergessen ...»

Nun wurde Brenneysen blass. «Das Inselmädchen? Ihr lebt?»

Maikea lachte. «Macht Euch keine Sorgen, ich will mich wegen der letzten fünf Jahre keineswegs bei Euch beschweren. Im Grunde habt Ihr mir einen Dienst erwiesen, denn statt im Waisenhaus am Webstuhl oder in der Küche zu versauern, habe ich eine durchaus interessante Zeit gehabt.»

«Ihr wart die ganze Zeit bei den Rebellen?»

Wieder schien Maikea belustigt. «Wenn Ihr es so ausdrücken wollt, bitte sehr! Ich habe diese Menschen eher als sehr großzügige Gastgeber empfunden.»

Weert sprang auf. «Sag uns sofort, wer sie sind und

wo sie leben!» Dass Maikea keine Angst, noch nicht einmal Respekt vor ihm und den anderen Ratsherren zeigte, machte ihn wütend.

«Warum sollte ich das tun? Damit Ihr sie ins Gefängnis stecken und foltern könnt, so wie Ihr es mit der unschuldigen Helene gemacht habt?»

Weert ging auf sie zu und fasste sie hart am Arm. «Dann werden wir dich in Gewahrsam nehmen. Was du hier treibst, ist Verrat!»

Doch Brenneysen erhob sich nun ebenfalls von seinem Platz, wobei der Husten, der ihm bei Aufregung immer besonders zu schaffen machte, seinen ganzen Oberkörper schüttelte.

«Halt!», japste er. «Switterts, denkt doch mal nach. Wir können dieses Mädchen … ähm, ich meine diese Frau, nicht gefangen nehmen. Sie hat damals ihr Leben riskiert. Und die Fürstin hat sich mehrfach nach ihrem Verbleib erkundigt. Wenn wir sie nun in Haft nehmen, wird das den Herrschaften ganz sicher nicht gefallen.» Wieder räusperte er sich. «Zudem halte ich Eure Reaktion für maßlos übertrieben. Ich würde mir gern einmal anhören, was das Weib uns eigentlich zu berichten hat.»

Dieses Mal galt das Kopfnicken der Ratsherren dem Kanzler, und Weert musste Maikea wieder loslassen. Sie quittierte das mit einer Miene, die ihn an ihre Streitereien als Kinder erinnerte, wenn sie immer und immer wieder von Pastor Altmann recht bekommen hatte.

«Ich danke Euch, Kanzler. Und ich werde versuchen, mein Anliegen kurz und verständlich darzulegen, auch wenn ich selbst ein paar Monate gebraucht habe, um es herauszufinden.»

«Macht Euch keine Sorgen, Jungfer. Was ein Weib verstehen kann, wird für einen Mann wohl kaum ein Problem darstellen.» Brenneysen rückte zur Seite und machte Platz auf der Tischfläche, damit Maikea die mitgebrachte Papierrolle ausbreiten konnte. Und obwohl er interessiert die Augenbrauen in die Höhe zog, war ihm doch anzumerken, dass er mit der Zeichnung und den vielen Zahlen vor sich auf den ersten Blick nichts anzufangen wusste.

Auch Weert näherte sich dem Tisch. Maikea hatte eine Ostfrieslandkarte mitgebracht, sie schien neueren Datums zu sein. Die Linien waren mit exzellenter Sorgfalt gezogen, und es gab seines Wissens nur einen Zeichner, der eine solche Qualität lieferte: ein alter Jude in Westerbur.

«Die Wache sagte, Ihr hättet das Rätsel der Sturmfluten gelöst», spottete Brenneysen. «Das klingt derart unbescheiden, dass es mir fast widerstrebt, Euren Worten zu lauschen. Dennoch gönnen wir uns heute mal den kleinen Spaß, denn ich bin mir sicher, um einen solchen muss es sich hierbei handeln.»

Doch Maikea ließ sich nicht beirren. «Schaut her, Kanzler. Ich habe die Größe der Inselflächen genommen und den Abstand zum Festlanddeich in die Rechnung miteinbezogen. Ich hatte die Idee, dass Breite und Tiefe des Seegatts, aber auch die Stärke seiner Strömung von diesen Faktoren abhängen. Man kann also eine Karte als Vorlage nehmen, die Entwicklung des Meeresspiegels bedenken, dann die Gezeiten dazurechnen, und schon …»

Brenneysen unterbrach ihren Redeschwall streng: «Und schon hat ein vorlautes Inselmädchen das Rätsel der Sturmfluten gelöst, über das sich Generationen den Kopf zerbrochen haben und das wohlgemerkt einzig und allein in der Gnade oder Ungnade unseres Herrn begründet liegt!»

«Ich dachte mir, dass Ihr so etwas sagen könntet. Aber

ich denke nicht, dass man sich in Gottes Handwerk einmischt, nur weil man die Regeln seiner Schöpfung studiert und Lehren daraus zieht.» Maikea blickte den Kanzler direkt an, schlug nicht für einen Moment die Augen nieder, wie es jeder andere getan hätte, wenn er der Strenge des mächtigsten Mannes im Land ausgesetzt gewesen wäre. «Hört mir noch ein wenig zu, vielleicht werdet Ihr dann erkennen, was ich meine.»

Brenneysen hustete statt einer Antwort und ließ sich wieder in seinen Stuhl fallen. Während Maikea mit ihrem Vortrag fortfuhr, starrte er weiter auf die Karte.

«Bislang hat man geglaubt, es sei geschickt, dort, wo die Sturmfluten am meisten Schaden hinterlassen, neuen Strandhafer zu pflanzen oder Zäune als Sandfang zu errichten. Oft erwiesen sich diese Maßnahmen aber als sinnlos. Ich erinnere mich genau, wie wütend die Insulaner waren, wenn der Pastor sie im Sommer zur Strandpflege aufforderte und der erste Herbststurm in wenigen Stunden alle Arbeit wieder zunichtemachte.» Es sprudelte nur so aus Maikea heraus. Und obwohl Brenneysen ein skeptisches Lächeln auf den Lippen trug, wusste Weert, dass dieser Vortrag den Kanzler nicht unberührt ließ.

«Und was versprecht Ihr Euch von diesen neuen Berechnungen?»

«Mit diesem Wissen könnte man die Dünen auf den Inseln ganz gezielt bepflanzen und stärken, und zwar nicht nur an der Brandungsseite, wo ohnehin das meiste wieder fortgespült wird, sondern zur Wattseite hin. So wächst die Fläche der Insel, und das Seegatt wird kleiner. Man hätte letztlich weniger Arbeit und einen größeren Nutzen.»

Ein Räuspern und Flüstern erfüllte den Raum. Tatsächlich schien Maikea die Mitglieder des Geheimen Rates immer mehr zu überzeugen. Selbst Brenneysen hatte sich mittlerweile nach vorn gelehnt und schien konzentriert zu lauschen.

«Bedenkt doch: Bislang hat man die Inseln als zusätzlichen Schutzschild für die Festlandsküste gesehen. Denn auch wenn die Deiche noch so hoch aufgeworfen werden, ohne die vorgelagerten Eilande als Wellenbrecher wäre hier bei jeder Sturmflut ‹Land unter›.»

«Da habt Ihr recht. Doch nach Eurer Rechnung ist die Sache ja auch umgekehrt: Der Deichbau beeinflusst ebenfalls die Größe und Stärke der Seegatts und somit die Lage der Inseln.»

«Richtig. Aber solange der Deichbau eine Sache der Deichachten und der Dünenschutz eine Angelegenheit der Insulaner ist, werden wir diese Zusammenhänge nicht nutzen können.»

Nun war es still im Sitzungsraum. Man hörte nur das Rasseln in Brenneysens Lungen und draußen unter dem Balkon das Hufgeklapper einer vorbeifahrenden Kutsche.

Weert ahnte, dass dieses vorherrschende Schweigen ein eindeutiges Zeichen war. Maikeas wilde Theorien waren auf Gehör gestoßen. Er hatte von diesem Gerede über Strömungen und Deichbau nicht wirklich viel verstanden, doch eines war glasklar: Maikea Boyunga durfte keinen Schritt in das Fürstenschloss tun. Denn hier war seine Welt, sein Leben, sein Reich. Sie würde ihm nur in die Quere kommen.

Es sei denn, er könnte sie auf seine Seite bringen, sie zu seiner Verbündeten machen.

Dieser Gedanke gefiel Weert ausgezeichnet. Schließlich waren Jahre vergangen, seit sie auf dem Hammrich um die Wette gesprungen waren. Er könnte den Konkurrenzkampf von damals vergessen. Sie war jetzt eine Frau. Und er ein Mann. Beide waren sie stark und hatten große Ziele. Wenn die Fürsten heirateten, um ihre Macht und ihren Einfluss zu vergrößern, warum sollte nicht auch er eine solch vielversprechende Verbindung eingehen? Und Maikea war ein außerordentliches Weib. Es gab sicher Schlimmeres, als mit einer wilden Braut das Bett zu teilen.

«Ich bin schwer beeindruckt, liebe Maikea», unterbrach Weert daher die Stille. «Ich denke, wir sollten das Ganze noch einmal im Detail durchsprechen und dann gegebenenfalls eine Audienz beim neuen Fürsten vermitteln.»

Brenneysen nickte, und auch der Hofmarschall stimmte zu.

«Dass ausgerechnet du mir den Rücken stärkst, Weert Switterts, hätte ich nicht erwartet.» Maikeas Augen strahlten, und sie nickte ihm erfreut zu.

Er lächelte zurück. «Nun, ich habe zwar noch längst nicht alles verstanden, aber ich halte deine Pläne für sehr interessant. Und da ich auch von der Insel stamme, fände ich es sinnvoll, wenn der Geheime Rat mich sozusagen als besonderen Vertreter in dieser Angelegenheit beauftragen würde.» Er blickte in die Runde. «Ich meine, da wir mit den Vorbereitungen für das Staatsbegräbnis und dieser anderen pikanten Sache schon sehr ausgelastet sind, könnte man so effektiver arbeiten.»

«Meinetwegen machen wir es so», raunte Brenneysen sichtlich zufrieden. «Ich will aber unterrichtet werden. Denn bei allem Respekt vor diesen sicher sehr wissenswerten Erkenntnissen muss ich mir als Vertreter eines gottesfürchtigen Fürstenhauses auch die Frage stellen, inwiefern wir den Willen des Schöpfers auf diese Weise einschränken ...»

«Aber Kanzler, ich –» Maikea wollte schon wieder loslegen, doch Weert stoppte sie, indem er seine Hand sanft auf ihren Arm legte und ihr beschied zu schweigen.

«Ihr habt ganz und gar recht, Kanzler. Wir werden auch dieses Thema bereden.»

Dann wandte er sich wieder an Maikea: «Lass mir bitte die Karte hier, damit ich sie studieren kann. Wir treffen uns dann morgen Vormittag hier in der neuen Kanzlei.»

Damit war Maikeas überfallartiger Besuch beendet, und die Soldaten geleiteten sie aus dem Raum. Weert nutzte den kurzen Augenblick der Unruhe und wandte sich an Rudger. «Du musst mir einen Dienst erweisen.»

«Was soll ich tun?»

«Nimm dir ein oder zwei der Soldaten, die mir schon einmal einen Gefallen getan haben. Drei Gulden für jeden.»

«Das ist eine Menge. Was müssen sie dafür tun?»

«Sie sollen zu diesem alten Juden fahren, diesem Kartenmaler in Westerbur, und unter einem Vorwand in sein Haus eindringen. Es hol mich der Teufel, wenn sie nicht ein paar Beweise dafür finden, dass der alte Josef Herz mit den Rebellen gemeinsame Sache macht.»

«Und dann?»

«Ach, der Greis hat doch sowieso nicht mehr lange zu leben …»

Rudger verstand und wollte sich bereits auf den Weg machen, als Weert ihn zurückhielt.

«Halt, warte, eines ist noch wichtig!» Weert zog seinen Sekretär dichter an sich heran. «Es soll so aussehen, als käme dieser Befehl nicht von mir. Verstehst du? Man soll denken, Brenneysen stecke dahinter. Dann gibt es noch einen Gulden obendrauf.»

Wie er seine Leute kannte, war die Sache bis spätestens morgen erledigt. Und dann würde Maikea ihm aus der Hand fressen. Ein gemeinsames Feindbild war der beste Grund, gemeinsame Sache zu machen.

3

Maikea war geradezu verwirrt über ihren Erfolg. Sie konnte es kaum erwarten, zu Josef Herz zurückzukehren und ihm davon zu erzählen. Seine Befürchtungen hatten sich gottlob nicht erfüllt. Noch gestern Abend hatte er sie mehrfach ermahnt, nicht selbst nach Aurich zu fahren. Aber sie war vor Sonnenaufgang aufgebrochen, noch bevor ihr Lehrmeister erwacht war und sie von ihrem Plan hätte abbringen können.

Zu gern wäre sie sofort nach Hause geeilt, doch wenn sie die Verabredung am nächsten Tag mit Weert einhalten wollte, gab es keine andere Möglichkeit, als die Nacht hier in Aurich zu verbringen.

Es war seltsam, ihrem alten Begleiter aus Kindertagen wiederbegegnet zu sein. Sympathisch fand Maikea ihn nach wie vor nicht, aber wenn er bereit war, ihre Idee zu fördern, sollten derlei Gefühle besser keine Rolle spielen.

Das *Schloss in Aurich* war beeindruckend. Zwar hatte Maikea mit Josef Herz manchmal Kutschfahrten unternommen und dabei Lustschlösser, ehemalige Klöster und andere Bauten in Ostfriesland zu sehen bekommen. Aber die Burg in der Mitte des Fürstenhofes war bei weitem imposanter. Es gab mehrere breite Wassergräben. Die beiden äußeren hatte Maikea bei ihrem beherzten Eintritt durch das erste Burgtor passiert, ein anderer umfing das eigentliche Schloss mit seinen Zinnen und Türmchen und unzähligen Fenstern. Es war schneeweiß bis auf das schiefergraue Dach. Links erhob sich ein eckiger Turm in die Höhe, auf der anderen Seite befand sich ein zierlicheres, rundes Glockentürmchen. Wahrscheinlich war dort die Kapelle, dachte Maikea, als sie über den Schlosshof schritt. Angeblich fand sich die Fürstenfamilie hier mehrmals täglich zur Andacht ein. Das Treiben im Außenhof folgte einem unhörbaren Befehl: Wachleute machten ihre Rundgänge, Küchenjungen zogen Holzkarren mit allerhand Gemüse hinter sich her, junge Mädchen trugen Körbe mit weißem Linnen über den Platz.

Die Wächter am Burgtor schauten missmutig zu ihr herüber, wahrscheinlich hatte es ihnen nicht gefallen, von einer Frau überrumpelt worden zu sein.

Gerade wollte Maikea sich den Kopf darüber zerbrechen, wie sie ohne Geld in den Taschen in dieser fremden Stadt ein Bett finden konnte, da hörte sie jemanden ihren Namen rufen. Es war eine Frauenstimme, die sie noch nie gehört hatte, die ihr aber trotzdem seltsam vertraut erschien. Maikea schaute sich nach allen Richtungen um, doch es war niemand auszumachen.

«Hier oben bin ich!»

Die Stimme kam aus einem Gebäude auf der anderen Seite des Burgtores. Es schien eine Art Gesindehaus zu sein, denn soeben trug eine Magd ihren Wäschekorb dorthin. Maikea nahm an, dass im Untergeschoss eine Hauswirtschafterei untergebracht war.

Aus einem der kleinen Fenster, fast unter dem Dach, sah sie eine Hand winken.

«Maikea? Du bist es tatsächlich! Ich glaube, ich träume!» Nun lehnte sich eine Gestalt ein wenig über die Fensterbrüstung. Sie hatte dunkelblonde Haare, die fein säuberlich zu einem Knoten gesteckt waren, rote Wangen und ein herzliches Lächeln. Ja, das Lächeln kannte Maikea.

«Jantje!»

«Warte, bitte warte, ich bin gleich bei dir!», rief ihre alte Freundin und gluckste fröhlich, sodass Maikea an die wenigen wirklich lustigen Momente im Waisenhaus erinnert wurde. Sie konnte ihr Glück kaum fassen. In all den Jahren hatte sie oft an Jantje Haddenga gedacht, wie mutig und gut gelaunt sie stets gewesen war und wie sie ihr mehr als einmal aus der Patsche geholfen hatte. Auf ein Wiedersehen hatte sie nicht zu hoffen gewagt.

Nur ein paar Augenblicke später kam Jantje aus einem der seitlichen Eingänge gerannt, so schnell, dass sie fast über ihre lange, schneeweiße Schürze gefallen wäre.

«Maikea Boyunga! Alle haben mir erzählt, du seiest tot!» Die beiden jungen Frauen fielen sich in die Arme und hielten sich fest, als ginge es darum, möglichst heftig zu spüren, dass dies hier kein Hirngespinst war.

«Wer hat das behauptet?»

«Im Waisenhaus haben sie es erzählt. Und meine jetzige Herrin, Fürstin Sophie Caroline, hat mir sogar einen Brief gezeigt, in dem stand, diese scheußlichen Rebellen hätten dich umgebracht. Es hat mir das Herz zerbrochen, nächtelang habe ich nur geheult. Und trotzdem habe ich es nie wirklich glauben können ... Und nun stehst du hier!»

Jantje hatte eine sehr weibliche Figur bekommen, war dafür aber kaum größer geworden. Sie strahlte noch immer diese unwiderstehliche Herzlichkeit aus, mit der sie jeden Menschen um den Finger wickeln konnte.

«Und du hast deinen Wunsch erfüllen können und arbeitest jetzt als Kammerfräulein?», fragte Maikea.

«Ja, seit drei Jahren schon. Es ist eine harte Arbeit, aber nicht so anstrengend, wie am Webstuhl unter den Augen der klapprigen Rauschweiler zu hocken ...» Beide lachten, und es war so, als wären sie niemals getrennt gewesen. «Aber was ist mit dir?»

Maikea zögerte. Es barg ein Risiko, wenn sie erzählte, dass sie all die Jahre bei den Erzfeinden des Fürstenhauses gelebt hatte und sich diesen Menschen inzwischen zugehörig fühlte.

«Ich hatte Glück, Jantje. Ich habe liebe Menschen kennengelernt, die mir eine Menge beibringen konnten.»

«Lass mich raten: Du hast wahrscheinlich im Garten gewühlt und Säcke zur Mühle getragen und all diese Arbeiten gemacht, die eigentlich den Kerlen zugedacht sind ...»

«Nein, ich habe Karten gezeichnet. Und Meeresströmungen berechnet. Du glaubst nicht, wie spannend das ist. Mein Lehrmeister, er hat mir so vieles beigebracht, dass ich –»

«Dass du wohl tatsächlich bald Inselvogtin werden wirst?», ergänzte Jantje und lachte. «Komm mit, ich werde meiner Herrin sagen, dass du noch am Leben bist. Sie ist dir immer dankbar gewesen, weil du damals so mutig warst! Und Carl Edzard auch ...» Die Farbe auf Jantjes Wangen wurde mit einem Mal dunkler und war schließlich fast so rot wie der Klatschmohn, der sich in einer kleinen Ecke des Schlosshofes ausgebreitet hatte.

«Was ist mit euch beiden?»

«Was soll schon sein? Er ist der amtierende Fürst. Vor einem Monat hat er geheiratet. Und ich bin das Kammerfräulein seiner Stiefmutter.»

«Ach, erzähl mir nichts. Ich habe es schon damals bemerkt, an diesem seltsamen Tag, als er unser Waisenhaus besucht hat.»

«Was hast du bemerkt?»

«Ihr seid euch so nah gewesen. Er hat deine Hand gesucht. Du hast ihn zum Lachen gebracht. Ich erinnere mich noch genau.»

Auf einmal schlich sich ein Schatten auf Jantjes Gesicht. Ein düsterer Schatten, eine Ernsthaftigkeit, vielleicht sogar ein Ausdruck der Angst.

«Was ist denn?»

Jantje zog Maikea ein Stück weiter an der Hausmauer entlang, bis sie zu einer Nische kamen. «Du hast recht. Da ist etwas zwischen ihm und mir. Es ist … ach, ich mag ihn so. Seit ich lebe, ist er der Einzige, der mich interessiert. Obwohl ihn die Menschen für einen Weichling halten, für einen Dummkopf obendrein, ich sehe das nicht so. Carl Edzard ist der liebenswerteste Mann, den ich kenne. Mein Herz gehört nur ihm.» Jantje atmete jetzt heftig, so, als wäre eben etwas aus ihr herausgeplatzt, mit dem sie sich schon lange herumgequält hatte.

«Aber du bist nicht gerade standesgemäß für deinen Liebsten, stimmt's?» Maikea versuchte die Situation ein wenig aufzulockern: «Du könntest doch seine Mätresse sein. Soweit ich weiß, haben alle Fürsten und Könige eine Nebenfrau, der sie mehr zugetan sind als ihrer Gattin.»

«Aber ich bin seine Gattin …», flüsterte Jantje fast unhörbar.

«Wie bitte? Carl Edzard hat doch eine entfernte Verwandte geehelicht, soweit ich weiß.»

«Oh, bitte, Maikea, du bist die Erste, der ich es erzähle. Und du darfst es niemandem, hörst du, niemandem verraten.» Nun war ihre Freundin kaum noch wiederzuerkennen. Sie zog Maikea weiter. Zwischen der Waschküche und einem anderen Gebäude, bei dem es sich dem Geruch nach um die Brauerei handeln mochte, sprach sie leiser weiter. «Wir haben einen Freund. Pater Johannes Sturmius. Er war bis vor kurzem Edzards Lehrer für Theologie. Nun ist er ins Pietistenzentrum nach Halle an der Saale abberufen worden. Doch zuvor hat er uns getraut. Heimlich.»

«Wann?»

«Eine Woche vor der offiziellen Hochzeit.»

«Du bist also die eigentliche Fürstin?»

Jantje lachte und weinte gleichzeitig. «Ja und nein. Wir haben uns natürlich ohne den Segen seines Vaters das Ja-wort gegeben. Und keine Menschenseele außer uns beiden und dem Theologen hat Kenntnis davon. Na ja, und nun weißt du es auch … Ich kann dir doch vertrauen?»

Maikea nickte und schämte sich, dass sie ihrer besten Freundin vorhin einen kurzen Moment misstraut hatte. Nichts schien sich zwischen ihnen geändert zu haben in all den Jahren. Sie konnten sich alles erzählen.

«Aber … wie stellst du dir dein Leben vor? Ich meine, du wirst nicht mit ihm leben können, nie offiziell an seiner Seite stehen. Warum habt ihr dieses Risiko mit der heimlichen Hochzeit auf euch genommen? Wenn das herauskommt, dann seid ihr beide in Gefahr!»

«Wir haben es nur für uns getan. Weil Carl Edzard gesagt hat, ich sei die Einzige, die er liebe. Und vor Gott sollen wir beide Mann und Frau sein.» Sie seufzte. «Es tut so gut, endlich mit jemandem darüber zu reden.» Wieder legte sie ihre Arme um Maikea und hielt sie auch dann noch fest um ihre Freundin geschlossen, als ein Wachmann an ihnen vorüberging und irritiert guckte. Der Mann machte langsamere Schritte.

«Kann ich Euch helfen, Jungfer Jantje?»

Da setzte Jantje wieder ihr Lächeln auf, und Maikea begriff, dass diese Miene vielleicht all die Jahre nur eine Maske gewesen war, die das Unglück der unerfüllbaren Liebe verbergen sollte.

«Danke, es ist alles in Ordnung. Ich habe nur eine alte Freundin wiedergetroffen.»

Der Mann schaute Maikea prüfend an, länger als nötig, fand sie. Und ihr war klar, dass Jantje wahrscheinlich schon längst unter Beobachtung stand. Ihre Liebe zu Carl Edzard war wohl kaum geheim geblieben, denn am Hof hatten die Wände Augen und Ohren, so hatte der Weiße Knecht einmal erzählt. Es lag demnach nahe, dass Jantjes Schritte überwacht wurden.

Der Wächter musterte sie weiterhin skeptisch, doch dann zuckte er die Schultern und setzte seinen Rundgang fort.

Erleichtert trat Jantje wieder in den Hof. «Aber nun sag doch mal, Maikea, was machst du eigentlich hier?»

«Ich habe beim Rat vorgesprochen. Weißt du, ich habe in den letzten Monaten eine Idee verfolgt, die für den Fürsten von großem Interesse sein könnte.»

«Dann solltest du dich mit diesem Scheusal Weert Switterts treffen. Er hat mittlerweile großen Einfluss am Hof.»

«Ich weiß, ich bin ihm schon begegnet.»

«Na, eine heftige Sehnsucht nach ihm wird dich dabei wohl kaum getrieben haben …»

«Da hast du recht. Aber ich kann meine Bekanntschaft mit ihm nutzen, um zum Fürsten vorgelassen zu werden. Hätte ich gewusst, dass du auch hier bist und man über dich viel eher an Carl Edzard herankommt …»

«Nein, so einfach ist das leider nicht. Wir müssen sehr vorsichtig sein. Der Geheime Rat beobachtet alles. Sie wollen einen Thronfolger, wenn du verstehst. Nach dem Tod des alten Fürsten ist die Diskussion um die Zukunft Ostfrieslands wieder aufgeflammt. Wenn Edzard keinen Sohn zeugt, fällt alles in preußische Hand.»

«Manchmal denke ich, das wäre nicht unbedingt das Schlimmste …», rutschte es Maikea heraus.

Jantje blickte sie entgeistert an. «Was redest du da?»

«Ich … na ja, weißt du, die Menschen, die ich in den letzten Jahren getroffen habe, sehen es etwas anders. Sie halten die Steuerrechte und Gesetze des Preußenkönigs für wesentlich gerechter als die der Cirksena. Friedrich I. will dem Volk fürsorglich dienen, statt sich aus den Steuertöpfen ein feudales Leben zu ermöglichen.»

«Aber Carl Edzard will nichts anderes! Er liebt seine Heimat!»

«Das ist gut! Dann wird ihn auch interessieren, was ich herausgefunden habe. Denn wenn er meine Pläne in die Tat umsetzt, erweist er seinem Land einen wahren Dienst.»

«Meine Güte, Maikea, du redest schon wie die Herren im Geheimen Rat.» Jantje zwinkerte ihr zu. «Aber du bist zum Glück nicht so alt und behäbig.» Dann drückte sie ihre Freundin erneut. «Sag, willst du heute Nacht nicht bei mir schlafen? Mein Bett ist breiter als das in Esens, aber sonst wird es sicher ebenso gemütlich wie damals.»

Eine Weile spazierten sie noch über den Hof, lachten und kicherten und erinnerten sich an alte Geschichten. Und für einen Moment war Maikea sich fast sicher, die Welt bestehe nur aus Menschen, die es gut mit ihr meinten.

4

Sein Weib hatte wieder einen ihrer dunklen Tage. Daran vermochte selbst das fröhliche Singen ihres Sohnes nichts zu ändern. Sie blieb im Bett, durchnässte ihr Kissen mit Tränen und mochte nichts essen.

An solchen Tagen kam ihm Helene vor wie eine lebendige Tote. Der Weiße Knecht konnte sich kaum mehr an die Frau erinnern, die sich vor fünf Jahren noch mit größter Lust mit ihm durchs Heu gewälzt hatte.

Er wusste, dass er an der Traurigkeit nicht ganz unschuldig war, auch wenn die wahren Teufel diese Soldaten gewesen waren, die Helene vergewaltigt und ihr dabei noch ein Kind gemacht hatten. Denn er hatte sie damals in Gefahr gebracht. Und nur aus Liebe zu ihm hatte Helene geschwiegen und das Leid über sich ergehen lassen. Also war er bei ihr geblieben, kümmerte sich um den Jungen, den er zu seinem Sohn erklärt hatte, sorgte sich um Helene und bezahlte für die Wohnung, in der sie unter falschem Namen als Eheleute eingezogen waren.

Es war ein enges Dachgeschoss in Dornum. Im unteren Stockwerk hatte eine Steinmetzerei ihre Werkstatt, und der Lärm war an manchen Tagen unerträglich.

Nur selten stahl er sich noch davon, um sich mit seinen Mitstreitern zu treffen, die nach der missglückten Entführung und Hitzkopfs Tod nur noch ein übellauniger Haufen waren. An einigen seiner Männer zweifelte der Weiße Knecht mittlerweile sogar. Er hatte beispielsweise den Verdacht, dass der Straßenkehrer gegen Geld Geheimnisse weitergab. Vielleicht war er auch der Verräter gewesen damals? Doch da sie derzeit nichts planten, konnte auch nichts ausgeplaudert werden.

Wenn dem Weißen Knecht in der dunklen Stube die Decke auf den Kopf zu fallen drohte, ritt er nach Westerbur. Im Haus des Kartenmalers fand er Ruhe und Geborgenheit.

Und er fand Maikea.

Dass dieses kleine Mädchen ihm eines Tages so viel bedeuten würde, daran hatte er bei der Entführung nie geglaubt. Ganz für sich dachte er manchmal, es war gut, dass sie nicht den Fürstensohn erwischt hatten, denn die falsche Geisel war ihm heute um einiges mehr wert.

Maikea war klug. Sie hatte schon in wenigen Monaten das Prinzip der *Landvermessung* und die Kunst des Kartenmalens begriffen und ging dem alten Juden seitdem eifrig zur Hand. Sie war eine gute Schülerin, und inzwischen konnte man keinen Unterschied mehr zwischen den Arbeiten der beiden erkennen.

Dennoch erschien ihm Maikea auch auf anderen Feldern nach wie vor lernbegierig. Sie wollte alles wissen über die Preußen, über die friesische Freiheit, über das Fürstenhaus und die Ständekriege. Und mit ihren erst siebzehn Jahren stellte sie als Gesprächspartnerin bereits durchaus eine Herausforderung dar. Manchmal diskutierten sie bis in die Nacht hinein. Und doch kam es dem Weißen Knecht dann vor, als wäre er nur ein kurzes Stündchen im Haus am Deich zu Gast gewesen.

«Wohin gehst du schon wieder?», fragte Helene, als er sich anschickte, die Wohnung zu verlassen. Der Teller mit Grütze stand noch immer unberührt neben dem Bett. «Warst du nicht gestern erst bei ihr?»

«Nun sei still und iss lieber. Du wirst immer magerer, Helene. So kommst du nie zu Kräften.»

«Musst du sie jeden Tag sehen? Ist sie so liebreizend?»

Der Weiße Knecht setzte sich zu ihr auf den Bettrand. Er streichelte ihr über das Haar. Die Locken waren noch immer schön anzusehen, auch wenn sich bereits einige graue Strähnen darin fanden. Sie ist noch zu jung für graues Haar, dachte er, aber es passt zu ihrer Trübsal.

«Es gibt keine andere. Ich fahre zu Josef Herz. Der Mann ist alt, er braucht ab und zu jemanden, der nach ihm schaut.»

«Dafür hat er doch das Inselmädchen.»

«Soweit ich weiß, ist sie für ein paar Tage nach Aurich. Also ist der Kartenmaler allein. Ich werde kurz schauen, ob es ihm gutgeht. Zum Abendessen bin ich wieder da.»

Er küsste ihre Wange, dann strich er dem Jungen, der am Boden mit bunten Kieseln spielte, über den Kopf und ging zur Tür. Es war ein tristes Leben mit wenigen Lichtblicken. Und es war auf keinen Fall das, was er sich in jüngeren Jahren einmal vorgestellt hatte, denn mit persönlicher Freiheit hatte das Ganze rein gar nichts zu tun. Sein Pferd stand etwas abseits auf einer Wiese, die dem Steinmetz gehörte. Der Weiße Knecht hatte Glück gehabt mit seinem Vermieter. Als Gegenleistung für die beiden Zimmer und den Weideplatz erledigte er ein paar Handlangerarbeiten für den Meister und half ihm, wenn Steinlieferungen zu holen waren. Manchmal stellte er ihm auch seinen Friesenhengst, den er bei Maikeas Entführung gestohlen hatte, zur Verfügung, da das kräftige und folgsame Tier den anderen Klappergäulen bei weitem überlegen war. Um für sich und seine kleine Familie etwas zum Beißen zu kaufen, schleppte der Weiße Knecht auch hin und wieder in der Mühle Getreidesäcke. Er verdiente dort nicht viel, aber Helene aß ohnehin so gut wie nichts, und für ihn und den Jungen reichte es allemal.

Als das Pferd lostrabte und schließlich in einen geschmeidigen Galopp fiel, fühlte sich der Weiße Knecht zum ersten Mal an diesem Tag nicht mehr gänzlich hundsmiserabel. Obwohl es noch recht kühl war und sich die Sonne hinter den faserigen Wolken versteckte, kündigte sich bereits der Sommer an. Das Getreide wuchs üppig auf den Feldern, die Vögel machten Radau, und der Himmel versprach schönes Wetter.

Auf halbem Wege kam ihm eine Gruppe Soldaten entgegen, die allesamt grimmig dreinblickten und aussahen, als hätten sie soeben eine Schlacht verloren. Ihre Pferde waren links und rechts beladen mit länglichen Bündeln, zwei der Männer zeigten rußgeschwärzte Hände, einer von ihnen hatte feuerrotes Haar. Der Weiße Knecht grüßte mit respektvoller Geste.

Für die Menschen dieser Gegend trug er den Namen Wilko Jaspers, und man hielt ihn für einen Fürstentreuen. Also musste er sich auch entsprechend verhalten.

Seine weiße Kleidung holte er nur für Versammlungen hervor. Der Stoff war inzwischen schmutzig, von Motten angefressen, die Fasern dünn und zerschlissen. Vielleicht gab es den Weißen Knecht längst nicht mehr, dachte er. Übrig geblieben war höchstens ein Grauer Knecht, den niemand mehr fürchtete. Vielleicht war der Kampf zu Ende. Nur hatte er es nicht bemerkt.

Der Wechsel im Fürstenhaus zu Carl Edzard als Regenten hatte ihm ein paar Tage lang die trügerische Hoffnung geschenkt, dass alles anders werden könnte in Ostfriesland. Aber nun ahnte er, dass alles beim Alten bleiben würde. Kanzler Brenneysen gab sich unbelehrbar, der neue Geheime Rat war noch selbstherrlicher als der alte, und der junge Fürst hatte eine richtungsweisende Erziehung genossen, warum sollte er also von sich aus irgendwelche Neuerungen bringen? Es war aussichtslos.

Die Soldaten hatten ihn längst passiert, da blickte er ihnen noch einmal nach. Irgendetwas hatte ihn aus seiner Lethargie gerissen. Woher kamen die Männer eigentlich? Sie trugen besudelte Degen. Und rote Flecken prangten auf ihrer Rüstung. Es waren keine braunen Flecken. Das Blut musste also noch frisch sein. Der Weg, den sie gekommen waren, führte nach Westerbur. Kurz hinter dem kleinen Ort musste man nach links abbiegen, um zum Kartenmaler zu gelangen. Ritt man weiter, war da nur noch der Deich. Der Weiße Knecht wusste, in Westerbur lebten nur friedliche Bauern, zwei Schifferwitwen und ein steinalter Müller. Was hatten die Soldaten dort gemacht? Es gab dort niemanden, dessen Blut für die fürstliche Truppe von Belang gewesen wäre. Hier lebten keine Rebellen. Außer Josef Herz.

Der Weiße Knecht trieb sein Pferd schneller an. Ein ungutes Gefühl beschlich ihn, nein, es war mehr als das. Eine panische Vorahnung breitete sich in ihm aus. Es war etwas passiert. Die Soldaten hatten den Kartenmaler besucht. Und es hatte einen Kampf gegeben.

Tatsächlich sah das kleine Haus schon aus der Ferne anders aus als sonst, die Idylle war fort, Chaos an ihre Stelle getreten. Die Tür stand auf, ein Fenster war eingeschlagen. Rauch kam aus dem Kamin, schwarzer Rauch. Auch aus der zersplitterten Scheibe quollen dunkle Wolken, und im Türrahmen konnte der Weiße Knecht orangerote Flammen züngeln sehen. Das Haus brannte.

«Josef Herz? Seid Ihr da?», rief der Weiße Knecht, doch er ahnte, dass er keine Antwort mehr erhalten würde.

Mit einem Satz war er vom Pferd, das vor der Hitze und

dem Feuer zu scheuen begann. Er band das Tier fest und rannte auf die kleine Kate zu.

Mein Gott, wäre er doch nur einen Moment eher losgeritten! Wenn er darauf verzichtet hätte, Helene ein Mittagsmahl zu kochen, das sie eh nicht anrührte, dann wäre er vielleicht noch rechtzeitig gekommen. Dann hätte er diese Katastrophe verhindern können.

Seine Augen brannten, als er durch die Tür spähte. Noch schien das Feuer nur im Arbeitsraum zu wüten. Von Josef Herz konnte er nichts sehen. Vielleicht war er im Hinterzimmer in Sicherheit? Dann musste er ihm sofort helfen. Der Weiße Knecht wusste, dass ein Feuer nicht nur schreckliche sichtbare Wunden zufügen konnte, es fraß auch die Luft zum Atmen und erstickte die äußerlich unversehrten Opfer. Also legte er sich seinen Hemdsärmel über Nase und Mund und bahnte sich einen Weg durch die Flammen.

Die Holzwände knirschten und ächzten unter der Hitze. An den Stellen, wo sich die Flammen bereits über das Gebälk hermachten, krachte es in den Fasern, die rauchige Luft flirrte und ließ ihn kaum etwas erkennen. Die Tür zum Hinterzimmer stand ebenfalls offen. Selbst wenn sich der Brand in zerstörerischer Weise ausbreitete, konnte man erahnen, dass hier zuvor ein Kampf stattgefunden haben musste. Denn kein Stuhl stand mehr auf seinen Beinen, das Zeichenmaterial war umgeworfen, und einige Regale lagen am Boden.

Der Weiße Knecht blickte zu dem Krug in der Ecke, in dem Herz stets seine neuesten Zeichnungen aufbewahrte, doch er war leer. Nicht eine Papierrolle befand sich darin. Wer immer das hier zu verantworten hatte, musste die wertvollen Karten vor dem Brand in Sicherheit gebracht haben. Und hatten die Soldaten nicht längliche Bündel bei sich getragen? Das konnten Bajonette gewesen sein. Aber auch Landkarten. Und diese rußgeschwärzten Hände? Ja, kein Zweifel, die Soldaten des Fürsten hatten das Feuer gelegt. Doch was war mit Josef Herz geschehen? Vielleicht war er gar nicht daheim gewesen? Manchmal unternahm er ausgiebige Spaziergänge am Deich. Doch der Weiße Knecht erinnerte sich an das Blut auf den Degen und wusste, dies war keine Hoffnung, an die er sich klammern sollte.

«Josef Herz? Ich bin hier! Ich will dir helfen!»

Was rief er da? Es erinnerte ihn an jene Nacht, in der er ebenfalls hatte helfen wollen, obwohl er wusste, dass es für Rettung schon längst zu spät war. Nein, das durfte nicht sein! Dieser alte Mann war ein guter Mensch, der niemandem etwas getan hatte. Warum waren sie ausgerechnet heute gekommen? Und warum taten sie ihm das an?

Wie von Sinnen stürzte der Weiße Knecht in das Hinterzimmer. Dicht hinter ihm krachte unter großem Lärm ein schwerer Dachbalken nieder. An beiden Enden war das Holz schon von der Glut zerfressen. Glühende Flocken schwebten durch den Raum. Asche und Hitze fraßen sich in seine Lungen, er musste husten.

Der Rückweg durch die Vordertür war nun versperrt, er konnte diese Flammenhölle nur noch durch eines der hinteren Fenster verlassen. Aber nur mit Josef Herz, schwor er sich. Er würde diesen mutigen Mann nicht dem Feuer überlassen. Aber wo war der Jude?

Der Weiße Knecht blickte sich panisch um. Und obwohl er geahnt hatte, dass Josef Herz schon nicht mehr am Leben war, warf ihn der Anblick, der sich ihm nun bot, fast um: Der alte Mann lag am Boden, sein braunes Gewand war getränkt von Blut und zerrissen von Degenhieben. Die Soldaten hatten ihm noch nicht einmal die Augen geschlossen. Es sah aus, als starre der Kartenmaler reglos auf das Feuer, das mit unglaublicher Gewalt sein Zuhause vernichtete. In einer Hand hielt er einen Bogen Papier. Doch noch bevor sich der Weiße Knecht das Schreiben näher ansehen konnte, warf sich plötzlich eine riesige Flamme durch die Tür und setzte das Tischtuch in Brand, auch die Vorhänge fingen Feuer. Von einem Moment auf den anderen war das Hinterzimmer ein Labyrinth aus Flammen, Rauch und einstürzenden Balken.

Es blieb dem Weißen Knecht keine Zeit mehr. Er steckte den Brief in seine Tasche, dann griff er dem alten Juden unter die Achseln und versuchte, ihn zum Fenster zu ziehen. Der Mann war mager und klein, dennoch machten Hitze und Luftmangel das Heben zu einem beinahe übermenschlichen Akt. Es war schrecklich heiß. Es war die Hölle.

Mit dem Ellenbogen stieß der Weiße Knecht die Scheibe ein. Das Fenster war winzig, es maß gerade eine Elle im Quadrat. Und als durch das entstandene Loch frische Luft in den Raum gelangte, wuchsen die Flammen zur doppelten Größe heran, als hätten sie neue Nahrung erhalten. Der Weiße Knecht schob den Oberkörper des Toten durch den Rahmen, doch die Scherben schlitzten seine Arme auf, und Splitter verhakten sich in seinem Hemd. Sosehr er auch schob und drückte, es ging nicht weiter. Er steckte fest. Er musste den Leichnam wieder zu Boden fallen lassen. Doch als er einen Schritt zurücktrat, erwischte ihn die Feuersbrunst an der Ferse. Heiß schlugen die Flammen an seinem Bein empor, und er trat danach wie nach einem bissigen Hund. Mein Gott, er musste so schnell wie möglich hier raus!

Zuerst fasste er mit den Armen durch die Fensteröffnung, dann stemmte er sich hoch und schob sich voran, wobei die Glassplitter ihm die Brust aufrissen. Er schrie vor Schmerz, aber er drückte sich weiter vorwärts, bis er das Gleichgewicht verlagern und sich aus dem Fenster fallen lassen konnte.

Keuchend rappelte er sich hoch, er wollte Josef Herz retten, er konnte ihn unmöglich dort verbrennen lassen. Doch der Blick durch das Fenster zeigte ihm, dass sich die Flammen, die eben sein Bein angegriffen hatten, bereits über den Toten hermachten. Das Hemd des Kartenmalers schien zu glühen, sein weißes Haar brannte, die Haut veränderte ihre Form und Farbe.

Es gab keine Möglichkeit mehr, den Toten zu bergen. Der Weiße Knecht wusste nicht, was er tun sollte. Ein Gebet sprechen? Nein, er glaubte nicht an Gott, schon lange nicht mehr.

Also zog er diesen verfluchten Brief hervor und überflog die Zeilen. Es war ein Schreiben mit amtlichem Siegel, ein Befehl des Kanzlers. Unterschrieben und besiegelt von Brenneysen persönlich. Man solle den Landesverräter Josef Herz verhören – wenn nötig auch mit Gewalt. Der Kanzler hatte seinen Männern damit einen versteckten Auftrag zum Mord gegeben. Sie sollten Josef Herz töten.

Zwar konnte er dem alten Juden kein Gebet mit auf den Weg geben. Aber ein Versprechen. Einen Schwur.

Von heute an würde er wieder die alte Kleidung tragen. Der Kampf, den er vor Jahren aufgegeben hatte, war noch nicht zu Ende.

Der Weiße Knecht war wieder da.

5

«Was willst du, Maikea? Du kannst alles haben, greif nur zu!»

Weert Switterts gab eine seltsame Vorstellung ab, dachte Maikea. Sie befanden sich in einem großen Raum mit hohen Decken, der ebenfalls im oberen Stockwerk des Marstalls untergebracht war, jedoch kein Sitzungssaal war, sondern Weert Switterts' persönliches Amtszimmer. Aus irgendwelchen fadenscheinigen Gründen war ihm der Sitzungssaal für ihr Treffen zu unpersönlich erschienen, und er hatte die Dienerschaft angewiesen, die Unterlagen und eine Kleinigkeit zu essen hierherzubringen. Die Kleinigkeit hatte sich als ein opulentes Festmahl entpuppt. Auf einem silbernen Tablett türmten sich Früchte und Gebäckstücke, die Maikea noch nie gesehen hatte, und ein persönlicher Page schenkte Wein in kristallene Gläser. Danach zog er sich diskret zurück und ließ die beiden allein.

Weert, der sich auf die Kante seines ausladenden Schreibpults gesetzt hatte, schob sich ein mit Zucker überzogenes Hörnchen in den Mund. Anschließend lutschte er seine Finger ab und forderte Maikea mit Gesten auf, ebenfalls zuzugreifen. Sie blieb jedoch mitten im Raum stehen, obwohl sie hungrig und durstig war, und fragte sich, was dieser Aufzug bedeutete. War das hier wirklich eine offizielle Besprechung? Und wenn es das nicht war, was sollte das Ganze dann sein? Ein Begrüßungsfest? Weert und sie hatten sich nie besonders gemocht, es gab also keinen Grund, ein Wiedersehen zu feiern.

«Hast du dir meine Berechnungen und Pläne angeschaut?», fragte sie deshalb betont kühl.

«Ach, Maikea, ich bitte dich! Vor dir stehen die Schätze

der fürstlichen Vorratskammer, und du kommst gleich zum Geschäftlichen …»

«Mir wäre es lieber, erst nach der Unterhaltung zu speisen.»

«Was spricht dagegen, sich zuvor mit süßem Wein die Stimme zu ölen?» Weert reichte ihr ein randvoll gefülltes Glas mit einer golden schimmernden Flüssigkeit. «Ein guter Tropfen für Könige! Herrscher und alle, die was auf sich halten, lassen sich diesen Tokajer aus Ungarn liefern. Selbst die russische Zarin soll verrückt danach sein.»

Maikea roch nur kurz an dem Getränk. Ein unangenehm süßliches Aroma wie von verdorbenem Obst stieg ihr in die Nase.

«Ist mir gleich. Ich trinke so etwas nicht.»

«Du weißt nicht, was dir entgeht.» Weert nahm einen großen Schluck, dann lächelte er sie an und zeigte seine Zahnlücke. «Aber nun erzähle doch mal, wie ist es dir in der Zwischenzeit ergangen?»

Maikea zögerte. «Ich habe bereits gestern gesagt, dass –»

«Keine Sorge», unterbrach er sie. «Ich will dich nicht über die Rebellen ausfragen, bei denen du gelebt hast. Wahrscheinlich fühlst du dich diesen Menschen mittlerweile zugehörig. Das kann man dir auch nicht verübeln. Schließlich haben Kanzler Brenneysen und seine Leute dich damals ganz schön hängenlassen. Niemand hat sich die Mühe gemacht, dich zu befreien, obwohl du mutiger warst als wir alle zusammen. Hätte ich gewusst, dass du noch lebst, ich hätte keine Ruhe gegeben. Schließlich stammen wir beide – wie sagt man so schön? – aus demselben Stall. Ich hätte dich gerettet!»

Maikea glaubte ihm kein Wort, dazu kannte sie ihn zu gut. Sie schwieg.

«Aber das meine ich auch nicht, wenn ich frage, wie es dir ergangen ist.» Weert erhob sich und kam auf sie zu. Sein durchdringender Blick gefiel Maikea überhaupt nicht.

«Sondern?»

Wie beiläufig ließ er seine schwere Hand auf ihre Schulter fallen. Eine vertraute Geste unter Freunden, aber sie beide waren keine Freunde. Maikea hatte keine Ahnung, wovon er sprach. Sie schaute ihn an – und sah einen fremden, jungen Mann in feudaler Kleidung, die besser zu ihm passte als die Hosen und Hemden, die er auf Juist und im Waisenhaus getragen hatte.

«Dir scheint es zumindest blendend zu gehen, Weert Switterts.»

Sie hatte ein selbstgefälliges Lachen erwartet, doch stattdessen senkte er den Kopf.

«Das täuscht, Maikea. Das sind nur Samt und Seide, die mich nach außen so zufrieden erscheinen lassen. Aber in mir drinnen sieht es anders aus ...» Er seufzte. «Der amtierende Kanzler ist grausam. Es ist eine Strafe, mit ihm zu arbeiten. Du bist nicht die Einzige, die unter seiner menschenverachtenden Politik zu leiden hatte. Viele Mutige vor und nach dir sind von ihm vergessen oder sogar bestraft worden. Es wird Zeit, dass ein Machtwechsel stattfindet. Und jetzt, mit dem neuen Fürsten, wäre die richtige Zeit, auch einen jüngeren Vertreter in dieses Amt zu schicken.»

«Lass mich raten: Du denkst dabei an dich selbst?»

«Vielleicht. Zwar gibt es auch noch den Hofmarschall, der rein formell der nächste Mann wäre, aber er ist ebenso alt wie Brenneysen.»

«Und was würdest du besser machen in diesem Land?»

«Ich würde mir zumindest einmal anhören, was die Rebellen zu sagen haben. Es wird Zeit, dass in diesem Land endlich Frieden herrscht zwischen den Ständen. Und dafür würde ich all meine Kraft verwenden, wenn man mich nur endlich ließe ...»

Maikea durchschaute sein Theater sofort. «Du kannst mir nichts vorspielen, das ist dir noch nie gelungen! Schon damals, deine Vorstellung im Hof, als du angeblich vom Weißen Knecht angegriffen worden bist ... Ich weiß inzwischen längst, dass kein Wort davon wahr gewesen ist. Also spar dir deine Mühe!»

Er stutzte kurz, dann lachte er laut los und zog seine Hand endlich von ihrer Schulter zurück.

«Meine Güte, ja, ich habe ganz vergessen, wie lange wir beide uns kennen. Wahrscheinlich tust du gut daran, mir den Trauerkloß nicht abzunehmen.» Wieder griff er sich eine Leckerei. Eine saftige, runde Scheibe, die der Sonne glich, verschwand zwischen seinen Lippen. «Ananas. In Frankreichs Glashäusern gediehen und dann mit dem Eilboten an diesen Hof gebracht, denn das Obst ist empfindlich.» Der Saft tropfte an seinem Kinn herunter, und Weert wischte mit dem Ärmel darüber. «Einfach köstlich ...»

«Weert, lass uns ehrlich sein. Wir haben uns damals nicht gemocht, und wir tun es heute nicht. Ich bin nicht zu dir gekommen, um eine Plauderstunde abzuhalten, sondern weil ich mit einer wichtigen Botschaft zum Fürsten vorgelassen werden will. Mir ist es egal, ob du eine politische Karriere anstrebst, weil du dein Land liebst, oder eher, weil du dir gern den Bauch mit teurem Essen füllst. Aber wenn du ein guter Kanzler werden willst und lange im Amt bleiben möchtest, dann solltest du dir diese Pläne genauer ansehen.» Maikea legte die Landkarte, auf der die Ostfriesischen Inseln wie eine Perlenkette entlang der Küstenlinie zu erkennen waren, vor sich auf den Tisch und strich sie glatt. Ihre Worte verfehlten ihre Wirkung nicht. Zum ersten Mal hatte sie den Eindruck, dass Weert sich tatsächlich für die Papiere interessierte, denn er unterließ die Schlemmerei und beugte sich über den Tisch.

«Schau mal», begann Maikea. «Mit der besseren Inselsicherung schützt du auch den Deich. Wenn diese Pläne in die Tat umgesetzt werden, wirst du bei der nächsten Sturmflut zahlreiche Menschenleben bewahren können. Das Volk wird dich dafür lieben.»

Weert brummte kurz, während er mit einem Finger die Küstenlinie entlangfuhr. Dann verfolgte er die ostfriesischen Landesgrenzen, und Maikea kam es vor, als täte er dies beinahe liebevoll.

«Dieses Fürstenreich ist so stattlich. Die einzige Grenze, die uns immer wieder Kummer bereitet, ist die nördliche. Die See, die Stürme, die teuren Deiche, die dann doch nichts taugen. Ja, Maikea, du magst recht haben, wer die Grenze zwischen Land und Meer sichert, der ist ein wahrer Held …»

«Und wahre Helden werden gute Kanzler», vervollständigte Maikea den Gedankengang.

«Und welche Rolle willst du dabei spielen, Maikea Boyunga?» Wieder trat er nah an sie heran, so nah, dass sie seinen süßlichen Atem riechen konnte. «Es sind Pläne, die du allein nicht umsetzen kannst. Um eine Heldin zu sein, brauchst du jemanden, der dir dabei den Rücken stärkt. Sonst wird kein Mensch jemals etwas über deine Berechnungen erfahren.»

«Ich will keine Heldin sein. Es geht mir um meine Heimat.»

«Es geht dir um die Heimat», wiederholte er spöttisch. «Du musst mich nicht für dumm verkaufen. Ich weiß, worum es dir geht: Du machst es für deinen Vater, oder nicht? Du eiferst dem heldenhaften Inselvogt Boyunga nach, den du nie kennenlernen durftest, weil diese schreckliche Weihnachtsflut ihn dir geraubt hat. Eigentlich willst du sogar Rache üben an der Nordsee, du willst sie in die Schranken weisen für das Leid, dass sie deiner Familie angetan hat.»

Maikea musste zugeben, dass er nicht ganz unrecht hatte. Natürlich hatte ihr Kampf etwas mit ihrem Vater zu tun, wenn auch nicht unbedingt auf die Weise, wie Weert es formuliert hatte. «Ist es bei dir denn nicht genauso?»

«Du hast mich ertappt, ja. Die Switterts sind Erfolg und Wohlstand gewohnt. Und ich bin der Einzige aus meiner Sippe, der noch lebt. Ich will den Namen meiner Familie ehren.» Diesmal fasste seine Hand nach ihrem Arm. Bei der Berührung machte Maikea sich steif, als wäre sie aus Stein. Doch ihre Ablehnung schien ihn nicht zu beeindrucken, im Gegenteil, er rückte weiter auf und schob seine Hüfte gegen ihren Körper. «Schau, wie nah wir uns sind. Wir sind beide Inselkinder. Wir haben beide unsere Väter und Brüder in der Weihnachtsflut verloren, also ist uns die Angst vor den Sturmgewalten näher als sonst jemandem hier. Und nun sind wir beide auf dem Weg, unsere Heimat zu retten und zu Helden zu werden. Wenn wir uns zusammentun, dann kann uns niemand mehr aufhalten …»

Seine Hand wanderte nun vom Arm auf ihre Brust. Und es kam Maikea vor, als habe er eine Pranke, eine scheußlich große, starke Pranke. Ihr Atem ging stoßweise und war das Einzige, was in diesem Moment noch zu funktionieren schien. Schon berührten seine Lippen ihr Ohr.

«Wir beide sind keine Kinder mehr, Maikea. Und wenn ich meine, wir sollten uns zusammentun, dann meine ich das in jeder Hinsicht ...»

Sein Flüstern hinterließ feine feuchte Tröpfchen in ihrem Nacken. Und endlich kam wieder Leben in Maikea. Sie stieß Weert mit aller Wucht zur Seite, so plötzlich, dass die Schnelligkeit ihn überrumpelte und er zur Seite kippte.

«Bist du verrückt geworden, Weert Switterts?»

«Du widerspenstiges Weib!» Nachdem er sich an der Wand abgestützt hatte, begann er lautstark zu lachen. «Es hätte mich enttäuscht, wenn du gleich schwach geworden wärst!»

Er machte sich groß, so wie er es schon damals bei ihren Streitereien getan hatte. Maikea fürchtete für einen Moment, er würde einen erneuten Versuch wagen, aber Weert ging um den Tisch herum, setzte sich auf den Stuhl mit der hohen, gepolsterten Lehne und zog die Pläne zu sich hinüber.

«Gut, dann antworte mir doch endlich mal auf die erste Frage, die ich dir heute gestellt habe: Was willst du?»

Erleichtert atmete Maikea auf. Sie würde Weert Switterts kein weiteres Mal ohne Begleitung besuchen, so viel stand fest.

«Ich möchte mit Fürst Carl Edzard sprechen und ihn um Erlaubnis bitten, meine Bepflanzungspläne auf einer Insel auszuprobieren.»

Weert wiegte den Kopf hin und her. «Mmh ... So einfach ist das nicht, denn erstens darf nicht jeder in die Nähe des Fürsten, schon gar nicht, wenn bekannt ist, dass diese Person mit den Rebellen sympathisiert. Und zweitens glaube ich nicht, dass man eine Frau mit einer solchen Aufgabe betrauen würde.» Er setzte eine gönnerhafte Miene auf. «Aber wer weiß, wenn ich mich für dich einsetze, wird man dir hier am Hof vielleicht ein kleines Arbeitszimmer einrichten, in dem du deine Berechnungen anstellen und Anweisungen an die Inselvogte leiten kannst. Es muss ja niemand erfahren, dass die Schriften von einer Frauenhand stammen.»

Das klang enttäuschend. Maikea räusperte sich.

«Du erinnerst dich doch noch an den Nachfolger meines Vaters, oder? Wahrscheinlich ist er nicht der einzige faule, geldgierige Inselvogt, der nur seinen Sold einstreichen will. Die Arbeit des Inselvogtes wird kaum kontrolliert. Warum sollte sich ein Mann, der sich für seine Insel im Grunde nicht interessiert, also für deren langfristigen Schutz einsetzen? Denn die Umsetzung meiner Pläne nimmt sicher mehrere Winter in Anspruch. Du weißt selbst, wie müßig die Insulaner sind, wenn sie im Sommer schon Sturmflutsicherung betreiben sollen ...»

«Was stellst du dir also vor?»

«Der Fürst soll mich zur Inselvogtin ernennen.»

Jetzt lachte Weert schallend und schlug dabei mehrfach mit der Hand auf den Tisch. Damit konnte er Maikea jedoch nicht beeindrucken, sie war es gewohnt, für diese Idee ausgelacht zu werden.

«Meinetwegen kann er mich auch als Gehilfin des Vogtes einsetzen. Es geht mir ja nicht um die Entlohnung, um die Rechte oder den Titel. Mir ist klar, dass dies alles einer Frau verwehrt bleiben wird. Ich will nur die Inselsicherung vorantreiben. Und dazu brauche ich eine Befugnis des Fürsten.» Sie schaute Weert an, mit ernstem Gesicht und ruhigem Blick.

«Und wohin willst du gehen, wenn der Fürst zustimmen

sollte?», fragte Weert, der sich inzwischen in seinem Stuhl zurückgelehnt und die Arme vor dem Bauch verschränkt hatte.

«Natürlich nach Juist!»

Weert schüttelte den Kopf. «Wie kannst du nur freiwillig auf diese gottverlassene Insel zurückkehren wollen, wenn du es hier viel komfortabler haben kannst? Die Verpflegung am Hofe ist nicht die schlechteste, du hättest ein Zimmer im Dienstbotentrakt und ein eigenes, wenn auch bescheidenes, Einkommen. Auf Juist wirst du in einer Hütte leben, wo der Regen durch die Decke tropft und sich Sand in jeder Ritze sammelt.»

«Es ist meine Heimat.»

«Buchweizengrütze statt Fasanenbraten? Brunnenwasser statt Wein?»

«Das ist mir nicht so wichtig.»

«Und du kennst dort doch keine Menschenseele mehr. Deine Mutter ist tot, der alte Pastor hat auch vor ein paar Jahren das Zeitliche gesegnet, und die restliche Bevölkerung wartet nicht gerade auf eine Frau, die sie zum Graspflanzen in die Dünen schickt.»

In dieser Hinsicht musste sie Weert recht geben. Hier auf dem Festland lebten die Menschen, die ihr ans Herz gewachsen waren. Josef Herz, von dem sie so viel gelernt hatte, dann Jantje, ihre Freundin, die sie nach all den Jahren nun endlich wiedergefunden hatte. Und natürlich der Weiße Knecht. Der Mann, der – obwohl er so merkwürdig und fremd war – einen wichtigen Platz in ihrem Leben eingenommen hatte. Sie alle würde Maikea verlassen müssen.

«Ich sehe, du zögerst?» Weert beugte sich wieder vor. «Maikea, ich will ehrlich zu dir sein: Du hast keine Ahnung, worauf du dich einlässt. Die Lage in Ostfriesland ist alles andere als rosig, der Thron des Fürsten wackelt gewaltig. Und die Menschen, mit denen du die letzten Jahre verbracht hast, werden dir auch nicht immer die Wahrheit erzählt haben.»

«Was meinst du damit?»

«Du bist überhaupt nicht in der Lage, dich auf dieses politische Parkett zu begeben. Und die Sturmflutsicherung ist im weitesten Sinne ein politisches Feld, auch wenn du das nicht einsehen magst. Der Kampf zwischen dem Fürstenhaus und den Ständen ruht nur scheinbar, denn gerade jetzt nach dem Thronwechsel besteht die Gefahr, dass wieder Blut fließt. Der alte Fürst ist noch nicht in der Gruft, und der neue Fürst hat Angst vorm Regieren. In Emden verbünden sie sich mit den Preußen und stehen schon in Position, um Ostfriesland vollends zu übernehmen. Die Rebellen sind gefährlich, und der Kanzler ist es auch. Und du wärest auf einmal mittendrin, selbst wenn es dir eigentlich nur darum geht, ein paar Grashalme in den Sand zu setzen.»

Trotz ihres grundsätzlichen Misstrauens musste Maikea ihm die letzten Sätze einfach glauben. Sie waren beinahe identisch mit dem, was Josef Herz ihr vor ein paar Tagen gesagt hatte.

«Das mag ja alles sein. Aber es besteht dringend Handlungsbedarf! Wir müssen das neue Wissen so bald wie möglich anwenden, oder glaubst du, die nächste Sturmflut wartet ab, bis sich die Lage in Ostfriesland beruhigt hat?» Maikeas Wangen glühten.

«Nein, das wird sie nicht. Und wenn es nach mir ginge, dann könntest du jetzt gleich deine Koffer packen und nach Juist fahren. Ich würde dir sogar noch ein paar starke Männer an die Seite stellen, die dir bei der Arbeit helfen könnten.» Weerts Stimme war unaufgeregt und fest. Er schien zu wissen, wovon er sprach. «Aber es geht hier nicht um meinen oder deinen Willen. Es geht um Macht.»

Sie schwiegen beide einen Moment. Weert nutzte die Zeit, sich Wein nachzuschenken und das Glas erneut in einem Zug zu leeren.

«Und was sollen wir deiner Meinung nach tun, Weert Switterts?»

«Du kannst entweder zurückgehen zu deinem Lehrmeister und weiterhin schöne Karten malen. Oder du entscheidest dich, mein Angebot anzunehmen und hier am Hof deiner Arbeit nachzugehen. Ich könnte dir ohne weiteres einen Posten verschaffen, als fürstliche Beauftragte für den Insel- und Küstenschutz. Klingt doch gut, oder?»

«Inselvogtin klingt besser.»

«Egal, wofür du dich entscheidest, ich gebe dir noch einen Rat: Halte dich von den Rebellen fern! Brenneysen hat den Weißen Knecht und seine Leute noch immer im Visier. Und er kann gnadenlos sein.»

«Warum hat Brenneysen den Weißen Knecht und seine Leute dann nicht schon jetzt längst gefangen genommen?»

«Weil ein kontrollierter Rebell mehr wert ist als ein Märtyrer im Kerker.» Er schnaubte, dann rollte er die Pläne zusammen und verstaute sie neben seinem Schreibtisch. «So weit sind wir uns also einig?»

Maikea nickte, obwohl sie nicht genau wusste, ob sie sich überhaupt mit diesem Mann einigen wollte. Aber wenn er ihr etwas vorspielte, dann würde sie es genauso tun. Sollte er doch glauben, sie durchschaue ihn nicht. Es war immer besser, unterschätzt zu werden.

6

Seine Durchlaucht Fürst Carl Edzard von Ostfriesland wünscht dich zu sprechen!», rief Rudger schon von weitem und schnappte nach Luft, als er über den Schlosshof bis zur Kanzlei gerannt kam.

Weert hatte am Fenster gesessen und ihn heraneilen sehen. Seit Maikea gegangen war, saß er dort und grübelte. Wie wird sie reagieren, wenn sie beim Kartenmaler ankommt?, überlegte Weert. Seine Männer hatten in Westerbur ganze Arbeit geleistet. Und wohin sollte diese Frau dann schon gehen, wenn nicht zu ihm zurück? Sie würde sich an sein großzügiges Angebot erinnern. Er gab Maikea keine Woche, dann würde sie hier wieder auftauchen, das war so sicher wie Ebbe und Flut.

Weert wandte sich an den aufgeregten Sekretarius, der inzwischen völlig außer Atem bei ihm angekommen war. «Wann soll die Audienz stattfinden?»

«Jetzt sofort. Der Fürst wartet im großen Saal. Brenneysen wird auch zugegen sein.»

«Weißt du, worum es geht?»

Rudger schüttelte den Kopf. «Leider nein. Aber es gab Ärger im Schloss, das haben alle mitbekommen. Der Fürst hat sich furchtbar aufgeregt.»

«Da bin ich ja gespannt, wie es aussieht, wenn ein zu groß geratener Junge sich furchtbar aufregt.» Weert erhob sich langsam und behäbig. Nur weil Carl Edzard nach ihm rief, würde er nicht sofort aufspringen wie von der Wespe gestochen. «Sag mal, Rudger, du wolltest doch gestern etwas mit mir besprechen. Etwas Wichtiges, hast du gesagt. Worum ging es denn?»

«Ach, das hat Zeit.»

Weert registrierte die Wangen seines Begleiters, sie wurden so rot wie reife Äpfel. Rudger war selten verlegen.

«Ist es wegen deinem Mädchen? Raus mit der Sprache.» Er boxte ihm freundschaftlich in die Rippen.

«Trientje und ich, nun ja, du kannst es dir denken ...»

«Nein.» Es machte Weert einfach zu viel Spaß, ihn zu ärgern.

«Nun, wir würden gern heiraten. Schon bald. Was sagst du dazu?»

«Heiraten?» Weert schenkte ihm ein zynisches Lachen. «Du kannst sie doch auch ohne Gottes Segen reiten, oder nicht? Sie ist eine Dirne, wie du weißt.»

«Das ist mir gleich. Wenn wir Mann und Frau sind, kann sie damit aufhören. Wir müssen ein bisschen Geld zahlen ...»

«Wir? Du meinst wohl ich! Soweit ich weiß, hast du kein eigenes Geld.»

Rudger nickte betroffen. Als Weerts persönlicher Sekretarius standen ihm freies Wohnen und Essen zu, solange er lebte. Und ab und zu gab es ein paar Extras dazu. Eine gute Regelung, wie Weert fand.

«Lass uns ein andermal darüber reden, ja? Der Fürst wartet ungern.»

Auf der Treppe begegneten sie Brenneysen, der einen beunruhigten Eindruck machte. Er wurde von seinem widerlichen Husten geschüttelt, dass er sich am Geländer festhalten musste.

«Kanzler Brenneysen, die Lunge gibt aber auch gar keine Ruhe mehr», kommentierte Weert nicht ohne Spott. Er konnte dem kranken alten Mann einfach nicht mehr den nötigen Respekt entgegenbringen, auch wenn dieser ihm im Amte vorgesetzt war.

«Heute kommt der Apotheker aus dem Ort. Er bringt mir wieder meine Medizin. Dann wird es besser werden, Switterts, keine Sorge.» Schwer atmend nahm der Kanzler die letzte Stufe abwärts. «Oder soll ich besser sagen: keine falschen Hoffnungen?»

«Wie meint Ihr das?»

«Weert Switterts, Ihr versteht mich ganz genau. Damals, als ich Euch an den Hof holte, hielt ich Euch für einen tapferen und starken Jungen, aus dem etwas werden könnte.»

«Hab ich Eure Erwartungen nicht erfüllt? Immerhin bin ich Mitglied im Geheimen Rat, der Fürst betraut mich mit allerhand wichtigen Aufgaben, und die Bediensteten begegnen mir mit dem nötigen Respekt.»

«Ja, in dieser Hinsicht seid Ihr keine Enttäuschung. Aber menschlich hatte ich mehr von Euch erwartet.»

Weert blieb stehen. «Wie bitte?»

«Ich bin Pietist, wie Ihr wisst. Tugenden wie Bescheidenheit, Gottesfurcht, Genügsamkeit und Anstand sind mir ebenso wichtig wie Mut und Intelligenz. Und da habt Ihr bei weitem nicht meine Erwartungen erfüllt. Ich höre, Ihr verkehrt gern in den einschlägigen Etablissements jenseits der Schlossmauern ...»

«Ich bin auch nur ein Mann. Und solange ich keine Ehefrau habe ...» Weert hob die Arme zu einer unschuldigen Geste.

«Ihr wisst, was ich meine. Immer braucht Ihr zu viel von allem. Stets ist Wein in Eurem Krug und ein süßer Bissen in Eurem Mund. Aber Völlerei ist Sünde! Und wenn mich heute jemand fragen würde, wen ich für würdig halte, eventuell meine Nachfolge anzutreten, dann ...» Er räusperte sich ausgiebig und spuckte aus.

«Ihr würdet nicht meinen Namen nennen?» Weert musste sich zusammennehmen, um den alten Kerl nicht anzuschreien.

«Ihr, Weert Switterts, als Kanzler?» Das Lachen war heiser. «Dann würde ja alles, woran ich in den letzten Jahren so hart gearbeitet habe, in kürzester Zeit wieder zunichtegemacht werden.» Er schüttelte den Kopf, als sei diese Vorstellung absurd, wenn nicht sogar lächerlich. «Nein, nein. Die Menschen im Volk sind von Natur aus unmoralisch, sie brauchen eine feste, tugendhafte Hand. Und eine solche habt Ihr nie besessen. Es tut mir leid, Weert Switterts, da mag Euer Ehrgeiz noch so gewaltig sein ...»

Das Mitleid nahm Weert ihm nicht ab, trotzdem entschloss er sich, zu schweigen. Ein lautstarker Streit hätte das Ganze eskalieren lassen. Er beließ es daher dabei. Auch wenn diese Sätze des Kanzlers alles über den Haufen warfen, was Weert sich in den letzten Monaten, wenn nicht sogar in den letzten Jahren, aufgebaut hatte. Der Kanzler war nicht mehr ganz bei Sinnen, so schien ihm, die Krankheit hatte ihn benebelt. Aber früher oder später würde sich eine Gelegenheit bieten, diesen kleinen, hässlichen Zweikampf für sich zu entscheiden. So schnell gab ein Weert Switterts nicht auf. In seinem Inneren nämlich kochte es.

Sie schlichen über den Hof, jedenfalls kam es Weert so vor, denn nach jedem dritten Schritt musste Brenneysen stehen bleiben und sich den Schweiß von der Stirn tupfen.

«Wie ist denn die Unterredung mit Eurer alten Bekannten verlaufen?», fragte er, weniger aus Interesse, wie es schien. Er brauchte das kleine Gespräch, um stehen bleiben und Luft holen zu können.

«Darüber hätte ich mich mit Euch auch noch gern unterhalten», log Weert. «Ihr plötzliches Auftreten macht mir Sorgen, ehrlich gesagt. Man sollte sich durch ihr mädchenhaftes Auftreten nicht blenden lassen.»

«Ich habe mich ehrlich gesagt gewundert, warum sie sich mit keiner Silbe über die letzten Jahre beschwert hat. Wenn die Fürstin herausbekommt, dass wir ihr Schicksal damals einfach ignoriert haben, dann ...» Der Satz blieb aufgrund eines keuchenden Hustenanfalls unvollendet.

«Maikea meint, mit einem ausgeklügelten Plan das Land vor Sturmfluten schützen und somit unserem Herrgott einen Strich durch die Rechnung machen zu können», gab Weert sich erregt. «Stellt Euch vor, sie hat allen Ernstes von mir verlangt, dass ich ihre Bestallung zur Inselvogtin veranlassen soll.»

Der Kanzler lachte kurz. «Und was habt Ihr letztlich mit ihr verabredet?»

«Sie soll sich für die nächsten Wochen hier bei uns aufhalten. Vielleicht können wir die eine oder andere Anregung ja tatsächlich verwerten – ohne den gotteslästerlichen Anspruch natürlich, Herr über die Fluten zu werden. Ich halte es für klug, sie hier unter Kontrolle zu haben. Wenn sie ihre Ideen gemeinsam mit den Rebellen unters Volk bringt, könnte es heikel werden.»

Sie gingen weiter und passierten die Brücke über den inneren Wassergraben. Die Wachen am Schlosseingang traten respektvoll zur Seite.

«Und Ihr habt das junge Ding in Eurer Nähe, Switterts. Versucht nicht, mir einzureden, dass Euer plötzliches Engagement mehr mit Frömmigkeit als mit den weiblichen Reizen der Vogtstochter zu tun hätte.»

Brenneysen schüttelte den Kopf und grüßte eine Gruppe Hofdamen, die im Schlosshof beisammenstanden. Sie trugen ausladende Reifröcke mit samtenen Blumenranken, und ihre weißen Perücken waren kunstvoll aufgetürmt und mit Federn und Perlen geschmückt. Die Frauen am ostfriesischen Fürstenhof konnten es ohne weiteres mit den Damen in Versailles aufnehmen, vermutete Weert, denn darauf kam es ihnen an, wenn sie sich von oben bis unten mit Brokat behängten.

Maikea hatte nichts dergleichen getragen, und doch wäre sie in dieser Gruppe diejenige, an der sich sein Blick und der eines jeden Mannes am längsten ergötzt hätte. Trotzdem wollte Weert, dass vorerst niemand von seiner neuentflammten Leidenschaft erfuhr. Also wechselte er das Thema.

«Wisst Ihr, warum der Fürst nach uns rufen ließ?»

Doch während sie die Stufen zum Eingang nahmen, kam ihnen die Antwort in Form einer völlig verweinten Jantje Haddenga entgegen. Sie blieb kurz stehen. Und für einen Moment glaubte Weert, dieses Kammerfräulein würde es wagen, das Wort an ihn zu richten. Doch sie rannte weiter die Treppe hinab, gefolgt von drei anderen Mädchen, die sie zu beruhigen versuchten.

«Ach, nun verstehe ich. Der Brief vom Hof in Bayreuth ist eingetroffen.» Weert lächelte und sah zu Brenneysen hinüber, dem ebenfalls eine gewisse Zufriedenheit ins Gesicht geschrieben stand.

Sie traten durch die geöffneten Flügeltüren in die Eingangshalle.

Als Weert vor fünf Jahren zum ersten Mal dieses prachtvolle Schloss betreten hatte, meinte er, seinen Augen nicht trauen zu können: ein von Marmorfliesen gemusterter Boden, der die Schritte der Menschen von der gewölbeartigen Decke und den goldverzierten Wänden tausendmal widerhallen ließ. Lebensgroße Ahnengemälde prangten neben den Stufen, und ein verschnörkeltes Treppengeländer verhieß weitere, prunkvolle Gemächer im oberen Stockwerk. Dies alles hatte ihn damals glauben lassen, dass es auf der ganzen Welt keinen prachtvolleren Ort geben könne als diesen. Inzwischen wusste Weert es besser. Das Auricher Schloss hatte nur bescheidene Ausmaße und stand in keinem Vergleich zu den Höfen in Hannover, Dänemark oder gar Frankreich. Doch die Familie der Cirksena hatte ihren Wohn- und Regierungssitz stets verbessert. So waren Erker in das Dach eingebaut und ein prächtiger Schlossgarten angelegt worden. Und der Neubau der Kanzlei trug ebenfalls dazu bei, einen durchaus modernen Eindruck zu hinterlassen. Welche Summen dieses Bauwerk im Jahr verschlang, konnte Weert nur ahnen. Würde man das Geld stattdessen für den Deichbau investieren, könnten die Untertanen in Sturmnächten wahrscheinlich ruhiger schlafen.

Fürst Carl Edzard war nicht allein, seine junge Gattin hatte sich auf den Stuhl gesetzt, der neben dem Thron stand. Obwohl ihr Sitzmöbel kleiner und weniger schmuckvoll war, wirkte ihre Gestalt eindrucksvoller als die des Herrschers – auch wenn sie selbst kein Wort sagte und mit teilnahmslosem Gesicht aus dem Fenster schaute. Man hatte dem eher weichlichen Fürsten eine resolute Frau an die Seite gestellt, die zwei Jahre älter und wesentlich erfahrener war. Wilhelmine Sophie war nicht hässlich, wenngleich etwas zu spitznasig für Weerts Geschmack. Außerdem fehlte ihr das feurige Strahlen einer jungen Braut. Und jeder am Hof wusste, weshalb.

«Brenneysen, Switterts, kommt herein. Ich dachte schon,

Ihr schafft es heute gar nicht mehr.» Der Fürst war schlechter Laune. Sein rundes Gesicht schien noch blasser als sonst, und die schmalen Lippen waren nach unten gezogen, was ihm einen beleidigten Ausdruck gab. «Ich habe soeben dieses Schreiben hier in die Finger bekommen.»

Er wedelte mit einem Brief herum, dessen Inhalt Weert nur zu gut kannte. Schließlich hatte er ihn vor gut vier Wochen selbst verfasst, und sein Name stand darunter.

«Was fällt Euch ein, meine Personalangelegenheiten zu regeln? Wer in diesem Hause wo arbeitet, ist immer noch allein Sache des Fürsten.» Auch wenn die Sätze wahrscheinlich böse gemeint waren, vermochten sie durch die helle Stimme des Fürsten niemanden ernsthaft zu erschrecken.

Brenneysen räusperte sich. «Soweit ich über die Sache unterrichtet bin, hat Ihre Durchlaucht Fürstin Sophie Caroline aus ihrer alten Heimat die Bitte erhalten, für die Schwägerin in Bayreuth eine adäquate Hofdame zu finden. Und da sie mit dem Kammerfräulein Jantje Haddenga überaus zufrieden ist, dachte sie …»

Diese Version entsprach nicht ganz der Wahrheit. Eigentlich hatte der Geheime Rat beschlossen, die verwandtschaftlichen Bande zu nutzen, um das leidige Problem der unerwünschten Liebschaft auf diese Weise elegant zu lösen. Doch der Fürst durchschaute das Manöver.

«Verschont mich mit Euren Ausreden. Wir haben ein Dutzend prächtiger Zofen hier am Hofe, die durchaus mehr Erfahrung als die Besagte haben.»

Brenneysen wollte etwas erwidern, doch Weert fiel ihm ins Wort: «Aber Fürstin Dorothea von Bayreuth scheint doch einverstanden zu sein mit der Wahl. Man will Jantje Haddenga dort gern übernehmen.»

«Das ist mir egal. Jantje Haddenga bleibt an diesem Hof, so wahr ich der Fürst von Ostfriesland bin.»

Er schlug mit der Faust auf die Armlehne seines Herrscherstuhls, doch die dicken Samtpolster dämpften die Geste und ließen ihn wie ein trotziges Kind wirken, das seinen Willen nicht bekam.

Dennoch war es das erste Mal, dass der Achtzehnjährige sich und seine eigene Meinung ins Spiel brachte. Und das nur, weil er einem pummeligen Kammerfräulein verfallen war.

Weert fand diesen Mann mehr als lächerlich.

«Wenn Ihr erlaubt, Eure Durchlaucht», gab er sich untertänig. «Welch unnötige Probleme mit der Verwandtschaft wird es geben, wenn Ihr nun ein anderes Mädchen schickt! Immerhin stammen Eure Stiefmutter wie auch Eure Gattin aus dem Hause Bayreuth, da sollte man die Beziehungen pflegen, statt sie unnötig zu reizen. Insbesondere so kurz vor dem Begräbnis Eures seligen Vaters. Überlegt doch, selbst die Stiefmutter würde verärgert sein über diese Änderung, schließlich hat die Fürstin sich zuvor sehr wohl Gedanken gemacht, wen sie an ihre verehrte Schwägerin empfiehlt.»

Der Fürst verkniff den Mund nur noch mehr, verschränkte demonstrativ die Arme und blickte Weert feindselig an.

«Eure Durchlaucht ...» Weert räusperte sich und änderte seinen Tonfall. «Wir kennen den Grund für Euer Erzürnen. Es geht weniger um den Eingriff in die Personalangelegenheiten als um das Kammerfräulein selbst, ist es nicht so?»

Brenneysen schaute ihn erschreckt von der Seite an, beugte sich leicht zu ihm hinüber und flüsterte: «Passt auf,

Switterts. Der Fürst ist kein Mann, der ein ehrliches Wort hören will.»

Nun schien auch die bislang wie leblos dasitzende neue Fürstin zu erwachen. «Was erdreistet sich dieser Dahergelaufene?»

Doch der Fürst beugte sich vor, stützte die Ellenbogen auf die Knie und hieß seine Gattin mit einem Zischlaut verstummen. «Und wenn es so wäre?»

«Ihr habt doch eine Leidenschaft für das Theaterspiel. Besonders die romantischen Komödien begeistern Euch, wenn das Hoftheater zu Besuch ist, oder nicht?»

Der Fürst antwortete nicht. Stattdessen keifte seine Gemahlin: «Mischt er sich nun auch noch in unsere fürstlichen Amüsements ein?»

«Die Liebe ist eine wunderbare Sache, Fürst Carl Edzard», fuhr Weert unbeirrt fort und tat einen großen Schritt auf den Thron zu. Carl Edzard sollte sehen, dass er ihm zwar Respekt zollen, aber nicht bedingungslos vor ihm kuschen wollte. «Und glaubt mir, ich weiß, wovon ich rede. Auch ich bin ein durch und durch gefühlvoller Mann. Und es schmerzt, wenn einem das Liebste entzogen werden soll.»

Brenneysen bekam einen scheußlichen Hustenanfall.

«Aber neben der Liebe für eine Frau sollte ein Fürst auch die Liebe zu seinem Land fühlen. Und das tut Ihr gewiss, Eure Durchlaucht, so wie alle Cirksena ihr Heimatland geliebt haben.»

«Kommt auf den Punkt», forderte Carl Edzard.

«Es geht doch nur um einen Thronfolger, Eure Durchlaucht. Wenn Ihr stets an dieses Mädchen denkt, dann wird es Euch unmöglich sein, einen ehelichen Sohn zu zeugen. Und es wäre schade um Euer Land, wenn es nach Eurem Ableben – möge der Allmächtige dieses Schicksal noch lange hinauszögern – in die Hände der Preußen fiele.» Weert holte noch einmal tief Luft. «Nur darum geht es uns, Eure Durchlaucht. Versteht Ihr mich?»

Weert wusste, er war dem Fürsten jetzt ausgeliefert. Wenn er Pech hatte, entzog ihm der Monarch mit sofortiger Wirkung alle Ämter. Aber wenn er Glück hatte, war es ihm gelungen, einen Weg zum Verstand des Herrschers gefunden zu haben und in dessen Gunst gestiegen zu sein. Doch Carl Edzard war wie erstarrt, er reagierte weder auf die eine noch auf die andere Weise. Stattdessen regte sich nun seine Gattin.

«Jetzt verstehe ich die ganze Aufregung», erklärte sie. Und – Weert hatte Glück – ein Lächeln lag auf ihren Lippen, wenngleich es ein zynisches war. «Jetzt verstehe ich auch, warum mein verehrter Gatte sich mir gegenüber stets so – wie soll ich es ausdrücken? –, so reserviert verhalten hat.» Sie erhob sich von ihrem Stuhl und ging auf Weert zu. In ihren Augen funkelte es. Zwar war sie erst zwanzig Jahre alt, genau wie Weert, doch ihr Blick war der einer Frau, die genau wusste, was sie tat. «Ihr müsst schon entschuldigen, ich hatte noch nicht die Gelegenheit, in der kurzen Zeit an diesem Hof die Bekanntschaften aller zu machen und mir wichtige Gesichter zu merken. Aber verratet mir doch Euren Namen, Ratsherr.»

Weert verbeugte sich tief und stellte sich vor.

«Er ist der Mann, der damals meine Entführung vereitelt hat», erklärte Carl Edzard. «Als Belohnung hat er nun einen Posten in der Kanzlei.»

«So?» Auf einmal schien die adelige Dame an ihm interessiert zu sein. Ihrem Gatten war das allem Anschein nach egal. Er lehnte sich sichtlich erleichtert zurück. «Gut, ich verfüge hiermit, dass Jantje Haddenga nicht an den Hof unserer hochgeschätzten Verwandtschaft wechselt, sondern ab sofort die Hofmeisterin meines Eheweibes wird. Sie soll ein eigenes Schlafgemach in unserem Schloss bekommen und sich in allen Räumen frei bewegen können.»

«Was fällt Euch ein?», beschwerte sich die Fürstin.

«Und ich werde allen beweisen, dass die Gegenwart dieses Mädchens mich nicht an meinen Ehepflichten hindert!» Niemals zuvor war Carl Edzard derart selbstbewusst aufgetreten. Er erhob sich. «Ich danke Euch, Ratsherr Switterts, für Euren Mut, die Wahrheit zu sprechen. Ihr könnt jetzt gehen.» An Brenneysen gewandt, sagte er: «Kanzler, Ihr bleibt hier. Ich will die Details dieser neuen Vereinbarung sogleich schriftlich fixieren, mit Eurer Hilfe und Eurem Sachverstand.»

«Wie Ihr befehlt», kuschte Brenneysen. Ihm war anzusehen, dass der Verlauf des Gespräches ihm überhaupt nicht zusagte und ihn die Tatsache verärgerte, dass Weert souverän das Ruder in die Hand genommen hatte.

Weert hingegen war sehr zufrieden, verließ eilig den Saal und ging hinunter in den Schlosshof. Er hatte Eindruck hinterlassen beim Fürstenpaar und war einen großen Schritt vorangekommen. Sein Gefühl sagte ihm, dass es nur eine Frage der Zeit war, bis er die Macht übernehmen konnte. Es war ein gutes Gefühl.

«Ratsherr Switterts?», rief ihm eine der Wachen zu. «Der Apotheker ist hier, er sagt, er hat die dringend benötigte Arznei für den Kanzler.»

Im Torbogen stand ein gutgekleideter Mann, den Weert schon des Öfteren in der Stadt getroffen hatte. Er lief ihm entgegen.

«Onke Sjuts, wie gut, dass Ihr da seid. Dem hochgeschätzten Kanzler fehlt heute die Luft. Er konnte Eure

Ankunft kaum erwarten. Aber leider ist er nun in einer wichtigen Besprechung beim Fürsten. Kann ich Euch etwas abnehmen?»

Der Apotheker hielt ein Döschen hoch. «Nun, eigentlich müsste ich es dem Patienten schon selbst überreichen und erklären. Man muss das Pulver nämlich sehr behutsam dosieren. Es ist ein *Arsenikum*, das Beste, was gegen Lungenleiden zu bekommen ist. Doch wenn man zu wenig davon nimmt, zeigt es keine Wirkung, schluckt man aber zu viel, kann es tödlich sein.»

Weert zeigte sich verständnisvoll. «Dann solltet Ihr besser auf den Kanzler warten, um es ihm genau zu erklären. Die Besprechung kann allerdings einen halben Tag dauern.»

Onke Sjuts seufzte. «Einen halben Tag? Ich kann meine Apotheke unmöglich so lange geschlossen lassen.»

Weert ahnte, er brauchte nur eine kurze Weile zu warten, damit der Mann auf den Gedanken kam, der ihm schon längst in den Sinn gekommen war.

«Ratsherr Switterts, und wenn ich Euch die Anweisungen gebe, würdet Ihr sie dem Kanzler ausrichten?»

Weert tat so, als wäre ihm diese Aufgabe unangenehm. «Eine große Verantwortung ...»

«Aber Ihr arbeitet doch unter Brenneysen, oder nicht? Da seid Ihr ihm doch gewissermaßen auch zu solchen Diensten verpflichtet!»

«Nein, da täuscht Ihr Euch, Apotheker. Wir sind nur unserem Fürsten unterstellt. Doch als der Freund, der ich dem Kanzler geworden bin ...» Er verzog sein Gesicht zu einer bemühten Leidensmiene. «Ich gebe zu, sein Husten und Röcheln tut mir selbst schon weh, und ich habe mehr als einmal gedacht, wie gern ich ihm helfen würde.»

«Dann seid Ihr doch der Richtige.» Onke Sjuts drückte ihm das Medikament in die Hand. «Verstehen Sie doch, ich muss wieder in meine Apotheke. So viele Patienten, die auf ihre Medizin warten, die ich noch mischen muss …»

«Gut, Ihr habt mich überredet. Aber erklärt mir genau, wie es eingenommen werden muss.»

«Ich danke Euch. Also, passt auf: abends und morgens eine knappe Messerspitze voll in ein Glas Wasser gerührt und getrunken. So hat es der Arzt des Kanzlers verordnet.»

«Zweimal am Tag also. Eine knappe Messerspitze. Das kann ich mir merken.»

«Und wenn Beschwerden auftauchen wie Übelkeit und Durchfall, Sehstörungen und Mattigkeit, dann soll er sofort absetzen und sich bei seinem Leibarzt melden. In diesem Fall müsste man das Arsenikum niedriger dosieren.»

Schon machte der Apotheker kehrt, beim Davoneilen hob er zum Gruß noch einmal den Arm. «Ihr habt mir und dem Kanzler einen großen Gefallen getan.»

«Das mache ich gern», antwortete Weert.

Fest hielt er das Döschen in seiner Hand umklammert. Es war mehr als nur ein Medikament in seiner Hand. Es war ein ganz neuer Weg, der sich ihm auftat. Es war unglaublich, wie wohlgesinnt das Schicksal sich ihm immer wieder zeigte, dachte er.

7

Brandgeruch lag in der Luft, schon eine halbe Meile bevor Maikea genau sehen konnte, was passiert war. Die rußigen Überreste neben dem Deich glichen einem schwarzen Skelett. Erst blieb sie einen Moment fassungslos stehen und starrte auf die Ruine. Dann schrie sie auf und rannte los. Als sie die Stelle erreicht hatte, fasste sie in die Asche. Alles war kalt, der Wind pustete den grauen Staub auf.

Maikea war zu spät gekommen. Viel zu spät.

Zwei Bauern standen mit gesenkten Häuptern daneben. Sie kamen aus dem nahe gelegenen Ort, Maikea kannte sie vom Sehen. Sie lief zu ihnen, schaute sie fast flehend an.

«Was ist mit Josef Herz? Hat einer von euch den Kartenmaler gesehen?»

Sie schüttelten langsam die Köpfe. «Er ist tot.»

«Was ist denn geschehen?»

«Man sagt, eine Horde Soldaten sei vor drei Tagen hier gewesen. Nicht die Salvegarde, sondern die von der wilden Sorte, mit denen man sich lieber nicht anlegen will.»

«Die Männer des Kanzlers?», fragte Maikea weiter, obgleich sie wusste, darauf konnten die Bauern ihr keine Antwort geben. Aber das brauchten sie auch nicht. Weert hatte gesagt, dass Brenneysen in der Lage war, jeden zu finden. Und durch ihr unerwartetes Auftauchen in der Kanzlei hatte Maikea diesen grausamen Männern den Weg hierher gewiesen. Zu den vermeintlichen Rebellen. Aber Josef Herz war ein einsamer, friedlicher Mann, und er war allein zu Hause gewesen. Was konnte ein schwacher, alter Kartenmaler schon gegen eine Horde Soldaten ausrichten? Warum hatte sie sich nur so dumm verhalten? Warum hatte sie nicht auf ihn gehört und war bei ihm geblieben, anstatt nach Aurich zu reisen?

«Mein Weib sagt, kurz nach den Soldaten ist ein Fremder auf einem schwarzen Friesen aufgetaucht. Und dann hätte es gebrannt. Lichterloh. Der alte Jude war nicht mehr zu retten.»

Maikea schreckte auf. Der Mann musste der Weiße Knecht gewesen sein. Hatte er Josef Herz womöglich doch noch gerettet?

Der Bauer stocherte mit einem Stock in der Asche. «Ist nichts mehr übrig. Kein Werkzeug, kein Stein, den man noch zu etwas gebrauchen könnte. Ein schrecklicher Brand.»

Der andere seufzte. «Ja, so schnell holt einen der Teufel!»

«Wie kannst du so etwas sagen, Wiegbold? Der Kartenmaler war ein anständiger Mensch, wenn er auch kein Christ war.»

«Weißt du nicht? Es heißt, er steckte mit den Rebellen unter einer Decke!»

«Wer sagt das?», mischte Maikea sich ein.

«In Westerbur geht schon lange das Gerede. Und die Soldaten haben meiner Frau erklärt, der alte Jude sei ein Landesverräter gewesen. Deshalb habe man ihn aufgesucht.»

Der Bauer schaute Maikea genauer an. «Aber du kennst Josef Herz doch besser als wir alle zusammen. Du bist doch das Mädchen, das bei ihm gewohnt hat. Erzähl uns, war er einer von denen?»

Maikea standen die Tränen in den Augen, und ihr Hals war so trocken, dass sie befürchtete, kein Wort herauszubringen. «Ich habe bei ihm das Kartenmalen erlernt», krächzte sie. «Und ich habe ihm im Haushalt geholfen. Er war der friedlichste Mensch, den ich kannte!»

Dann drehte sie sich um und ging zum Deich. Große, schwarze Vögel saßen auf dem grünen Wall und flatterten nur träge zur Seite, als sie durch die Kolonie hindurchschritt. Normalerweise versammelten sich hier die prächtigen Silbermöwen und kreischten gegen den Wind. Diese dunklen Federtiere jedoch erweckten bei Maikea den Anschein, dass sie zum Trauern gekommen waren.

War Josef Herz tatsächlich tot?

Maikea hatte noch eine schwache Hoffnung: Wenn der Weiße Knecht da gewesen war, dann bestand doch immerhin die Möglichkeit, dass er noch rechtzeitig gekommen war und den alten Mann gerettet hatte. Sie musste zu ihm. Sie musste so schnell wie möglich zum Weißen Knecht. Es gab jetzt ohnehin keinen Ort mehr, an dem sie bleiben konnte, denn das Haus des Kartenmalers war auch ihr Zuhause gewesen. Nun waren nur noch verkohlte Balken zu erkennen, und in der Asche mischten sich die Überreste ihrer Kleider, ihrer Arbeiten und ihres Lebens. Zudem war der Weiße Knecht der einzige Mensch, dem sie vertraute, abgesehen von Jantje. Doch ihre Freundin lebte am Fürstenhof, und von dort waren die Mörder gekommen. Sie konnte unmöglich in Aurich auftauchen.

Viel wusste Maikea nicht vom Weißen Knecht, nur, dass er mit Helene und ihrem Kind in Dornum lebte. Unter falschem Namen, aber nicht einmal den kannte sie.

«He, Mädchen!», rief da einer der Bauern hinter ihr her. «Wie ist überhaupt dein Name? Und was sollen wir machen, wenn wir doch noch etwas Wertvolles finden?»

Maikea drehte sich nicht um. Sie wusste, den Anblick würde sie nicht noch einmal ertragen. Lieber schaute sie geradeaus, den Deichkamm entlang, dessen Ende sich im Horizont verlor. Sie lief Richtung Westen, der tief stehenden Sonne entgegen. Ihre Füße taten weh, denn sie hatte gestern Abend und heute bereits den langen Weg von Aurich hierher zurückgelegt und die Nacht in einem abgelegenen Heuschober verbracht. Aber die Müdigkeit und die wund gelaufenen Sohlen schmerzten nicht so sehr wie ihr Herz.

Dornum lag südwestlich von hier. Also folgte Maikea dem Deich und würde, sobald sie die Umrisse der Dornumer Norderburg ausmachen konnte, wieder weiter ins Landesinnere gehen. In Gedanken wanderte sie die Linien auf den Karten nach, die sie fast auswendig gelernt hatte in den letzten Jahren. Dieses Wissen war jetzt ein unbezahlbares Erbe, das Josef Herz ihr vermacht hatte. Sie würde ihren Weg finden, selbst wenn das Leben sie in ein unüberschaubares Chaos stürzen ließ.

Zu ihrer Linken sah Maikea zwischen Himmel und Erde die sanften Erhebungen der Inseln Baltrum und Norderney. Das Wattenmeer lag fast trocken zwischen ihr und den Eilanden, doch wenn sie genau hinschaute, erkannte sie, wie die See dieses Stückchen Land bereits wieder zurückeroberte. Schmale Rinnsale plätscherten heran, füllten die verästelten Muster im grauen Sand, wurden breiter und mutiger und spülten schon die ersten Muscheln von der Sandbank in den Priel. Sie konnte der Flut zusehen, wie sie dort jenseits des Deiches alles veränderte.

Als Maikea sich sicher war, dass der zierliche Glockenturm, den sie schließlich von weitem sehen und hören konnte, zur Dornumer Silhouette gehörte, warf sie einen letzten Blick auf das Meer. Es war inzwischen eine spiegelnde Fläche, auf der die landenden Möwen feine Wellenringe hinterließen.

Es war schon später Abend, und die Dornumer Gassen lagen vereinsamt da. Nur ein paar Männer torkelten gerade aus einer Schankwirtschaft. Sie sahen zwar nicht so aus, als könnten sie eine große Hilfe sein, doch irgendwie musste Maikea das Haus des Weißen Knechtes ja finden.

«Entschuldigt! Ich suche einen Mann ...»

«Kannst mich haben!», brüllte einer, der nicht mehr gerade stehen konnte.

Maikea zeigte sich ungerührt. «Es ist ein Freund von mir, vielleicht kennt Ihr ihn? Er hat hellblondes Haar, dunkle Augen und reitet auf einem schwarzen Friesenhengst.»

«Nicht auf dir?», fragte der Witzbold und bewegte seine Hüfte vor und zurück.

Maikea seufzte. Es war wahrlich keine gute Idee gewesen, diese Männer zu fragen. Sie ging eilig weiter.

«Hey! Bin ich schon so besoffen, dass ich eine Engelserscheinung habe?», lallte ein weiterer und zeigte auf Maikea. Vom Lachen der anderen angestachelt, kam der Mann wankend auf sie zu.

«Darf ich dich anfassen, du Himmelsgestalt? Nur einmal an deinen Busen grapschen? Das würde mich unsterblich machen!» Die Spucke lief ihm aus den Mundwinkeln, und er leckte sie fort.

Keine Frage, der Kerl war sturzbetrunken und seine Kumpane keinen Deut nüchterner. Maikea wechselte zur anderen Straßenseite, lief möglichst eng an der Hausmauer entlang und beschleunigte den Schritt.

Doch trotz des Bieres war der Verfolger schneller und bekam eine Falte ihres blauen Kleides zu fassen.

«Sie ist echt! Aus Fleisch und Blut! Herr im Himmel!» Mit einem Ruck zog er sie an sich.

Maikea versuchte, ihn zur Seite zu schieben, und die plötzliche Angst, diesen Männern ausgeliefert zu sein, stärkte sie. Doch ihre Kraft reichte nicht, sich von ihm zu befreien.

«Lass mich los, du widerlicher Kerl!» Sie trat nach ihm und versuchte, mit dem Knie in seine empfindlichen Leisten zu stoßen, aber das Kleid machte sie unbeweglich, und sie verlor beinahe das Gleichgewicht.

«Seht euch diese wilde Stute an», grölte einer aus der Gruppe, dem die Augen fast aus dem Kopf fielen. Jetzt rotteten sich die Männer zusammen.

Maikea spürte ihren Herzschlag bis zu den Schläfen. War sie in eine Falle geraten? Hastig blickte sie sich um, es gab keine Lohne, in die sie hätte flüchten können, abgesehen davon war der Griff des Lüsternen ohnehin zu fest. Selbst als sie ihm die Fingernägel in den Unterarm krallte, ließ er nicht locker.

«Hilfe!», schrie sie. «Hört mich jemand? Hilfe!» Doch kein Fenster wurde aufgestoßen, und niemand kam herbeigerannt. Die Türen der umliegenden Eingänge blieben geschlossen. Die Stadt schien zu schlafen bis auf dieses halbe Dutzend versoffener Kerle, die sich Maikea zum Opfer ausgesucht hatten.

«Bitte lasst mich!»

«Halt die Schnauze, Engelchen. Heb lieber deine Röcke nach oben. Dann geht es schneller!»

Der Kerl, der sie mit beiden Händen festhielt, grinste breit und zeigte seine braunen Zähne, während ein anderer bereits hastig den Gürtel seiner Hose zu öffnen versuchte. Plötzlich zuckte der Mann jedoch zusammen. Sein Blick wurde glasig, der Kopf verschwand zwischen den Schultern. Etwas hatte ihn auf den Scheitel getroffen. Er stürzte nach hinten, und Maikea sah Blut in seinem Haar. Keine drei Ellen weiter plumpste ein Stein auf die Straße, ein großer Stein.

«Verdammt!», schrie jetzt einer der Männer und hielt sich schützend die Arme über den Kopf. Die nächsten Brocken flogen herab wie Geschosse und trafen die Betrunkenen an Armen und Oberkörpern. Einer bekam den Stein mitten ins Gesicht und jaulte auf. «Haut ab, Leute!», rief er. «Die steinigen uns!»

Stolpernd stoben Maikeas Angreifer auseinander und verschwanden links und rechts in den Straßen. Drei oder vier weitere, zielsicher geworfene Steinladungen trieben ihre Flucht voran. Dann war Ruhe. Nur ein Hund bellte weiter hinten.

Maikea horchte in sich hinein. Ihr Atem ging laut, ihr Puls pochte, die Angst rauschte noch durch ihre Adern, und sie brauchte einige Sekunden, bis sie wieder zu sich kam und verstand, dass sie gerettet worden war. Als sie nach oben blickte, schlossen sich direkt über ihr eilig zwei Fensterläden.

Sie betrachtete das Haus, an dessen Mauer sie sich in ihrer Panik gedrückt hatte, eingehend. Auf einem verschlungenen Wappen neben dem Eingang waren vier Winkelmesser zu erkennen. Sie befand sich vor der Werkstatt eines Steinmetzen.

Maikea erinnerte sich daran, dass der Weiße Knecht manchmal geklagt hatte über den Lärm, der in seinem Haus herrschte. Und war nicht oft ein seltsamer Staub in seinem Haar und auf seinen Schultern gewesen? War sie vielleicht geradewegs vor dem richtigen Haus angekommen?

Gern hätte Maikea nach ihm gerufen, doch sein Name war ihr unbekannt. Also lief sie ein Stück weiter und entdeckte einen Seiteneingang, hinter dem eine steile Treppe nach oben führte.

«Ist hier jemand?», fragte sie vorsichtig. Leise konnte sie das Singen eines Kindes hören. Vielleicht war es Helenes Sohn, von dem der Weiße Knecht erzählt hatte.

Maikea wurde mutiger und ging die Stiege hinauf. Das

obere Stockwerk war düster wie die Nacht, denn alle Fensterläden waren geschlossen, und keine Kerze brannte. Aus einem Türrahmen fiel ein wenig Licht, und Maikea entdeckte, dass die Tür nur angelehnt war.

«Hallo? Ich bin es, Maikea Boyunga. Darf ich hereinkommen?»

Eine Katze huschte durch den Spalt nach draußen.

Mit pochendem Herzen öffnete Maikea die Tür.

In einer Ecke konnte sie ein zerwühltes Bett erkennen und eine kauernde Gestalt darauf. Die Frau zog sich die Decke halb vor das Gesicht. Ihre Locken erinnerten Maikea an das Küchenmädchen aus dem Waisenhaus in Esens.

«Helene? Helene, warst du es, die mich gerettet hat?» Als sie zum Bett hinüberging, stolperte sie über den Wirrwarr am Boden. Leere Teller, ein Paar Schuhe, ein Korb mit Steinen, alles lag wild herum. Es roch nach kaltem Essen und ungewaschenen Körpern. Hier sollte der Weiße Knecht hausen?

«Du musst leise sein», flüsterte Helene. «Der Junge soll wieder einschlafen! Der Lärm auf der Straße hat ihn geweckt. Nun singe ich ihm ein Schlaflied», flüsterte Helene.

Maikea wollte sich zu Helene hinabbeugen, sie kurz umarmen und ihr für die Rettung danken, doch die Frau schob sich zurück, an die hinter ihr liegende Wand.

«Ich danke dir! Du hast diese finsteren Gestalten vertrieben. Einen Moment später, und …»

«… und es wäre dir so ergangen wie mir damals vor fünf Jahren.»

Maikea wusste nicht, was sie sagen sollte. Sie hatte gehört, wie der Weiße Knecht erzählte, dass die einst so stolze und fröhliche Helene nach ihrer Haft nicht mehr zu sich gefunden hatte.

«Nun verstehe ich, warum er immer nach Westerbur geritten ist», sagte Helene tonlos.

«Was meinst du damit?»

«Das weißt du genau. Er hat mich verlassen. Vor drei Tagen. Nachdem er bei dir gewesen ist.»

«Er war nicht bei mir, sondern bei Josef Herz, dem Kartenmaler.»

Helene lachte bitter, und ihre schläfrigen Augen sahen dabei noch trauriger aus. «Ich habe immer gespürt, dass es ihm gar nicht um den Juden ging. Ich wusste die ganze Zeit über, da steckt eine Frau dahinter. Nur hatte ich dabei natürlich nie an dich gedacht. Deinen Namen habe ich immer nur mit dem kleinen Mädchen in Verbindung gebracht, das mit mir den Kohl geschnitten hat.»

«Ich bin noch immer dieselbe!» Noch einmal versuchte Maikea es mit einer vertrauensvollen Geste und berührte Helenes Arm. Wie von einem wilden Tier gebissen, zog sie ihn weg und stieß sich dabei den Ellenbogen am Bettgestell. Das musste schmerzhaft gewesen sein, doch Helene verzog keine Miene.

«Er ist ein wunderbarer Mann, nicht wahr? Wenn die Soldaten mich nicht verdorben hätten, dann wäre ich an seiner Seite glücklich. Aber ich bin damals gestorben, auch wenn mein Körper noch lebt. Und da hat er sich eben zu dir gelegt.»

«Nein, du irrst dich, Helene! Wir sind nur ...» Maikea stockte. Sie wusste nicht, was sie waren.

«Immer hat er gesagt, er muss für das Inselmädchen sorgen, das sei seine Aufgabe.»

«Was meinst du damit?»

«Er fühlte sich für dich verantwortlich. Aber nicht nur wegen der Entführung damals. Nein.» Helene spuckte die

Worte mit einer gewissen Verachtung aus. Sie strich über ihre Decke, als habe sie ein Tier oder ein Kind auf dem Schoß liegen.

«Da ist noch eine andere Sache. Muss schon lange zurückliegen. Eine Ewigkeit, hat er immer gesagt.»

Maikea verstand nicht und runzelte die Stirn. «Wir kennen uns erst seit dem Tag, als er mich irrtümlich auf dem Pferd mitnahm.»

«Wer kennt schon den Weißen Knecht? Ich bin ihm vor mehr als zehn Jahren begegnet und weiß eigentlich nichts von ihm. Seine Herkunft, seine Vergangenheit sind sein Geheimnis.»

«Hast du nie danach gefragt?»

Sie schüttelte den Kopf. «Weil er dann meist sehr wütend wurde.» Und auf einmal lächelte sie fast verschwörerisch. «Aber genau das macht diesen Mann ja so unwiderstehlich, dass er einem so nah sein kann und doch so fremd.»

«Ich weiß nicht, wovon du sprichst. Bitte, Helene, erklär es mir!»

«Ich will nicht, dass du mich weiter mit deinen Fragen durchlöcherst. Auch ich kann sehr wütend werden.» Wie um das Gesagte zu demonstrieren, schlug Helene plötzlich mit der Faust auf den Stoff, den sie eben noch liebkost hatte.

«Noch eine Frage, Helene! Bitte, es ist wichtig!» Maikea nahm all ihren Mut zusammen. «Du sagst, er habe dich verlassen?»

«Vor drei Tagen hat er seine alte Kleidung genommen und sich von mir verabschiedet.»

«Wohin ist er gegangen?»

«Was weiß ich?»

«Hat er dir etwas über den Kartenmaler erzählt?»

«Den Kartenmaler?», fragte Helene müde. Dann schwieg sie eine Weile und schien so angestrengt nachzudenken, als habe Maikea sie nach einem Ereignis gefragt, das ein halbes Leben zurücklag. «Der Mann ist tot, glaube ich.»

Maikea schluchzte auf. Ihre Hoffnungen hatten sich also nicht erfüllt. Und es war ihre Schuld, dass Josef Herz nicht in Frieden hatte sterben dürfen. Auch der Weiße Knecht musste es mittlerweile wissen: Weil sie diese Pläne zum Fürstenhof gebracht hatte, waren die Soldaten auf seine Spur gekommen. Das war unverzeihlich.

«Wenn er wiederkommt, sagst du ihm, dass ich hier gewesen bin?»

«Er wird nicht wiederkommen», erwiderte Helene bestimmt.

«Woher willst du das wissen?»

«Er hat mir und meinem Jungen alles dagelassen, was ihm gehört. Sogar den Hengst hat er uns geschenkt.»

«Was hat er denn bloß vor?»

Helene lachte bitter. «Ich denke, das weißt du genauso gut wie ich: Er wird wieder kämpfen! Er wird Rache üben für den Tod des Kartenmalers.»

«Ich muss ihn finden, Helene, hörst du? Kannst du mir seinen wahren Namen verraten?»

«Seinen Namen?» Sie schüttelte den Kopf. «Als ich ihn kennenlernte, nannte er sich Folkmar Behrends. Wir haben als Eheleute Wilko Jaspers hier gelebt. Und einige seiner Weggefährten nennen ihn Garrelt Poppinga. Aber seinen Geburtsnamen kenne ich nicht.»

«Kennst du denn einen von seiner Gruppe?»

Helene verdrehte die Augen. «Seine Gruppe ... Ha! Dass ich nicht lache. Lausiges Verräterpack. Ich wusste nur vom Kutscher, der für das Waisenhaus gearbeitet hat. Erinnerst du dich, er hat dich damals vom Hafen abgeholt. Und dann war da noch der Straßenkehrer. Käuflicher als eine Dirne. Ihm habe ich zu verdanken, was mir passiert ist. Ihm und diesem Jungen, der damals mit dir von der Insel gekommen war.»

«Weert.»

«Genau. Ein Lüstling. Ein kleiner Bastard. Als er mich anfassen wollte, hab ich ihm gesagt, er solle sich verziehen, und da hat er sich diese Sache einfallen lassen ...» Ihre Stimme war mit jedem Wort lauter und erregter geworden.

Als daraufhin ihr Sohn aufwachte und leise zu wimmern begann, stimmte Helene wieder ihr Lied an. Sie summte es eintönig und schläfrig vor sich hin und reagierte nicht mehr.

Obwohl Maikea sterbensmüde war, entschied sie sich, keinen Moment länger hierzubleiben. Selbst wenn dort draußen weitere Gefahren auf sie warteten und es vielleicht sicherer wäre, die Nacht in dieser Stube zu verbringen, wollte sie los. Irgendwie musste es ihr gelingen, den Weißen Knecht zu finden. Nichts würde sie mehr zurückhalten.

8

Wilhelmine Sophie fühlte sich in Ostfriesland alles andere als wohl. Das lag jedoch nicht an der kargen Landschaft, denn in ihrem Geburtsort, dem kleinen Flecken Weferlingen an der Aller, gab es ebenfalls keine Berge, dafür endlose Wiesen und Weiden. Es lag auch nicht am Schloss, in dem sie nun wohnen durfte. Sie war an einem furchtbaren Ort groß geworden, geprägt von der Armut und dem kläglichen Versagen des Geschlechtes Brandenburg-Culmbach-Bayreuth, das immerhin von den Hohenzollern abstammte. Manch einer spottete, der Name der Familie nehme geschrieben mehr Platz in Anspruch als das Reich, in dem sie regierte. Bevor Wilhelmine nach Aurich gekommen war, hatte sie sich jedoch im wesentlich feudaleren Bayreuth aufgehalten und Geschmack am gehobenen Lebensstandard gefunden. Und als der Vater entschied, sie solle ihren Cousin, den Fürsten von Ostfriesland, ehelichen, hatte sie an einen reichen, stolzen Mann gedacht. Immerhin herrschte er über ein Land, das man nicht an einem Tag mit der Kutsche umrunden konnte.

Aber nun kam ihr der Ehegatte ärmlich vor. Carl Edzard war zwar nicht unfreundlich zu ihr, im Gegenteil, er zeigte sich großzügig in der Ausstattung ihrer Räume und Garderobe – von so viel Samt, Brokat und Perlen hatte sie ihr Leben lang geträumt. Aber er war furchtbar langweilig, hatte den Ehrgeiz eines Kutschpferdes und die Ausstrahlung eines Schafes. Dass er noch nicht einmal versucht hatte, ihr beizuwohnen, war im Grunde ganz nach ihrem Willen.

Andererseits wollte Wilhelmine natürlich auch einen Sohn in die Welt setzen, der dann ein würdiger Herrscher sein könnte. Sie hatte sich in der Vorfreude auf die eheliche Verbindung stets als hochgeachtete, einflussreiche Fürstengattin und verehrte Mutter eines Thronfolgers gesehen. Doch dann hatte sich alles ganz anders entwickelt. Und das machte Wilhelmine unzufrieden. Bis letzte Woche ein Brief für Unruhe gesorgt hatte.

Was genau sich durch den Besuch des jungen Ratsherrn verändert hat, vermochte Wilhelmine nicht zu sagen. Stattlich war dieser Weert Switters, wenngleich nicht gerade ein Adonis, denn sein Lächeln wurde von einer Zahnlücke beeinträchtigt. Aber er schien ein gerissener Mann zu sein, der sich auf hinterhältige Weise das holte, was er wollte. Durch ein paar vertrauenerweckende Floskeln hatte er den jammernden Fürsten dazu gebracht, endlich einmal den Mund aufzumachen. Das hatte auch Wilhelmine Klarheit gebracht. Selbst wenn dabei herausgekommen war, dass ihr Gatte an einem Kammerfräulein hing, das noch einfältiger zu sein schien als er selbst. Das war ihr egal. Er hatte versprochen, seinen ehelichen Pflichten nachzukommen, und das war immerhin besser als die Tatenlosigkeit der letzten Wochen.

Nun wartete Wilhelmine allerdings schon die siebte Nacht in ihrem Gemach. Sie saß vor dem Frisierspiegel und spielte mit ihren blonden Locken, die im Kerzenschein seidig glänzten. Ihre neue Hausdame, die Mätresse ihres Gatten, stand hinter ihr und kämmte sie seit einer halben Stunde unermüdlich. So konnte Wilhelmine sich im Spiegel mit ihrer vermeintlichen Konkurrentin vergleichen. Und je länger sie sich mit Jantje verglich, desto weniger verstand sie, warum Carl Edzard sich zu dieser pummeligen Dienstbotentochter hingezogen fühlte.

«Au, pass auf! Du tust mir weh. Ich habe dir schon tausendmal gesagt, du sollst langsam mit dem Kamm hindurchgleiten, und wenn du einen Knoten findest, so löse ihn zuvor mit den Fingern. Ist das denn so schwer zu verstehen?»

«Entschuldigt, Eure Durchlaucht.»

Warum nur senkte diese Göre nicht ihr Haupt, wenn sie antwortete? Warum flüsterte sie nicht? Warum machte sie trotz der Schikane, der sie in der letzten Woche ausgesetzt war, stets eine freundliche Miene?

«Und wo bleibt meine warme Milch mit Honig und diesen ganz besonderen Tropfen?»

«Ich habe dem Kammerfräulein Bescheid gegeben, Eure Durchlaucht.»

«*Tollkirsche* hat der Apotheker mir gegeben. Wenn eine Frau von diesem Trunk vor dem Zubettgehen ein paar Tröpfchen nimmt, dann soll der Gatte ihr verfallen. Die ganze Nacht lang. Wollen wir mal abwarten, wie Carl Edzard darauf reagiert.» Wilhelmine musste lachen, denn die Vorstellung, ihr linkischer Ehemann würde sich aufgrund einer Medizin in einen liebestollen Kerl verwandeln, entbehrte nicht einer gewissen Komik.

Jantje schien es nicht besonders lustig zu finden. Wortlos flocht sie ihr einen dicken Zopf.

«Lass es offen, Jantje. Ein Mann mag blonde Locken auf dem Kissen, weißt du.» Wilhelmine grinste in sich hinein.

Damit konnte ihr Kammerfräulein mit den aschbraunen, glatten Haaren nämlich nicht konkurrieren. Doch in ihrem Gesicht zeigte sich keine Regung. Sie konnte noch so gemeine Dinge sagen, mit Worten ihr Gift verspritzen, es schien an ihrer Hausdame abzuperlen.

«Nun ist es gut. Gehe jetzt in die Räume meines Gemahls und richte ihm aus, dass ich ihn erwarte.»

«Das werde ich tun, Eure Durchlaucht.»

«Und füge hinzu, dass ich auch die letzten sechs Nächte nach seinem offiziellen Versprechen auf ihn gewartet habe. Leider vergeblich. Aber heute ist mein Körper besonders empfängnisbereit, hat mein Leibarzt errechnet. Er sollte meine Einladung in dieser Nacht daher besser nicht ausschlagen, sonst werde ich es Kanzler Brenneysen melden.»

Nun huschte doch noch ein Schatten über Jantjes Gesicht, aber sie sagte tapfer: «Ich werde es ihm ausrichten.»

«Wie?»

«Entschuldigt, Eure Durchlaucht. Ich werde es ihm ausrichten – Eure Durchlaucht!»

Mit einer Geste wies Wilhelmine das Mädchen an, das Schlafgemach zu verlassen. Doch kaum war Jantje hinausgehuscht, schlich sie hinterher. Zum Glück trug sie nur ihr Nachtgewand und einen bestickten Morgenmantel. Würde sie die gewöhnliche Garderobe tragen – Reifrock und Überkleid und Schmuck –, wäre eine lautlose Verfolgung kaum zu schaffen. Bei Bedarf würde sie also hinter einer Tür oder in einer Wandnische verschwinden können, schmal genug war sie ja. Doch die Vorsicht war übertrieben, denn kaum fühlte Jantje sich unbeobachtet, brach sie in ein lautstarkes Schluchzen aus, das alles übertönte.

Das Mädchen klopfte noch nicht einmal an, als sie an die Tür des Fürsten kam, sondern stürzte in sein Gemach, als wäre es ihr eigenes Zimmer.

«Liebster!», rief sie, dann schloss sie die Tür hinter sich.

Wilhelmine überlegte kurz, ihr Ohr an das dicke Holz zu legen, doch es wäre ihr unwürdig erschienen, wenn einer der Bediensteten sie so angetroffen hätte. Die Fürstin im Nachthemd an der Tür ihres Ehegatten lauschend. Diese Geschichte würde sich sicher in Windeseile am Hof verbreiten und sie zum Gespött aller machen.

Als sie sich umblickte, kam ihr ein anderer Gedanke. Das Schloss verfügte über ein weitverzweigtes Ofensystem. Im Schlafgemach des Fürsten befand sich ein eigener Kamin, von dem einige Rohre in die benachbarten Zimmer geleitet wurden. Dasselbe Heizprinzip war auch in ihren Räumen installiert, das hatte ihr ein Diener erklärt, als sie sich über die angenehme Wärme in ihrem Bad gewundert hatte. Solch eine moderne Einrichtung hatte es an ihrem elterlichen Hof nicht gegeben. Und nun erfüllte sie neben den wohligen Temperaturen auch noch einen anderen Zweck, denn die Rohre übertrugen nicht nur die Kaminhitze, sondern auch jedes Geräusch.

Also schlich Wilhelmine sich durch das Ankleidezimmer bis ins Bad des Fürsten. Dort angekommen, verriegelte sie beide Türen. Sollte von außen jemand hereinwollen, würde er denken, der Fürst sei gerade bei der Toilette. Und wenn Carl Edzard vor verschlossener Tür stand, könnte sie einfach durchs Ankleidezimmer flüchten und das Ganze so aussehen lassen, als habe einer der Bediensteten fälschlicherweise den Riegel vorgeschoben.

Der Marmor an den Wänden war hier etwas dunkler als in ihrem Baderaum und der Waschzuber in der Mitte des Raumes wesentlich größer. Alle Cirksena-Männer waren Kolosse. Auch der Schwiegervater, den Wilhelmine erst kurz vor seinem Tod kennengelernt hatte, war trotz der Krankheit groß und kräftig gewesen. Die Macht der ostfriesischen Fürsten hatte jedoch offensichtlich rein gar nichts mit ihrer Körpergröße gemein.

Das Heizungsrohr befand sich in der rechten oberen Ecke über dem Waschtisch. Wilhelmine trat näher.

«Beruhige dich doch, Liebste!», hörte sie die Fistelstimme ihres Mannes.

«Sie quält mich so. Ständig hält sie mir vor, wie viel schöner und besser sie ist. Und dann dieses Gerede von der Liebesmedizin …»

«Die kann trinken, was sie will. Du bist meine Frau, Jantje, und das wirst du immer sein.»

Dann hörte Wilhelmine eine Weile nichts. Vielleicht küssten sie sich gerade, vielleicht nahm der Fürst das Mädchen in den Arm, um sie zu trösten. Wilhelmine musste sich ein verächtliches Lachen verkneifen. Oder war es Wut, die sich in ihr ausbreitete?

«Du musst heute Nacht zu ihr gehen. Sonst wird sie sich beim Kanzler beschweren.»

«Sie hat aber keinen Grund, sich zu beschweren. Ich habe mich an alle Abmachungen gehalten. Oder liege ich etwa seitdem nicht jeden Abend mit meiner Angetrauten im Bett?» Beide lachten, aber es war kein fröhliches Lachen.

Doch Wilhelmine konnte sich keinen Reim darauf machen, worüber die beiden so amüsiert waren. Carl Edzard log, er hatte sich noch nicht einmal in der Nähe ihres Bettes blicken lassen!

Jantje wurde als Erste wieder ernst. «Aber sie erwarten, dass du mit ihr einen Sohn zeugst. Und heute, sagt der Arzt, ist der richtige Zeitpunkt.»

«Wenn du so redest, könnte man meinen, du findest es in Ordnung, wenn ich mit ihr dasselbe mache wie mit dir.»

«O nein! Nein!», fiel Jantje ihm erschreckt ins Wort. «Es bricht mir das Herz, wenn ich mir nur vorstelle, dass du ihre Haut berührst und sie küsst.»

«Nun, man muss sich dabei ja nicht küssen ...»

«Das heißt, du würdest es tun? Ich meine, das Besondere?»

Das Mädchen gab einen spitzen Aufschrei von sich, und Wilhelmine konnte sich ihr Gesicht gut vorstellen: die dunklen Augen weit aufgerissen, die Wangen noch röter als sonst.

«Liebste, beruhige dich doch!» Die Stimme des Fürsten war nun ebenfalls sehr aufgeregt. «Wir wissen beide, dass dieser Tag auf uns zukommen würde.»

«Aber das macht es nicht einfacher!», schluchzte Jantje.

Am liebsten hätte Wilhelmine sich die Ohren zugehalten. So viel Sentimentalität – ja, es mochte womöglich Liebe sein –, aber es war ihr unerträglich, wenn Menschen sich derart gehenließen.

«Selbst wenn du ihr nun ein Kind in den Bauch pflanzt, einen Sohn, er wäre doch nicht ehelich, oder? Und deswegen auch nicht der Thronfolger, auf den alle warten.»

Wilhelmine musste schlucken. Was hatte Jantje da gerade gesagt? Mit angehaltenem Atem lauschte sie den Worten des Fürsten.

«Nun, offiziell schon. Es darf doch nie jemand erfahren, dass wir ein Ehepaar sind, Liebste. Niemals, hörst du? Nur du und ich und der treue Freund, der im Namen Gottes diese Heirat vollzogen hat. Denn ich habe mich der Bigamie schuldig gemacht. Und wenn das ans Licht kommt, ist alles verloren.»

«Du hast dich schuldig gemacht, weil du mich geheiratet hast?»

Wilhelmine hatte nicht gewusst, dass ihr Herz in einer solchen Geschwindigkeit klopfen konnte. Was die beiden Liebenden da gerade besprachen, war mehr, als sie ertragen konnte. Wenn das die Wahrheit war – und es gab keinen Grund, warum die beiden lügen sollten, wenn sie sich unbeobachtet fühlten –, dann wäre es eine Katastrophe.

Sollte Carl Edzard dieses Gassenmädchen tatsächlich geheiratet haben? Und womöglich vor ihrer Vermählung mit ihm?

Wilhelmine ließ sich auf den Rand des Badezubers nieder und schloss die Augen. Das würde bedeuten, dass sie nicht die rechtmäßige Fürstin von Ostfriesland war, dass sie kein Recht hatte, in diesem Schloss zu leben, den Familienschmuck zu tragen, einen Thronerben großzuziehen.

Sie war also noch immer Wilhelmine Sophie von Brandenburg-Culmbach-Bayreuth, Tochter eines verarmten Markgrafen. Und sonst nichts.

Das war zu viel!

Wilhelmine schloss die Tür zum Ankleideraum auf und rannte über den Flur. Ihr Blick ging stur geradeaus, sie wollte nur noch in ihr Gemach.

Beim Anblick der Kerzen schnürte es ihr die Kehle zu. Das Glas mit der Honigmilch stand unberührt auf dem Nachttisch, die Bürste, in der sich einige goldene Haare befanden, spiegelte sich auf der Kommode. Alles umsonst. Alles war umsonst.

Sie war Opfer eines furchtbaren Betruges geworden, aber dafür hatte sie ihre Familie, ihre Heimat nicht verlassen. Der Zorn schien ihren Körper zerreißen zu wollen. Wilhelmine wusste nicht, wohin damit. Sie griff nach der Bürste, die eben noch von dieser verfluchten Jantje gehalten worden war, und schleuderte sie gegen den Spiegel. Unter großem Getöse zerbarst das Glas.

In den Scherben betrachtete Wilhelmine ihr eigenes zerbrochenes Gesicht.

«Das sollst du mir büßen!», zischte sie. Und erst als sie die Worte ausgesprochen hatte, wurde ihr bewusst, dass die Rache wohl das Einzige sein dürfte, was diese schmerzhafte Wut würde lindern können. «Wenn ich heute Nacht wieder vergeblich warte, werde ich es euch beiden heimzahlen, das schwöre ich!»

Wilhelmine ließ sich auf das breite, sorgsam drapierte Bett fallen und starrte an die Decke.

Vor den großen Fenstern lag die lange Nacht. Die Kerzen brannten herunter. Und Wilhelmine blieb allein.

9

Es war heiß, obwohl sich die Sonne hinter faserigen Wolken verbarg. Die Luft lag heute wie eine schwere Decke auf dem Land und schien alles ringsherum niederzudrücken. Keine Welle erhob sich, kein Grashalm bewegte sich, das Vieh lag träge auf der Weide und war stumm.

Maikea hatte die Orientierung verloren. Zwar sah sie nach wie vor die Landkarte vor ihrem geistigen Auge, aber ihr Kopf war schwer, als trage sie ein plumpes Gewicht auf dem Scheitel.

Marienhafe mit seinem klobigen Kirchturm lag hinter ihr, davor war sie in Greetsiel gewesen. Nun folgte sie wieder einmal dem Deich, der sich als sicherer, ja fast vertrauter Weg bewährte.

Wie viele Schritte sie in der letzten Woche getan hatte, vermochte Maikea nicht mehr nachzuvollziehen. Jeder Schritt ein Atemzug, jeder Atemzug drei Herzschläge, jeder Herzschlag ein Stück näher an der Hoffnungslosigkeit. Sie aß und trank, was sie am Wegesrand und in den kleinen und großen Ortschaften auftreiben konnte, ohne dafür bezahlen zu müssen. Es war jämmerlich wenig.

Das blaue Kleid war inzwischen nicht mehr als ein Fetzen, der sie notdürftig bedeckte und wärmte. Sie schlief unter freiem Himmel und mied des Nachts die Dörfer, wo sie sich vor den Menschen fürchtete. Menschen, denen es egal war, wenn man an ihren Verstand oder ihr Mitgefühl appellierte. Die Dorfbewohner brachten Maikea dasselbe Misstrauen entgegen wie sie ihnen. Und unangenehme Begegnungen waren keine Seltenheit. Nicht nur in Dornum bevölkerten nachts die Trunkenbolde die Gassen. Zum Glück regnete es nur wenig, sodass ihre Schlafstätten im

Getreidefeld oder unter einem windschiefen Baum meist trocken waren.

Nie zuvor war Maikea so nah an ihre Grenzen gekommen wie in den letzten Tagen, in denen sie sich auf die Suche nach dem Rebellenführer gemacht hatte. Es waren nicht nur die körperlichen Entbehrungen – Hunger, Durst, Erschöpfung, Angst –, die sie verzweifeln ließen, sondern vielmehr die quälenden Gedanken, die ihr auf dem scheinbar endlosen Weg den Kopf füllten: Warum tat sie sich das an? War vielleicht alles umsonst?

Sie war doch nur eine junge Frau, die von der Welt nicht viel gesehen hatte. Ein Weib, das sich vor den Menschen manchmal fürchtete und zudem noch arm, allein und orientierungslos durch die Gegend lief. War ihr eigentliches Ziel, einmal Inselvogtin zu werden, in Wirklichkeit unerreichbar?

Warum sich Maikea ausgerechnet vom Weißen Knecht eine Antwort auf ihre bohrenden Fragen versprach, wusste sie selbst nicht genau. Aber sie musste diesen Mann finden. Sonst würde sie zugrunde gehen.

Doch keiner der wenigen Hinweise, auf die sie bei ihrer Suche nach ihm bisher gestoßen war, hatte sie dem Weißen Knecht auch nur ein Stückchen nähergebracht. Manchmal schien er geradezu unwirklich zu sein, so als wäre er kein Mensch aus Fleisch und Blut. Entweder zuckten die Menschen die Achseln, schüttelten die Köpfe und grummelten: «Wir haben noch nie etwas von ihm gehört.»

Oder aber das Gegenteil passierte, und jeder meinte genauestens Bescheid zu wissen.

«… Er ritt auf einem braunen Haflinger Richtung Greetsiel. Das ist keine zehn Stunden her …»

«… Das kann nicht sein. Genau zu der Zeit soll er in

Leer mit einer Horde Straßenräuber unterwegs gewesen sein!»

«... Ihr lügt, der Kerl sitzt schon seit Jahren im Gefängnis, das weiß ich genau!»

So oder ähnlich war es Maikea in und um Aurich, Berum und Hinte gegangen. In Esens hatte sie in jede Kutsche geschielt, aber keiner der Wagenlenker hatte dem Mann geähnelt, den sie aus der Zeit im Waisenhaus kannte. Auch der Straßenkehrer schien wie vom Erdboden verschluckt zu sein.

Maikea war mittlerweile vollkommen verzweifelt. Wie sollte sie jemanden finden, dessen Naturell es entsprach, jede Spur zu verwischen, kaum dass er sie gelegt hatte? Ein Mann ohne Namen, ohne Vergangenheit, ohne Zukunft – und mit dem fast überirdischen Ruf, ein unbezwingbarer Rebell zu sein.

Wenn nicht bald etwas geschah, würde ihr keine andere Möglichkeit bleiben, als gegen ihren Willen und gegen ihre Überzeugung den Weg nach Aurich einzuschlagen, um Weerts Einladung anzunehmen. Bei dem Gedanken an diese Möglichkeit erschauderte sie. Ein Leben über Papieren gebeugt, meilenweit entfernt vom Meer und von der Natur, entsprach zwar ganz und gar nicht ihren Vorstellungen. Aber noch weniger wünschte Maikea sich ein so sinnloses wie gefährliches Umherstreunen durch ostfriesische Dörfer.

Ein fremder Glockenschlag erreichte ihr Ohr. Satt und gewaltig wurde er über das erstickende Land getragen. Maikea verließ den Deich und folgte dem Geläut.

Der Tag war dunstig, der Horizont ungewöhnlich nah ans Auge gerückt, und als sie endlich den Turm erkannte, aus dem der Klang gekommen sein musste, waren die

Glocken bereits eine ganze Weile verstummt. Türme wie diesen gab es viele, quadratisch in der Grundfläche, aus grobem Backstein, teils weiß getüncht und durchschnittlich hoch. Daran alleine hätte sie nicht erkannt, wo sie sich befand. Aber das Kirchenschiff daneben war einmalig. An der Stirnseite erhob sich ein Hochchor aus sandfarbenem Stein, den übergroße, spitz zulaufende Fenster rahmten und der bis fast in den Himmel zu reichen schien. Als Maikea noch näher herankam, hörte sie ein Singen und ein Dröhnen und ein Pfeifen. Töne, die ebenso selbstbewusst wirkten und harmonisch zusammenliefen, wie es das Bauwerk zum Lobpreis Gottes tat.

Es muss Sonntag sein, dachte Maikea, obwohl ihr die Wochentage schon lange abhandengekommen waren. Im Grunde fühlte es sich an, als sei sie völlig aus der Welt geraten und inzwischen in einer ganz neuen Gegenwart angekommen, die mit ihrem früheren Leben nicht mehr viel gemein hatte. Nur die Sonntage waren noch auszumachen, und heute musste es ihr dritter auf dieser Reise sein. Dann war sie also schon fast einen Monat unterwegs.

Maikea sah erneut an dem Bauwerk empor. Sie hatte bereits von dieser Kirche gehört. Sie musste in Norden angekommen sein, von wo aus die Schiffe nach Juist fuhren. Die wenigen Insulaner, die zum Festland gefahren waren, hatten stets von der Baukunst und der majestätischen Orgel der Ludgerikirche geschwärmt.

Seit sie damals hier angelandet war, hatte sich Maikea ihrer Heimat nie näher gefühlt als in diesem Moment. Fast machte es sie schwindelig.

Von der Kirche aus waren es nur noch ein paar Schritte bis zum Hafen. Dort schaukelten die Boote im schmierigen Wasser. Auch Eykes Schaluppe war dabei, sorgsam vertäut und unbeladen. Am Kiel hatten sich grünliche Meerespflanzen abgelagert.

Maikea ließ sich auf der Hafenmauer nieder. Der Dunst verwischte den Blick in die Ferne, als habe jemand ein Tuch über das Ende der Hafenausfahrt ausgebreitet. Die Inseln konnte man von hier aus ohnehin nicht erkennen. Aber der Stein, auf dem sie saß, war warm, und die laue Meeresbrise kühlte die sommerlichen Temperaturen auf angenehme Weise ab.

Sie schloss die Augen. Und zum ersten Mal, seitdem sie Josef Herz in Richtung Aurich verlassen hatte, konnte Maikea die Schwere ihrer Glieder ertragen. Sie legte sich hin, um sich ein wenig auszuruhen, und ließ ihren Gedanken freien Lauf.

Sollte sie einfach hierbleiben, bis morgen früh die Schiffe hinausfuhren? Es würde sich bestimmt jemand finden, der sie nach Juist brachte.

Maikea malte sich aus, wie die Insel vor ihr auftauchte, das Land beidseitig des Hammrichs, die Erhebung der Dünen. Bei gutem Wetter würde sie das Rot der Backstein-Siedlung erkennen können. Der weiße Sand würde sich jetzt im Juli warm und samtig anfühlen und zwischen ihren Zehen hindurchrieseln, wenn sie am Nordstrand spazieren ginge. Die Jungvögel würden die ersten Flugversuche unternehmen und die niedlichen Kaninchenkinder sich scheu zwischen den Gräsern verstecken, wenn sie durch die Dünen nach Hause liefe. Nach Hause?

Was war wohl aus der kleinen Hütte geworden, in der sie mit ihrer Mutter und Geeschemöh gelebt hatte? Stets hatte sie die Sehnsucht nach Juist in ihrem Herzen gespürt, aber heute, wo alles so schrecklich wehtat in ihrer Brust, heute war es fast nicht zu ertragen. Maikea wusste, es waren nicht nur einige Meilen, die sich zwischen ihr und der Insel breitmachten. Es waren vor allem die Jahre, die sie von ihrer Heimat entfernten. Selbst wenn sie nach Juist zurückkehren könnte, wäre es wohl nicht derselbe Ort, den sie als Elfjährige so unfreiwillig verlassen hatte. Denn sie war nun ein anderer Mensch. Eine erwachsene Frau. Aber vor allem das Wissen hatte sie verändert.

Obgleich ihr alle Berechnungen und Pläne nicht erst seit ein paar Tagen so lachhaft erschienen, als habe ein kleines Kind sie im Spiel dahingemalt. Vor einem Monat erst war sie noch stolz mit den Karten unter dem Arm in die Kanzlei marschiert, heute schämte sie sich für ihre Unzulänglichkeit. Hatte sie wirklich geglaubt, ihre Heimat ließe sich in eine einfache mathematische Formel zwängen?

Ihre Erkenntnisse waren lächerlich, wenn man die Welt dagegenhielt. Der Vorwurf der Gotteslästerung war vielleicht sogar berechtigt. Es war eine Beleidigung für den Schöpfer, wenn man ihn so simpel auszutricksen versuchte. Sie würde noch vieles studieren, beobachten und abmessen müssen, um das Ganze nur ein kleines bisschen besser zu verstehen. Und Maikea ahnte, dass es noch nicht an der Zeit war, in ihre Heimat zurückzukehren. Niemand würde auf sie warten, geschweige denn auf sie hören, wenn sie es wagte, von ihren Ideen zu erzählen.

Dies war wahrscheinlich die Erkenntnis, die Maikea am meisten schmerzte.

Sie schloss die Augen, lauschte dem Gekicher einer Seemöwe und der langsamen Brandung an der Kaimauer. Sie versuchte, die Wellen zu zählen, wollte den Rhythmus erfassen, doch im selben Moment war sie eingeschlafen.

∞

Erst die plötzliche Kühle eines Schattens ließ Maikea wieder erwachen. Sie hielt sich die Hand vor das Gesicht, blinzelte schläfrig und erschrak: Ein großer Mann hatte sich vor ihr aufgebaut, die Hände in die Hüften gestemmt.

«Hier also hat es sich meine hartnäckige Verfolgerin gemütlich gemacht.» Er lachte. Erst jetzt erkannte Maikea die weiße Kleidung, den blonden Zopf und das vertraute Gesicht, dessen Mimik sich spöttisch zeigte. «Sag bloß, du hast die Suche nach mir aufgegeben.»

Sie setzte sich auf und wusste vor Verlegenheit nicht, ob sie sich freuen oder ärgern sollte, dass der Weiße Knecht, nach dem sie die ganze Zeit gesucht hatte, sich nun so einfach zu ihr gesellte.

«Was macht Ihr hier?»

«Nachdem mir in jedem noch so kleinen Nest erzählt wurde, dass ein hübsches Mädchen im blauen Kleid nach mir gefragt hat, habe ich mich selbst auf die Suche nach ihr gemacht.»

Maikea hätte gern gewusst, ob er böse mit ihr war und ihr die Schuld am Tod des Kartenmalers gab. Der Weiße Knecht hätte einen guten Grund, sie zum Teufel zu jagen.

«Es tut mir so leid, was die Soldaten mit Josef Herz gemacht haben ...»

«Hast du mich die ganze Zeit gesucht, um mir das zu sagen?»

«Es ist ... es war ...» Ihr Kopf war leer, wie ausgehöhlt.

«Da ich annehme, dass nicht du dem armen alten Mann ein Messer in den Leib gerammt und anschließend sein Haus in Brand gesteckt hast, gibt es keinen Grund, sich zu entschuldigen.»

«Wäre ich nicht nach Aurich gegangen ...»

«Hör auf, Maikea. Die Soldaten des Kanzlers sind nicht

erst seit gestern eine gnadenlose Truppe, und Josef Herz ist nicht ihr erstes Opfer. Warum wohl hat er sich damals unseren Leuten angeschlossen? Weil sein einziger Sohn von denselben Männern getötet worden ist.» Seine Worte waren leidenschaftlich, seine Gestik voller Tatendrang. «Der Kampf, den wir seit Jahrzehnten führen, hat viel Blut gekostet. Und zwar auf beiden Seiten. Das wusste Josef Herz. Das weiß ich, und nun weißt du es auch.»

«Ich bin bei Helene gewesen. Sie hat mir erzählt, dass Ihr sie verlassen habt, um wieder zu kämpfen.»

«Und dann bist du mir gefolgt?»

«Vielleicht könnte ich ... dabei sein?»

Er lachte wieder. «Maikea Boyunga als Rebellin? Hast du nicht immer behauptet, du wolltest Inselvogtin werden?»

«Das war kindisch von mir. Eine Frau kann es niemals schaffen. Das habe ich inzwischen begriffen.»

Er ließ sich neben ihr auf dem Stein nieder. Die unmittelbare Nähe fühlte sich seltsam an, denn Maikea war sich auf einmal bewusst, wie gern sie seinen Arm berührt hätte, die hellen Haare auf dem Handrücken, die Muskeln seiner Schultern. Das war verwirrend.

Als habe er ihre Gedanken erraten, rückte der Weiße Knecht ein Stück von ihr ab.

Maikea räusperte sich. «Wisst Ihr, ich glaube, ich hatte diesen Traum nur, weil mein Vater Inselvogt gewesen ist. Ich habe ihn nie kennengelernt und doch immer bewundert. Und ich dachte, wenn ich dasselbe mache wie er, dann kann ich ihm irgendwie nahe sein.»

«Das war wirklich der einzige Grund für deinen Traum?» Er schaute sie von der Seite auffordernd an, sein Blick war mehr als skeptisch.

«Jedenfalls finde ich jetzt keinen richtigen Grund mehr,

meine Ziele zu verfolgen. Es ist vorbei.» Sie seufzte. «Denn seit ich das abgebrannte Haus gesehen habe ...»

«Du resignierst? Das passt nicht zu dem Mädchen, das ich kennengelernt habe.»

Er schien es ernst zu meinen, und Maikea merkte, dass es ihr leichter fiel, mit seinem Spott zurechtzukommen. Fast wünschte sie sich, er würde wieder grinsen und sagen, das wäre nur ein Spaß gewesen. Doch stattdessen fügte er hinzu: «Ich denke, du würdest dieser Aufgabe sehr wohl gewachsen sein.»

«Wie kommt Ihr darauf?»

«Du bist mutig, du bist klug, und du liebst deine Heimat mehr als alles andere. So sollte ein Inselvogt sein, egal, ob es ein Mann oder eine Frau ist.»

Maikea spürte, wie sie errötete. «Seid Ihr schon mal einem Inselvogt begegnet?»

«Ja, das bin ich. Aber es ist lange her.»

«Und? War er wie mein Vater? Mutig? Ehrenhaft? Ein Mann, auf den die Insulaner gern hörten?» Ihr Herz schlug schneller.

Doch der Weiße Knecht schaute eine Weile nur geradeaus aufs Meer, dann schüttelte er den Kopf. «Der Inselvogt, den ich kannte, war feige und dumm. Als er seine Heimat hätte retten können, war ihm sein eigenes Wohlergehen wichtiger.»

«Was ist geschehen?»

«Ach ...» Der Weiße Knecht schien zu bereuen, dass er das Gespräch so weit hatte kommen lassen, anders konnte sich Maikea sein Zögern nicht erklären. Er legte sich die Worte mit besonderer Sorgfalt zurecht. «Nun, er hat Schiffbrüchigen die Hilfe verwehrt, weil er Angst hatte, sein eigenes Leben zu riskieren.»

Er schwieg, doch als er merkte, dass Maikea noch nicht zufrieden war mit seiner Erklärung, fügte er hinzu: «Aber seine Feigheit hat er mit dem Leben bezahlt. Er hat in demselben Sturm, der den Seeleuten zum Verhängnis wurde, den eigenen Tod gefunden.»

«Warum haben die anderen Insulaner die Schiffbrüchigen nicht gerettet?»

«Er war nicht der einzige Feigling. Und nicht der einzige Tote in dieser Nacht.»

«Und Ihr? Was habt Ihr getan?»

«Ich konnte nichts tun. Ich war damals noch ein Kind.»

«Wann ist das alles geschehen? Und wo?»

Er blickte sie lange an, sagte aber nichts. Maikea fielen wieder die wirren Worte von Helene ein. Dass der Weiße Knecht es hasste, nach seiner Vergangenheit gefragt zu werden. Sie ahnte, er würde ihr die Antwort schuldig bleiben.

«Vielleicht war der Tod des feigen Inselvogtes so etwas wie eine Strafe Gottes», gab Maikea daher zu bedenken, obwohl sie wusste, dass der Weiße Knecht kein frommer Mann war.

«Das könnte durchaus so gewesen sein.»

«Wisst Ihr den Namen des Vogtes?»

Der Weiße Knecht atmete tief ein und aus, schaute in die Ferne, in der es eigentlich nichts zu entdecken gab, und rieb die Handflächen aneinander.

«Als ich dich hier liegen sah, dachte ich, du wartest auf das erste Schiff nach Juist. Willst du zurück?»

Der rasche Themenwechsel verwirrte Maikea. Doch sie hakte nicht weiter nach. «Ich würde es gern, aber ich kann noch nicht. Es ist, als hielte mich etwas davon ab.»

«Aber du kannst auf keinen Fall an meiner Seite kämpfen.»

«Ich bin mutig, klug und liebe meine Heimat. Das habt Ihr selbst gesagt! Warum also sollte ich nicht gegen das Unrecht kämpfen dürfen, das man Josef Herz und so vielen anderen angetan hat? Ich habe ihn verehrt, er hat mir so vieles beigebracht. Doch sie haben einfach sein Haus in Brand gesetzt und ihn getötet. Einen alten, freundlichen Mann! Auch, was die Soldaten damals mit Helene getan haben, ist furchtbar. So etwas darf nicht wieder geschehen! Ich will dabei sein, wenn Ihr Euch gegen solche Menschen wehrt!»

«Aber es ist nicht die Front, an der du kämpfen solltest, Maikea.» Er legte seine Hand auf ihre Schulter wie ein Lehrer, der einem etwas besonders Wichtiges beibringen will. Und doch fühlte sich die Berührung anders an als bei Pastor Altmann oder Josef Herz. Sie förderte nicht die Konzentration, im Gegenteil, sie wirbelte alles durcheinander.

«Nein ... ich weiß nicht ...», stammelte Maikea.

«Sieh mal, während wir die Waffen benutzen, stehlen, verletzen und vielleicht sogar töten müssen, um unsere Ziele zu erreichen, kannst du dein Wissen und deine Studien dazu benutzen, die Menschen zu befreien. Du kannst auf deine Weise viel für die Sache tun.»

«Josef Herz hat immer gesagt: Wenn man den Menschen die Angst nimmt, macht man sie stärker. Und man schwächt diejenigen, die die Angst dazu nutzen, Macht auszuüben.»

«Siehst du? Der alte Mann war sehr weise.» Ein Schatten fiel auf das Gesicht des Weißen Knechts. Auch er schien um den Juden zu trauern. Maikea war verwirrt. Was sollte sie nur tun?

«Kennt Ihr Weert Switterts? Ein Ratsherr aus Aurich.

Er hat mir angeboten, für den Fürstenhof zu arbeiten und meine Studien weiter fortzusetzen.»

Der Weiße Knecht schaute interessiert auf. «Das ist großartig. So kannst du eine Menge erreichen.»

«Aber ich würde für die Menschen arbeiten, die Josef Herz umgebracht haben!»

«Das stimmt. Trotzdem kannst du die Unterdrückung und Machtgier des Fürstenhauses ablehnen. Und wenn die Menschen im Land durch dich verstehen, dass sie ihr Schicksal selbst in der Hand haben, werden sie unabhängiger sein vom Gerede über Schuld und Strafe. Dann entziehst du dem bigotten Brenneysen nämlich das Fundament für seine Macht.»

«Wird es nicht aussehen, als krieche ich zu Kreuze? Weert Switterts wird triumphieren.»

«Zeige ihnen deinen Stolz, den sie in all den Jahren nicht brechen konnten. Und beweise deinen Mut. Stelle Forderungen, statt zu kuschen. Schließlich hast du damals bei der Entführung alles riskiert, aber sie haben dich im Stich gelassen, sie haben dich benutzt. Der Fürst schuldet dir also etwas. Verberge vor ihnen, wie sehr sie dich durch den feigen Mord an Josef Herz getroffen haben, dann halten sie dich für unverletzlich.»

Maikea wusste, er hatte recht.

Aber statt sich zu freuen, war sie enttäuscht. Sie würde nicht an seiner Seite kämpfen. Schwermütig ließ sie den Kopf sinken. «Ich werde einsam sein, ohne Josef Herz … ohne Euch …» Doch dann huschte ein kurzes Lächeln über ihr Gesicht. «Zum Glück habe ich Jantje in Aurich wiedergetroffen.»

«Deine Freundin aus dem Waisenhaus?»

«Genau. Sie ist Kammerfräulein am Hof.»

«Gerüchte erzählen, sie sei weit mehr als das ...»

«Es stimmt. Sie steht dem neuen Fürsten sehr nahe.» Mehr wollte Maikea nicht verraten, selbst dem Weißen Knecht nicht. «Jantje hat mich schon in Esens unterstützt. Sie wird mir auch jetzt eine Hilfe sein, wenn ich mich direkt in die Höhle des Löwen wage.»

«Natürlich werden sie dich genau beobachten, Maikea. Weil sie ja von unserer Verbindung wissen.» Vorsichtig legte der Weiße Knecht seine Hand auf ihren Hinterkopf, eine Strähne löste sich und fiel über ihre Wange. «Es liegt nahe, dich als Spitzel zu verdächtigen. Du musst also vorsichtig sein und darfst auf keinen Fall Kontakt zu uns aufnehmen, sonst landest du schneller im Kerker, als uns lieb ist.»

Sie hob ihren Kopf und blickte ihn an. «Und Ihr dazu ...»

Der Weiße Knecht strich ihr das Haar aus dem Gesicht.

«Wir haben dasselbe Ziel. Doch wir müssen unterschiedliche Wege einschlagen. Du hast deine Begabung nicht umsonst in die Wiege gelegt bekommen. Sie beinhaltet einen Auftrag. Vielleicht ist es tatsächlich eine Gottesaufgabe ...»

Der Weiße Knecht wurde von einem Zittern erschüttert. Aber er versuchte ein Lächeln.

«Ihr glaubt doch gar nicht an Gott ...»

«Aber ich glaube an dich.»

10

Um zehn Uhr am Morgen trafen die ersten Trauergäste ein.

Vom Wohnhaus neben der Lambertikirche hatte Weert

eine gute Sicht auf das Geschehen, das sich heute, am Tag des Fürstenbegräbnisses, in Aurich abspielte. Gerade stieg das dänische Königspaar aus der Kutsche. Ihre Hoheit *Sophie Magdalene* war die Schwester der Fürstenwitwe, und mit ihr war der ganze Hofstaat des Nachbarlandes angereist. Ebenso die Verwandtschaft aus Bayreuth, die über wenigere prachtvolle Gespanne verfügte. Der starke Wind machte den Frauen zu schaffen, doch es gab genügend Bedienstete, die sich flink dazugesellten und mit Hilfe von extra aus England herbeigeschafften neumodischen Schirmen die Besucher vor Sturm und Regen schützten.

«Bislang verläuft alles nach Plan», stellte Weert erleichtert fest.

«Nicht viel Zeit ...», gab Brenneysen von sich. Es ging mit seiner Gesundheit rapide bergab. Nur noch selten sprach er Sätze, die aus mehr als drei Worten bestanden. Blass sah er aus, die Lippen bläulich, das Gesicht eingefallen und von hässlichen Wunden entstellt. Seit Tagen konnte er nur noch im Bett liegen, und dass er darauf bestanden hatte, die Feierlichkeiten in einem Sessel sitzend von seinem Schlafzimmerfenster aus zu beobachten, war für seinen Arzt Anlass zu größter Besorgnis. Weert hatte sich dazu bereit erklärt, Brenneysen zu beaufsichtigen, damit ihm im Falle akuter Atemnot jemand zur Seite stand. Ganz so, wie es der Leibarzt verordnet hatte.

Gemeinsam mit einer verschüchterten Krankenschwester stand er nun im Schlafgemach des Kanzlers, in dem die Luft stickig war und unerträglich verdorben roch. Man rechnete ihm hoch an, dass er Brenneysen in diesen schweren Stunden eine solche Hilfe war.

«Ist ... alles vorbereitet?»

«Keine Sorge, Kanzler, es läuft nach Plan. Das Gepäck

ist bereits in der Nacht eingetroffen. Die Herrschaften haben aber wohl in Oldenburg genächtigt, deswegen kommen sie erst jetzt.»

Er schaute auf die Kirchenuhr. «Es bleiben noch zwei Stunden bis zum Gottesdienst. Zeit genug, Brenneysen.»

Weert betrachtete den kranken Mann von der Seite. Kaum vorstellbar, dass aus dem mächtigen und gefürchteten Kanzler ein solches Häufchen Elend geworden war.

«In einer halben Stunde wird der Sarg aus dem Schloss überführt. Ihr könnt Euch auf mich verlassen, das wisst Ihr doch.»

Auch wenn er in Wahrheit am Ende seiner Kräfte war, brachte Weert es fertig, eine gelassene Haltung zu bewahren. Seit gestern hatte er kein Auge zugetan, in den Nächten zuvor war es nicht viel anders gewesen. Schlafen würde er wahrscheinlich erst wieder, wenn alles vorüber war.

Schon seit Sonnenaufgang regnete es, und ein unangenehmer Septembersturm ließ befürchten, dass Fürst Georg Albrecht von Ostfriesland, drei Monate nach seinem Tod, an einem nasskalten Tag zu Grabe getragen wurde. Das erschwerte so einiges.

Weert Switters wusste, dieser Tag war entscheidend für den Rest seines Lebens. Denn seitdem Brenneysen ans Bett gefesselt war und der Hofmarschall ständig jammerte, der Kanzler könne kaum noch eine Mahlzeit bei sich behalten, lag die Organisation des Begräbnisses allein in seinen Händen. Kein Arzt konnte sich erklären, warum alle Heilkunst beim Kanzler kaum Linderung brachte. Schließlich einigte man sich darauf, dass wohl Brenneysens Fürstentreue der eigentliche Grund für sein nahendes Ende war. «Er hat seinen Herrn Georg Albrecht so sehr verehrt, dass dessen Tod ihm nun die rechte Lebenskraft geraubt hat», hatte sein Leibarzt verkündet. Und es war nur eine Frage der Zeit, bis man Weert Switterts vollends zum Nachfolger erklärte.

Deshalb kam es darauf an, dass er seine Sache heute richtig machte.

«Ich bringe die neue Medizin für den Kanzler.» Rudger war ins Zimmer getreten, und Weert nahm ihm das Döschen aus der Hand.

«Nicht schon wieder ...», japste der Kanzler, als Weert ihm drei Messerspitzen von dem Pulver in einem Glas mit Wasser auflöste. Die Krankenschwester rührte mit einem Löffel alles um, sodass die Substanz schneller zerfiel. Dann hielt sie den Kopf des Kranken.

«Der Arzt hat gesagt, wir sollen die Dosis weiter erhöhen. Dann ist die Wirkung besser.» Weert flößte dem Kranken die Medizin ein. Das Schlucken fiel Brenneysen sichtlich schwer, er würgte, und Weert machte eine kleine Pause. Er musste aufpassen, dass nichts von dieser Arznei verschüttet oder erbrochen wurde. Schließlich hatte er sich vom Apotheker alles erklären lassen und war verantwortlich für die Medikamentierung des Patienten. Der Arzt und die Bediensteten bestätigten seinen aufopferungsvollen Einsatz. Nur Weerts langjähriger Vertrauter Rudger wusste, um was es hier eigentlich ging. Ihm konnte Weert blind vertrauen. Und er war es auch, der seit Wochen schon die neu verordneten Mittel gegen das alte Pulver austauschte. Es war so einfach, dass selbst ein Dummkopf wie Rudger dazu in der Lage war. Aber Weert bezahlte ihn für seine Dienste gut, sorgte für seine Unterkunft und sein Essen sowie die regelmäßigen Besuche bei Trientje.

Brenneysen versuchte, den Kopf zu schütteln, was sich als unmöglich erwies, denn das Kunsthaar auf seinem Kopf war zu schwer. Er hatte heute Morgen darauf bestanden, die Perücke zu tragen, denn er wollte keine lächerliche Erscheinung abgeben, auch wenn er das Begräbnis des Fürsten nur aus der Entfernung verfolgte. Sein echtes Haar war ihm in den letzten Wochen büschelweise ausgefallen, genau wie die Zähne, weshalb seine Sprache nur noch schwer zu verstehen war.

«Das Zeug … bringt mich um …»

Die Schwester tupfte Brennysen mit einem feuchten Lappen den Schweiß von der Stirn. «Noch einen Schluck, Kanzler!» Der Kranke hatte keine Chance, er musste gehorchen.

«Rudger, sind die Blumen für den Sarg endlich drapiert? Und hat der Stallmeister daran gedacht, die schwarzen Hengste entsprechend zu schmücken? Zudem sollten die Viecher gut gefüttert sein, damit sie nicht unruhig werden. Der Weg zur Gruft ist lang.»

«Ist alles erledigt!» Rudger kam dichter an ihn heran. «Aber da ist noch etwas anderes …»

Weert verließ nur ungern den Platz am Fenster. «Muss das jetzt sein?», zischte er. «Du siehst doch, gleich wird das Begräbnis beginnen, und der Kanzler braucht meine unmittelbare Unterstützung.»

«Es ist wegen dieser verrückten Maikea Boyunga», flüsterte Rudger. Nicht schon wieder, dachte Weert. Seit Maikea vor acht Wochen sein Angebot hier in Aurich angenommen hatte, mischte sich in seine anfängliche Genugtuung inzwischen eine zunehmende Gereiztheit. Wenn diese Frau nicht so unglaublich anziehend und ihre Arbeit nicht tatsächlich durchaus wertvoll wäre, hätten ihn die ständigen Forderungen schon längst dazu gebracht, ihr die Tätigkeit am Fürstenhof zu kündigen.

Rudger bezog die aggressive Stimmung seines Herrn jedoch auf sich und senkte den roten Haarschopf. «Entschuldige, Weert, ich weiß, dass du heute den Kopf voller Dinge hast. Aber du hast mir gesagt, ich solle dir auf jeden Fall Bescheid geben, wenn Maikea den Hof verlässt.»

«Und das hat sie vor? Ausgerechnet heute?»

«Sie hat sich eine Kutsche einspannen lassen. Soweit ich weiß, will sie nach Westerbur.»

«Aber das Wetter ist furchtbar!» Weert wusste, dieses Argument war für Maikea nicht der Rede wert. «Gregor soll sie begleiten. Er kann einen Wagen lenken und ihr auch sonst behilflich sein. Mehr als einen Mann kann ich aber an diesem Tag nicht entbehren, richte ihr das aus.»

«Wird gemacht!»

Rudger verschwand eilig durch die Tür, als der Kanzler wieder einen seiner scheußlichen Hustenanfälle bekam – laut und würgend und nach Tod klingend. Der Krankenschwester war anzusehen, dass sie viel lieber ganz woanders wäre, doch sie war ihrem Dienst verpflichtet. Niemand mochte noch in der Nähe dieses Sterbenskranken sein, nur Weert hielt durch.

«Switterts!», röchelte Brenneysen, und seine schlappe Hand machte eine kaum wahrnehmbare Bewegung.

«Was ist, Kanzler? Soll ich es Euch bequemer machen? Bis der Sarg ankommt, dauert es noch eine kleine Weile, vielleicht wollt Ihr lieber liegen?»

Brenneysen nahm kurz das Tuch vom Mund, das er sich beim Husten vor die Lippen hielt, und sagte: «Kommt her.»

Weert wurde übel, als er das Blut im Stoff sah, aber er trat näher heran.

«Diese Medizin ...»

«Was ist damit, Kanzler?» Weert beschied der Krankenschwester, ihm das Mittel zu reichen. Doch als diese ihm das Döschen übergeben wollte, holte Brenneysen plötzlich aus. Viel Kraft war nicht in der Bewegung, doch er schlug ihr den Behälter aus der Hand. Das Döschen landete auf dem Boden, sprang auf, und der gesamte Inhalt rieselte zwischen den Dielen hindurch.

«Verdammt, du dumme Gans!», beschimpfte Weert die Schwester, die sich augenblicklich zwischen ihren Schultern duckte. «Du hast soeben durch deine Unaufmerksamkeit die letzte Medizin für den Kanzler verschüttet. Wir müssen neue Arznei ordern. Schick einen Boten zum Apotheker, und zwar sofort!»

Sie schluchzte kurz und kuschte sich dann aus dem Zimmer.

Der Kanzler hielt sich den Bauch. Er schien starke Schmerzen zu haben, entsetzliche Schmerzen, aber seine Atemlosigkeit machte es ihm unmöglich zu schreien.

War es endlich so weit?

Weert ignorierte den flehentlich ausgestreckten Arm des Mannes, stattdessen stellte er sich wieder ans Fenster und schaute auf den Hof hinab. Die Kapelle begann gerade zu spielen. Traurige, langsame Choralklänge schallten herauf.

«Schau dir das an, Brenneysen. Sie schieben den Sarg heran.»

Von der aufwendig verzierten Holzkiste, in die man die sterblichen Überreste des Fürsten gebettet hatte, war so gut wie nichts zu erkennen, denn das Blütenmeer ringsherum deckte den Sarg beinahe vollständig zu. Die Kutsche, gezogen von vier Friesenhengsten mit edel geflochtenen Mähnen und seidig schwarzem Fell, näherte sich langsam der Kirche. Dahinter folgten, in einer überdachten Kutsche, die Witwe, der neue Fürst und dessen strenge Gattin Wilhelmine Sophie. Die Gesichter der Familie konnte Weert nicht erkennen, aber er war sicher, dass ihre Mienen versteinert waren. Der Verstorbene war ein ungeliebter Mann gewesen. Angst und Sorge erfüllte die fürstliche Verwandtschaft, denn niemand konnte sich vorstellen, wie es in diesem Land weitergehen sollte.

«Heb den Kopf hoch, Alter!», herrschte Weert den Kanzler an. Jetzt waren sie allein im Zimmer, und Brenneysen sollte keine Gelegenheit mehr haben, jemals davon zu berichten, was in diesem Moment gesagt und getan wurde. «Da ist der Fürst. Seit drei Monaten ist er schon tot. Die ganze Einbalsamiererei hat nichts genützt. Er hat fürchterlich gestunken, der feine Leichnam. Und das wirst du auch bald.»

Der Kranke begann zu zittern. Schweißperlen erschienen auf seiner Stirn.

«Was ist ... los?»

«Der alte Fürst war ein Versager. Jeder hier in Ostfriesland weiß, dass Ihr als Kanzler in Wahrheit all die Jahre an der Macht gewesen seid. Was immer Ihr gesagt habt, war Georg Albrecht nur recht. Die Schlacht in der Pfefferstraße, die vielen Toten und Gefangenen ...» Mit einem Mal musste Weert lachen. Es bereitete ihm Freude, im Angesicht des fürstlichen Totenfestes solche Dinge zu sagen. «Nicht, dass es schade um die Rebellen wäre! Nein! Aber Ihr habt es trotz allem nicht geschafft, diesen Bürgerkrieg zu beenden. Ihr seid genauso ein Versager wie der tote Fürst!»

Sechs schwarzgekleidete Männer räumten jetzt die Blumengestecke vom Wagen. Der Regen perlte von ihren Perücken ab.

«Doch damit soll es nun zu Ende sein, Brenneysen. Es wird Zeit, dass Ostfriesland von fähigen Händen geleitet wird.»

«Carl Edzard?», stieß der Kanzler mühselig hervor.

Weert lachte laut auf. «Er ist noch schlimmer als sein Vater. Nein, dieses Land braucht einen neuen Kanzler. Und zwar so bald wie möglich.»

Die schwarzen Begleiter hoben links und rechts den schweren, mit Metallbeschlägen verzierten Sarg an und trugen ihn von der Kutsche. Einer der Männer rutschte aus und fiel in den nassen Schlamm. Es war eine erbärmliche Vorstellung.

«Wer denn?», fragte Brenneysen heiser. «Etwa du?»

«Warum nicht?» Jetzt wandte Weert sich dem Sterbenden zu.

O Gott, wie elend er dort in seinem Sessel kauerte. Vielleicht würde es auch von allein gehen, dachte Weert, eine chronische Arsenikvergiftung dauerte ihre Zeit. Andererseits war dies die Gelegenheit, dem Ganzen ein schnelles Ende zu setzen.

«Niemals!», keuchte Brenneysen und hielt seinen Mund geöffnet, als wolle er noch weitersprechen.

Weert entzog ihm das blutige Taschentuch. «O doch. Und zwar schon heute!»

Und während die schwarzen Männer den Sarg des ostfriesischen Fürsten bis zum Altar der Lambertikirche trugen, drückte Weert den Fetzen auf das Gesicht des Hilflosen. Er schaute dabei aus dem Fenster und sah, wie die Fürstenfamilie soeben der Kutsche entstieg. Wilhelmine Sophie musste sich die Perücke festhalten, so stark ging der Wind. Die Stiefel des Tronfolgers versanken im aufgeweichten Boden. Die Bäume wankten im Sturm.

Als nach Sophie Caroline auch alle anderen endlich in der Kirche verschwunden waren, kam die Krankenschwester mit Besen und Eimer zurück in das Gemach des Kanzlers.

«Warum bist du nur so lange fortgeblieben?», fauchte Weert sie an.

«Ich ... aber Ihr habt doch gesagt ... O Gott, was ist denn geschehen?»

«Kanzler Brenneysen hatte einen schrecklichen Hustenanfall. Seine Schmerzen müssen unerträglich gewesen sein. Ich konnte nichts mehr für ihn tun ...» Weert hörte seiner eigenen Stimme die Verzweiflung an. Sie klang echt. «Als er den Sarg seines Herrn erblickt hat, verließ ihn das letzte bisschen Lebenskraft.»

«Er ist tot?», fragte die Krankenschwester entsetzt. Doch als sie an den Sessel trat und das faltenlose Gesicht, den herunterhängenden Kiefer und die blicklosen Augen sah, wusste sie die Antwort selbst.

11

Das salzige Wasser fraß sich gierig in die Fasern ihres Kleides und machte es schwer. Kalt umspülten die Wellen Maikeas Knöchel. Dennoch marschierte sie unbeirrt weiter, raffte die Röcke, so hoch es ging, und stieg über ein angeschwemmtes Stück Holz hinweg. Dahinter reichte ihr die Nässe bis knapp unter das Knie. Es tat so gut, endlich wieder barfuß im Meer zu stehen! Am liebsten hätte sie laut aufgelacht.

«Ihr wollt Euch doch nicht etwa ein Leid antun?» Gregor machte ein entsetztes Gesicht.

Maikea verstand den Mann nicht. Ihr Begleiter war ein kleiner, etwas plumper Kerl, den man ihr heute an diesem Tag zur Seite gestellt hatte. Vielleicht sollte er sie bei der Arbeit unterstützen, wie Weert Switterts es behauptet hatte. Maikea glaubte eher, dass er als ihr Bewacher fungierte. Aber es war ihr egal. Gregor erwies sich weder als große Hilfe noch als Bedrohung. Daher hatte sie beschlossen, ihn einfach neben sich zu billigen. Immerhin konnte er die Kutsche lenken, mit der sie aus Aurich angereist waren.

«Ich meine, Ihr seht so aus, als wolltet Ihr ins Wasser gehen.»

«Genau das habe ich auch vor!», rief Maikea, doch dann wurde sie seines Schreckens gewahr und begriff. «Keine Sorge, ich kann hervorragend schwimmen. Und ich will auch nur ein paar Meter ins Meer, bis zu der Stelle, an der die Wogen sich brechen. Es interessiert mich, wie tief dort das Wasser ist und wie hoch darüber der Wellenkamm liegt.»

«Aber Ihr werdet nass werden!»

«Das bin ich schon!»

Es regnete bereits den ganzen Tag. Seit sie aus der Kutsche gestiegen waren, hatten sich die Tropfen in den Stoff ihrer Kleidung gesogen. Maikea störte es nicht, im Gegenteil, sie begrüßte den kleinen Sturm, die Böen aus Nordwest, die Brandung aus derselben Richtung. Dies war genau das Wetter, das sie sich für ihre ersten Messungen gewünscht hatte. Und es brachte sie endlich wieder dem Leben nah.

Gregor war nicht wetterfest, seine Kiefer klapperten aufeinander, sobald ein Windstoß seine feuchte Kleidung streifte. Er beobachtete Maikea weiterhin besorgt und trat unruhig von einem Bein auf das andere.

«Der Ratsherr hat mich gebeten, auf Euch achtzugeben. Würdet Ihr mir also den Gefallen tun, diese gefährliche Wanderung zu unterlassen?»

«Es ehrt Euch, dass Ihr Euch um mich sorgt und die Befehle Eures Herrn befolgt. Aber Ihr wisst schon, wer ich bin?»

Der Mann blickte zu Boden, wahrscheinlich, weil ihm der Anblick ihrer nackten Beine zu schaffen machte. Die Männer hier auf dem Festland waren wirklich seltsame Gestalten, dachte Maikea.

«Ihr seid Maikea Boyunga, fürstliche Insel- und Küstenvermesserin …»

«Und was ist meine Aufgabe?»

«Ihr sollt Pläne zur Sturmflutsicherung erstellen.»

«So ist es. Und genau das mache ich in diesem Moment. Ihr wollt mich doch nicht etwa von der Arbeit abhalten?»

Mit diesen Worten zog sie das Senklot hervor, entwirrte das Band und machte am Ende eine Schlaufe, die sie sich ums Handgelenk legte.

«Pläne erstellt man aber, soweit ich weiß, an einem Schreibtisch auf einem Blatt Papier», traute sich Gregor zu widersprechen. Er nieste heftig.

«Finanzpläne vielleicht. Oder Pläne, um ein Staatsbegräbnis wie das heutige zu organisieren. Wenn es aber darum geht, Wind und Wellen zu bekämpfen, dann muss man diese Elemente leibhaftig kennenlernen. Wisst Ihr nicht, dass der Kanzler, wenn er einen Krieg plant, auch alle möglichen Erkundigungen über den Feind einholt?»

Darauf wusste ihr Begleiter keine Antwort. Maikea nutzte das verdutzte Schweigen und nahm ihre erste Messung vor. In die gerade Holzlatte, die sie nun in den Meeresboden rammte, hatte sie exakte Markierungen geritzt.

Damit konnte sie messen, wie hoch die Wellenberge waren und wie tief die dazwischen liegenden Täler. Mit jeder Woge passte sie den höchsten Punkt an, indem sie mit einem Messer eine Kerbe in das Holz schnitzte. Dasselbe machte sie, wenn das Wasser ihre Füße beinahe freilegte.

Der Unterschied betrug mehr als eine Elle. Kein beeindruckendes Ergebnis, aber Maikea stand auch an einem windabgewandten Flecken, da rollte die Flut stets gemäßigt auf. Zudem lief der Wattboden hier flach ins Meer. Wenn die Zeit es noch zuließ, wollte sie später dieselben Messungen noch einmal weiter westlich vornehmen, dort, wo das Meer mit voller Wucht auf das Festland schlug und auf eine scharfe Abrisskante im Boden traf.

Bis dahin würde sich jedoch der Gezeitenstrom verändert haben. Jetzt blieb noch eine Stunde bis zum höchsten Wasserstand. Maikea wusste, dass die Messungen nur vergleichbar waren, wenn sie zur selben Flutphase gemacht wurden. Bei Ostwind und Sonnenschein war wieder alles anders. Im Grunde genommen müsste sie jetzt schon an drei Stellen gleichzeitig messen. In ein oder zwei Tagen sollte zudem das Wetter umschlagen, so war ihre Prognose, und dann würde sie noch einmal zum Wattenmeer nach Westerbur reisen. Maikea wünschte fast, sie könnte sich zerteilen, so begierig erwartete sie die Ergebnisse. Sie hatte viele Fragen, denen sie nachgehen musste: Welchen Einfluss hat das Wetter auf das Meer? Wie lange musste es regnen, bis die Ozeane überliefen? Weswegen schwoll die Nordsee nur bei Weststurm an, während sie sich bei Wind aus östlicher Richtung zurückzog und die sandigen Flächen des Wattenmeeres entblößte?

Maikea wollte Antworten finden, deswegen hatte sie zahlreiche Forderungen gestellt, die an ihren Aufenthalt im

Fürstenhof geknüpft waren: verschiedene Messgeräte, eine Kutsche, die sie bei Bedarf schnell an die Küste brachte, jede Menge Papier und Federn und Stifte. Und Ruhe. Niemand durfte sie bei der Arbeit am Schreibtisch stören, auch nicht Weert, der ihr sein Studierzimmer zur Verfügung gestellt und für die Erfüllung ihrer Ansprüche gesorgt hatte. Dennoch besuchte er sie häufig. Meist tat er so, als interessiere er sich für ihre Arbeit, aber Maikea merkte schnell, dass er ein ganz anderes Interesse verfolgte.

Zum Glück war er nun seit ein paar Tagen mit dem Staatsbegräbnis beschäftigt und schaute fast gar nicht mehr vorbei.

«Was macht Ihr da, um Himmels willen?» Gregor fuchtelte am Ufer wild mit den Armen herum. Offensichtlich traute er sich aber nicht, die Distanz zwischen ihnen zu überwinden. Bei jeder Welle trat er sogar einen Schritt rückwärts.

Maikea band die Schlaufe des Senkbleis an das Ende der Messlatte. «Ihr könntet mir helfen!», rief sie statt einer Antwort. «Ich brauche jemanden, der den Stab aufrecht hält, damit ich den Ausschlag der Strömungen messen kann. Wenn ich zwei Hände frei habe, geht es besser …»

Gregor schaute sie an, als habe sie von ihm verlangt, einen lebenden Fisch zu schlucken. «Gregor, ich bitte Euch! Außerdem geht es bei weitem schneller, wenn Ihr mir helft.»

Der Regen wurde stärker, und inzwischen waren sie beide von oben beinahe so nass wie von unten. Widerwillig schob sich Gregor die Stiefel vom Fuß, nicht ohne Ächzen und Grimassieren. Dann trat er sehr vorsichtig ins Wasser. Der Schlick war rutschig, und er wäre beinahe gefallen.

«Das ist verdammt kalt!», fluchte er zwischen zusammengekniffenen Lippen. Maikea sah ihm an, dass er in diesem Moment lieber den Pferdestall ausgemistet hätte – womöglich sogar ohne Forke.

«Bitte haltet den Messstab ganz gerade, das ist wichtig, damit das Ergebnis exakt wird.»

Gregor sagte nichts, sondern streckte nur seinen Arm nach der Holzlatte aus. Anschließend stand er vollkommen still da, als hätte das kühle Meer ihn tatsächlich in Eisstarre versetzt.

Maikea hockte sich hin, mit dem Rücken zur Brandung, damit sie sich einigermaßen halten konnte. Die erste Welle war nicht allzu groß. Sie nahm einen zweiten Stab, ein etwas kleineres Modell, und legte ihn an das untere Ende der anderen Latte an. Die Welle hob das Senkblei an und schob es vorwärts. Maikea schaute genau nach, es hatte sich eine knappe Elle entfernt. Dann zog sich das Wasser zurück, nahm ein wenig Muschelkalk und Sand mit sich und ließ winzige Strudel entstehen. Das Pendel schlug zur anderen Seite, etwa zwei Drittel so weit wie zuvor.

«Die Strömung des auflaufenden Wassers ist gar nicht so viel gewaltiger als die des abfließenden. Und wenn ich mich nicht irre, ist das Verhältnis bei steilem Ufer noch geringer ...»

«Ach so», sagte Gregor und schaute demonstrativ in eine andere Richtung.

«Das ist wichtig, wisst Ihr? Die auftreffende Kraft lockert den Boden, die abfließende nimmt das gelöste Material mit. Der Sand ist an dieser Stelle verloren gegangen, doch er wird dem Gezeitenstrom folgen und weiter im Osten wieder angespült werden.»

«Ich verstehe.» Gregor nickte und wollte sicher nur, dass die Messungen schnell beendet waren.

Die nächste Welle war größer und schwappte bis zu seinen Oberschenkeln. Er jaulte auf, als habe er Schmerzen.

«Wenn ich mich nicht verrechnet habe, entspricht das Strömungsverhältnis dem der kleineren Woge. Interessant. Ich –»

«Hilfe!», schrie Gregor auf einmal, und seine Stimme hatte sich in das hysterische Kieksen eines kleinen Jungen verwandelt. «Dort! Ein Untier!» Abrupt ließ er die Messlatte los und rannte mit großen Schritten an Land.

Maikea konnte im Wasser schemenhaft einen davoneilenden Taschenkrebs erkennen. «Eine Strandkrabbe. Die ist doch hundertmal kleiner als Ihr!»

«Das Biest hat mich gekniffen!»

«Soweit ich sehe, ist aber noch alles dran. Also bitte, Gregor! Kommt zurück und helft mir! Wir sind auch bald fertig!»

«Auf keinen Fall!» Er stemmte seine kurzen Arme in die Hüfte und schüttelte den Kopf. «Als Ratsherr Switterts mir sagte, ich solle einer jungen Frau bei ihrer Arbeit Hilfestellung geben, da habe ich an etwas anderes gedacht als das hier.»

«Und doch müsst Ihr seinem Befehl Folge leisten …» Obwohl Maikea das Verhalten ihres Beschützers lachhaft fand, tat er ihr leid. «Bitte! Nur noch einen kurzen Augenblick.»

Zögernd trat Gregor wieder ins Watt, griff nach dem Stab und seufzte. Maikea beeilte sich. Sie brauchte mindestens zwei Dutzend Ergebnisse, damit sie weiterarbeiten konnte.

Welle für Welle beobachtete sie das Senklot und notierte sich die Abweichungen auf einem durchnässten Blatt Papier, das bald zu klein wurde für die vielen Zahlen. Dann erlöste sie Gregor von seiner Aufgabe, und gemeinsam schafften sie die Ausrüstung in die Kutsche.

Die Pferde schienen ebenfalls froh zu sein, sich wieder in Bewegung setzen zu dürfen, denn der Wind hatte weiter zugenommen. Von den Inseln her grollte ein herannahendes Gewitter, und der Weg nach Aurich war weit.

Maikea hatte unter dem Kutschbock ein paar weitere Blätter verstaut und sie zum Schutz in Leinen geschlagen. Der Kohlestift hinterließ dennoch nur dünne Linien auf den klammen Seiten, und ihre Notizen waren nur schwer zu erkennen. Auch das Holpern der Kutsche machte es nicht gerade einfacher, doch Maikea ließ sich nicht abhalten. Sie war viel zu gespannt, welche Erkenntnisse sie erhalten würde, sobald alles vor ihr lag.

«Warum macht Ihr das alles?», fragte Gregor schließlich, nachdem sie die breite Straße erreicht hatten und er sich allem Anschein nach wieder etwas wohler in seiner Haut fühlte. «Also, ich will ehrlich sein, am Hofe zerreißen sie sich das Maul über Euch. Manche behaupten, Ihr seid verrückt. Andere flüstern, Ihr steckt mit dem Teufel im Bunde.»

Maikea lachte. «Und was denkt Ihr? Schließlich verbringt Ihr viel Zeit mit mir.»

Gregor zögerte. «Nun ja, nach dem heutigen Tag könnte ich sogar glauben, dass beide Theorien zutreffen. Ich habe noch nie eine Frau erlebt, die bei Sturm und Wind freiwillig vor die Tür, geschweige denn hinter den Deich geht.» Er trieb die Pferde schneller an. «Ihr nehmt es mir doch nicht übel, wenn ich so rede?»

«Ihr scheint ein ehrlicher Mann zu sein. Von Eurer Sorte gibt es am Hof bedenklich wenige.»

«Da könntet Ihr recht haben.»

Den Rest der Strecke ließ er sie rechnen. Ab und zu schielte er allerdings auf das Blatt, nur um sich gleich darauf kopfschüttelnd abzuwenden, weil er mit den endlosen Zahlenreihen und Zeichnungen nichts anzufangen wusste. Doch für Maikea fügte sich alles zu einem Bild, und aus dem Bild wiederum gewann sie langsam eine Erkenntnis. Genauso war es auch beim Kartenmalen gewesen: Erst als sie die Flächen von Land und Meer vor sich hatte liegen sehen, waren ihr die Zusammenhänge aufgefallen. Bei der Skizze heute war es ebenso. Es sah aus, als habe sie die Küstenlinie in Stücke zerteilt und betrachte nun die Schnittkante.

«Die Wunde, die das Meer in die Küste reißt, wird immer größer, je steiler die Abrisskante ist. Dadurch entwickelt sich die Zerstörungskraft der Welle noch gewaltiger», murmelte Maikea vor sich hin. «Man müsste an den steilen Stellen die Wellen künstlich brechen und den Abtransport des Sandes verhindern. Durch lange, gerade Wälle ... vielleicht aus stabilen Holzpflöcken ... bis ins Meer hinaus ...»

Gregor jedoch hörte längst nicht mehr zu, sondern freute sich, weil er in der Ferne bereits das Schloss und die Lambertikirche erkennen konnte.

«Ob sie den alten Georg Albrecht wohl schon in die Gruft gebracht haben?», überlegte er laut. «Sie haben uns versprochen, dass wir auch einen Anteil am Leichenschmaus abbekommen. Was die hohen Herren wohl übrig lassen? Nur vom Feinsten, möchte ich wetten, schließlich hat Weert Switterts höchstpersönlich das Menü zusammengestellt.»

Er rieb sich den Bauch und schien sich am Regen nicht mehr zu stören.

Doch die eigentümliche Stille, die in Aurich herrschte, ließ beide stutzen. Kurz darauf kamen sie an der Kirche vorbei und erfuhren von den Schaulustigen, dass der Kanzler Brenneysen vor wenigen Stunden ganz plötzlich verstorben sei.

Und Weert Switterts, der in der Todesstunde tapfer an seiner Seite gestanden hatte, wurde als sein Nachfolger gehandelt.

12

Sie ist da.» Rudger deutete eine Verbeugung an und machte ein zweideutiges Gesicht.

«Bring sie zu mir. Und dann lass uns allein.»

«Das mache ich sofort, Weert.» Er blieb einen Moment länger im Raum, als es nötig war.

Weert ahnte, was nun zur Debatte stand. «Bitte, nicht schon wieder das leidige Thema. Der Sekretarius des Obersten Geheimrats kann unmöglich eine Dirne heiraten. Das gehört sich einfach nicht. Such dir eine andere, ich will von der Sache nichts mehr hören.»

«Aber ... sie bekommt ein Kind.»

«Und? Wer sagt dir, dass es deines ist. Auf Trientje hat doch schon halb Aurich gelegen. Sogar ich, wenn ich mich recht entsinne.» Weert nahm den erschrockenen Gesichtsausdruck seines Gegenübers mit Vergnügen wahr. Wie empfindlich Rudger stets reagierte, wenn man ihn mit seiner kleinen Hure aufzog. «Keine Sorge, das war vor deiner Zeit.»

Rudger schloss wortlos die Tür.

Weert schaute sich im Raum um. Es war ein erhabenes Gefühl, Hausherr zu sein. Die Handwerker hatten ganze Arbeit geleistet, um aus dem kargen, altmodischen Haus an der Lambertikirche, in dem Brenneysen seine letzten Jahre verbracht hatte, einen kleinen Palast zu machen. Aus Holland hatte er sich feinste Ledertapeten liefern lassen, ein opulentes Goldrelief auf dunkelblauem Grund schmückte nun die vormals weißgetünchten Wände des Salons. Seine Magd hatte die schweren Vorhänge bereits zugezogen, und die brennenden Kerzen, die auf dem venezianischen Kronleuchter steckten, ließen die vielen edlen Gold-, Silber- und Kristallteile im Raum tausendfach blinken. Doch das hübscheste Detail befand sich heute, zur Feier des Tages, auf der blank polierten Fläche des Esstisches: ein geschmückter Buchsbaum. Weert hatte gehört, dass es in den wichtigsten Adelshäusern in Mode gekommen war, sich am Weihnachtsabend etwas Immergrünes ins Haus zu holen. Der neue Brauch gefiel ihm, also hatte er im Schlossgarten einen Busch entsprechend beschneiden, hierherbringen und mit roten Äpfeln schmücken lassen – als Symbol für die Befreiung von der Erbsünde durch Jesus Christus, dessen Geburtstag sie heute feierten. Er genoss den Luxus, sich alles leisten, alles gönnen, alles erlauben zu können. Zwar war er nicht Kanzler geworden, dazu hatten ihm einige Stimmen im Rat gefehlt, doch er war nun Oberster Geheimrat. Und diese Position war fast noch besser, denn alle Befehle, Briefe und Gesetze liefen durch seine Hand, ausnahmslos. Weert war beinahe zufrieden. Nur eine Sache fehlte ihm noch: Maikea.

«Herzlichen Glückwunsch zum Geburtstag, Verehrteste!», begrüßte er sie, als sie durch die Tür trat. Das rote Kleid, das sie trug, hatte er ihr schneidern lassen, genau wie die anderen Roben in ihrem Schrank. So zerlumpt, wie sie im Sommer bei ihm angekommen war, hatte er sie nicht herumlaufen lassen können. Die kleine Auswahl an schlichter, aber edler Garderobe hatte ein kleines Vermögen gekostet. Aber Weert wusste, es gab Dinge, in die es zu investieren lohnte.

Er ging ihr entgegen, fasste nach ihrer Rechten und berührte den Handrücken mit seinen Lippen.

«Du siehst wunderschön aus, Maikea. Hat dir das schon einmal jemand gesagt?»

Sie wich ein Stück zurück und zog eine Augenbraue in die Höhe. «Was ist denn hier passiert? Und warum hast du einen künstlichen Garten in deinem Zimmer?»

«Heute ist Weihnachten. Und dein Geburtstag. Da wollte ich ein wenig feierliche Stimmung zaubern. Magst du es?»

«Bäume in der Natur sind mir lieber. Und die glänzenden Äpfel an den Zweigen des Buchsbaums sehen schon etwas lächerlich aus.» Ihre Ehrlichkeit und Direktheit war Weert bereits gewohnt, und immer wieder ertappte er sich dabei, dass er nicht wusste, ob sie ihn entzückte oder verärgerte.

Er hielt ihr ein Glas entgegen und bemerkte ihr Zögern, doch schließlich nahm sie den Wein und nippte daran. «Ich freue mich, dass du meiner Einladung gefolgt bist. Bei der Arbeit darf ich dich ja nicht stören, und auch sonst bist du ständig unterwegs, soweit ich weiß.»

«Wenn du willst, kann ich dir meine neuesten Pläne zeigen.» Wie aus dem Nichts zauberte sie eine Papierrolle aus einer Falte ihres Kleides. «Wellenbrecher in Form von Holzpflöcken, die zusätzlich bei paralleler Strömung dem Sandfang dienen …»

Er umfasste ihr Handgelenk und hinderte sie daran, die Blätter auszubreiten. «Nein. Heute nicht. Dieses Treffen soll rein privat sein.»

Es kostete ihn Kraft, sich zurückhaltend und galant zu geben. Wenn er die Dirnen am Stadtrand besuchte, ergriff er auf ungestüme und fordernde Art Besitz von den Frauen. Er war kein geduldiger Mann, besonders dann nicht, wenn es in seinen Lenden brodelte.

«Wird denn außer mir niemand mehr kommen?», fragte Maikea, und es war nicht zu übersehen, dass ihr ein förmlicher Anlass in geselliger Runde lieber gewesen wäre. «Was hast du denn vor?»

«Dich und deinen Geburtstag feiern, meine Liebe. Heute vor siebzehn Jahren wurdest du geboren. In derselben Nacht haben unsere Väter und Geschwister den Tod gefunden. Es ist also für uns beide ein bedeutsames Datum, das uns berührt.» Er trat jetzt ganz nahe an sie heran und fasste ihr unter das Kinn, damit sie ihn ansehen musste. «Es tut mir gut, wenn du heute bei mir bist.»

Sie riss sich los. «Ich habe dir schon so oft gesagt, dass du das lassen sollst, Weert.»

«Ja, das verstehe ich auch. Eine Frau wie du gibt sich nicht so ohne weiteres einem Mann hin. Das ehrt dich, Maikea. Es gibt so viele Weiber, die nur auf das Geld und auf die Macht schauen und die zu allem bereit sind. Wenn ich nur an diese Jantje denke … Auch wenn sie deine beste Freundin ist, entschuldige, aber mit ihrem Verhalten bringt sie das ganze Fürstentum in Gefahr!» Weert sah, dass sie aufbegehren wollte, und fügte daher schnell hinzu: «Du bist anders, Gott sei Dank!»

«Vielleicht habe ich nur noch nicht den Richtigen getroffen», gab sie kühl zurück.

«Den Richtigen treffen? Was für eine liebenswerte Vorstellung! Die Ehe ist doch in erster Linie dazu da, aus Mann und Frau eine gewinnbringende Einheit zu machen.

Wenn sie sich auch noch gut verstehen, ist es umso besser. Aber Zuneigung ist wirklich nur ein besonderer Bonus, denke ich.»

«Meine Eltern haben sich geliebt.»

Weert lachte. «Die haben aber auch auf einer kleinen Insel am Ende der Welt gelebt, da geht es anders zu. Wir sind hier in der Zivilisation, hier zählen die guten Partien.»

«Meine Mutter stammt von hier.»

«Ja, und glaubst du nicht, sie hat es nicht ab und zu bereut, das alles aufgegeben zu haben? Als sie sich krank und schwach in einer wackligen Hütte von einer alten Hexe pflegen lassen musste ... Wie glücklich wäre ihr Leben verlaufen, wenn sie Kammerfräulein am Hof geblieben wäre.»

Maikea schien getroffen von seiner Direktheit. Doch Weert drückte sie einfach auf einen Stuhl und fuhr fort: «Was sagst du denn zu meinem Haus? Ist es nicht schön groß und komfortabel?» Er nahm ihr gegenüber Platz und legte sich die nächsten Worte sorgsam zurecht. Nur selten war er nervös, so wie jetzt. Er mochte es ganz und gar nicht, wenn er bei einem Anliegen Aufregung empfand, denn es verriet, dass er sich der günstigen Antwort nicht sicher sein konnte.

«Es könnte auch dein Haus sein, Maikea!»

Sie verdrehte die Augen und schwieg.

«Gut, ich kann es auch anders formulieren: Wir sollten heiraten!»

«Nein, das sollten wir nicht.» Maikea hatte diesen Satz so lapidar geäußert, als wolle sie Weert mitteilen, dass auf den Tag die Nacht folgt und auf Ebbe die Flut.

«Hör zu, ich kann dir eine ganze Etage für deine Arbeit

bereitstellen. Es wird genug Personal da sein, damit du deine Zeit nicht dafür opfern musst, den Haushalt zu führen. Selbst unsere Söhne und Töchter würden von einer Kinderfrau großgezogen werden. So könntest du weiter über deinen Plänen tüfteln und trotzdem deiner Pflicht als Frau nachkommen.»

«Meiner Pflicht als Frau nachkommen? Und was ist, wenn ich das gar nicht vorhabe?» Sie schaute ihn an, als rede er in einer fremden Sprache. «Soll das hier tatsächlich ein Heiratsantrag sein, Weert Switterts?»

Er machte den Mund auf und wollte ihr sagen, dass er sie begehrte, seit sie vor sieben Monaten so plötzlich in der Kanzlei aufgetaucht war, aber er brachte keinen Ton heraus. Mit einem Mal wusste er, sie würde seinen Antrag ablehnen. Maikea Boyunga, das kleine, wilde, unberechenbare Mädchen aus Juist, würde ihm die Hand, um die er anhielt, wahrscheinlich noch links und rechts um die Ohren hauen. Und tatsächlich holte sie nun zum verbalen Gegenschlag aus.

«Hast du denn immer noch nicht bemerkt, dass ich dich nicht ausstehen kann, Weert Switterts? Schon als kleines Mädchen damals habe ich dich verachtet und das Weite gesucht, wenn ich dich kommen sah, eine reine Vernunftehe wäre für mich daher unzumutbar.»

«Aber du schuldest mir eine Kleinigkeit!» Weert gab sich keine Mühe, seine Wut zu unterdrücken. Wie konnte sie sich nur so aufführen?

«Ich schulde dir gar nichts!»

«Deine Arbeit, deine Unterkunft, sogar das Kleid, das du am Leib trägst, hast du mir zu verdanken!» Er schlug mit der Faust auf den Tisch, sodass der Wein in seinem Glas über den Rand schwappte.

«Dir? Hältst du mich wirklich für so unwissend, dass ich nicht genau weiß, wer für diese Dinge aufkommt? Es wird aus der Kasse des Fürstenhauses bezahlt, und die wird gefüllt von den zahllosen kleinen Bauern und Handwerkern und Kaufleuten da draußen. Wenn ich also jemandem etwas schulde, dann dem Volk, das Steuern zahlt. Und das gebe ich bereits zurück, indem ich alles daransetze, es vor den nächsten Sturmfluten zu bewahren.»

«Aber ich bin der Schlüssel zu dieser Geldquelle. Ohne mich wirst du keinen Mariengroschen mehr bekommen …»

«Das glaubst du vielleicht, Weert, aber da überschätzt du deinen Einfluss gewaltig. Es ist nämlich umgekehrt. Nicht ich schulde dem Fürstenhaus etwas, sondern die Cirksena stehen in meiner Schuld! Denk nur an die Entführung damals. Hätte Carl Edzard in der Kutsche gesessen, sähe das Leben in Ostfriesland heute ganz anders aus.» Maikea stand auf und ging zur Tür. «Sie haben dich für deinen Einsatz belohnt, indem sie dir Macht gaben. Auch wenn du vor fünf Jahren nur Theater gespielt hast, was außer mir und deinem treu ergebenen Begleiter Rudger wohl keiner weiß. Aber mich werden sie belohnen, weil sie mich brauchen. Wenn du mir also einreden willst, ich sei in irgendeiner Weise von deiner Gunst abhängig, dann kann ich nur schallend lachen.» Und das tat sie auch, bevor sie sich umdrehte und die Tür hinter sich lautstark ins Schloss fallen ließ.

Weert blieb noch eine lange Weile sitzen und starrte auf den grünen Weihnachtsbaum. Er verfluchte seinen Eifer, mit dem er um diese Frau geworben hatte.

«Rudger», brüllte er schließlich. Es dauerte, bis der Rotschopf in der Tür auftauchte. «Lauf ihr nach, sofort! Lass dieses Weibsstück nicht aus den Augen. Sie soll rund um die Uhr bewacht werden, aber ohne dass sie etwas davon mitbekommt. Ich will alles von ihr wissen.»

«Sie hat also nein gesagt?»

Weert schlug erneut auf den Tisch, dieses Mal so heftig, dass der Buchsbaum zur Seite kippte und die roten Äpfel auf den Boden kullerten. «Mach dich auf den Weg!»

Weert schwor sich, Maikea Boyunga würde vom heutigen Tag an einen Sturm zu spüren bekommen, dem kein Deich, keine Düne und kein Wall etwas entgegenzusetzen haben könnte.

Es war der Sturm seines Zorns.

13

Athene und Bellona hießen die beiden Göttinnen, die in Stein gemeißelt den Eingang zum Schlossgarten säumten. Die dünne Schneedecke auf ihren Häuptern wirkte wie weiße Pelzmützchen, die sich die Skulpturen der antiken Mythologie gegen die weihnachtliche Kälte aufgesetzt hatten.

Maikea zog ihren Umhang dichter. Bald würde es dunkel sein, aber bis dahin wollte sie sich noch etwas frische Luft um die Nase wehen lassen und die unerfreuliche Begegnung mit Weert Switterts vergessen.

Wie hatte er nur glauben können, dass sie ihn heiraten würde?

Der Schlossgarten war kein Ort, an dem sie gern spazieren ging. Furchtbar geradlinig war er, und die ganze Parkanlage kam ihr wie ein Gefängnis für die Natur vor. Auch die Schnittkunst des Gärtners im Sommer war ihr ein Gräuel: Exakt zugeschnittene Würfel, Spiralen, Kreise und

Rauten bildeten dann einen Irrgarten. Und erst, wenn man dicht genug an die grünen Formen herantrat, erkannte man, dass es sich hier tatsächlich um Pflanzen handelte. Jetzt, im Dezember, sahen die kahlen Äste noch trostloser aus.

Doch der nächste Wald war zu Fuß nicht so schnell zu erreichen, und in der Stadt war es Maikea um diese Uhrzeit zu gefährlich. Also hatte es sie hier auf die geometrisch angelegten Pfade verschlagen.

«Maikea?», rief plötzlich eine Stimme hinter ihr, und als sie sich umdrehte, erkannte sie Jantje, die durch den Schnee auf sie zulief. Sie war seit dem Sommer noch ein wenig rundlicher geworden.

Die beiden Freundinnen nutzten jede freie Minute, um sich zu treffen.

Einmal hatte Maikea sie auf eine Kutschfahrt an den Deich mitgenommen, im Gegenzug wusste Jantje, wo man in der Stadt köstliches Backwerk kaufen und eine Tasse heiße Schokoladenmilch trinken konnte. Sie beide waren sich, fast genau wie damals im Kinderheim in Esens, gegenseitig eine große Stütze.

«Alles Gute zum Geburtstag!», gratulierte Jantje, als sie schließlich bei ihr angekommen war. «Ich bin leider nicht dazu gekommen, dir ein Geschenk zu basteln. Meine Herrin hat schon seit Tagen ... na ja, du kannst es dir denken ...»

Maikea kannte die grausamen Einzelheiten von ihrer Arbeit. Die herrische, stets schlechtgelaunte Fürstin Wilhelmine machte ihrer Freundin das Leben schwer. «Aber vielleicht hätte ich da doch eine Kleinigkeit für dich ... Nimm einfach das hier.» Flink griff sie sich eine Handvoll Schnee und ließ sie Maikea ins Genick rieseln.

Maikea kreischte los und musste gleichzeitig lachen,

während sie selbst einen Angriff startete. Ausgelassen rannten sie durch das verschlungene Labyrinth, bis sie völlig außer Atem und mit Schnee übersät waren. Auf einer Parkbank ließen sie sich schließlich erschöpft nieder und pusteten Nebelwölkchen in die Winterluft.

Jantje hielt sich den Bauch, als habe sie Schmerzen.

«Alles in Ordnung bei dir?», fragte Maikea.

Jantje nickte. «Ich sollte weniger naschen. Wenn man so eine Leibesfülle mit sich herumschleppt, geht einem schnell die Puste aus.» Sie lehnte ihren Kopf an Maikeas Schulter. «Ich hoffe, wenigstens ein anderer lieber Mensch hat dich mit einem Geschenk bedacht!»

«Es gab zumindest so etwas wie einen Versuch. Leider war es aber kein lieber Mensch ... Weert Switterts hat mich gefragt, ob ich ihn heiraten will.»

Jantje sah ihre Freundin entsetzt an. «Dieser Idiot. Erst verurteilt er fünf Juister zum Tode, und dann ...»

«Er hat was?»

«Oh.» Jantje stockte und begann mit verlegener Geste den Schnee von ihrem Wollmantel zu klopfen. «Ich dachte, du hättest bereits davon gehört.»

«Wenn ich in meinem Zimmer sitze, bekomme ich gar nichts mehr mit. Bitte erzähl mir, was weißt du?»

Jantje berichtete nur langsam. Angeblich hatten sich ein paar junge Männer aus Juist gegen Bestechung dazu hinreißen lassen, nach einem Schiffbruch den Anteil an der Strandung zu unterschlagen. Ihre Freundin tat sich schwer damit, das merkte Maikea ihr an. Wahrscheinlich schämte sie sich für den Fürsten, der immerhin sein Siegel unter das unmenschliche Urteil gesetzt haben musste.

«Wann ist das alles passiert?»

«Ach, der Fall selbst liegt schon etwas zurück, aber die

Verhandlung war letzte Woche. Und die Vollstreckung des Urteils ...»

«Du meinst die Hinrichtung?»

«Ja, sie soll noch in diesem Jahr stattfinden.»

Maikea holte tief Luft. Wie hatte ihr ein solcher Skandal entgehen können? Und warum hatte Weert ihr bei ihrem Besuch eben kein einziges Wort davon gesagt?

«Hat Carl Edzard dir die Namen der Männer genannt?»

«Ich habe versucht, sie mir einzuprägen.» Jantje kniff konzentriert die Augen zusammen. «Ich weiß, sie waren alle Schiffer. Bengt und Tammo und Eyke ...»

«Eyke, der Schiffer, soll hingerichtet werden?»

«Hör mal, Maikea, offensichtlich hat er einen schweren Betrug begangen. Zudem muss er bei seiner Verhaftung noch gedroht haben, den Preußen bei der Übernahme des Landes behilflich zu sein. Solche Menschen müssen die Todesstrafe bekommen, zur Abschreckung! Sonst fangen im Volk alle damit an, sich das Eigentum des Fürsten in die Taschen zu stecken und aufrührerische Reden zu schwingen.»

«Wie kannst du so etwas sagen, Jantje?»

«Es ist so. Carl Edzard sagt es, das Gesetz sagt es, sogar in der Bibel steht: Gebt dem Kaiser, was des Kaisers ist.» Sie griff nach Maikeas Hand. «Ich kann ja verstehen, dass es dich aufregt, besonders wenn du die Menschen kennst. Aber Carl Edzard muss eine strenge Hand beweisen, damit das Volk ihn endlich ernst nimmt.»

«Ich wette, das hat Weert ihm so eingebläut», schnaubte Maikea. «Denk doch mal nach, Jantje. Ist es nicht viel eher so, dass das Volk seinen Fürsten dafür hassen wird?»

«Warum?»

«Auf den Inseln sind die Menschen bettelarm. Sie leben in kleinen, maroden Hütten und essen nur das, was die Natur ihnen gibt. Fische, Kaninchen, Beeren und Kräuter. Wenn im Winter die Vorräte ausgehen und fast das ganze Vieh geschlachtet ist, kann eine gestrandete Schiffsladung die letzte Hoffnung sein. Aber nun schau dir mal dieses Schloss an, in dem dein lieber Carl Edzard lebt! Es ist riesig, genau wie der Vorratsraum, der Weinkeller und der hässliche Garten hier.» Maikea verwünschte den wütenden Ton, in dem sie auf ihre beste Freundin einredete, doch was sie soeben gehört hatte, versetzte sie einfach in Rage. «Er lässt die Männer hängen, weil sie ihm angeblich etwas wegnehmen, dabei besitzt er bereits alles im Überfluss!»

Jantje sprang auf. «Wie kannst du nur so etwas Schreckliches über ihn sagen? Er ist ein wunderbarer Mensch!»

«Das mag er in deinen Augen sein. In meinen ist er – was dieses Urteil angeht – grausam!»

«Aber dieser von dir bewunderte Rebell, dieser Weiße Knecht, er hat auch Menschenleben auf dem Gewissen. Die Soldaten, die er getötet hat, besaßen Familie, Frau und Kinder …»

«Ich habe nie behauptet, dass es nicht so ist.» Auch Maikea war jetzt aufgesprungen.

«Wie kannst du dann … Wie kannst du … ach!» Jantjes Satz verebbte in Fassungslosigkeit.

Die Frauen standen sich gegenüber, die Hände in die Hüften gestemmt, und ihnen war in diesem Moment klar, dass sich von nun an alles ändern würde. Bei aller Freundschaft gab es nach diesem Streit zu viel, was sie trennte, um noch unbefangen miteinander im Schnee zu tollen, gemeinsam eine Kutschfahrt zu machen oder Schokoladenmilch zu trinken.

Maikea überlegte, ob sie etwas Versöhnliches sagen sollte. Doch ihr Kopf war leer. Irgendwann drehte Jantje sich wortlos um und drückte neue Fußspuren in den frischgefallenen Schnee.

Sie hätte hinterherlaufen können. Aber Maikea ließ sich wieder auf die Bank fallen und blieb dort regungslos sitzen, bis sie selbst eine Decke aus Schnee auf ihrem Kopf hatte. Wenn sie doch nur vor ihrem Besuch bei Weert von dieser Geschichte erfahren hätte! Dann wäre vielleicht noch Zeit gewesen, ein gutes Wort für die Juister einzulegen. Doch nun musste sie einen anderen Weg finden, den Inhaftierten zu helfen. Sollten sie hingerichtet werden, ohne dass sie etwas dagegen unternommen hätte, würde Maikea es sich nie verzeihen.

Aber um fünf Menschen vor dem Tod zu retten, dazu brauchte sie ein echtes Wunder.

Von Weert wusste sie, dass dieser seine Ziele stets erreichte, weil er dem richtigen Mann zum richtigen Zeitpunkt genügend Geld in die Hand drückte. Dann konnten Wunder wahr werden.

Doch Maikea war arm. Die wenigen Mariengroschen, die sie in einem Kästchen auf ihrem Schreibtisch aufbewahrte, würden bei den Gefängniswachen nur ein bösartiges Grinsen hervorrufen, da war sie sich sicher.

Hätte sie doch nur …

Sie spürte ein Ziehen in ihrer Brust. Ihre Hand fasste nach dem Medaillon. Seit Jahren schon lag es da, nie hatte sie es abgenommen, kaum jemandem gezeigt, und nur ganz selten, wenn sie allein war, hatte sie selbst einen Blick darauf geworfen.

Es war das Wertvollste, das sie besaß.

Mit kalten Fingern zog sie das Schmuckstück hervor.

Das schwere Silber war in den Rillen des Blumenmusters schon ein wenig angelaufen, doch der Mechanismus funktionierte noch immer. Wenn man das Häkchen nach rechts schob, sprangen die beiden Ovale auseinander, und links und rechts wurden die beiden Porträts sichtbar. Das zarte Gesicht ihrer Mutter, der starke Ausdruck ihres Vaters. Es war die letzte Erinnerung, die sie in die Hand nehmen konnte, und eigentlich war sie immer sicher gewesen, dieses Schmuckstück niemals fortzugeben.

Nun dachte sie anders.

14

Die Gruppe war seit gestern Nacht um fünf Mann stärker.

Fünf verzweifelte, wütende, kräftige, entschlossene Kerle, also genau die Sorte, die der Weiße Knecht brauchte.

Treffpunkt war die ausgebrannte Mühle in Pewsum, mitten im flachen Land, die so gespenstisch aussah, dass die Anwohner ringsherum den Ort mieden. Der *Galerieholländer* war eine moderne Mühle gewesen, achtkantig gebaut, zur Hälfte aus massivem Stein und mit zwei reetgedeckten, sich verjüngenden Stockwerken darüber. Ein schwelender Brand vor drei Jahren hatte das Gebäude zwar nicht zerstört, aber durch die Rußablagerungen unbrauchbar gemacht.

Seit vier Monaten war dies die Wohnstätte des Weißen Knechts. Ein Zuhause konnte man es nicht nennen. Doch die Kälte nistete nur im untersten Stockwerk. Wenn man die notdürftig reparierte Leiter nach oben stieg, bis zum verkohlten Drehkranz, der die Mühlenflügel einst mit dem

Mahlstein verbunden hatte, wurde es merklich wärmer. Hier lagen Stroh und ein paar Decken, und es war Platz genug. Unter dem Dach konnte man sogar Laternen anzünden, denn die zwei kleinen Fenster, die den Lichtschein hätten verraten können, waren sorgfältig zugehängt.

An jenem Morgen, im späten Dezember, fanden die fünf Männer den Weg nach Pewsum. Kleine Schneeflocken fielen langsam vom Himmel, seit der Wind kurz vor Weihnachten auf Ost gedreht und den Frost mit sich gebracht hatte. Sie wirkten erschöpft und zerlumpt.

Doch der Weiße Knecht wusste, der äußere Schein war trügerisch. Auch die Männer des Geheimrats konnten sich in zerfranste Kleidung hüllen und große Reden schwingen. Er musste genau schauen, wem er vertrauen konnte und wem nicht.

Außerdem gab es noch eine andere Ungewissheit, die den Weißen Knecht zögern ließ: Die Männer stammten von Juist.

Er kannte ihre Familiennamen. Bei zweien hatte er sogar noch eine nebulöse Erinnerung. Doch umgekehrt schienen die Insulaner nicht zu ahnen, dass es sich bei dem Rebellenführer, dem sie sich nun anschließen wollten, um einen von ihnen handelte. Trotzdem war der Weiße Knecht noch vorsichtiger als sonst. Es barg ein zu großes Risiko, wenn sie herausfanden, wer er wirklich war.

Also ließ er den Docht in der Laterne sehr kurz, was den Raum in ein Dämmerlicht tauchte. Und er nahm sich vor, die Neulinge auf Herz und Nieren zu prüfen.

«Ihr wisst, dass unser Kampf gefährlich ist. Warum also wollt Ihr Euch uns anschließen?»

«Es gibt für uns nur zwei Möglichkeiten: kämpfen oder sterben!» Der Wortführer der Insulaner hieß Eyke. Er war ein Juister, der ein eigenes Boot besessen und damit den Verkehr zur Insel gewährleistet hatte. Dem Weißen Knecht war über den Mann schon ein paarmal etwas zu Ohren gekommen.

«Ich habe gehört, Ihr hattet vor einigen Jahren Ärger wegen angeblich aufrührerischer Reden?»

Eyke nickte stolz. «Ich wurde von einem Jungen verpfiffen. Dabei liebten die Juister es, wenn ich von Euch und Euren Heldentaten berichtete. Aber er hatte seinen Vorteil gewittert und versucht, beim Fürsten Eindruck zu machen ...»

«Kann es sein, dass dieser Junge heute Oberster Geheimrat ist?», hakte der Weiße Knecht nach, obwohl er die Antwort längst ahnte.

«Ja, ich habe den jungen Weert Switterts damals auf meiner Schaluppe mitgenommen. Zuvor hatte ich auf Juist über Euren Kampf in der Pfefferstraße berichtet und dass Ihr unzählige Soldaten mit bloßen Händen ...»

«Das ist nur ein Mythos», unterbrach der Weiße Knecht streng. «Ich bin kein übermenschlicher Held. Und wer mich zu einem solchen erklären will, der hat in meiner Gruppe nichts zu suchen.»

Eyke schluckte. «Nun, ich habe vielleicht immer ein bisschen übertrieben», gab er kleinlaut zu.

Das hast du immer schon getan, dachte der Weiße Knecht. Schon damals, in der Schule, hatte Eyke ihn einen Hexenbastard genannt und schlimme Lügen über ihn verbreitet. Und nun strich er ihm bewundernd um die Beine wie ein Kater, der sich nach Aufmerksamkeit sehnte. Warum Eyke ihn nicht erkannte, war dem Weißen Knecht ein Rätsel. Wahrscheinlich glaubte er wie alle anderen Insulaner, er habe damals in der Sturmnacht sein Leben verloren.

Eyke räusperte sich und richtete sich auf.

«Aber die Sache jetzt ist um einiges ernster. Sonst wären wir nicht gekommen. Sie wollen uns umbringen, Weißer Knecht.»

«Wer will das tun?»

«Switterts, dieser verfluchte Geheimrat. Er hat seine Soldaten auf uns gehetzt. Wegen Unterschlagung, Bestechlichkeit, Landesverrat und Rebellion.»

«Was genau ist passiert?»

«Es ist eine lange Geschichte.»

«Nun, aufs Geschichtenerzählen verstehst du dich doch recht gut, denke ich.»

Eyke ließ sich auf einem Strohballen nieder und legte den Sack ab, den er über der Schulter getragen hatte. Seine Begleiter gesellten sich ebenfalls dazu.

«Erinnert Ihr Euch an den Septembersturm vor drei Monaten?», begann der Schiffer seinen Bericht. «Der Tag der Beerdigung, als Kanzler Brenneysen so plötzlich …»

«Natürlich erinnere ich mich. Fang endlich an!»

«Nun, ich war ein paar Tage auf Juist. Zwar hab ich Frau und Kind in Norden, aber wie es manchmal so ist, gibt es auch auf meiner Heimatinsel eine kleine Familie, um die ich mich sorgen muss. Nun, ein Sturm hatte sich schon seit ein paar Tagen angekündigt, und meine Schaluppe schaukelte gewaltig im Seegatt zwischen Borkum und Juist. Also bin ich auf dem Eiland geblieben. Hab bei Frauke geschlafen. Und abends ein paar Bier im Hause des Inselvogts getrunken. Er ist ein feiner Kerl, das dachte ich bis zu jenem Abend zumindest. Er hat als Einziger die Schankerlaubnis vom Fürsten und geht damit sehr großzügig um – vor allem sich selbst gegenüber.

An diesem Abend waren auch noch andere Männer in der Schankstube, Tammo, Ette, Bengt und Uke. Das sind die vier Männer, die Ihr gerade neben mir sitzen seht. Alles ehrliche, fleißige Kerle, sie sich nichts haben zuschulden kommen lassen, genau wie ich.»

«Nun ja, wie man es nimmt …», kommentierte der Weiße Knecht.

«Es war wohl schon nach Mitternacht. Wir hatten auflaufend Wasser, und der Orkan rüttelte mächtig an den Fensterläden. Nichts, was einen Küstenbewohner wirklich aus der Fassung bringen könnte, aber dieses Heulen des Windes und dazu der prasselnde Regen auf den Fensterscheiben, da bekommt man die Urgewalten doch um die Ohren geknallt. Wir haben noch Witze gemacht, dass es sich vielleicht lohnen könnte, am nächsten Tag den Strand abzusuchen. Sicher geht bei dem ein oder anderen Schiff etwas über Bord. Aber dann hörten wir die Rufe von draußen. *Schipp up Strand*, riefen die Frauen. Eine von ihnen kam herein, ihr Haar war wirr und der Blick erschreckt. Sie sagte, am Koper Sand sei ein kleines Handelsschiff auf Grund gelaufen. Wir sind sofort raus und über den Inseldurchbruch bis zur Westspitze gerannt. Ein verdammt weiter und ungemütlicher Weg, besonders bei Sturm. Dann sahen wir das Schiff und hörten die Hilfeschreie. Immer dieser verfluchte Koper Sand, dachte ich. Da haben schon so viele Seeleute den Tod gefunden. Wir Einheimischen kennen ja die Gegend auch unter der Wasseroberfläche, aber Fremde stranden hier ohne Vorwarnung auf den Untiefen. In diesem Fall waren es Dänen, die in der Sandbank stecken geblieben waren. Weniger als eine halbe Meile vor dem Strand. Meine Jungs und ich haben gleich gesehen, dass sie so gut wie keine Chance hatten, von allein wieder freizukommen. Manche haben Glück im Unglück und erwischen nur die weiter nördlich liegende Stelle. Da kann es sein, dass eine große Welle das Schiff von hinten anschiebt und man irgendwann aus eigener Kraft wieder freikommt. Aber der Däne war mittenrein geschippert. Die Wellen sind ihm schon über die Planken gerollt, und die Mannschaft stand bis zu den Knien im Wasser. Die hatten eine Heidenangst, wir haben sie immer wieder schreien hören. Es war furchtbar. Als Seemann ahnt man, wie sich so ein nasses Grab anfühlt.

‹Ich fahr da hin›, hab ich gesagt. Und meine Jungs waren derselben Meinung, wir mussten einfach helfen. Also haben wir uns auf den Weg gemacht, eines der kleinen Boote zu rüsten. Zwar war es stürmisch und die Wellen mannshoch, aber wir sind ja allesamt stramme Seeleute und lassen uns von so etwas nicht beeindrucken. Die Schreie wurden immer verzweifelter. Wir haben uns ins Zeug gelegt und gemeinsam das Boot gegen die Brandung geschoben, als der Inselvogt auf seinem Gaul angeritten kam.»

Eyke machte eine kurze Pause. Alle Augen waren auf ihn gerichtet, wie er wild gestikulierend die Geschichte erzählte. Nun ließ er seine Hände in den Schoß fallen, atmete ein paarmal durch und schüttelte den Kopf.

«Der Inselvogt schaute nur unbeteiligt von seinem Pferd auf uns herab, die wir uns mit dem Rettungsboot abmühten, und sagte: ‹Die Menschenleben könnt Ihr meinetwegen in Sicherheit bringen. Aber das Schiff bleibt, wo es ist, verstanden?›

Wir haben ihn angestarrt, als wäre er der Teufel. ‹Aber wenn wir sie von der Sandbank schleppen können? Noch ist Zeit genug, die Strömung der Flut ist günstig, wir könnten das ganze Schiff retten›, hab ich gesagt.

‹Das Schiff ist, sobald es auf Sand gelaufen ist, Eigentum des Fürsten.›

Natürlich kennen wir alle dieses Gesetz. Was am Strand der Insel gefunden wird, gehört den Cirksena, abgesehen von dem Anteil, den die Insulaner behalten dürfen. Egal, ob es sich dabei um ein Fass Rum handelt oder um ein ganzes Schiff. Aber bei aller Gesetzestreue, die Nächstenliebe hat doch immer noch Vorrang, oder nicht? Und das Fürstenhaus soll doch angeblich noch tausendmal frommer sein als wir Seeleute, denke ich ... Also sind wir trotzdem los. Rein in die Brandung. Unser Boot stand manchmal fast senkrecht, wenn eine besonders hohe Welle auf uns zu ist. Und das Meer war verdammt kalt. Irgendwann hatten wir die schlimmste Stelle passiert und mussten in dieser kleinen Schale rudern, bis uns die Arme fast ausgekugelt wären. ‹Immer ran an die Riemen›, hab ich gerufen.

Als wir dann endlich ankamen, völlig taub an Armen und Beinen, haben wir den größten Schrecken gekriegt. Wir hatten mit ein paar bärtigen Dänen gerechnet, so stämmige Blondschöpfe, muskelbepackt und entschlossen. Aber da stand eine Familie an der Reling. Drei Männer, einer davon schon ziemlich alt, zwei völlig verängstigte Frauen und ein Haufen Kinder, die geheult und sich an den Röcken ihrer Mütter festgeklammert haben. Es waren Auswanderer, die weder Fässer noch Stoffballen oder sonstige wertvolle Handelsgüter geladen hatten. Sie besaßen lediglich ein paar Möbel, Kleidung, Vorräte und sonst nichts.

‹Wir sind unterwegs nach Holland›, erklärte der Alte, der ein bisschen Friesisch konnte. ‹Wir wollen an Bord eines größeren Schiffs nach Südafrika.› Die Kinder mit ihren großen Augen und die Frauen sahen so unglaublich ängstlich aus, und ich hab noch gedacht, da wollen die mit ihrem Hab und Gut bis Südafrika und bleiben schon an der ostfriesischen Küste im Sand stecken. Die taten mir leid. Menschen, die so eine weite Reise und ein solches Risiko auf sich nehmen, müssen ohnehin schon ganz arm dran sein, sonst wären sie doch in ihrer Heimat geblieben.

‹Wir kriegen die los!›, schrie Bengt da auf einmal. ‹Das Boot sitzt auf einer Kante, wenn wir da ein bisschen wegschaufeln und dann mit dem Ruderboot schleppen, könnten wir Glück haben.›

Ich hab mir das auch angeschaut und gleich gesehen, der Bengt hat recht. Und da haben wir der Familie eben geholfen. Der Inselvogt saß wahrscheinlich bereits sowieso schon wieder warm in seiner Bude und trank Bier. Außerdem gab es auf dem ganzen Schiff sicher nichts, womit der Fürst in Aurich etwas hätte anfangen können. Die Ladung war nichts wert, doch für die Dänen bedeutete sie alles …

Uke und Bengt sind also ins Wasser, tief ist es da ja nicht, und haben die Ruder in die Ritze zwischen Schiffsrumpf und Sandbank gesteckt und dann mit aller Kraft die Schneise vergrößert. Später bin ich auch noch rein, zu dritt ging es besser. Tammo und Ette sind an Bord geblieben, haben das Notsegel gehisst, damit wir Fahrt aufnehmen. Und dann auf einmal hat das große Schiff geruckelt, ist ein ganzes Stück weit nach vorne gerutscht. Wir sind nichts wie rein in unser Boot, alle wieder an die Ruder …

Als der Pott dann frei war, Mensch, da haben wir gejubelt! Ich kann mich nicht erinnern, wann ich in meinem Leben jemals so stolz und so … so glücklich gewesen bin! Der alte Däne trat an die Reling und hat in seinem holprigen Friesisch gesagt: ‹Wir haben nicht viel für ein Dankeschön. Aber wir möchten Euch dieses Buch schenken, und wir werden für Euch beten.›

Der Tammo hat das Ding dann aufgefangen. Aber erst, als wir wieder sicher an Land waren, haben wir gesehen, dass der alte Mann uns eine Bibel zugeworfen hat. In dänischer Sprache. Kann also keiner von uns lesen, aber trotzdem haben wir gleich begriffen, wie wertvoll dieses Geschenk war.»

Eyke nahm den Sack, den er über die Schulter geworfen mit sich getragen hatte, öffnete die Schnur und holte ein schwarzes Buch heraus, das aussah, als wäre es schon durch unzählige Hände gegangen. Das goldene Kreuz auf der Vorderseite glänzte nur noch schwach, und einige der bräunlichen Seiten hingen seitlich heraus. Der Buchrücken war gewellt, und der Einband blätterte ab. Es war die Bibel der Dänen, und Eyke hielt sie wie einen Schatz.

«Wir haben das Geschenk zum Inselvogt gebracht ... ‹Wenn der Fürst seinen Anteil haben will, so soll er diese Bibel nehmen, mehr gab es nicht zu holen›, habe ich zu ihm gesagt. Der Inselvogt war schon recht betrunken, er hat nur gebrummt und das Buch vor sich auf den Tisch gelegt.

Wir dachten, damit wäre die Geschichte zu Ende. Aber da hatten wir die Rechnung wohl ohne Weert Switterts gemacht.»

Der Weiße Knecht musste zugeben, was er bislang zu hören bekommen hatte, forderte ihm einen gewissen Respekt vor den fünf Männern ab. Selbst wenn das Ganze in Wahrheit nur halb so dramatisch abgelaufen wäre, hatten sie Mut bewiesen und hätten dafür eigentlich belohnt werden müssen.

«Wieso wirft man Euch außerdem noch Bestechlichkeit vor?»

Eyke erhob sich und machte ein paar große Schritte.

Man sah ihm an, dass er diese Bewegung brauchte, weil es in ihm brodelte. «Sie werfen uns vor, wir hätten Geld vom Schiffsführer genommen, damit wir ihn von der Sandbank retten.»

«Wie kommen sie darauf?»

«Weiß der Teufel. Vielleicht haben wir nach der Rettung so einen glücklichen Eindruck gemacht, dass der Inselvogt dachte, wir hätten uns Gold oder Ähnliches in die Taschen gesteckt. Aber so ist es nicht! Trotzdem muss der Inselvogt seinen Verdacht beim Amtmann gemeldet haben, und der hat es an den Geheimrat weitergeleitet. Und fünf Wochen später heißt es, wir hätten uns Mitte November bei Gericht zu melden. Wir waren uns keiner Schuld bewusst, also sind wir hin ... Ich war ja noch nie am Hof in Aurich. Aber als ich den ganzen Prunk da gesehen hab und dann noch den fetten Switterts in seinem Mantel, da hat sich mir fast der Magen umgedreht ... Hätten wir diesen Schiffbrüchigen etwa noch das letzte Hemd wegnehmen sollen? Obwohl die hier am Hof alles im Überfluss haben? Das hat mich wütend gemacht, und wenn ich wütend bin, dann habe ich meine Zunge nicht im Griff. Tja, und so kam es dann zu den beiden anderen Punkten ... Rebellion und Landesverrat ...»

«Das allein reicht noch nicht für den Vorwurf des Landesverrats», warf der Weiße Knecht ein. «Und nur dieser Anklagepunkt kann schlimmstenfalls zur Hinrichtung führen. Auf die anderen Dinge steht höchstens eine Gefängnisstrafe.»

«Da mögt Ihr recht haben», gab Eyke zu. Ihm schien es nicht zu behagen, einem fremden Menschen alles zu erzählen. Doch dann fasste er sich ein Herz. «Ich hab außerdem noch gesagt, ich wünschte, die Cirksena würden aussterben. Und dass ich der Erste wäre, der die preußische Flagge hisst, wenn es so weit ist.» Er seufzte.

«Nun, das war nicht besonders schlau von Euch.»

«Aber der Geheimrat hat es als Drohung aufgefasst und mir unterstellt, ich plane mit meinen Männern ein Attentat. Ich habe auf ihn eingeredet: ‹Du weißt doch, wie das ist auf der Insel, du kommst doch selbst von Juist, bist einer von uns. Wie kannst du so unbarmherzig sein?› Doch Switterts hat nicht reagiert, sondern uns ohne Gnade ins Gefängnis bringen lassen.»

Einer der Männer, die bislang schweigend der Erzählung ihres Wortführers gelauscht hatten, schob seinen Hemdsärmel hoch und zeigte ein paar frische Narben. Sie waren feuerrot und umfassten sein Handgelenk. Der Weiße Knecht kannte die Fesseln, die diese Verletzungen zufügten.

«Und auf dem Rücken meines Freundes gibt es auch noch was zu sehen», verriet Eyke mit tonloser Stimme. «Schweine sind das, wirkliche Schweine.»

«Wie konntet Ihr entkommen?», wollte der Weiße Knecht nun von ihm wissen.

«Wir saßen in dem Teil des Gefängnisses, in dem sie die Todeskandidaten unterbringen. Und eines Nachts hat eine der Nachtwachen die Tür zu unserer Zelle aufgelassen. Wir können uns das nicht erklären. Vielleicht war es ein Versehen. Aber wir sind natürlich sofort raus und wären beinahe über fünf Degen gestolpert, die auf dem Gang lagen. Es sah fast aus, als warteten die nur auf uns. Die Auricher Soldaten waren uns zahlenmäßig zwar überlegen und hatten jede Menge Waffen, aber wir hatten Glück. Bengt hat einen von ihnen erstochen. Wir konnten seine Waffe mitnehmen. Und dieses schmucke Ding hier, schaut doch mal!» Eyke zeigte ihm stolz ein silbernes Medaillon und ließ den Verschluss aufschnappen.

Der Weiße Knecht zuckte zusammen. Die zwei Bilder waren bereits stark verblasst. Dennoch erkannte er den Juister Inselvogt und seine hübsche Frau. Wie war dieses Stück in die Soldatenhände gelangt? Es musste Maikea viel bedeutet haben. Freiwillig hätte sie es nie fortgegeben. Was war mit ihr geschehen?

Eyke bemerkte die Aufregung des Weißen Knechts nicht, sondern ging wieder auf seinen Platz, um mit der Geschichte fortzufahren: «Wir sind losgerannt wie die Wahnsinnigen. Ich glaube, die Gebete von dem alten Dänen, die haben uns beschützt. Wenn uns die Flucht missglückt wäre, dann hätten unsere Hälse schon längst Bekanntschaft mit dem Strick gemacht.»

«Davon kann man ausgehen, ja!» Der Weiße Knecht betrachtete die Männer. Er legte seine Fingerspitzen gegeneinander und ließ seinen Blick von einem zum anderen wandern.

«Dann habt Ihr also nichts zu verlieren», sagte er schließlich. Äußerlich, so wusste er, gab er eine ruhige und gelassene Erscheinung. Doch in ihm sah es anders aus. In ihm kochte die Wut.

«Doch», widersprach Eyke. «Wenn Ihr uns nicht mitkämpfen lasst, dann verlieren wir noch unsere letzte Hoffnung. Wir geben alles, wahrlich, das schwören wir auf die dänische Bibel.» Tatsächlich legte er seine Hand auf das schwarze Buch.

Der Weiße Knecht erhob sich und wandte sich ab. Er musste einen Moment mit sich und seinen Gedanken allein sein. Doch ihm war klar, dies war der richtige Anlass, den Kampf wiederaufzunehmen. Keinen Tag länger wollte er warten. Keine weitere Chance verrinnen lassen. Er drehte sich wieder zu den Männern um.

«Wenn der Geheimrat Euch beschuldigt, ein Attentat zu planen, dann sollten wir seine Erwartungen nicht enttäuschen.»

«Wie meint Ihr das? Wen soll es erwischen? Den Fürsten?»

«Nein, das wäre nicht klug. Dem Fürsten darf nichts passieren, sonst fällt alles an Preußen, und wir haben nichts gewonnen. Nein, wir sollten jemanden in unsere Gewalt bringen, der ihm viel bedeutet.»

15

Immer, wenn ein neues Jahr begann, wurde Wilhelmine rührselig. Stets drängten sich all die unerledigten Dinge und unerfüllten Wünsche der Vergangenheit in ihr Bewusstsein. Dann kam es ihr vor, als wären die zurückliegenden Monate nur ausgehöhlt gewesen und sinnlos verstrichen. Aber an diesem Neujahrstag im Jahre 1735 kam ihr das Leben besonders hoffnungslos vor.

Sie war weder glücklich noch geachtet und vor allem weit davon entfernt, schwanger zu sein. Die Dienstboten versuchten, sich nichts anmerken zu lassen, aber Wilhelmine war sich sicher, sie tuschelten über ihre Herrin, die trotz Liebestropfen und Kerzenschein stets allein im großen Bett lag. Der Fürst sprach kein Wort mehr als nötig mit ihr, selbst bei den Mahlzeiten schwiegen sie sich an. Ihre Schwiegermutter, die ja immerhin Wilhelmines Tante war, hatte Besseres zu tun, als Konversation zu pflegen, sie plante ihren Umzug auf den Witwensitz in Berum. Und ihre Hofdame Jantje – das verstand sich von selbst – war die Letzte, mit der sie reden wollte. Auch die Männer, die am Hof das eigentliche Sagen hatten und die Geschicke des Landes leiteten, legten keinen Wert auf die Meinung der jungen Fürstin.

Es schien Wilhelmine, als sei sie mit ihrem Umzug nach Ostfriesland gestorben. Sie vermisste ihre Familie, ihre alten Freunde und Bediensteten in Bayreuth, die Konzerte und Spaziergänge, das warme Wetter und alles, was ihr Dasein zuvor ausgemacht hatte. Hier war sie tot. Nur ihr Körper blieb weiterhin lebendig, stand wie mechanisch morgens auf, aß und trank, atmete und bewegte sich.

Nicht einmal die großen Festtage rissen sie aus ihrer Schwermut.

Auch heute fiel es ihr schwer aufzustehen, der Kopf düster und schmerzend vom Wein, den sie gestern getrunken hatte, um besser einschlafen zu können. Heiße Milch mit Honig reichte da schon lange nicht mehr aus.

Vor dem Fenster spielten die Trompeter ihr drittes Stück. Klar und hell schallte die Musik in das Schlafgemach der Fürstin. Jantje hatte schon vor einer Stunde die Vorhänge zur Seite gezogen und die Fenster geöffnet. Doch Wilhelmine fand den Neujahrsmorgen zu früh, die Luft zu kalt und das Leben zu verdrießlich, um endlich aufzustehen.

«Eure Durchlaucht, jetzt wird es wirklich Zeit. In einer Stunde werdet Ihr in der Kapelle erwartet. Der Superintendent wird predigen und den Segen austeilen. Da könnt Ihr nicht fehlen.»

«Sag ihnen, ich sei krank.»

«Dann werden sie den Arzt schicken, und der wird feststellen, dass Ihr kerngesund seid.»

«Das ist mir egal. Geh weg, ich will wieder allein sein.»

Wilhemine drehte sich zur anderen Seite und nahm nur mit den Ohren wahr, dass Jantje noch einen Moment abwartete, bevor sie mit einem Seufzen den Raum verließ. Wilhelmine fiel in letzter Zeit immer mehr auf, wie dick und schwerfällig ihre Hofdame geworden war, rund wie ein Ball. Vielleicht hatte sie nur gemeinsam mit Carl Edzard zu viel Zuckerwerk genascht, doch es gab noch eine andere Möglichkeit. Aber nein, so weit wollte Wilhelmine heute Morgen noch nicht denken.

Sie griff nach dem Weinkrug, der neben ihrem Bett stand. Er war fast leer. Die letzten Tropfen schmeckten abgestanden und sauer. Kurz darauf fiel Wilhelmine in einen traumlosen Schlaf und wurde erst durch ein hartes Klopfen wieder geweckt. Sie hatte keine Ahnung, wie spät es inzwischen sein mochte, nur an der Helligkeit vor den Fenstern erkannte die Fürstin, dass die Andacht zumindest schon vorüber sein musste.

Als Jantje hereinkam, fuhr Wilhelmine sie an: «Was willst du schon wieder? Ich hatte doch ausdrücklich …»

«Der Geheimrat ist hier, Durchlaucht. Er möchte Euch sprechen.»

«Hast du ihm nicht gesagt, dass ich mich schlecht fühle?»

«Natürlich habe ich das. Aber er bestand darauf, selbst zu kommen. Soll ich Euch schnell ein Kleid holen?»

Langsam setzte sie sich auf, und Jantje schob ihr ein Kissen in den Rücken. Warum war dieses Mädchen immer so flink und stets darauf bedacht, es ihr recht zu machen? So hatte sie noch nicht einmal einen Grund, ihre Laune an Jantje auszulassen. «Ich werde mich heute nicht einkleiden, weil es mir miserabel geht. Wenn der Geheimrat etwas von mir will, dann soll er eintreten.»

Jantje schaute sie mit großen Augen an. «Eure Durchlaucht, Ihr habt das Haar offen und tragt ein Nachthemd!»

Wilhelmine winkte ab, es war ihr herzlich egal. «Dann lass uns beide bitte allein!»

Kurz darauf trat Weert Switterts ein. Seine schweren Schritte ließen die Holzdielen knarren, und Wilhelmine schloss die Augen, um dieses Geräusch besser aufnehmen zu können. So also hörte es sich an, wenn ein Mann ihr Zimmer betrat.

«Eure Hoheit, ich versichere Euch, dass ich nur aus dem Fenster schaue.» Der Ratsherr räusperte sich. «Zudem wünsche ich Euch ein gesegnetes neues Jahr.»

Wilhelmine öffnete wieder die Augen und betrachtete ihren morgendlichen Besucher. Er stand tatsächlich mit dem Rücken zu ihr. Schade, sie hätte nichts dagegen gehabt, von ihm angesehen zu werden.

«Danke, das wünsche ich Euch auch. Ihr habt mich bei der Morgenandacht vermisst, nicht wahr?»

«Vielleicht sollte ich Euch erläutern, dass an diesem Hofe der Neujahrstag eine besonders hohe Stellung hat. Nach den Geburtstagen der Fürstenfamilie ist es das größte Fest im Jahr. Einige Gesandte aus Braunschweig, Dänemark und Dresden sind extra angereist, um uns Grüße auszurichten. Es gibt am Mittag einen Empfang, und nach der Pause steht um vier Uhr das Scheibenschießen auf dem Programm. Das ist immer ein großes Vergnügen.»

«Ach, wie gern wäre ich dabei», log Wilhelmine. «Aber ich fühle mich so elend.»

«Ihr seid die Fürstin, und dies ist ein staatlicher Akt. Eure Anwesenheit ist nicht nur erwünscht, sie wird erwartet!» Switterts' Stimme klang streng und ungeduldig. Und er wirkte auf Wilhelmine so stolz und willensstark, dass sie sich fragte, warum sie nicht einen solchen Mann zum Gatten haben konnte.

«Sagt, Switterts, wisst Ihr eigentlich, dass ich es war, die Euch zum Obersten Geheimrat gemacht hat? Damals, nach Brenneysens plötzlichem Tod? Sie wollten alle den langweiligen Hofmarschall von Langeln, aber ich konnte sie überzeugen, die wahre Macht lieber in Eure Hände zu legen.»

Weert Switterts wandte kurz den Kopf und sah sie flüchtig an, doch als er erkannte, dass die Fürstin so gut wie unbekleidet in ihrem Bett saß, schaute er wieder weg.

«Warum habt Ihr Euch für mich eingesetzt?»

«Euer Auftreten imponierte mir. Damals, als wir uns das erste Mal begegnet sind und Ihr meinem Gatten ins Gewissen geredet habt, da war ich überzeugt, in Euch einen anständigen Politiker zu sehen. Und diese Sache mit den Insulanern, ich fand es großartig, dass Ihr mit der nötigen Härte vorgegangen seid. Es ist zu bezweifeln, dass Carl Edzard den Mut bewiesen hätte.»

«Leider sind uns die Männer entwischt.»

«Ich hörte davon. Wollen wir hoffen, dass diese Verbrecher nicht weit kommen. Sie verdienen den Tod, und zwar so bald wie möglich.»

«Ihr scheint Euch tatsächlich für diese Dinge zu interessieren, Eure Durchlaucht», stellte Switterts mit leicht erstauntem Unterton fest.

«Aber natürlich tue ich das. Sehr sogar. Und ich sehe, dass Ihr die richtigen Eigenschaften habt, die dem Fürsten zum Regieren fehlen.» Sie zögerte. «Vor allem Eure ... Männlichkeit ...»

Wilhelmine hoffte, dass ihr Besucher sich jetzt nicht von

ihr verabschiedete, wie es ein anständiger Mann in diesem Augenblick getan hätte.

Aber Gott sei Dank blieb er, wo er war. Nur sein Atem ging lauter als gewöhnlich.

«Eure Durchlaucht, ich fürchte, ich muss Euch leider enttäuschen ...»

«Ihr versteht mich schon ganz richtig. Und es wäre schade, wenn Ihr – nun, wie soll ich es ausdrücken? – meine kleine Einladung nicht annehmen würdet. Denn wenn es so weitergeht wie im letzten Jahr, dann wird dieses kleine Land, das Ihr so gekonnt und inbrünstig regiert, bald an die Preußen fallen.» Sie nahm jetzt allen Mut zusammen und stieg aus dem Bett. Ihre Beine waren weich, als sie barfuß zum Fenster ging. «Aber selbst wenn Carl Edzard wollte, halte ich es für keine gute Idee, dass die Cirksena sich tatsächlich weiter fortpflanzen. Seit Generationen sterben die Männer dieses Geschlechts, bevor sie vierzig sind. Und ihre letzten Jahre siechen sie meist unzurechnungsfähig in ihren Betten dahin, man denke nur an meinen seligen Schwiegervater. Nein, dieses Land braucht einen neuen Herrscher, einen Fürstensohn, der ausnahmsweise einmal stark, gesund und klug ist. So wie Ihr, Geheimrat Switterts.» Wilhelmine war jetzt ganz nah an ihn herangetreten. Nur kurz berührte sie seinen Unterarm. Das musste reichen. Und tatsächlich, er wich nicht zurück. «Ihr ... findet mich doch hübsch?»

«O ja, aber ...»

«Und es gibt doch kein Weib, das zu Hause auf Euch wartet?»

«Nein, gibt es nicht ...»

«Zudem seid Ihr ehrgeizig genug, um die besondere Gunst einer Fürstin zu schätzen?»

Weert Switterts schaffte es nur, zu nicken.

«Dann seid an diesem Neujahrsmorgen nett zu mir, und ich werde es auch zu Euch sein!»

«Aber wir werden erwartet, Eure Durchlaucht!»

«Bitte! Danach werde ich die gesündeste, aufmerksamste Fürstengattin sein, die Ostfriesland je erlebt hat.»

16

Wie ein Wurm lag der Gesandte aus Braunschweig auf dem Boden der Scheune.

«Nicht töten! Bitte, ich flehe euch an! Lasst mich am Leben!»

Der Weiße Knecht reagierte nicht auf das Betteln. «Zieht ihm die Kleidung aus, bevor er sich weiter so durch den Dreck wälzt und wir später den Pferdemist von der Jacke kratzen müssen.»

Eyke und seine Männer packten den feinen Pinkel von allen Seiten, und einer knöpfte den doppelten Verschluss der Hose auf.

«Was habt ihr mit mir vor? Wollt ihr etwa Teufelszeug an mir verrichten? Hört, ich gebe euch Geld. Ich habe etwas dabei. Genug für euch alle. Aber lasst mich bitte gehen! Bitte!»

Die Angst hatte seinem blassen, arroganten Gesicht einen ganz neuen Ausdruck verliehen. Selten sah man den Menschen so tief in die Seele, wie wenn sie unter Todesangst litten, dachte der Weiße Knecht.

«Steck dir dein Geld in den Allerwertesten, von beidem wollen wir nämlich nichts wissen», fauchte Eyke.

Er musste den Schiffer im Auge behalten, damit dieser es mit der Gewalt nicht übertrieb. Der Weiße Knecht erinnerte sich: Wenn die Wut überhandnahm, konnte man schnell so enden wie damals der Hitzkopf. Und er konnte es sich heute nicht leisten, auch nur einen Mann zu verlieren.

Dieses Mal musste alles glattlaufen.

Anders als vor fünf Jahren hatte der Weiße Knecht nur ein paar Tage gehabt, um alles zu planen. Nicht lange genug, um sämtliche Gefahren auszuschließen. Dafür konnten seine Pläne nicht so schnell verraten werden. Dazu fehlte einfach die Zeit.

Nachdem die Entführung in allen Details durchgesprochen war, hatten sie sich sofort auf die Gäule gesetzt und waren nach Aurich aufgebrochen.

Es war ein guter Plan. Natürlich barg er einige Gefahren, denn niemals zuvor hatte sich der Weiße Knecht so weit in die Höhle des Löwen gewagt. Aber er versprach sich viel von diesem verzwickten Täuschungsmanöver. Die anderen würden erst triumphieren, sich als Sieger wähnen, sich auf die Schultern klopfen und überlegen grinsen, nur um kurze Zeit später erkennen zu müssen, dass man sie hereingelegt hatte.

Es sollte die Rache für damals sein. Und der Beginn einer neuen Ära.

«Eyke, nimm dir den Kutscher vor. Du solltest seine Kleider tragen. Und Tammo wird meinen Sekretarius geben. Bengt kann bleiben, wie er ist, er sollte sich aber gut im Fußraum der Kutsche verkriechen. Ihr anderen wartet hier und passt auf die Halunken auf, bis wir wieder da sind.»

Man reichte dem Weißen Knecht die Hose, danach das Hemd und die Jacke des Gesandten. Die Sachen saßen ein wenig zu locker, denn der Mann hatte sich während seiner politischen Laufbahn eine beachtliche Leibesfülle angefressen. Doch mit etwas Heu unter dem Hemd und am Hintern würde es gehen. Die alberne Lockenperücke vervollständigte das Bild.

«Darf ich mich vorstellen?» Der Weiße Knecht versuchte eine theatralische Verbeugung. «Dr. von Wolfenbüttel, subdelegierter Kommissar und herzöglicher Gesandter des Hauses Braunschweig, gekommen, um dem durchlauchtigsten Fürsten und seiner Gattin ein wunderbares neues Jahr zu wünschen! Außerdem habe ich Euch eine kleine, böse Überraschung mitgebracht ...»

Die Augen des inzwischen bis auf die Leibwäsche Entkleideten weiteten sich. «Jetzt weiß ich, wer Ihr seid!» Er rappelte sich hoch und wich ein paar Schritte zurück, bis die unverputzte Wand ihn stoppte. «Der Weiße Knecht!»

«Sehe ich so aus? Glaubt Ihr, ein Rebell würde so stinkfeinen Zwirn auf der Haut und parfümiertes Kunsthaar auf dem Scheitel tragen?» Der Weiße Knecht übte, mit selbstherrlicher Miene, von links nach rechts zu schreiten. Die Verkleidung fing an, ihm Vergnügen zu bereiten.

«Ihr wollt Euch an meiner Stelle ins Schloss begeben. Der Gesandtenempfang ist Euer Ziel! Aber was habt Ihr dann vor? Ein Attentat?»

Statt einer Antwort bekam der Gefangene ein Büschel Heu ins Maul gestopft. «Es reicht mit dem Gerede!» Der Weiße Knecht trieb seine Leute an, die Kutsche zu besteigen. Dann trabten die Pferde los, als wären sie nie von jemand anderem am Zügel gehalten worden. Es kam jetzt nur noch darauf an, dass die Tarnung beim Durchfahren der beiden Tore nicht auffiel. Sobald sie im Inneren der Schlossmauern waren, hatten sie ein großes Stück geschafft.

Ob und wie gut die Wachen Dr. von Wolfenbüttel kannten, wusste niemand von ihnen. Zudem konnte es sein, dass einer der Wachmänner die vor wenigen Tagen ausgebrochenen Männer erkannte und Alarm schlug.

Das erste Tor am äußeren Wassergraben stellte kein Problem dar, Eyke musste nur den Namen des Gesandten nennen, schon wurden sie durchgewunken. Ohnehin hatte sich ein Korso aus Kutschen gebildet, in denen Delegierte mit wichtigen Namen saßen, die zum Empfang geladen waren, da fielen sie nicht weiter auf.

Doch bei der Einfahrt zum eigentlichen Schloss wurden sie angehalten, und ein älterer Mann in Uniform näherte sich dem Kutschbock. «Wo ist Martin?»

Der Weiße Knecht hatte gehofft, dass eventuelle Fragen an ihn gestellt wurden. Nun musste Eyke improvisieren. Er konnte nur hoffen, dass sein Begleiter die Nerven behielt.

«Entschuldigt, ich nicht verstanden», gab Eyke mit nachgemachtem Akzent Antwort, der irgendwie skandinavisch klang. Er war doch ein kluger Kopf, dachte der Weiße Knecht.

«Martin, der Kutscher. Warum sitzt er nicht auf dem Bock?»

Niemand hatte damit gerechnet, dass die Bediensteten sich oftmals besser kannten als die hohen Würdenträger. Eyke zuckte die Schultern. «Frage mein Herr, Dr. von Wolfenbüttel.»

Der Weiße Knecht rückte an das Fenster, das zum Glück etwas beschlagen war, und öffnete die kleine Luke. «Er ist neu bei mir, versteht unsere Sprache nicht so gut. Nur ein Ersatzmann, bis Martin das Fieber überwunden hat.»

«Das Fieber?», fragte der Soldat nach. «Vorgestern in der Spelunke hatte er aber noch einen recht kühlen Kopf...»

Zu dumm, dachte der Weiße Knecht. «Dann muss Martin mir wohl ein Märchen aufgetischt haben, als er ausrichten ließ, er habe seit Tagen die Grippe.»

Der Wachmann schaute ihn einen Moment lang durch das Fenster an, von seinem Gesicht war nicht abzulesen, ob er misstrauisch war oder nur peinlich berührt, einen armen Kutscher angeschwärzt zu haben.

«Können wir weiter? Ich vermute, die fürstlichen Herrschaften warten. Wir haben uns leider ein wenig verspätet.»

Der Uniformierte nickte nur, und keine Sekunde später schnalzte Eyke mit der Zunge und trieb die Pferde voran.

Der Weiße Knecht lehnte sich zurück. Das war knapp gewesen. Wie würde es weitergehen? Der Saal war hoffentlich schon voll genug, dass die persönliche Begrüßung nur knapp ausfallen würde. Sicher konnte er nicht sein.

Gemeinsam mit Tammo, seinem falschen Sekretarius, stieg er schließlich aus der Kutsche und nahm aus den Augenwinkeln die anderen Gesandten wahr. Die Männer sahen alle gleich aus mit ihren Perücken, Samtjacken, Spazierstöcken und Stiefelhosen. Das beruhigte ihn, denn schließlich trug er genau dieselbe Bekleidung und dürfte also so gut wie gar nicht auffallen, wenn er alles richtig machte.

Eyke wurde von einigen Pagen zu den Stallungen geleitet, dort würden er und der versteckte Bengt warten, bis sie ihren Teil des Planes in Angriff nahmen.

Von zwei unterwürfigen Pagen ließen sich der Weiße Knecht und sein Begleiter zum Saal führen. Beide verhielten sich so, wie sie sich den Gang, den Blick und das Auftreten eines Staatsmannes vorstellten: links und rechts nicken und vornehm lächeln. Doch der Weiße Knecht wusste, er fühlte sich in jeder blutigen Schlacht wohler als bei diesem Theater.

Die Frauen standen etwas abseits an der Seite des Saals, dessen riesige Fenster und zwei Flügeltüren bis zum Boden reichten und den Blick in den Hof freigaben. Der Weiße Knecht sah sich kurz um und war erleichtert, Maikea nicht unter ihnen zu erkennen. Es wäre eine Katastrophe gewesen, sie hier zu treffen. Nicht, weil er Angst hatte, dass sie ihn verraten könnte, sondern weil es seine Nervosität gesteigert hätte.

Zahlreiche Augenpaare richteten sich jetzt auf ihn und Tammo, als sie über den roten Teppich schritten, doch das Glück wollte es so, dass direkt nach ihnen jemand eintrat, der wohl wichtiger war und mehr Aufmerksamkeit auf sich zog.

Der Weiße Knecht mischte sich unter die anderen Gäste und drehte sich erst dann um.

Ein ernsthafter, stämmiger Mann, ihm sicher um einen halben Kopf erhaben, führte eine elegante Frau herein. Ihr Lächeln war beinahe ein Strahlen, und für einen kurzen Moment hielt der Weiße Knecht die beiden für ein glückliches Liebespaar, auch wenn er wusste, dass es so etwas am Hofe höchst selten gab.

Ein Page kündigte die Namen an: «Ihre Durchlaucht, Fürstin Wilhelmine Sophie von Ostfriesland, an der Seite des geachteten Obersten Geheimrats Weert Switters.»

Ein kleine Gruppe Musiker stimmte ein Lied an, und die allgemein fröhliche Stimmung wurde weiter angeregt, als Tabletts herumgereicht wurden, auf denen Dinge lagen, die der Weiße Knecht noch nie gesehen, geschweige denn gegessen hatte. Auch an ihn wurde herangetreten, es gab Wein und Wasser. So oft hatte er schon von der verschwenderischen Kultur in diesem Schloss gehört, nun war er selbst Teil davon – wenn auch nur für einen überschaubaren Moment. In wenigen Minuten würde offenbar werden, dass er nicht dazugehörte, ein Fremder war, ein Feind.

Der falsche Sekretarius schlich sich langsam und ohne aufzufallen Richtung Fenster. Der Weiße Knecht verfolgte jeden seiner Schritte durch eine schmale Lücke zwischen den weißen Lockenköpfen.

Die Fürstin nahm mit einem Glas Wein in der Hand auf einem gewaltigen Stuhl Platz, neben ihr saß Carl Edzard, der weit weniger gute Laune zu haben schien. Der stattliche Geheimrat baute sich an einem kleinen Pult auf und sah sich zufrieden um. Als er sich zu einem unechten Lächeln hinreißen ließ, klaffte eine Zahnlücke in seinem Mund.

Dieser Kerl hatte tatsächlich behauptet, der gefürchtete Rebell hätte ihm einst im Waisenhaushof das Gebiss ramponiert. Nein, dachte der Weiße Knecht, wenn ich derjenige gewesen wäre, dann würden dir in der unteren Reihe ebenfalls Zähne fehlen.

Weert Switterts räusperte sich. «Ein Jahr liegt hinter uns, voller wunderbarer Dinge, aber auch voller Leid.» Er genoss es augenscheinlich, im Mittelpunkt zu stehen. Neben ihm wirkte das Fürstenpaar wie Statisten in einer Theaterposse. «Es gab eine Hochzeit, die unser Land um eine weitere enge Verbindung zum Hof in Bayreuth bereichert und uns zudem eine neue Fürstin geschenkt hat. Wir sind stolz und entzückt, die liebreizende Durchlaucht Wilhelmine Sophie ...»

Der Weiße Knecht ahnte, diese Lobrede würde weder spannend noch wahrheitsgetreu werden. Denn die Fürstin war alles andere als liebreizend, das war nicht zu übersehen, auch wenn sie noch so zufrieden lächelnd in die Runde schaute. Sie war hager und hatte die Augen einer Möwe, hell und kalt, aber auch genauso scharfsinnig. Und stets, wenn der Geheimrat eine kleine humorvolle Pointe oder ein Kompliment in seinen Satz einbaute, zog sie die Mundwinkel noch eine Nuance weiter nach oben. Als er aber vom Tod des alten Fürsten, von den Missernten oder dem plötzlichen Ableben Brenneysens sprach, war ihr die Betroffenheit ins Gesicht geschrieben.

Sie machte ihre Sache glänzend, dachte der Weiße Knecht. Es war nur eine Frage der Zeit, bis dieses gerissene Weibsstück die Zügel in die Hand nahm und die Amtsgeschäfte für ihren Gatten regelte. Wenn es ihr dann noch gelang, einen Sohn zu gebären, wäre sie für den Fürstenhof die perfekte Besetzung.

Carl Edzard hingegen schien sich nicht für die Veranstaltung zu interessieren. Er blickte aus dem Fenster, seufzte ab und zu weltvergessen und griff öfter als jeder andere zu den Leckereien.

Tosender Applaus verriet, dass die Rede vorüber war. Nun war der Gesandte des dänischen Königshauses an der Reihe und verlas eine schier endlose Liste mit den Namen der Königsfamilie, die alle ihre Grüße und guten Wünsche aussprechen ließen. Der Fürst unterdrückte ein Gähnen.

Der Geheimrat trat nun wieder ans Rednerpult und verkündete: «Wir bitten jetzt den Gesandten des Hofes Braunschweig nach vorne, den hochgeachteten Dr. von Wolfenbüttel ...»

Der Weiße Knecht spürte, wie sich sein Blut zu erhitzen schien, als lodere in seinem Inneren ein Feuer auf. Mit einem großen Schritt trat er nach vorn, schob Switterts zur Seite und schaute in die Menge. Noch schien niemand besonders irritiert zu sein.

«Dr. von Wolfenbüttel lässt sich entschuldigen, er konnte heute leider nicht kommen.»

Erstauntes Gemurmel brandete im Saal auf, bis der Geheimrat das Wort ergriff. «Und wer seid Ihr? Sein Vertreter?»

«Nein, das würde ich so nicht ausdrücken.» Während der Weiße Knecht für Verwirrung sorgte, schlich Tammo sich unauffällig nach links, bis er genau vor dem Thron der Fürstin stand. Aus seinem Umhang holte er ein Messer hervor und nickte dem Rebellenführer kurz zu. Als der Weiße Knecht die Geste sah, riss er sich mit einer schnellen Bewegung die Perücke vom Kopf. «Ich bin der Weiße Knecht! Ja, genau der, von dem Ihr bislang immer nur Geschichten gehört habt.»

Unruhe breitete sich unter den Gästen aus, und einige Frauen stießen hysterische Schreie aus. Die Wachen, die am Eingang und an den Fenstern postiert waren, griffen zu ihren Waffen und taten einen Schritt nach vorn, doch noch immer schienen die Menschen zu glauben, dass dies hier vielleicht nur ein merkwürdiges Spiel sei.

«Ich bin hier, um Euch ein frohes neues Jahr zu wünschen. Und um die Fürstin zu entführen!»

Tatsächlich lachten nun einige Gäste, doch plötzlich sprang Tammo nach vorn und drückte sein scharfes, langes Messer an den blassen Hals der Regentin.

Panik breitete sich aus. Selbst der lethargische Fürst erwachte jetzt aus seinem Halbschlaf und krallte sich an seinem Thron fest, als habe er selbst eine Klinge an der Gurgel.

Nur der Geheimrat blieb ruhig und schien in der Lage zu sein, die Situation schnell zu erfassen. Er packte den Weißen Knecht hart an den Armen, bog diese gewaltsam nach hinten und rief: «Wachen, kommt her, los!»

Die Uniformierten preschten mit gezogenen Degen heran. Es waren mehr als ein Dutzend. Zwei von ihnen nahmen den Eindringling in Gewahrsam. Der Weiße Knecht spürte eine Klinge auf seinen Rippen und bekam kaum noch Luft.

«Lasst ihn los! Oder ich mache eine kleine Bewegung mit meinem rechten Arm», schrie Tammo. Sein Messer lag verdammt eng an den blaublütigen Adern der Fürstin. Wilhelmine zitterte, musste schlucken und unterdrückte ein Schreien.

Die Wachen hielten in der Bewegung inne und schauten unsicher zu Weert Switterts.

«Haltet ein!», befahl der Geheimrat. «Aber ruft die Wachmannschaften aus dem Hof. Und die Salvegarde! Alle sollen sie hierherkommen, sofort!»

Die großen Flügeltüren wurden aufgerissen, und vier Männer brüllten aus Leibeskräften Befehle durch den Hof.

Der Weiße Knecht sah, dass einige Frauen im Saal ohnmächtig geworden waren, alle anderen Gäste waren bleich vor Schrecken. Bewegungslos standen sie herum und starrten ihn an. Die Diener wagten noch nicht einmal, die schwerbeladenen Tabletts abzustellen.

«Wir werden dem Fürsten nehmen, was ihm lieb und wichtig ist. So wie er es bei uns auch getan hat.» Der Weiße Knecht befreite sich aus der Soldatengruppe und wandte sich nun direkt an den Fürsten, der ganz klein geworden war auf seinem Thron.

«Was immer Ihr auch vorhabt, es wird Euch nicht gelingen!»

Switterts strengte sich an, einen selbstsicheren Eindruck zu machen. Er befahl zwei Wachleuten, dem Rebellen mit ihren Waffen den Weg zu verstellen, doch davon ließ sich der Weiße Knecht nicht beeindrucken.

«Carl Edzard von Ostfriesland, Eure Durchlaucht, jeder hier im Land weiß, dass Ihr nicht so bewandert seid, was das politische Geschehen in Eurer Heimat angeht. Deswegen will ich es Euch gern erklären.»

Das speckige Kinn des Fürsten wackelte, als er schüchtern nickte.

«Wir kämpfen für die Freiheit der Friesen, für den Erhalt des alten Schwures, den Eure Vorfahren vor vielen Jahren ihrem Volk gegeben haben: Niemals soll sich ein Friese einem Herrscher unterwerfen müssen! Aber damit Ihr hier am Hofe Euch den Bauch vollschlagen oder vor lauter Langeweile Eure Badezuber vergolden lassen könnt, müssen andere leiden! Wisst Ihr, dass ein armer Mann, der den ganzen Tag arbeitet, für seinen Hof, seine Werkstatt oder den Deich, der wieder einmal geflickt werden muss, von seinem kargen Verdienst noch das allermeiste abgeben muss?»

Carl Edzard schüttelte den Kopf und sah aus wie ein kleiner Junge, der gleich zu weinen anfängt. Doch er hörte weiter aufmerksam zu.

«Armut macht unfrei. Aber wenn Menschen den Mut aufbringen, an den alten Schwur zu erinnern, wenn sie es wagen, gegen die Ungerechtigkeit aufzubegehren, dann landen sie in den dunklen Kerkern dieses Schlosses. Oder sie werden von Euren Soldaten besucht und enden als Brandleiche im eigenen Haus.»

«Das ist nicht wahr», traute sich der Fürst mit leiser Stimme zu erwidern.

«O doch, fragt doch mal Euren tapferen Geheimrat. Der macht auch keine Ausnahme, wenn es sich bei den Opfern um alte Männer, junge Frauen oder tapfere Lebensretter handelt.»

Nun mischte sich Weert Switterts wieder ein. «Jetzt weiß ich, was Euch treibt! Diese verdammten Juister! Betrüger und Landesverräter sind sie! Verbündet Ihr Euch schon mit einem solchen Pack?» Er schickte ein bösartiges Lachen hinterher.

«Wir haben einen Vorteil, Geheimrat, den Ihr nicht unterschätzen solltet. Arme Leute wie wir haben nichts zu verlieren.»

«Wie könnt Ihr nur so leichtsinnig sein, Weißer Knecht?», knurrte Switterts. Er war wild entschlossen, die Lage in den Griff zu bekommen. Dies war sein erster Neujahrsempfang als Oberster Geheimrat, und er würde sich seinen Triumph nicht von ein paar aufrührerischen Reden kaputtmachen lassen. Er musste allen beweisen, dass er auch mit den schlimmsten Feinden des Landes fertig werden konnte.

«Euch sollte klar sein, dass Ihr keine Chance habt. Ich habe fünfzig Soldaten an diesem Hof. Das Schloss gleicht einer militärischen Festung. Ihr könnt das Gebäude unmöglich verlassen, ohne dass einer meiner Männer Euch mit seinem Degen durchbohrt. Ich hatte Euch wirklich für klüger gehalten!»

«Solltet Ihr mich angreifen, wird mein Begleiter die Fürstin mit seiner Waffe streicheln. Das wollt Ihr doch nicht, oder?»

Wie auf Kommando riss Tammo, der die ganze Zeit

über aus dem Fenster geblickt und auf ein Zeichen von Eyke gewartet hatte, plötzlich die Fürstin nach oben. Ein entsetzter Schrei entwich ihrer Kehle, wahrscheinlich rechnete sie damit, in diesem Moment zu sterben. «Es ist so weit», rief er dem Weißen Knecht zu.

«Nicht so voreilig!», ging Switterts dazwischen. «Wenn Ihr nur einen Schritt aus diesem Gebäude macht, werde ich den Männern den Befehl geben, Euch zu töten. Und dann bleibt nicht mehr als ein Haufen blutiges Fleisch von Euch.»

«Wer gibt denn hier am Hofe eigentlich die Befehle?», fragte der Weiße Knecht. «Ihr? Oder nicht doch eher der amtierende Fürst von Ostfriesland?»

Daraufhin erhob sich Carl Edzard von seinem Thron. Mit unsicherem Schritt trat er neben seinen Geheimrat und holte tief Luft. Offensichtlich war er es nicht gewohnt, vor vielen Menschen zu sprechen. Er war nervös und musste sich am Pult festhalten.

«Wenn der Geheimrat den Befehl gibt, so geschieht es in meinem Sinne», war seine hohe Stimme zu vernehmen.

«Auch, wenn dabei Eure junge Gattin ihr Leben lassen muss?»

Nun fühlte Weert Switterts sich gefordert: «Meine Männer werden alles dafür tun, damit die Fürstin diese schreckliche Stunde überlebt. Sollte dies nicht der Fall sein, so ist es ganz und gar Eure Schuld, Weißer Knecht. Ihr seid es, der zuerst mit Waffengewalt drohte!»

Der Fürst sah sich verstört zu seiner Gattin um. Wilhelmine Sophie hatte bereits das Bewusstsein verloren, und noch immer hielt Tammo ihr das Messer an den Hals.

Keiner im Saal wagte es, ein Geräusch zu machen. Es war so still ringsherum, dass man meinte, den Schnee im

Hof fallen zu hören. Der Weiße Knecht blickte hinaus. Der Geheimrat hatte nicht übertrieben: Der ganze Innenhof war fast schwarz von Uniformen. Unzählige Soldaten mit Degen, Lanzen und Musketen warteten auf einen weiteren Befehl.

Er trat in die geöffnete Flügeltür, und auf einmal durchzuckte es ihn wie ein Blitz.

Dort stand, mitten im Hof, zwischen all den Soldaten, Maikea. In einem roten Kleid, mit zusammengebundenem Haar und einem Blick, der nicht zu deuten war. Und er wusste, sein Plan war in Gefahr.

Die Soldaten hatte er nicht gefürchtet, auch nicht den Groll des Fürsten oder den Aufruhr der anderen Gäste. Das Einzige, wovor ihm angst und bange gewesen war, war die Vorstellung, wie Maikea auf diesen Plan reagieren würde. Denn der Weiße Knecht wusste, sie würde ihn dafür hassen.

17

Sie hatte den ganzen Tag schon nach Jantje gesucht. Denn der Streit vor einer Woche hatte Maikea keine Ruhe gelassen, und sie wollte das neue Jahr nicht beginnen, ohne mit ihrer Freundin wieder ins Reine zu kommen. Aber sie war nirgends zu finden. Nicht im Schlossgarten, nicht im Gesindehaus. Zuletzt hatte sich Maikea sogar in die Gemächer der Fürstenfamilie gewagt, doch dort war sie niemandem begegnet. Von Jantje fehlte jede Spur. Allmählich begann sich Maikea Sorgen zu machen.

Als sie nun wieder in den Hof trat, erstarrte sie vor Schreck. Sie wusste, dass es hier eine Parade zum Neujahrstag geben sollte, doch mit einem Mal wurde ihr die Spannung bewusst, die Stille.

«Was ist denn passiert?», fragte sie einen der Männer, der eine Lanze trug, als stünde direkt vor ihm ein Feind, den es aufzuspießen galt.

«Der Weiße Knecht ist da!»

«Hier?» Ihr Herz raste, und ihr Mund war wie ausgetrocknet. Das konnte nicht wahr sein! Aber als sie dem Blick des Soldaten folgte, sah sie, dass er die Wahrheit erzählt hatte.

An einer der großen Flügeltüren zum Festsaal stand ein Mann, den sie erst beim genaueren Hinsehen wirklich erkannte, denn er wirkte dick, trug eine hellgelbe Hose und einen dunkelblauen Mantel statt des gewohnten weißen Hemdes. Ihre Blicke begegneten sich, und es war Maikea, als würde sie von einem Strudel erfasst. Sie konnte sich nicht von der Stelle rühren, starrte nur diese fremde und zugleich so vertraute Gestalt an und versuchte zu verstehen, was gerade vor sich ging.

Wieso war er hier? Was hatte den Weißen Knecht dazu gebracht, sich in eine solch gefährliche Lage zu begeben?

«Sie haben die Fürstin in ihrer Gewalt», erklärte der Soldat. «Aber nun scheint der Rebellenführer zur Aufgabe bereit zu sein. Der hat wohl kapiert, dass wir ihn sonst schneller zerfleischt haben, als er um Hilfe schreien kann, dieser Teufel.»

Der Kerl grinste so diabolisch, dass Maikea schon protestieren wollte. Doch sie hielt sich zurück. Sie hatte dem Weißen Knecht versprochen, vorsichtig zu sein, um ihn und sich selbst nicht in Gefahr zu bringen.

«Der will nur mit dem Fürsten persönlich verhandeln ...» Er hielt die Lanze höher. «Dabei ist das Einzige, was dieser verfluchte Rebell noch aushandeln kann, seine Henkersmahlzeit!»

Maikea erschrak. Jeder hier musste merken, dass der Weiße Knecht sie anstarrte, dass sie sich kannten und auf eine seltsame, ungeklärte Weise zusammengehörten. Sie flehte still, er möge endlich wegschauen, aber gleichzeitig wollte sie, dass dieser Augenblick nie vorüberging. So lang hatte sie ihn nicht gesehen. So viel war seitdem passiert. So sehr hatte sie ihn vermisst. Maikea hatte inzwischen selbst verstanden, dass es Liebe war, die sie für diesen Mann empfand. Und genau das wollte sie ihm mit den Augen sagen, damit er wusste, wie sehr sie sich um ihn sorgte und dass er auf sich aufpassen sollte.

Doch in diesem Moment schaute er weg.

«Fürst Carl Edzard von Ostfriesland», erklang seine klare und kräftige Stimme und war auch im Hof deutlich zu vernehmen. «Seid Ihr bereit, mit mir zu reden?»

Nach einer Weile erschien tatsächlich der Fürst in der Tür. Die Helligkeit des Wintertages blendete ihn, und er hob die Hand vor die Augen. Es war nicht zu übersehen, wie sehr er zitterte.

«Es ist mir gleich, ob Ihr mit mir oder dem Geheimrat verhandelt, denn wir sind einer Meinung: Ergebt Euch, sonst wird es Euch schlecht bekommen.»

Die Fürstin, die von einem anderen Kerl gehalten wurde, erwachte aus ihrer Ohnmacht, und man hörte sie leise wimmern. Maikea konnte aus der Entfernung erkennen, dass sie mit einem Messer bedroht wurde. Das war grausam. Was war nur passiert?

Der Weiße Knecht trat auf den Fürsten zu. «Und wenn wir das, was Euch im Leben das Liebste ist, in unserer Gewalt haben?»

«Auch da kann ich nur wiederholen, was Geheimrat Switterts gesagt hat: Wir wollen natürlich nicht, dass meiner Gattin ein Leid widerfährt. Aber wenn Ihr …»

«Fürst, ich rede nicht von Eurer Gattin!»

Carl Edzard schaute eine Weile verständnislos drein. Die völlig entkräftete Wilhelmine Sophie blickte ihn mit schreckensweiten Augen an, als flehe sie um ihr Leben. Dann, ganz langsam, verstand er die Worte des Weißen Knechtes. «Ihr sprecht doch nicht etwa von …»

«Ihr habt mich sehr wohl verstanden: Während Geheimrat Switterts so eifrig war, alle bewaffneten Männer zusammenzutrommeln, ist es meinen Leuten mühelos gelungen, Eure geliebte kleine Mätresse aus dem Schloss zu entführen.»

Maikea sah, dass er bitterböse lächelte, während er diese Worte aussprach.

Ihr war, als zöge man ihr den Boden unter den Füßen weg. Dass er, der Weiße Knecht, der Mann, den sie liebte und dem sie vertraute, ihre beste Freundin entführt hatte und sich auch noch darüber zu freuen schien … Ihr schwindelte. Am liebsten wäre sie davongelaufen. Wie konnte er ihr das antun? Er wusste doch, dass Jantje die einzige Person am Hof war, die ihr etwas bedeutete. Wie oft hatte sie ihm von ihrer engen Freundschaft erzählt. Und von der innigen Beziehung zwischen Jantje und dem Fürsten. Hätte sie damals nur den Mund gehalten! Wenn ihrer Freundin etwas angetan würde, könnte sie ihm das niemals verzeihen. Und sich selbst auch nicht.

Der Fürst war noch bleicher geworden, als er es ohnehin schon war. «Wo ist Jantje?»

«Es liegt doch auf der Hand, dass wir Euch das nicht verraten werden, Eure Durchlaucht.»

«Ihr dürft ihr nichts antun, hört Ihr? Wehe, Ihr krümmt Ihr auch nur ein Haar!»

«Das werden wir nicht, ehrenwerter Fürst. Wenn Ihr auf unsere Forderungen eingeht …»

Weert Switterts drängte sich jetzt vor und wollte protestieren, doch Carl Edzard machte ihm mit einer Geste unmissverständlich klar, dass er hier nicht erwünscht war. «Was wollt Ihr denn? Geld? Land? Privilegien? Wir können darüber reden. Wenn es sein muss, auch ohne den Geheimrat, nur wir beide. Was sagt Ihr?»

«Es ist erfreulich, dass Ihr Gesprächsbereitschaft signalisiert. Doch so einfach ist es nicht. Ich fordere heute erst einmal den ungehinderten Abzug von mir und meinem … Sekretarius. Eure Gattin nehmen wir mit, bis wir sicher sind, dass niemand uns verfolgt.»

«Und wann kommt Jantje wieder zurück?»

Der Weiße Knecht lehnte sich scheinbar entspannt an den Türrahmen. Ihm war anzusehen, dass dieses Gespräch ganz nach seinen Vorstellungen lief. Maikea wäre am liebsten zu ihm gerannt und hätte ihm für diese Kaltschnäuzigkeit eine Ohrfeige verpasst.

«Wann Ihr Eure Liebste wiederseht, liegt ganz bei Euch. Aber keine Sorge, wir wollen nicht Euer schmutziges Geld. Es geht uns nur um unsere Freiheit, wie es sich unsere Vorfahren damals geschworen haben. Das wird in einem Vertrag stehen, den Ihr unterschreiben müsst und den die durchlauchtigste Fürstin bei sich tragen wird, wenn wir sie zu Euch zurückschicken.»

«Und dann bringt Ihr Jantje?»

«Sobald wir sicher sein können, dass Ihr Euch an die Neuregelungen haltet, bekommt Ihr sie zurück. Aber wir werden nett zu ihr sein, das verspreche ich.»

Der Fürst sah sich um, seine Bewegung war langsam, als könne er so die Tragweite seines Entschlusses besser überschauen. Schließlich senkte er den Blick.

«Es soll alles so geschehen, wie Ihr wünscht, Weißer Knecht!»

Nun mischte sich Weert Switterts ein, sein Gesicht war glutrot. «Eure Durchlaucht, Ihr wisst nicht, worauf Ihr Euch einlasst. Mit Rebellen verhandelt man nicht!»

«Haltet ein, Switterts. Ich stehe zu dem, was ich gesagt habe. Und wenn Ihr Oberster Geheimrat bleiben wollt, solltet Ihr Euch auch daran halten.»

Damit war das letzte Wort gefallen, das wusste Maikea. Und tatsächlich bildeten die Soldaten bereits eine enge Gasse im Hof, damit die beiden Männer zusammen mit der geschwächten Fürstin ungehindert abziehen konnten.

Nur Maikea rührte sich nicht von ihrem Platz. Ganz nah musste der Weiße Knecht an ihr vorbeigehen, doch als er ihren Blick suchte, schaute sie weg. Sie konnte es nicht ertragen, ihn zu sehen.

Nie wieder.

18

Kaum hatte sie die bloßen Füße auf die Pflastersteine gestellt, raste die Kutsche davon.

Wilhelmine Sophie war jämmerlich kalt, und sie schämte sich für ihre nackten Beine, das zerschlissene Hemd und den Schmutz am ganzen Körper.

Wohin nur sollte sie jetzt gehen? Es war mitten in der Nacht, der Neujahrstag war schon seit ein paar Stunden vorüber, die Stadt schien zu schlafen.

Oder war sie noch im Schock erstarrt, nach dem, was gestern geschehen war?

Wilhelmine erkannte die Kirche vor sich, da war sie schon einmal gewesen bei der Beerdigung ihres Schwiegervaters. Von hier aus war es nicht weit bis zum Schloss, aber bevor sie in diesem Lumpenkleid auch nur einen Schritt in die richtige Richtung setzte, wollte sie lieber direkt hier an Ort und Stelle erfrieren.

Wie sollte das Leben nur für sie weitergehen, nach dieser Schmach, die sie hatte erdulden müssen? Die Erniedrigung durch die Rebellen war entsetzlich gewesen. Immer wieder kehrte die Erinnerung zurück: Wilhelmine sah die silberne Klinge, spürte die Berührung an ihrem Hals, fühlte den Angstschweiß, der ihr über den ganzen Körper lief, und hörte die Worte: *Wir wollen natürlich nicht, dass meiner Gattin ein Leid widerfährt. Aber wenn Ihr …*

In jenem Moment hatte Wilhelmine schon mit ihrem Leben abgeschlossen. Doch den wahren Todesstoß hatte ihr der plötzliche Sinneswandel Carl Edzards gegeben, als er erfuhr, dass nicht ihr Leben, sondern das dieser Jantje Haddenga auf dem Spiel stand. Da war er über sich hinausgewachsen, hatte sogar den Geheimrat in seine Schranken verwiesen und war auf keine Kompromisse eingegangen.

Und das vor den Augen der vollständig versammelten Obrigkeit des Landes. Jeder hatte es mitbekommen, dass der Fürst seine Frau geopfert hätte, für seine Geliebte aber kämpfte wie ein Löwe.

Wie sollte sie je wieder stolz und erhobenen Hauptes auf dem Thron sitzen?

Die Erschöpfung zwang Wilhelmine, sich an die nächste Hausmauer zu kauern. Sie würde in dieser Nacht keinen Schritt weitergehen können. Hunger und Durst verspürte sie nicht, der Weiße Knecht hatte mit gespielter Großzügigkeit ein paar Brotkrusten für sie übrig gelassen. Trockenes, säuerliches Brot, dazu Wasser, mehr nicht, aber es war ausreichend, um ihren Magen zu füllen.

«Fürstin? Eure Durchlaucht? Seid Ihr es wirklich?» Ein junger Mann mit feuerrotem Haar beugte sich über sie. An seiner Hand führte er ein blasses Mädchen, hochschwanger. Sie trug Kleider, die viel zu bunt und vor allem viel zu offenherzig waren. Bin ich also schon so weit gesunken, dass ich mich von einer Dirne und ihrem Freier aus der Gosse ziehen lassen muss, dachte Wilhelmine.

«Ich bin Rudger, der persönliche Sekretarius des Geheimrats. Kann ich Euch helfen, Eure Durchlaucht?» Er reichte ihr seine Hand, aber Wilhelmine fehlte sogar die Kraft, danach zu greifen. «Das Haus meines Herrn ist nur ein paar Schritte entfernt. Ich werde ihn holen, damit wir Euch in Sicherheit bringen können.» Dann wandte er sich an die Dirne: «Trientje, bleibe du so lange bei der Fürstin, bis ich wieder da bin.»

Das Mädchen nickte verschüchtert. Auch sie schien zu frieren, trotzdem öffnete sie ihren farbigen Umhang, streifte ihn ab und legte ihn Wilhelmine über, ohne nur ein Wort zu sagen. Kurz darauf kam der Rothaarige zurück, dicht gefolgt von Switterts, der seinen Mantel notdürftig über das Schlafhemd geworfen hatte, und zwei Bediensteten.

«Fürstin, Gnädigste, Ihr lebt!» Wilhelmine sah ihm an, dass seine Freude echt war, und ihr fiel der Neujahrsmorgen und ihre gemeinsamen Stunden wieder ein. Jene Begegnung erschien ihr, als wäre sie in einem anderen Leben passiert. Erst als sie Switterts' kräftige Arme unter ihren Knien und hinter ihrem Nacken spürte, erinnerte sie sich an die Entführung und an das, was zuvor geschehen war. Ihr schwindelt.

Der Geheimrat hob sie von der kalten Straße und trug sie zu seinem Haus. Doch das war zu viel für die Fürstin, zu viel Gefühl, zu viel Erleichterung, zu viel Müdigkeit.

Wilhelmine fiel in das dunkle Bett der Bewusstlosigkeit.

Als es ihr gelang, die Augen wieder zu öffnen, fand Wilhelmine sich in einem weichen, großen Kissen wieder. Über ihr ein reichlich bestickter Baldachin, auf dem Nachttisch eine Tasse edler Kaffee, und von draußen fiel bereits Licht herein. Sie musste die restlichen Stunden der Nacht über hier gewesen sein.

Als sie vorsichtig ihren eigenen Körper betastete, stellte Wilhelmine fest, dass sie gewaschen war und ein sauberes Hemd trug. Mühsam richtete sie sich auf.

Der Geheimrat stand am Fenster, er war wie immer gut gekleidet und hielt in der Hand die Papierrolle, die der Weiße Knecht ihr bei der Kutschfahrt zugesteckt hatte.

«Was verlangen sie?», fragte sie und erschrak über das Krächzen ihrer eigenen Stimme.

Switterts wandte sich zu ihr, lächelte kurz, und Wilhelmine dachte einen Moment, er würde vielleicht an ihr Bett treten und sie berühren. Doch er blieb, wo er war.

«Es ist eine lange Liste mit Forderungen. Wollt Ihr, dass ich Euch vorlese?»

Sie nickte. «Wenn Ihr mir zuvor noch etwas zu trinken bringen könntet? Mir tut alles weh, mein Kopf, meine Glieder, ein Schluck Wein würde mich entspannen.»

Switterts nickte der Magd zu, deren Anwesenheit Wilhelmine erst jetzt gewahr wurde und die sich sogleich in Bewegung setzte.

«War sie es, die mich gewaschen und umgezogen hat?»

«Selbstverständlich! Ich habe das Mädchen sofort wecken lassen. Ich hoffe, es war in Eurem Sinne …»

«Ich bin Euch zu tiefstem Dank verpflichtet. Und diese junge Frau auf der Straße?»

Switterts verdrehte die Augen. «Es tut mir leid. Mein Sekretarius … nun ja, er hat eine Schwäche für diese … Ihr wisst schon, was ich meine.»

Wilhelmine nippte an dem süßen Kaffee. Sie liebte dieses vornehme, modische Getränk beinahe so sehr wie den Wein. «Schon gut. Sie ist schwanger, habe ich gesehen. Und sie hat mir ihren Mantel geliehen. Bitte, veranlasst, dass diese junge Frau zwanzig Gulden bekommt. Ich denke, sie kann das Geld gut gebrauchen.»

Switterts zögerte kurz. «Das ist sehr großzügig von Euch.»

«Sie war es auch …»

Endlich brachte die Magd den Wein. Wilhelmine nahm einen tiefen Schluck und genoss das kühle Gefühl in der Kehle mit geschlossenen Augen. «Und nun lest mir die Forderungen vor.»

Der Geheimrat entrollte das Papier und seufzte. «Eure Durchlaucht, Fürst Carl Edzard von Ostfriesland, unsere Gruppe wünscht sich die Freiheit für Ostfriesland zurück, wie …»

«Bitte, erspart mir die Vorrede, Switterts. Ich glaube diesen Verbrechern kein Wort.»

«Da sind wir einer Meinung, Eure Durchlaucht. Also, sie fordern unter Punkt eins die sofortige Rückgabe der

Steuerhoheit. Sie schreiben: Schulden, die durch Sturmfluten und andere Katastrophen bei den Nachbarländern aufgenommen wurden, dürfen nicht nur zu Lasten des Volkes gehen, während das Fürstenhaus weiter seiner Verschwendungssucht frönt. Darum soll das Recht der Steuerverwaltung ab sofort wieder in den Händen der Stände liegen.»

«Was meinen die Rebellen nur mit Verschwendungssucht?», fragte Wilhelmine. «Wir sind ein pietistisch geprägter Hof, Bescheidenheit und Gottesfurcht sind oberstes Gebot.»

«Im Punkt zwei geht es um eine vermeintlich gerechtere Aufteilung der Deichbaupflichten, Punkt drei und vier beschäftigen sich mit den sozial benachteiligten Menschen in diesem Land.»

«Wissen die denn nicht, dass wir dreimal täglich in unserer Kapelle für die Armen und Kranken beten?» Wilhelmine war empört, doch Switterts las ungerührt weiter:

«Sie wünschen sich Straffreiheit für alle wegen politischer Vergehen Inhaftierten und Verfolgten.»

«Damit meinen sie sicher auch diese furchtbaren Insulaner, die letzte Woche ausgebrochen sind. Mich würde nicht wundern, wenn diese Kerle gestern auch dabei gewesen sind.»

«Des Weiteren verlangen sie die sofortige Absetzung des Juister Inselvogtes und eine Neubesetzung dieser Stelle durch den Schiffer Eyke … Und Ihr habt recht, dieser Eyke ist einer der Landesverräter, die der Fürst zum Tode verurteilt hat.»

«Auf diese Forderungen wird mein Gatte niemals eingehen, er würde doch sonst seine Glaubwürdigkeit verlieren.» Aber noch während Wilhelmine diesen Satz aussprach, wusste sie, dass sie mit dieser Einschätzung wahrscheinlich unrecht hatte. Carl Edzard würde alles in seiner Macht Stehende tun, damit die Rebellen zufriedengestellt wären und Jantje Haddenga zurückbrachten. Und genau das musste sie verhindern, denn nur dann konnte sie der Öffentlichkeit wieder mit dem erhobenen Haupt einer stolzen Fürstin begegnen.

«Switterts, meint Ihr, wir beide können den Fürsten dabei unterstützen, dass er sich nicht auf diese Verhandlungen einlässt?»

Der Geheimrat schwieg, doch Wilhelmine meinte, ein Blitzen in seinen Augen gesehen zu haben. Wie schön es wäre, wenn dieser Moment ewig dauern könnte, dachte sie. Dieses wunderbare, helle Zimmer war viel bequemer als das Gemach im Schloss. Zudem genoss sie es, mit dem Geheimrat über Politik zu reden, denn endlich wurde sie ernst genommen als Herrscherin, die sehr wohl eine Ahnung hatte vom Geschehen im Lande.

Und dann stand da dieser stattliche Mann am Fenster, den sie gleich zu sich rufen würde, damit er ihr dabei half, die Angst und den Schrecken der letzten Nacht zu vergessen.

19

Es war kaum auszuhalten.

Nun wartete Maikea schon drei Monate darauf, dass die Rebellen ihr Wort hielten und Jantje wieder gehen ließen. Es hieß, der Fürst habe alle Forderungen erfüllt, den Vertrag unterschrieben und die Umsetzung der Veränderungen bereits veranlasst. Der Juister Inselvogt war seines

Amtes enthoben worden und die Amnestie der politischen Gefangenen an alle Gefängnisse weitergereicht.

Im Hof welkten die Märzenbecher und machten den Krokussen und Narzissen Platz. Die ersten Vogelstimmen bereiteten dem langen, stummen Winter ein Ende. Doch noch immer war ihre Freundin nicht zurückgekehrt.

Maikea saß in ihrem Zimmer und blickte aus dem kleinen Fenster. Noch war die Sonne hinter den Zinnen des Schlosses längst nicht aufgegangen, doch in ein oder zwei Stunden würde die Morgendämmerung ihr erstes Licht schicken. Sie hatte die ganze Nacht hindurch gearbeitet. Und trotzdem fielen ihr die Augen noch immer nicht zu.

Seit der Entführung war für Maikea an Schlaf kaum zu denken. Wenn die Müdigkeit sie dann doch überfiel, fand ihr Körper nur für ein paar Stunden die Ruhe, die er so nötig brauchte. Ansonsten fühlte sie sich getrieben von einer Unruhe, die sie zwang, zu arbeiten, zu grübeln, zu zweifeln und wieder zu arbeiten. Ihre Haare waren stumpf geworden, die Haut blass und die Arme fast mager. Man hätte meinen können, sie leide an der Schwindsucht. Und wenn Maikea in den Spiegel schaute, war ihr oft, als begegne sie ihrer Mutter.

Dabei hätte sie allen Grund, stolz und glücklich zu sein, denn ihre Pläne waren weit vorangeschritten und würden bald in die Tat umgesetzt werden können. Diesen Sommer schon wollte sie damit beginnen, auf einer Insel die Wellenbrecher in den Sand zu spülen und die Flächen gezielt zu begrünen. Doch seit sie Weerts Antrag abgelehnt hatte, waren ihr sämtliche Mittel gestrichen und die Erlaubnis, das Hofgelände eigenmächtig zu verlassen, entzogen worden. Ihr alter Widersacher hatte dafür gesorgt, dass ihre Arbeit nur noch auf diese vier Wände hier und bestenfalls die Burgmauern beschränkt blieb. Sie war eine Gefangene geworden, mehr nicht. Das Meer hatte sie schon lange nicht mehr gesehen, und den Wind hörte sie nur, wenn er nachts um das Gebäude wehte.

Plötzlich vernahm Maikea einsames Hufgeklapper, was für diese frühe Zeit sehr ungewöhnlich war. Sie öffnete das Fenster und lehnte sich hinaus. Und was sie dort im Schein der Hoflaternen zu sehen bekam, war noch ungewöhnlicher. Es war kein Soldat auf seinem Pferd, kein Dienstbote, Stallbursche oder Gesandter, sondern der Fürst persönlich. Carl Edzard von Ostfriesland kam auf seinem edlen Apfelschimmel angeritten, ohne sein übliches Gefolge, das ihn sonst von allen Seiten umgab wie ein zweiter Mantel. Er hielt ein braunes Pferd am Zügel. Es war bereits aufgezäumt, doch sein Reiter fehlte. Was hatte der Fürst vor?

Unter ihrem Fenster blieb er stehen, blickte hinauf und zögerte einen Moment, als habe es ihn erschreckt, beobachtet zu werden.

«Seid Ihr Maikea Boyunga?», fragte er schließlich, und Maikea wunderte sich einmal mehr über seine jungenhafte Stimme, die nicht zu diesem pompös gekleideten Mann passen wollte.

Sie hatte den Fürsten oft von weitem gesehen, doch noch nie war sie ihm direkt begegnet. Vor ewigen Zeiten war ihr eine Audienz versprochen worden, aber Weert hatte sie bislang immer wieder verschoben.

«Die bin ich.»

«Kommt herunter, so schnell es geht. Ihr könnt doch reiten?»

Sie nickte, dann fasste sie, ohne weiter zu überlegen, nach ihrem Mantel, zog sich die Stiefel an, band sich das Haar zurück und lief in den Hof.

«Hat Euch jemand beobachtet?», begrüßte sie der Fürst mit sorgenvoller Miene.

«Ich denke nicht. Was habt Ihr vor, Durchlaucht?»

«Setzt Euch auf das Pferd. Und lasst diesen albernen Titel weg. Wir werden einen kleinen Ausritt machen, nur wir beide, und für diese Zeit möchte ich, dass Ihr mich Carl Edzard nennt und vergesst, wer ich bin.»

Maikea verstand nicht, was hier geschah, doch sie zögerte nicht, seiner Aufforderung zu folgen. Die schläfrigen Wachen im Schlosstor schienen ihren Augen nicht zu trauen, als sie erkannten, wer hier einen frühmorgendlichen Ausritt wagte, doch sie ließen sie wortlos passieren.

Carl Edzard hielt in der einen Hand eine Laterne, mit der anderen lenkte er sein Pferd einen schmalen Weg am Schloss entlang. Dann trabten sie durch kleine Gärten, deren Schemen Maikea in der Dunkelheit kaum wahrnehmen konnte. Dahinter, das wusste sie, lagen freie Felder, ein kleines Wäldchen und zahlreiche Entwässerungskanäle. Aber die Pferde schienen den Weg zu kennen und fielen in schnellen Galopp, obwohl man nur wenige Ruten voraus sehen konnte.

Nachdem sie schon eine halbe Stunde geritten waren, ohne dass ein einziger Satz gefallen war, riss der Fürst plötzlich die Zügel stramm, so abrupt, dass sein Hengst kurz stieg, bevor er schnaubend stehen blieb.

«Hier kann uns kein Ohr mehr hören und kein Auge mehr sehen», stellte Carl Edzard fest, doch trotzdem schien er auf der Hut zu sein, als wären sie von unsichtbaren Feinden umzingelt. «Jantje hat Euch unser Geheimnis erzählt. Ihr wisst, dass sie meine rechtmäßige Gattin ist. Und nun sagt mir die Wahrheit: Habt Ihr den Rebellen davon berichtet?»

Maikea erschrak. «Ihr glaubt, ich hätte etwas mit dieser Entführung zu tun?»

«Ich weiß nicht mehr, was ich noch glauben soll! Wisst Ihr, dass ich seit diesem verfluchten Neujahrstag nur noch leide? Ich mache mir solche Vorwürfe, weil ich sie nicht schützen konnte. Und immer wieder habe ich überlegt, welche Rolle Ihr dabei spielt!»

«Keine!» Es klang keineswegs überzeugend, war Maikea sich doch selbst nicht sicher. Vielleicht war sie tatsächlich so etwas wie ein Schlüssel in dieser Geschichte, immerhin hatte sie vor fast einem Jahr dem Weißen Knecht erzählt, wie nah der Fürst und ihre Freundin sich standen. «Niemals hätte ich Jantjes Vertrauen so missbraucht.»

«Bitte, Ihr müsst mir die Wahrheit sagen! Wisst Ihr, was ich in diesem Moment riskiere? Auch wenn ich der Fürst bin, kann ich nicht einfach tun und lassen, was ich will. Noch nie habe ich allein und ohne Wissen der Kanzlei das Schlossgelände verlassen. Und dann auch noch mit einer Person, die im dringenden Verdacht steht, mit dem Weißen Knecht zu kooperieren.»

«Wer behauptet das?», fragte Maikea atemlos, doch dann gab sie selbst die Antwort. «Weert Switters, stimmt's? Aber das ist ungerecht. Er will sich nur an mir rächen.»

«Warum sollte er das?»

«Er fühlt sich von mir zurückgewiesen. Also hat er meine Arbeit sabotiert und mich quasi im Schloss eingesperrt.» Maikea hoffte, der Fürst würde ihr Glauben schenken. «Aber sagt, war nicht er verantwortlich für den Neujahrsempfang? Es würde zu ihm passen, dass er nun mir die Schuld in die Schuhe schiebt, um sein eigenes Versagen zu vertuschen.»

«Glaubt mir, so naiv bin ich nicht, dass ich diese Zusammenhänge nicht selbst auch schon erwogen hätte. Aber das nützt uns in diesem Moment herzlich wenig. Switterts ist weitaus mächtiger als ich. Und seitdem ich bekannt gegeben habe, dass ich mit den Rebellen verhandeln möchte, lässt er mich bei den Mitgliedern der Kanzlei und auch bei anderen Staatsoberhäuptern wie einen Schwachkopf aussehen. Meine Weisungsgewalt wird von Tag zu Tag weiter eingeschränkt, und schon bald zählt mein Wort gar nichts mehr.»

Carl Edzard trieb seinen Schimmel vorsichtig an, und Maikeas Stute folgte, ohne dass sie ihr in die Flanken treten musste. Der Himmel färbte sich mittlerweile rötlich. Die Gegend hier war schön, niedrige Birken säumten den Pfad, und es roch nach feuchter Frühlingserde. Doch es knackte überall im Gehölz, und jedes Geräusch ließ den Fürsten zusammenzucken.

«Glaubt Ihr, wir werden verfolgt?», fragte Maikea.

Carl Edzard zuckte die Schultern. «Ich habe Angst, wisst Ihr? Richtige Angst!» Dann schüttelte er verzweifelt den Kopf. «Was ist das für ein Landesherr, der mutlos ist und unter dem Wahn leidet, verfolgt zu werden? Eine Witzfigur, nicht mehr!»

Maikea sah den Fürsten von der Seite an. Auch er schien abgenommen zu haben, dunkle Schatten waren unter seinen Augen zu erkennen, das frühe Morgenlicht zeigte einen müden Mann.

«Aber Ihr habt mich nicht zu diesem Ausritt mitgenommen, um mir das zu sagen, oder?»

«Nein, es gibt noch etwas anderes. Aber ich muss wissen, ob ich Euch vertrauen kann, Maikea Boyunga.»

«Jantje Haddenga ist die beste Freundin, die ich je gehabt habe. Im Waisenhaus hat sie sich oft schützend vor mich gestellt, obwohl sie zwei Jahre jünger und einen Kopf kleiner ist als ich.»

«Sie ist so mutig. Und so voller Gefühl ...» Ein flüchtiges Lächeln huschte über Carl Edzards Gesicht. «Sie hat mir erzählt, dass es bei Eurem letzten Treffen einen hässlichen Streit gegeben hat.»

«Das stimmt. Doch selbst wenn wir nicht immer einer Meinung sind, unsere Freundschaft ist stärker. Ich bin untröstlich, seit sie das Opfer der Rebellen wurde.»

Durch die Äste der Bäume funkelten die ersten Sonnenstrahlen, und fast gleichzeitig sangen die erwachenden Vögel ihr frühes Lied. Es tat gut, sich endlich außerhalb der Hofmauern zu bewegen, dachte Maikea. Am liebsten würde sie einfach so weiterreiten und nicht mehr ins Schloss zurückkehren. Und vielleicht ging es diesem armen, reichen Herrscher neben ihr nicht viel anders.

«Carl Edzard, ich bin bereit, alles zu tun, damit Jantje wieder zurückkehrt. Ich kann mir auch nicht erklären, warum der Weiße Knecht sie nicht schon längst freigelassen hat, schließlich heißt es doch, dass Ihr alle seine Forderungen erfüllt habt.»

«Nun, ich kann es mir durchaus erklären», gab der Fürst zu. «Doch davon weiß am Hof keine Menschenseele etwas.»

«Ihr könnt mir vertrauen, nein, Ihr müsst mir sogar vertrauen! Ich verspreche, ich werde Euch helfen!»

Der Fürst ritt weiter, als habe er die letzten Sätze nicht gehört. Birkenzweige streiften seinen feinen Mantel. Das Pferd scheute kurz, als eine Maus eilig durch das Unterholz floh, doch Carl Edzard wirkte, als bekomme er von alledem nichts mit.

Plötzlich nahm Maikea aus den Augenwinkeln einen

Schatten wahr, nicht weit entfernt, groß wie ein Mann, doch als sie in die Richtung schaute, war da nur ein Baumstumpf, und sie schalt sich selbst, dass sie sich von der Furcht des Fürsten hatte anstecken lassen.

«Sie ist schwanger», sagte Carl Edzard schließlich, und man merkte ihm an, dass er mit sich gerungen hatte, diese Worte auszusprechen.

«Was?» Maikea trieb ihre Stute an, damit sie auf gleicher Höhe mit dem Fürsten lief und sie dem Mann direkt in die Augen schauen konnte. «Seit wann? Warum habe ich davon nichts gemerkt?»

«Ihr wisst doch selbst, sie ist nicht gerade schlank. Als der Bauch runder wurde, konnte sie ihn gut verbergen. Aber wenn wir uns nicht verrechnet haben, dann müsste es in diesen Wochen so weit sein …»

«Jantje bekommt ein Kind?» Sofort drängte sich ein schreckliches Bild vor Maikeas inneres Auge. Sie hatte Geeschemöh oft von Geburten erzählen hören, und das, was die alte Frau berichtet hatte, klang furchtbar blutig und schmerzvoll. Wenn sie sich ausmalte, dass ihre beste Freundin nun irgendwo in einem dreckigen Versteck ganz allein unter Männern … Nein! Das wollte sie sich nicht vorstellen! «Ich werde sofort nach ihr suchen.»

Man sah Carl Edzard an, dass dieser spontane Entschluss seinem Herzen Erleichterung verschaffte. «Ich wäre Euch ewig zu Dank verpflichtet.»

«Nein, das seid Ihr nicht. Ich tue es für Jantje.»

«Aber Ihr wisst schon, welche Bedeutung diese Geburt hat. Ich meine … sollte es ein Junge werden …»

«O mein Gott!», entfuhr es Maikea. «Dann wäre er der rechtmäßige Thronfolger, auf den das ganze Land wartet!»

«Nur dass es niemand weiß.» Jetzt hielt Carl Edzard sein Pferd an. Die Sonne stand in seinem Rücken, sodass Maikea sein Gesicht nicht wirklich sehen konnte, aber sie hatte den Eindruck, dass die Sorgen in jeder Falte saßen. «Sollten die Rebellen herausfinden, welch kostbares Pfand sie in Händen halten, dann wären Jantje und das Leben des Kindes in größter Gefahr.»

«Der Weiße Knecht wird niemals Hand an ein Neugeborenes legen, das kann ich Euch schwören!»

«Nein, die Rebellen sind es auch nicht, die mein Sohn zu fürchten hätte. Wenn herauskommt, dass er der rechtmäßige Thronfolger ist, dann droht ihm die Gefahr von ganz anderer Seite. Ihm und Jantje.» Seine Stimme zitterte, und er wirkte wie der machtloseste Fürst, den man sich denken konnte. «Dann ist zu befürchten, dass beide Opfer meiner eigenen Soldaten würden!»

20

Gerade hatte er die vielen Röcke nach oben geschoben und nestelte nun am Verschluss seiner eigenen Hose. Sie waren inzwischen aufeinander eingespielt wie eine Horde Gaukler, und manchmal kam es Weert so vor, als vollführte er wirklich ein Kunststück. Schließlich hatte er die Fürstin jede Nacht in seinem Bett, ohne dass ein Mensch etwas mitbekam. Außer seiner Magd vielleicht, doch das einfältige Ding war zu schüchtern zum Plaudern. Und das neue Kammerfräulein der Fürstin wurde gut dafür bezahlt, den Mund zu halten, wenn die Herrin nach Sonnenuntergang von ihrem abendlichen Spaziergang nicht zurückkehrte. Der fürstliche Gatte selbst würde niemals bemerken, dass

Wilhelmine nicht im Schloss nächtigte, hatte er in seiner fast einjährigen Ehe doch kein einziges Mal ihr Gemach betreten.

Es machte Weert Spaß, der Fürstin beizuwohnen. Allerdings waren es weniger ihre weiblichen Reize als vielmehr die Aussicht auf Macht und einen Sohn, den er auf diese Weise zeugen könnte. Und dieser Sohn wäre es dann, der eines Tages auf den ostfriesischen Thron steigen würde, ein blutechter Switterts, auf den sein Vater stolz wäre, selbst wenn das Kind einen anderen Namen tragen würde.

«Beeile dich, die Sonne ist bereits aufgegangen», trieb Wilhelmine ihn an und spreizte die Beine.

Weert war nicht klar, was diese Frau umtrieb. Manchmal hatte er das Gefühl, sie wäre in ihn verliebt oder schwärmte zumindest für seine Manneskraft, doch oft fand er auch nur Kälte und Berechnung in ihren Gesten und Blicken. Manchmal kam es ihm sogar vor, als hasse Wilhelmine ihn für das, was er tat.

Es war ihm jedoch gleich, schließlich kam sie freiwillig. Auch die vielen Begünstigungen, die sie ihm gewährte – ein höheres Gehalt, eine größere Entscheidungsbefugnis, die Unterstützung seiner politischen Situation –, hatte er nie als direkte Gegenleistung von ihr verlangt. Nein, sie waren wirklich zwei Gaukler, die ein Spiel miteinander trieben, dessen Regeln unausgesprochen waren und bei dem beide nur gewinnen konnten.

Ihre Haut war weiß und glatt und kühl, während sich auf seiner Schweißperlen bildeten. Er beugte sich gerade über sie, als er das Klopfen hörte. Mehrmals schlug jemand heftig gegen seine Tür, dann wurde sie einen Spaltbreit geöffnet, und Rudgers feuerrote Mähne war zu erkennen.

«Mach, dass du fortkommst, du Idiot!», schrie Weert.

Doch sein Sekretarius gab keine Ruhe. «Es tut mir ja leid, Weert, wenn ich störe ... Aber ich muss dich dringend sprechen!»

«Himmel nochmal!» Weert erhob sich, knöpfte seine Hose zu und half Wilhelmine dabei, ihr Gesicht unter den zahlreichen Röcken zu verbergen. Unwahrscheinlich, dass der ungebetene Besucher ihre Identität erkannt hatte. «Ich bin gleich wieder da», raunte er Wilhelmine zu, der der Schrecken ins Gesicht geschrieben stand.

Im Flur, an die fensterlose Wand gepresst, stellte er Rudger zur Rede.

«Was gibt es?»

«Ich hätte dich ja nicht so früh aufgesucht», keuchte Rudger. Er musste gerannt sein, denn er atmete schnell. «Erst recht nicht in deinem Schlafzimmer, wenn es nicht verdammt wichtig wäre!»

«Das will ich hoffen! Und egal, was du in meinem Zimmer gesehen zu haben meinst, du hältst deinen Mund, verstanden?»

«Ich habe nichts ...»

«Was ist denn nun passiert?», unterbrach Weert.

«Du hast mir aufgetragen, dass wir Maikea Boyunga im Auge behalten sollen.»

«Ja, und ich hoffe, du erzählst mir nicht, dass du versagt hast und das Biest abgehauen ist!»

«Nein ... Ja ... also, sie hat das Grundstück verlassen ...»

«Wie zum Teufel!», brüllte Weert los.

«... aber sie ist zurückgekommen!»

Weert schlug mit der flachen Hand gegen die Wand. «Das hättest du mir auch beim Frühstück erzählen können. Und glaube mir, den Wachen, die heute Nacht nicht aufgepasst haben, werde ich eine ordentliche Lektion erteilen. Euer Glück, dass diese Verrückte wohl nur spazieren gegangen ist.»

«Du kannst den Wachen nichts vorwerfen. Maikea war nämlich nicht allein unterwegs.» Nun machte Rudger eine kleine Pause. «Sie ist gemeinsam mit dem Fürsten ausgeritten.»

«Maikea und Carl Edzard?» Das konnte, das durfte nicht sein. Weert war es bislang gelungen, ein Zusammentreffen der beiden zu verhindern. Ihm war immer wichtig gewesen, dass er die Verhältnisse am Hof kontrollieren konnte. Was also hatten die beiden hinter seinem Rücken getrieben? Es musste um Jantje gegangen sein, so viel stand fest, denn dieses Mädchen bedeutete beiden sehr viel. «Wohin sind sie geritten? Und wie lange waren sie fort?»

«Sie waren zwei Stunden unterwegs. Und kurz nach Sonnenaufgang zurück.»

«Soll das heißen, sonst wissen wir nichts? Wo hast du denn verdammt nochmal gesteckt?»

Rudger wich ein Stück zurück, als könne er sich auf diese Weise vor der verdienten Schelte schützen. «Ich ... ich war bei Trientje. Ihr geht es nicht gut. Das Kind ...»

«Du warst bei deiner trächtigen Dirne, statt deiner Arbeit nachzugehen?» Weert schüttelte den Kopf. In letzter Zeit kam es ihm vor, als sei sein persönlicher Sekretarius weniger loyal, manchmal sogar geradezu aufmüpfig. Er musste ihn in seine Schranken weisen. «Hat denn niemand die beiden verfolgt?»

«Zwei Wachen haben die Verfolgung aufgenommen. Wie vermutet, hat der Fürst das Waldgebiet aufgesucht, in dem er des Öfteren jagen geht. Carl Edzard kennt sich schließlich nur in einem recht überschaubaren Umkreis gut genug aus. Einer der Männer ist tatsächlich bis auf Hörweite herangekommen.»

«Na also», stieß Weert erleichtert aus. «Komm mit in mein Esszimmer, ich kann einen Schluck Wein gebrauchen. Und dann erzähl mir, was sie besprochen haben.»

Rudger trottete hinter ihm her. «Es ist unglaublich, Weert. Ich dachte erst, der Soldat denkt sich ein Märchen aus oder hat irgendetwas falsch verstanden, aber er ist sich hundertprozentig sicher, dass der Fürst erzählt hat ...»

«Kommst du endlich auf den Punkt?» Weert biss in ein Stück Brot und spülte mit Wein nach.

«Diese Jantje erwartet ein Kind, es muss jeden Tag kommen.»

Weert verschluckte sich so heftig, dass ihm die Tränen in die Augen traten. «Ja und?», röchelte er, als er wieder Luft bekam. «Dass die beiden es getrieben haben, war nie ein Geheimnis. Und dass dabei auch mal was im Bauch hängenbleibt, musst selbst du schon kapiert haben, oder? Wo ist das Problem?»

«Es ist ein eheliches Kind!», fügte Rudger nun stolz hinzu, und ihm war anzumerken, wie sehr er sich darauf gefreut hatte, diese Neuigkeit dem Ratsherrn in fünf Worte verpackt zu servieren. «Jantje und der Fürst sind verheiratet. Schon mehr als ein Jahr lang. Und das Kind wäre somit ...»

Den Rest brauchte Weert sich nicht von seinem Sekretarius erklären zu lassen, denn ihm wurde sofort klar, was es bedeutete. Er ließ Brot und Wein fallen und rannte wieder zu seinem Schlafgemach. Wilhelmine lag noch immer im Bett und nippte an ihrem Kaffee, den sie sich noch mit ein wenig Rum angereichert hatte.

«Was ist mit Euch, Switterts? Könnt Ihr es nicht erwarten, weiterzumachen, wo wir so schamlos unterbrochen worden sind?» Mit süffisantem Lächeln schlug sie wieder die Röcke hoch.

Doch Weert stürzte auf sie zu und zog den Stoff wieder über ihre Beine. «Wusstet Ihr es?» Er konnte nicht an sich halten, fasste sie an den Schultern und schüttelte sie unsanft.

«Wovon redet Ihr?»

«Ob Ihr wusstet, dass Euer feiner Herr Gemahl in Wirklichkeit mit Eurer Hofdame verheiratet ist? Sagt mir die Wahrheit!»

Wilhelmine starrte ihn an, und sofort konnte er in ihren Augen wieder diese abstoßende Kälte erkennen, die ihn schon so oft irritiert hatte. Es war nicht zu übersehen, dass sie in diesem Moment keine Neuigkeit erfahren hatte.

«Und wenn es so wäre?»

«Diese Jantje bekommt ein Kind, meine Liebe! Habt Ihr das nicht bemerkt?»

Nun wurde die Fürstin merklich blasser. «Nein, das ... Sie war doch ohnehin so fett, ich ...»

«Wenn es ein Sohn wird und wenn die beiden aller Welt die Wahrheit erzählen, dann ...» Weert konnte gar nicht so schnell reden, wie sich die Schreckensbilder in seinen Gedanken zusammensetzten. «Im Zuge dieser Entführung wird Carl Edzard wahrscheinlich den Mut finden, das Volk darüber aufzuklären, wer die rechtmäßige Fürstin ist. Er ist ein verdammt gefühlsduseliger Idiot, ich habe ihn ja jetzt kaum noch im Griff, und dann ... Es ist eine Katastrophe! Ich werde vor dem Volk dastehen wie ein Narr!» Er merkte, wie wütend er war, auch auf Wilhelmine, die so unbeteiligt guckte, als habe er gerade mit ihr über das Wetter geplaudert. «Seit wann wisst Ihr Bescheid?»

«Schon lange», war die tonlose Antwort.

«Und warum habt Ihr es mir nicht erzählt?»

Sie schaute durch ihn hindurch, sagte nichts, ließ ihm genügend Zeit, selbst auf die Antwort zu kommen: Natürlich, wenn er gewusst hätte, dass sie in Wahrheit nicht die Fürstin war, hätte er sich nie zu ihr ins Bett gelegt.

«Wir müssen dieses Kind töten!», sagte sie plötzlich mit glasklarer, fast ruhiger Stimme. «Und diese Jantje mit dazu.»

Weert starrte sie an, dann nickte er. Sie hatte recht, dies war die einzige Lösung.

«Schickt Eure Leute los. Sofort.» Die Fürstin saß nun kerzengerade auf der Bettkante und band sich das Mieder zu. «Es muss so aussehen, als wären die Rebellen schuld an ihrem Tod. Das kann nicht so schwer sein.»

«Das sagt Ihr so einfach. Wie sollen wir sie finden?» Weert überlegte fieberhaft. Dann kam ihm mit einem Mal die Lösung, er rannte wieder hinaus und rief nach Rudger, der schon das Gebäude verlassen hatte. Er stürzte seinem Sekretarius hinterher. Es war ihm egal, dass er weder Jacke noch Stiefel trug und einige der Mägde und Burschen, die zu dieser frühen Tageszeit bereits in den Auricher Straßen unterwegs waren, ihn belustigt anschauten.

«Rudger, halt! Wo willst du hin?» Keuchend holte er ihn ein.

«Ich habe dir doch erzählt, mein Mädchen ist krank. Sie hat Fieber, ich will …»

«Vergiss dieses Mädchen, wir haben Wichtigeres zu tun! Du wirst Maikea Boyunga fortreiten lassen und dann persönlich verfolgen. Wir müssen wissen, wo Jantje ist und was es mit diesem Kind auf sich hat. Du darfst keine Minute länger warten!»

Rudger blickte ihn an. «Warum ausgerechnet ich? Du hast unzählige Soldaten, die du schicken kannst.»

«Es ist kein offizieller Auftrag. Dazu brauche ich jemanden, dem ich vertrauen kann. Deswegen nimm mein schnellstes Pferd, drei der besten Männer und ...»

«Aber ich muss zu Trientje.»

Es war nicht zu fassen. Weert schäumte vor Wut. Hatte er es hier tatsächlich mit einem vollkommen Verrückten zu tun? Seit Jahren war Rudger ihm treu ergeben. Und nun ließ sein Sekretarius ihn im Stich? «Ich verspreche dir, sobald du wieder da bist, erteile ich dir und diesem dummen Mädchen die Erlaubnis zu heiraten. Und ein paar Gulden für euch gibt es obendrauf.»

Rudger strahlte augenblicklich. «Versprochen?»

«Ich gebe dir mein Wort.» Die Dankbarkeit in Rudgers Augen war riesig, und Weert fand sie unerträglich. «Aber du musst mir auch eines versprechen: Wenn ihr Mutter und Kind gefunden habt, wartet ihr ab, bis Maikea wieder fort ist. Dann macht ihr kurzen Prozess mit den beiden. Es soll so aussehen, als hätte der Weiße Knecht Hand angelegt. Aber das brauche ich dir ja nicht zu erklären, bei solchen Aufträgen kennst du dich bestens aus.»

«Aber ...» Wurde Rudger tatsächlich grün im Gesicht? Er stotterte. «Damals, das ... Das war ein alter Mann, Weert. Und nun sollen wir ein Neugeborenes und seine Mutter ...?»

«Rede nicht lang herum. Je eher du es hinter dich gebracht hast, desto schneller kannst du deine Trientje ehelichen. Also, worauf wartest du noch?»

21

Die Mühle stand allein auf grüner Fläche. Im Sommer, wenn die Schlingpflanzen an ihr emporkrochen, war das Gebäude gut versteckt. Das wusste Maikea, weil sie im vergangenen Jahr bei ihrer Wanderung an diesem Ort vorbeigekommen war, und in den alten Mauern übernachtet hatte. Doch jetzt im Frühling waren die rußigen Wände noch nackt, und man konnte das Bauwerk schon von weitem erkennen.

Dass sie dieses Versteck so schnell gefunden hatte, war dem gutgefüllten Geldsäckchen zu verdanken, das Carl Edzard ihr mitgegeben hatte. Von ihm hatte sie auch die braune Stute bekommen, mit der sie die Strecke weit zügiger überwinden konnte als zu Fuß. Hoffentlich komme ich nicht zu spät, dachte Maikea, als sie vom Pferd stieg und sich vorsichtig der Mühle näherte.

«Was willst du hier?» Ein Mann mit grimmigem Gesicht stand plötzlich neben ihr.

Wie er sich in dieser Einöde an sie herangepirscht hatte, war Maikea ein Rätsel. Die Rebellen hatten wohl Erfahrung damit, unerwartete Gäste abzufangen.

«Ich bin Maikea Boyunga. Sagt dem Weißen Knecht, dass ich hier bin.»

Der Befehlston schien den Wachposten zu überzeugen, denn er schritt eilig davon. Ein zweiter Kerl, der nun hinter einem der kargen Sträucher hervorkam, baute sich vor Maikea auf und verschränkte die Arme. «Du bleibst solange hier stehen, verstanden?»

Es dauerte nicht lang, bis der erste Mann wieder aus der Mühle trat und ihr mit einem Wink beschied, sie solle herüberkommen.

Maikea war froh, das letzte Stück reiten zu können, denn sie fürchtete, die Beine würden ihr gleich den Dienst versagen. Zwei Tage war sie geritten, und ihr taten alle Knochen weh, aber dieses weiche Gefühl in den Knien rührte woanders her. Sie würde gleich dem Weißen Knecht begegnen. Und sie hatte keine Ahnung, wie sie sich verhalten sollte. Einerseits wollte sie ihm gern die Fäuste auf die Brust trommeln, ihn beschimpfen, ihm all die Wut und Enttäuschung ins Gesicht schreien, die in ihrem Inneren kochte. Andererseits sehnte sie sich nach seinem Lächeln.

Langsam glitt Maikea aus dem Sattel, band das Pferd an einem verkrüppelten Birkenbäumchen fest und trat ein.

Ihre Augen mussten sich erst an die Dunkelheit gewöhnen, dann konnte sie den runden Raum ausmachen. Es waren noch drei weitere Kerle anwesend, sie saßen auf alten Mühlsteinen und rußschwarzen Holzbalken. Einer von ihnen schaute sie überrascht an. Er war hager, seine Augen lagen tief im Gesicht, und seine Haut glich altem Leder.

«Ihr seid Eyke, der Schiffer, oder nicht?», fragte Maikea. «Erinnert Ihr Euch? Vor Jahren habt Ihr mich mit Eurer Schaluppe nach Norden gefahren.»

Der Angesprochene erwiderte ihre Freundlichkeit nicht. «Das ist eine Ewigkeit her. Nun bin ich kein Schiffer mehr.»

«Ihr solltet hingerichtet werden, oder?»

«Aber ich lebe noch», war die knappe Antwort.

Maikea überlegte kurz, ihm zu erzählen, wem er diese Tatsache zu verdanken hatte. Doch sie entschied sich dagegen. Er sollte nicht glauben, dass Maikea sich ihnen anschließen wollte. Damals, gut, da hatte sie ihren einzigen

Schatz dafür hingegeben, die Männer zu unterstützen. Und als sie dann vom gelungenen Ausbruch der Insulaner gehört hatte, war es ihr richtig erschienen, das Medaillon gegen die Freiheit dieser Männer eingetauscht zu haben. Doch seit dem Neujahrstag war alles anders. Sie wollte mit diesen Verbrechern nichts mehr zu tun haben. Niemals wieder. Ihr Interesse galt allein Jantje.

Eyke spuckte vor ihr aus. «Weiß der Henker, warum der Weiße Knecht dich empfängt, wir würden es auf keinen Fall tun. Du bist eine Verräterin. Arbeitest mit Switterts am Hof. Trinkst den ganzen Tag edle Weine und trägst vornehme Stoffe. Schau dir doch nur mal dein Kleid an, davon hätte ich meine Familie zwei Monate satt gekriegt. Wenn es nach uns ginge, würden wir dich verjagen!»

«Was ist hier los?», dröhnte eine Stimme von oben. Als Maikea den Kopf wandte, sah sie den Weißen Knecht am oberen Ende einer Leiter stehen. Er hatte nicht geschrien. Seine Worte waren auch so durchdringend genug, um die Lästermäuler zum Schweigen zu bringen. «Habe ich nicht gesagt, sie ist willkommen?»

Er streckte die Hand nach ihr aus, und Maikea sah, dass sein Lächeln weniger souverän war als die strenge Miene, die er seinen Männern präsentiert hatte.

«Wir folgen nur deiner Anweisung, keine Fremden in die Mühle treten zu lassen!», verteidigte sich einer der Männer.

«Diese Frau ist euch weniger fremd, als ihr glaubt. Das silberne Medaillon, das ihr bei eurer Flucht aus dem Gefängnis mitgenommen habt, es ist das ihre!»

Nun staunten die Anwesenden. «Ihr habt unsere Freiheit erkauft?», fragte Eyke.

«Hätte ich gewusst, dass Ihr daraufhin eine unschuldige

Frau entführt, ich hätte mich anders entschieden», gab Maikea zur Antwort. Dann wandte sie sich fast widerwillig an den Weißen Knecht.

Auch ihm ging dieses Wiedersehen nahe, das war nicht zu übersehen. «Ich kann dir gar nicht sagen, wie froh ich bin, dass du gekommen bist.»

«Ihr seid es nicht, den ich gesucht habe.» Maikea verzichtete auf seine Hilfe, sondern stieg allein die brüchigen Sprossen empor. Eine zweite Leiter führte sie ein weiteres Stockwerk hinauf. Hier war es dunkel und stickig, und der Raum war leer. «Ist Jantje nicht hier?»

Der Weiße Knecht griff nach ihren Händen. «Maikea, ich muss mit dir reden. Bitte! Ich will, dass du mich verstehst!»

Was hatte das zu bedeuten? Warum antwortete er nicht auf ihre Fragen? «Was ist mit meiner Freundin geschehen? Sagt mir nicht, Ihr habt sie ... Sie ist doch nicht tot? Oder?»

«Um Himmels willen, nein! Sie lebt! Wir haben sie gut behandelt, das musst du mir glauben. Und wenn ich gewusst hätte, dass sie schwanger ist, dann ...»

«Für mich macht es keinen Unterschied. Jantje hat mit Eurem Kampf nichts zu tun. Sie ist ein wunderbarer Mensch, hat niemandem ein Leid angetan, sondern sich immer für Schwächere eingesetzt. An der politischen Ungerechtigkeit in diesem Land trägt sie nicht die geringste Schuld. Ihr hättet sie niemals entführen dürfen!»

In diesem Moment hörte Maikea eine dünne Stimme über sich, die ihren Namen rief.

«Du kannst zu ihr gehen.» Der Weiße Knecht holte einen Stab, an dessen Ende ein metallener Haken befestigt war. Er setzte damit an der Zimmerdecke einen versteckten

Hebel in Bewegung, eine Luke öffnete sich knarrend, und eine Strickleiter fiel herunter.

«Was für ein grausames Gefängnis», zischte Maikea dem Weißen Knecht zu. «Da hat mir sogar Weert Switterts mehr Bewegungsfreiheit zugestanden. Ich weiß nicht, wie ich mich jemals so in Euch habe täuschen können!» Wieder wollte er ihr helfen, als sie nach den Seilen griff, doch Maikea schubste ihn zur Seite. Die Grobheit dieser Bewegung tat ihr gut.

Als sie die letzte der wackeligen Stufen erklommen hatte, rechnete sie mit dem Schlimmsten und war umso erleichterter, als sie die kleine, kreisrunde Stube unter dem Dach betrat. Der Raum war sauber, fast hübsch eingerichtet. Zwei kleine Fensterchen ließen Sonnenlicht und frische Luft herein, und Jantje saß an einem kleinen Webstuhl und lächelte sie an. In der Hand hielt sie ein Knäuel Garn.

«Maikea! Du bist es wirklich!» Trotz des kugelrunden Bauches sprang sie erstaunlich beweglich vom Stuhl und lief auf sie zu. «Hat Carl Edzard dich zu mir geschickt?»

Sie sah gesund aus und wirkte überhaupt nicht unglücklich oder verängstigt. Maikea vermochte gar nicht auszudrücken, wie erleichtert sie war, also nahm sie die Freundin einfach nur in den Arm, so gut sich das bei dem Leibesumfang bewerkstelligen ließ.

«Er hat sich furchtbare Sorgen gemacht. Um dich und das Kind!»

«Ach, er ist so lieb! Wie gern würde ich ihm sagen, dass er sich nicht ängstigen muss. Die Menschen hier behandeln mich gut. Ich muss nicht so hart arbeiten und mich nicht schikanieren lassen, wie es bei der Fürstin stets der Fall war.» Jantje ging zurück zum Webstuhl. «Schau mal, erinnert dich das nicht an früher? Doch ohne die Rauschweiler im Rücken macht das Weben richtig Spaß, und ich habe für das Kind schon ein paar Stoffe fertig. Wenn ich Carl Edzard nicht so furchtbar vermissen würde, dann könnte ich mich mit dem Leben hier geradezu anfreunden.»

«Hättest du ihm das nicht mitteilen lassen können? Er ist völlig außer sich!» Maikea sah ihre Freundin streng an.

«Bist du wirklich so naiv?» Jantje lachte. «Jegliche Nachricht hätte doch sicher Weert Switterts' Hände passiert. Und er ist der Letzte, der erfahren darf, dass ich schwanger bin.»

Maikea beugte sich nah an das Ohr ihrer Freundin: «Wissen sie, dass du ... dass das Kind ehelich ist?»

Jantje schüttelte den Kopf und legte den Finger auf die Lippen.

«Warum haben sie dich denn nicht freigelassen? Soweit ich weiß, sind alle Forderungen der Rebellen erfüllt.»

«Ich selbst habe darum gebeten. Was wäre geschehen, wenn ich hochschwanger am Hof aufgetaucht wäre? Es ist mein Wille, die Geburt des Kindes abzuwarten, bevor ich zurückkehre.»

«Du wirst nicht richtig versorgt hier, Jantje. Wie willst du inmitten von diesen Kerlen die Niederkunft durchstehen? Eine Hebamme ist doch wohl kaum unter ihnen.»

Maikea vernahm ein Räuspern. Der Weiße Knecht hatte sich ebenfalls nach oben begeben.

«Könnt Ihr nicht einen Moment draußen bleiben, wenn zwei Frauen miteinander reden? Habt Ihr so wenig Respekt?», fauchte Maikea ihn an.

«Lass gut sein!», beschwichtigte Jantje. «Ich habe Vertrauen zu ihm. Außerdem kennt er sich mit schwangeren Frauen aus. Stell dir vor, er hat mir sogar einige Kräuter bringen lassen, als ich Schmerzen hatte und das Kind beinahe zu früh gekommen wäre. Johanniskraut war es, oder?»

«Und Hopfen.» Ermutigt trat der Weiße Knecht näher. Als er Maikeas fragendem Blick begegnete, erklärte er: «Meine Mutter war Hebamme. Und als kleiner Junge habe ich bei einigen Geburten Hilfestellung leisten müssen.»

«Dass Ihr mal ein kleiner Junge gewesen seid, ist mir neu. Bislang hatte ich immer den Eindruck, Euer Leben hätte irgendwann und irgendwo als Weißer Knecht begonnen!» Maikea konnte das Gift, das auf ihrer Zunge lag, einfach nicht für sich behalten. Daher wandte sie sich wieder an ihre Freundin, die gerade ein Stück Webstoff vor ihr ausbreitete.

«Bitte, Jantje, komm mit mir! Ich werde eine Kutsche holen lassen, ganz heimlich. Sei dir sicher, der Fürst wird mich dabei unterstützen, denn nichts ist ihm wichtiger, als dass du dein Kind gesund zur Welt bringst.»

«Dafür dürfte es bereits zu spät sein, Maikea», mischte sich der Weiße Knecht ein. «Wir gehen davon aus, dass es heute oder morgen losgeht. Die körperlichen Anzeichen sprechen dafür. Ein Transport wäre viel zu gefährlich.»

«Hast du denn keine Angst, Jantje?»

«Warum sollte ich? So viele Frauen haben vor mir Kinder in die Welt gesetzt ...»

Der Weiße Knecht machte einen Schritt auf Maikea zu. «Und mit dir zusammen fühle auch ich mich wohler bei der ganzen Sache. Ich bin froh, dass du hier bist.»

Sie wollte etwas erwidern, ihn anschreien und zum Teufel jagen. Doch er drehte sich um und stieg die Strickleiter hinab.

Jantje trat an sie heran. «Er ist ein wunderbarer Mann!», flüsterte sie.

«Wie bitte?»

«Du hattest mir so viel von ihm erzählt, von seinen politischen Zielen, seinen Kämpfen und so. Aber niemals hast du erwähnt, was für ein liebenswerter Mensch er ist.»

«Vielleicht, weil es mir nie aufgefallen ist», log Maikea.

Aber Jantje hatte dafür nur ihr unwiderstehliches Lächeln übrig. «Das würde ich dir nicht mal glauben, wenn du blind und taub wärst.»

22

Als Jantje wenige Stunden später den ersten Schrei ausstieß, bekamen die Männer es mit der Angst zu tun und verließen die Mühle Richtung Schänke, obwohl es mitten in der Nacht war. Nur der Weiße Knecht blieb an ihrer Seite, und Jantje schien sich nicht daran zu stören.

Maikea, die ihn den ganzen Abend keines Blickes gewürdigt und nur das Nötigste mit ihm besprochen hatte, musste irgendwann einsehen, dass dies nicht der rechte Moment war, ihren Groll aufrechtzuerhalten. Also saßen sie nebeneinander auf der Bettkante, und jeder hielt eine Hand der Gebärenden.

Maikea hörte das Stöhnen, das während der Wehen aus dem Frauenkörper entwich. Sie roch das Blut und den Schweiß. Sie fühlte das Tuch mit dem warmen Wasser in ihren Händen. Niemals hatte sie eine Geburt miterlebt, doch Jantjes Gelassenheit beruhigte sie, und das souveräne Handeln des Weißen Knechtes zerstreute ihre schlimmsten Zweifel.

Sie beobachtete ihn von der Seite. Er gab ruhige Anweisungen, was in welchem Augenblick zu tun war, überhaupt näherte er sich ohne Scheu dem Geschehen – und irgendwie kam es Maikea so vor, als befände sich der Weiße Knecht, dieser ruhelose Rebell, in einer anderen Welt.

«Maikea, du musst genau schauen, wenn das Köpfchen kommt», rief er plötzlich. «Dann greif danach und helfe ihm behutsam vorwärts.»

Sie sah ihn irritiert an. Aber ihr blieb nichts anderes übrig, als seinen Worten Folge zu leisten. Und sie überwand ihre Angst, fasste beherzt zu und redete bei jeder Wehe auf Jantje ein, das Kind voranzutreiben.

«Du machst das wunderbar!», lobte der Weiße Knecht, und sein Lächeln vermochte es, den restlichen Argwohn gegen ihn verschwinden zu lassen. Und je länger sie dort an diesem Bett saßen, sich gegenseitig halfen und gemeinsam der Geburt entgegenfieberten, desto weniger schien die jüngste Vergangenheit noch eine Rolle zu spielen. Maikea erschrak fast über ihre Gefühle, wenn seine Hand die ihre berührte oder ihre Gesichter sich einander näherten. Sie wusste, sie gehörte zu ihm. Und er zu ihr.

«Ich kann nicht mehr!», schrie Jantje auf, aber in diesem Moment geschah das Wunder, es glitt zwischen ihre Beine, wimmerte leise und süß. Es war ein Junge. Er war gesund. Die Zeit stand still.

Der Weiße Knecht erhob sich und ging zu der kleinen Dachluke, durch die der frühe Morgen in die kleine Stube zu schauen schien. Maikea konnte seinen Gesichtsausdruck nicht deuten, aber sie ahnte, dass er einen Moment allein sein wollte. Erst nachdem sie das Kind gewaschen und es seiner Mutter in den Arm gelegt hatte, trat sie neben ihn.

Sie wollte ihn fragen, was in ihm vorging, warum seine Augen so weit in die Ferne blickten, wo er mit seinen Gedanken war, jetzt, in diesem Augenblick. Aber dann begriff sie, er musste es von sich aus erzählen, wenn er bereit dazu war. Nach unendlich scheinenden Minuten griff er nach ihrer Hand, und sie ließ es zu.

«Maikea, ich wurde auf Juist geboren. Mein Name ist Tasso Nadeaus, und ich bin der Sohn von Geeschemöh. Das letzte Kind, dem ich vor heute Nacht auf die Welt geholfen habe, bist du gewesen. Damals, in der Nacht der großen Flut ...»

Sie antwortete nicht, sondern schaute weiter nach draußen. Die aufgehende Sonne verdrängte die Morgenröte. Ein Schwalbenschwarm bildete am Himmel ein schwarzes Muster, es sah aus wie eine tanzende Wolke.

Tasso küsste sie. Und dann begann er, von sich zu erzählen, von einem kleinen Jungen, der nirgendwo dazugehörte, der die Angst überwinden musste, der vergessen wollte, woher er kam und wer er war. Und endlich begriff Maikea so vieles, was sie zuvor immer nur gefühlt hatte und nicht erklären konnte. Sie beide waren sich in vielem so ähnlich, darum hatte sie immer gespürt, dass sie mehr verband als nur die Zeit, die sie im Hause des Kartenmalers zusammen verbracht hatten. Ganz eng standen sie dort und beobachteten das Erwachen eines neuen Tages. Es war gut. Alles um sie herum schien sich verändert zu haben, die Sonne leuchtete heller, das Gras roch frischer, die Natur erwachte, und die Vögel begann zu singen.

Die letzten Stunden waren das Verwirrendste, was Maikea je widerfahren war. Aber sie war glücklich.

Der kleine Junge an Jantjes Brust war eingeschlafen. Mutter und Kind boten ein Bild des Friedens. Maikea seufzte. Und der Weiße Knecht zog sie leise hinter sich die Stufen hinab. «Wir sollten die beiden ruhen lassen. Gehen wir ein bisschen an die frische Morgenluft?»

Maikea lachte. Ihr schien es, als könne sie nie wieder aufhören zu lachen. Tasso küsste ihr Gesicht. «Ich werde dir alles erzählen, was du wissen willst, solange wir unterwegs sind. Doch wenn meine Leute wiederkommen ...»

«Ich weiß! Dann nenne ich dich wieder Weißer Knecht und befehle meinen Fingern, nicht ständig nach dir zu fassen.»

Sie folgten dem Weg Richtung Pewsum und hielten sich an den Händen wie verspielte Kinder.

«Also erkläre mir, was geschehen ist in jener Nacht. Warum haben dich alle für tot gehalten?»

«Diese Flutwelle ist damals über den Hammrich gerollt und hat alle, die sich dort aufhielten, mit sich gerissen. Meine Mutter wusste, ich war unterwegs, um deinem Vater von der Geburt zu berichten. Sie musste davon ausgehen, dass ich unter den Opfern war.»

«Und warum hast du sie in diesem Glauben gelassen? Geeschemöh hat furchtbar um dich getrauert, Tasso. Einmal bin ich mit ihr über den Hammrich gelaufen zu der Stelle, an der euer Haus gestanden hat. Das war Jahre nach der Flut, doch sie hat ihre Tränen nicht zurückhalten können.»

Er schwieg eine Weile. Die Worte schienen ihm nahezugehen. «Kennst du das Gefühl, wenn man keine andere Wahl hat, als einen bestimmten Weg einzuschlagen? Auch wenn es noch so unvernünftig ist?» Tasso blickte sie von der Seite an. «Natürlich kennst du es. Sonst würdest du nicht Inselvogtin werden wollen, sondern Weberin ... oder Hebamme ...»

Er grinste sie an, und sie boxte ihm in die Seite, sodass er vor ihr flüchten musste. Beide rannten den Weg entlang und lachten, und zwischendurch trafen sie sich immer wieder zu einem Kuss. Das war es also, dachte Maikea, wonach ich mich all die Jahre gesehnt habe, wenn ich an diesen Mann dachte.

Schließlich kamen sie in die Nähe des Dorfes und mussten sich zusammennehmen, denn jederzeit könnte ihnen einer der Männer entgegenkommen.

«Damals, in der Nacht, als du geboren wurdest, weißt du, ich habe einfach keinen Grund mehr gesehen, auf der Insel zu bleiben. Ich galt dort schon immer als Sonderling, als der Sohn einer Hexe und eines Pfaffen mit hellseherischen Fähigkeiten. Lange hab ich versucht, dazuzugehören. Aber in jener Nacht begriff ich dann, dass ich es eigentlich gar nicht wollte. Dass ich wirklich anders war als sie und meinen eigenen Weg einschlagen musste.»

«Und wie hast du dich retten können?»

«Das war ein Wunder, das glaube ich heute noch. Ich bin in die Nähe eines alten Kapitänsstands gespült worden, er stammte von einem Schiff, das kurz zuvor gesunken war. Darin schwamm ich wie in einer Nussschale und fand mich am nächsten Tag zwischen Dutzenden Leichen irgendwo am völlig zerschundenen Festlandsdeich wieder. Niemand wusste, wer ich war. Die Sturmflut hatte das ganze Land durcheinandergewirbelt, und jede helfende Hand wurde gebraucht, um den Schaden zu beheben. Eine Gruppe Deichbauer hat mich bei sich aufgenommen. Sie lobten meinen Fleiß und mein Köpfchen. Das war eine völlig neue Erfahrung für mich. Ich habe meine Heimat nicht vermisst und sehr schnell vergessen.»

«Und die Deichbauer haben dich dann zu dem Rebellen gemacht, der du heute bist?»

«Vielleicht bin ich schon immer ein Rebell gewesen, ein Erbe meiner Eltern, wer weiß? Wenn die Gerüchte über meinen Vater stimmen, so war er ein unbequemer Mensch, der den Juistern ihr gottloses Verhalten vorgeworfen und ihnen sogar das Abendmahl verweigert hat, bis sie ihn von der Insel jagten. Und wie meine Mutter war, brauche ich dir ja nicht zu erzählen.»

«Sie war das Beste, was mir passieren konnte. Meine Mutter ist nach meiner Geburt nie wieder auf die Beine gekommen. Das meiste, was ich kann, habe ich bei Geeschemöh gelernt …»

«Damals bei den Deichbauern habe ich das erste Mal die Zusammenhänge verstanden. Nach dem Sturm hat das Fürstenhaus sich hoch verschulden müssen, man hat bei den Holländern Geld geliehen, und weil man nicht bei sich selbst sparen wollte, wurden die Einnahmen der Untertanen verpfändet. Die Menschen, die ich kennenlernte, waren alle fleißig und ehrlich, aber bettelarm. Irgendwann habe ich gemerkt, dass ich dagegen kämpfen musste und dass dies meine Aufgabe im Leben ist.»

«Und so wurde dann aus Tasso Nadeaus der Weiße Knecht …»

«Ja, wenn man es zusammenfasst.»

Sie liefen um eine kleine Böschung und erblickten nur wenige Schritte voraus Eyke und seine Begleiter. Maikea war enttäuscht. Sofort ließ Tasso ihre Hand los, schenkte ihr noch einen kurzen Blick, dann rief er: «Kommt heim, Männer. Wir haben etwas zu feiern. In unseren heiligen Hallen ist ein strammer Junge geboren worden. Ich habe soeben beschlossen, unsere letzten Biervorräte für diesen Anlass zu opfern.»

Fröhlicher Jubel war die Antwort. Gemeinsam machten sie kehrt und eilten gut gelaunt und voller Vorfreude auf das kleine Fest zur Mühle zurück. Manche der Männer taten so, als hätten sie selbst etwas mit der Geburt zu tun, sie prahlten und lachten und trieben ihre Scherze. Und wenn es nach Maikea gegangen wäre, hätte dieser Marsch noch eine Ewigkeit dauern können. Denn obwohl sie in der letzten Nacht kein bisschen geschlafen hatte, fühlte sie sich lebendig wie noch nie. Außerdem hätte sie ihren Abschied gerne noch etwas hinauszögern wollen. Aber sie wusste, später würde sie sich wieder auf den Heimweg machen müssen, denn sie hatte Carl Edzard versprochen, ihn umgehend zu benachrichtigen, wenn es etwas Neues von Jantje gab. Und das war schließlich der Fall. Jantje ging es gut, und ihr Sohn war geboren, der legitime Thronfolger dieses Landes ...

Doch plötzlich erstarb das Gelächter der Männer. Die braune Stute, auf der Maikea hierhergeritten war, kam ihnen entgegengerannt, mit wildem Blick und schwitzendem Fell. Maikea wurde unruhig. Nur wenige Augenblicke später sah sie Rauchschwaden aus der Mühle emporsteigen.

«Nein!», schrie Tasso und rannte los.

«Verdammt, die Schweine haben unsere Mühle angezündet!», rief Eyke. «Ich sehe die Flammen.»

Maikea war fassungslos, am liebsten wäre sie stehen geblieben und hätte sich die Augen gerieben, bis diese böse Vision sich nur als Trugbild herausstellte. Doch als der Rauch in ihrer Nase brannte, wusste sie, es gab nicht eine Sekunde zu verlieren.

«Jantje! O mein Gott!»

Tasso war bereits bei der Mühle angekommen, sie sah ihn im Eingang verschwinden. Aber wie sollte er bis unter das Dach gelangen? Die Leiter war aus Holz, ganz oben musste er die Strickleiter benutzen. Und wie sollte er es schaffen, eine Frau und ihr Kind wieder hinunterzubringen? Das war unmöglich. Maikeas Herz verkrampfte sich. Die wichtigsten Menschen in ihrem Leben saßen in einer grausamen Falle. Sie konnte nicht einfach nur zusehen, sie musste selbst helfen. Maikea rannte los.

Aus dem Inneren der Mühle hörte sie das Rufen und Husten der Männer, das Holz ächzte in der Hitze, und die Flammen tanzten bereits wild umher. Aber der Rauch war das Schlimmste.

«Jantje!», schrie Maikea. Immer wieder rief sie den Namen ihrer Freundin. Eine Antwort erhielt sie nicht. Sie steuerte auf die Leiter zu, doch die ersten Sprossen waren bereits zerbrochen. In der oberen Luke konnte sie gerade noch jemanden erkennen.

«Bleib, wo du bist, hier oben kannst du nichts tun!», schrie Eyke.

«Ich will aber helfen!» Ihre Augen tränten, und sie bekam kaum noch Luft. Die Hitze im Raum schien ihre Haut zerreißen zu wollen. «Wo ist der Weiße Knecht?»

«Er ist ganz nach oben. Der Mann ist lebensmüde!»

Maikea blickte sich um. Alle Wasserkrüge waren leer, es gab nichts, mit dem sie hätte löschen können. Sie griff nach zwei alten Holzeimern und wollte gerade hinausrennen zu dem kleinen Teich in der Nähe, als sie in der Tür eine Gestalt erblickte. Mit bösartigem Grinsen versperrte der Fremde den Ausgang. Nein, jetzt erkannte sie ihn, diese roten Haare … Es war Rudger, der Sekretarius des Geheimrats.

Hatte er das Feuer gelegt? Aber warum? Und wie hatte er das Versteck gefunden? Weert Switterts musste dahinterstecken, dachte Maikea, wer sonst? Vielleicht waren seine Leute ihr heimlich gefolgt, um das Problem mit der Mätresse des Fürsten endlich und endgültig zu lösen. Ja, so musste es gewesen sein. Und das würde bedeuten, dass sie wieder einmal durch ihre Unvorsichtigkeit eine Katastrophe heraufbeschworen hatte.

Maikea rannte auf den Kerl zu und stieß ihm die Holzeimer gegen die Brust, doch er hielt ihre Arme fest und wehrte sie ab.

«Maikea, verschwinde von hier, wenn dir dein Leben lieb ist!»

«Niemals! Ich werde kämpfen bis zum Letzten!»

Er lachte. «Gegen wen willst du kämpfen? Ich dachte immer, das Meer ist dein Feind, aber hier musst du dich mit dem Feuer anlegen.»

«Lass mich los!»

Tatsächlich folgte Rudger ihrem Befehl. Maikea nutzte die Gelegenheit, schlüpfte an seiner Seite vorbei und rannte Richtung Teich.

Doch fast im selben Augenblick brach mit ohrenbetäubendem Lärm der Boden des ersten Stockwerks in sich zusammen. Maikea konnte sehen, wie eine Wolke aus glühenden Funken emporstieg. Sie sah Eyke und ein paar seiner Männer, die vor Schmerzen schrien und aus den Trümmern herausrannten. Einer wälzte sich am Boden, sein Hemd hatte Feuer gefangen. Aber Maikea konnte weder Jantje noch den Weißen Knecht erkennen. Dafür tauchten rings um die Mühle weitere Soldaten auf und stürzten mit gezückten Waffen zu den Rebellen.

«Verdammt!», fluchte Eyke, der mit Abstand der Schnellste zu sein schien. Er griff nach einer Holzlatte und schlug damit einem der Soldaten vor die Stirn, sodass dieser zu Boden ging.

Maikea wusste, sie würde mitkämpfen müssen, sonst waren die Männer chancenlos. Niemand nahm sie wahr, das war ihr Vorteil. Sie holte aus, nahm den Kerl ins Visier, der den in Flammen stehenden Rebellen erstechen wollte, und schleuderte ihm einen der Holzeimer gegen die Schläfe. Fast im selben Moment griffen jedoch starke Hände nach ihr und rissen sie zu Boden. Rudger beugte sich über sie, von seiner Stirn tropften Schweißperlen auf sie herab. Er hatte ein Messer in der Hand, hob es an, doch er schien gehemmt zu sein, eine wehrlose Frau zu töten. Aber er hatte sich getäuscht, denn dass Maikea alles andere als wehrlos war, bekam er sofort zu spüren. Sie zog ihr Knie an und rammte es immer wieder zwischen seine Beine. Dann kam Eyke herbeigerannt und riss ihn von Maikea herunter. Den Degen in seiner Hand schnitt in Rudgers Oberschenkel, der Getroffene jaulte auf. Maikea rappelte sich auf, wankte auf die brennende Mühle zu und schlug einem angreifenden Soldaten den zweiten Eimer ins Gesicht. Sie ließ sich nicht aufhalten.

Die Tür zur Mühle stand offen, dahinter loderte das Feuer glutorange. Es war unerträglich heiß. Maikea stolperte trotz der Hitze hinein. Hier unten konnte kein Mensch überlebt haben, der Boden war bedeckt von Trümmern.

«Maikea!», hörte sie es pötzlich von oben aus zwei Kehlen. Sie blickte hinauf. Das zweite Stockwerk war noch nicht zerstört, Gott sei Dank. An der Balustrade erkannte sie Tasso, er stützte Jantje, die das schreiende Kind im Arm hielt. Sie schienen so unendlich weit weg zu sein. Der Weg nach unten war ein Opfer der Flammen geworden, sie hatten keine Chance.

«Maikea, du musst meinen Sohn nehmen!», rief Jantje. «Bitte! Auch wenn ich sterben muss, er soll leben.»

Maikea sah sich um. Sie kletterte auf den Mühlstein und von dort auf einen Haufen verkohlter Balken, das brachte sie etwas näher, doch noch immer war der Abstand zwischen ihr und dem Kind zu groß.

«Ich werde ihn dir in die Arme werfen!»

«Nein! Bist du verrückt, Jantje, wenn ich ihn nicht auffange, stirbt er!»

«Wenn ich ihn bei mir behalte, wird es nicht anders sein. Wir haben keine andere Möglichkeit. Du musst ihn fangen und dann so schnell wie möglich von hier verschwinden, hörst du? Bringe ihn in Sicherheit! Bloß nicht nach Aurich! Niemand darf erfahren, dass er überlebt hat, noch nicht einmal Carl Edzard!»

«Aber er ist der Vater!»

«Mir ist das Leben meines Kindes wichtiger, hörst du? Wenn er alt genug ist und im Land Frieden herrscht, dann ...» Ihr Schrei unterbrach den Satz. Von oben hatte sich durch die Hitze ein Balken gelöst. Er sauste knapp an Jantjes Kopf vorbei und zerbarst direkt vor Maikeas Füßen in tausend Splitter.

«Wir müssen hier weg, Jantje!», rief Tasso. Er hatte sich das Seil der Leiter um die Hüfte gebunden und machte das andere Ende am Fensterrahmen fest.

«Da draußen warten die Soldaten auf euch!», warnte Maikea.

Jantje stand wie versteinert da, hinter ihr leckten die Flammen nach ihrem Haar.

«Bitte! Maikea! Du bist mir die liebste Freundin, die ich je hatte. Nimm mein Kind! Sei ihm eine gute Mutter!»

«Hör auf damit! Du wirst das hier überleben, ganz bestimmt!»

Doch Jantjes Hemd hatte bereits Feuer gefangen. Sie blickte an sich hinunter, sah ihren Sohn an, küsste ihn und hielt ihn über die Balustrade: «Leb wohl!»

Maikea sah das kleine Bündel auf sich zukommen. Sie breitete die Arme aus, tat einen vorsichtigen Schritt nach vorn, und wäre beinahe gefallen, doch dann landete das Kind sicher in ihren Armen.

Als sie wieder hinaufschaute, waren Jantje und Tasso nicht mehr zu erkennen. Der Rauch schob sich wie eine Mauer zwischen sie.

Maikea sprang vom Mühlstein und suchte hastig nach einem Fluchtweg aus den Flammen. Sie entschied sich für ein kleines Fenster an der Rückseite der Mühle, stieg hindurch und rannte los.

Nur einen Steinwurf entfernt lieferten sich die Soldaten und die Rebellen einen erbitterten Kampf, niemand durfte mitbekommen, dass sie entkommen war. Mit dem schreienden Kind im Arm.

Niemals in ihrem Leben war sie so schnell gerannt.

TEIL 4

Februar 1744

1

An diesem späten Abend Ende Februar war es nicht mehr winterlich kalt in den Straßen der Stadt, dafür nass und dunkel. Aber Rudger hätte den Weg mit verbundenen Augen gefunden, so oft war er in seinem Leben schon vom Schloss zum Stadtrand gegangen, um das kleine, etwas gedrungen wirkende Haus aufzusuchen. Früher waren es leichte Schritte gewesen, erwartungsfroh, beinahe ungeduldig. Doch seit fast zehn Jahren schlich er sich mit immer größerem Unmut dorthin. Er sah es als Pflichtübung an, machte es nur, weil sein Eheweib ihn zu oft des Bettes verwies, wenn er betrunken nach Hause kam – was fast jeden Tag der Fall war. Seine Christiane konnte dann rabiat werden, und er musste auf der Küchenbank schlafen. Dennoch war Rudger vor drei Wochen bereits zum vierten Mal Vater geworden. Kein Grund zur Freude, eigentlich reichte sein Verdienst beim Geheimrat kaum für die Familie. Auch den Besuch im Freudenhaus musste er sich mit kleinen, gemeinen Gefälligkeiten bei Weert Switterts verdienen.

Er hatte zwei Mädchen, mit denen er gern schlief. Selma und Grete. Beide waren freundlich, lieb und ließen sich küssen. Aber keine war wie Trientje. Er dachte oft an sie, viel zu oft. Und wenn der Schmerz in seinem Bein, das damals bei dem Kampf an der Pewsumer Mühle schwer verletzt worden war, ihm noch zusätzlich den Kopf benebelte, weinte er leise um sein verlorenes Glück, bis das Bier ihm eine selige Welle des Vergessens schenkte.

Heute war er recht nüchtern. Eine lange Sitzung in der

Kanzlei hatte unnötig viel Zeit gekostet. Es ging um Politik, aber Rudger verstand das Geschäft nicht, wollte es auch gar nicht verstehen. Es war ihm egal, denn er wusste nur zu gut, wie käuflich die Mächtigen waren und wie wenig sie sich um das Wohlergehen der Bevölkerung scherten. Das Ganze widerte ihn lange schon an.

Zurzeit sprachen alle nur von der Schwangerschaft der Fürstin. In vier Monaten erwartete sie ihr zweites Kind, und am Hof hoffte man, betete sogar, dass es ein gesunder Junge werden würde. Insbesondere, nachdem die vor vier Jahren geborene Tochter des Fürstenpaares nur zwei Winter überlebt hatte. Dieses Mal musste es klappen, immerhin harrte man schon seit zehn Jahren auf einen Thronfolger. Der jetzige Fürst bot ein solch deprimierendes Bild, dass ihm keine große Lebenserwartung mehr zugesprochen wurde. Außerdem war er mit den politischen Unruhen überfordert.

Es hieß, die Renitenten machten in Emden gemeinsame Sache mit den Preußen. Der Direktorialrat *Homfeld*, ein überaus gewiefter Syndikus und Politiker, hatte den Aufständischen weisgemacht, dass alle ihre Sorgen und Unzufriedenheit unter der Herrschaft Friedrichs II. ein Ende hätten. Die Friesen waren den Bürgerkrieg leid, sie wollten alles glauben, was Frieden versprach. Und nun fürchtete das Fürstenhaus in Aurich, die Emder könnten durch ihre neuen Freunde zu mächtig werden, insbesondere weil Carl Edzards Zustand immer kümmerlicher schien, seit er seiner Geliebten nachtrauerte.

Auch Rudger spürte, dass etwas in der Luft lag. Viele meinten sogar, das Schicksal des freien Ostfrieslands könnte für immer verändert werden.

Aber was kümmerte es ihn? Sein Leben war nur einen

Dreck wert, seine Kinder waren zwar gesund, aber dumm und garstig. Auch ließ er sich immer wieder aufs Neue von Weert Switterts schikanieren, treten wie einen Hund, war er doch abhängig von dessen Gunst. Er musste sich alles gefallen lassen. Es war heute nicht schlimmer als gestern, und morgen würde es sich auch nicht ändern. Es war zum Heulen.

«Rudger?», hörte er eine leise Stimme scheinbar aus dem Nirgendwo. Er verlangsamte sein Humpeln und schaute nach rechts, von wo das leise Rufen gekommen war. Eine dunkle Häuserecke verbarg in ihrem Schatten eine Gestalt. Nur einen nackten Fuß und den zerfransten Saum eines Mantels konnte Rudger erkennen. Er bekam es mit der Angst zu tun. Nachts waren die Straßen nicht sicher, ganze Räuberbanden belagerten die Stadt. Denn das Elend der Bevölkerung brachte immer zahlreicher finstere Gestalten hervor.

«Komm her!», flüsterte es erneut. Dann trat die Person hervor. Es war eine Frau, von oben bis unten eingehüllt in einen zerschlissenen Mantel. Sie trat sehr vorsichtig auf ihn zu, fast schüchtern, und zog ein Kind hinter sich her.

Rudger hätte schwören können, dieses Weib noch nie zuvor gesehen zu haben, doch dann hob sie mit zitternden Fingern die Kapuze vom Kopf, und langsam, ungläubig und doch voller Hoffnung, erkannte er Trientje. Ihr Haar war strähnig und stumpf, das Gesicht hager und schmutzig. Und doch erschien sie ihm so schön, dass er sicher war, wohl nur einem Traumbild begegnet zu sein. Hatte er vielleicht zu viel getrunken?

Seine Trientje war doch tot, bei der Geburt ihres Kindes gestorben, damals vor fast zehn Jahren. So hatten sie es ihm erzählt, als er nach seiner schweren Verletzung endlich wieder Kraft genug besaß, das Haus am Stadtrand zu besuchen. Voller Freude war er damals zunächst dort hingegangen, denn Weert hatte ihm und Trientje wie versprochen die Heiratserlaubnis erteilt und sogar ein kleines Säckchen Geld spendiert als Ablösesumme. Doch stattdessen hatte ihm die Hurenmutter Trientjes bunten Umhang überreicht und mit traurigem Blick erzählt, dass weder Mutter noch Kind die Strapazen der Niederkunft überlebt hätten. Es hatte ihm das Herz zerrissen, und er war sich sicher gewesen, dass dies die Strafe sein musste für den gottlosen Überfall auf die Mühle, bei dem auch eine junge Mutter und ihr Kind gestorben waren. Doch mit den Jahren hatte Rudger sein furchtbares Schicksal akzeptiert und nach langer Trauer schließlich ein Mädchen aus der fürstlichen Wäscherei geheiratet.

Und nun stand Trientje auf einmal vor ihm. Was hatte das zu bedeuten? Er brachte kein Wort hervor.

«Ich will dich nicht belästigen!», sagte sie und blickte zu Boden. «Es ist nur ... Dein Sohn, Gero ... Er ist krank, kann nicht arbeiten, und mir fehlt die Kraft zu ...»

Nun konnte Rudger auch das Kind erkennen, denn der Mond warf sein blasses Licht auf den Jungen. Er hatte ein sonderbar schiefes Gesicht, seine Augen schauten nicht geradeaus, und Spucke tropfte ihm aus dem Mund. Er war stumpfsinnig, ein Idiot, der ihn scheel anlächelte.

«Was ist mit ihm?»

«Die Geburt hat sehr lang gedauert. Er steckte fest, und sie mussten ihn mit Gewalt aus mir herausziehen. Die Hebamme sagte gleich, dass er schwachsinnig wäre. Aber er ist ein lieber Junge, das musst du mir glauben.»

«Natürlich, ich ...» Ein Zittern durchlief Rudgers Körper, er war unfähig, weiterzureden. Wie musste Trientje gelitten haben! Warum war sie nicht schon früher zu ihm gekommen?

«Das Geld, das du mir damals hast zukommen lassen, ist seit Jahren aufgebraucht. Wir müssen hungern. Und ich dachte nur ...»

Rudger ging auf sie zu und fasste sie an den Schultern. «Was redest du da? Ich habe dich niemals mit Geld abgespeist!»

«Aber ...» Sie schluchzte auf. «Der Geheimrat kam ins Haus, ließ zwanzig Gulden dort und richtete aus, du hättest eine anständige Frau gefunden, die besser zu dir passt. Ich solle mit dem Geld das Weite suchen und dich nicht länger belästigen. Und ...»

Alles zog sich in Rudger zusammen. Seine Augen wurden schmaler, waren nur noch auf diese Frau gerichtet, die er immer so geliebt hatte, die er immer noch liebte und die ihm nun diese furchtbare Geschichte erzählte.

«Nichts davon ist wahr!», unterbrach er sie so barsch, dass die ohnehin schon eingeschüchterte Trientje noch kleiner zu werden schien. Reumütig legte er seine Hand auf ihre Schulter. «Es tut mir leid, ich wollte dich nicht erschrecken.»

«Erzähle mir doch keine Lügen. Von Selma weiß ich, dass du gut geheiratet hast, dass du ...»

«Weert Switterts hat mir gesagt, du wärst tot. Wenn ich gewusst hätte, dass du noch lebst, dann hätte ich dich zur Frau genommen!»

Trientje begann leise zu weinen. Rudger streichelte sie, wollte sie trösten. Doch in ihm wuchs etwas heran, das seine zärtlichen Hände zu Fäusten werden ließ. Eine Wut, die so übermächtig wurde, dass er am liebsten schreiend losgerannt und mitten in der Nacht in Weerts Haus eingedrungen wäre, um ihn dort zu treten und zu schlagen und zu würgen. Dieser Mann hatte sein ganzes Leben zerstört. Schon damals: Wie viel lieber wäre Rudger zur See gefahren, als Soldat zu werden! Was wäre aus ihm geworden, wenn er Trientje geheiratet hätte? Welche Schuld hatte er auf sich genommen? Denn er hatte gestohlen, gebrandschatzt, gefoltert und sogar gemordet – alles nur für diesen widerwärtigen Verräter!

Der Zorn, das wusste Rudger auf einmal, hatte in ihm gewuchert wie ein ekelhaftes Geschwür, hatte ihn zum Säufer und Hurenbock gemacht. Aber jetzt war der Klumpen aus Hass zu groß und brach endlich auseinander.

Rudger küsste Trientje auf die Stirn. «Bleib hier! Bevor es Morgen wird, bin ich wieder da, das verspreche ich dir bei meinem Leben!»

«Was ... Was hast du vor?»

Er küsste sie statt einer Antwort, denn er wollte sie nicht beunruhigen.

Es war an der Zeit, Rache zu nehmen.

2

Zwölf Männer standen in seinem Zimmer. Erst dachte Weert, es wäre ein böser Traum, denn manchmal quälte seine Phantasie ihn des Nachts mit wirren Ängsten. Doch die Soldaten, die ohne anzuklopfen sein Zimmer betreten hatten, waren so real wie das verschlafene Weib in seinem Kissen und der leere Weinkrug auf dem Tisch.

«Was zum Teufel ...», setzte er an, doch dann erstarrte er. Inmitten all der Männer stand Fürst Carl Edzard. Er war nicht gerade der größte und bei weitem nicht der furchteinflößendste von ihnen, aber dennoch war sein Gesicht kaum wiederzuerkennen. In den letzten Jahren hatte es stets fahl und ausdruckslos gewirkt, jetzt war es wutverzerrt. An seiner Seite entdeckte Weert seinen Sekretarius. Rudger trug eine ähnliche Miene zur Schau.

«Kann mir mal jemand sagen ...» Doch noch bevor Weert einen neuen Anlauf unternehmen konnte, traten die Soldaten auf ihn zu, fassten ihn links und rechts und schleppten ihn aus dem Bett. Das Weib kreischte. Er hatte ihren Namen vergessen, sie aber gut bezahlt, damit sie bis zum Morgen neben ihm liegen blieb. Nun zog sie sich rasch die Kleider über und drückte sich an der Wand entlang zur Tür. Niemand hielt sie auf.

«Weert Switterts, ich lasse Euch festnehmen und enthebe Euch sämtlicher Ämter, die Ihr innehabt.» Carl Edzards Stimme bebte vor Aufregung. «Ich wünsche nicht, dass Ihr Euch noch einmal in meiner Nähe blicken lasst. Über Euer weiteres Schicksal mögen die Richter entscheiden, aber ich versichere Euch: Ein Todesurteil unterschreibe ich gern!»

Schon trieben ihn die Soldaten voran, stießen ihre scharfen Lanzen in seine Kniekehlen und behandelten ihn wie ein Stück Vieh.

«Was wird mir zur Last gelegt?», rief Weert, doch er konnte sich denken, was geschehen war. Rudger, dieser undankbare, verblödete Idiot, musste ein paar Geheimnisse ausgeplaudert haben. Weert warf einen Blick in seine Richtung und entdeckte ein seltsames Grinsen auf seinem Gesicht. War Genugtuung darin zu erkennen? Als sie ihn durch das Treppenhaus schubsten, folgte sein alter Begleiter ihm auf Schritt und Tritt.

«Ich habe ihnen alles gesagt, mein werter Freund!» Der Spott in Rudgers Stimme war ätzend. «Angefangen habe ich bei unserer Schlägerei im Hof des Waisenhauses, aufgehört mit dem Tod Jantje Haddengas, der gar nicht von den Rebellen verschuldet war. Ach ja, und das Schicksal des Kartenmalers sowie des verehrten Kanzlers Brenneysen habe ich auch ein für alle Mal aufgeklärt. Das müsste reichen, damit du so bald wie möglich in der Hölle schmorst!»

«Aber was habe ich dir denn getan?», jammerte Weert. Doch Rudger drehte sich um und verschwand aus seinem Blickfeld. Die Antwort blieb er ihm schuldig.

Erst als Weert auf dem harten Steinboden saß und die Tür der Gefängniszelle krachend ins Schloss fiel, wurde ihm richtig bewusst, was in den letzten Minuten geschehen war. Eben noch hatte er in seinem Haus im warmen Bett gelegen, war Geheimrat gewesen und hatte sich um nichts in der Welt sorgen müssen. Und nun saß er in diesem verdreckten Kellerverlies.

Schräg durch das vergitterte Fenster schienen vereinzelte Strahlen der Vormittagssonne. Weert sah sich um. In der Ecke lag ein zerlumpter Koloss und schnarchte. Wenn er sich nicht sehr täuschte, handelte es sich dabei um einen notorischen Schläger, über den er schon mehrfach vor Gericht ein Urteil gesprochen hatte. Es war besser, diesen Ort so früh wie möglich wieder zu verlassen. Denn dass er bis an sein Lebensende hier schmoren würde oder gar mit einem Todesurteil rechnen musste, wie der Fürst vorhin gedroht hatte, ließ er für sich nicht gelten. Er hatte hier in Aurich zu viele Fäden gesponnen, als dass er Angst vor dem tiefen Fall haben musste.

«Psst, hey, komm her!», flüsterte er dem Wachmann zu, der apathisch auf seinem Schemel hockte und gegen den Schlaf kämpfte. «Wie heißt du?»

«Habbo Utzenga. Aber es ist mir untersagt, mit Gefangenen zu reden.»

«Du weißt aber doch, wer ich bin?»

Der Mann blinzelte. «Der Geheimrat, soweit ich weiß. Der Geheimrat im Schlafgewand!» Er bemühte sich noch nicht einmal, ein Lachen zu unterdrücken.

«Halt dein Maul! Nur weil ich jetzt hier sitze, würde ich an deiner Stelle nicht zu viele Späße auf meine Kosten machen. Denn ich werde schneller wieder draußen sein, als du gucken kannst. Und dann bin ich noch mächtiger als zuvor ...»

«Wer's glaubt, wird selig ...»

Weert stand auf, ging zum verrosteten Gitter und rüttelte daran. Es war einfach unfassbar, dass Rudger ihn verraten hatte und nun hier vermodern ließ. «Ich will, dass du die Fürstin kommen lässt!»

Der Wächter zeigte außer einem nach oben gezogenen Mundwinkel keine Reaktion.

«Habbo, ich werde dich reich belohnen, wenn du jetzt tust, was ich sage!»

«Langsam gehst du mir auf den Geist!», entgegnete der Mann unwirsch. «Sieh es ein, bislang warst du mein Gebieter, nun bin ich der deine. So schnell ändern sich die Verhältnisse.»

Weert begann zu zittern. Die dicken Mauern schienen aus gefrorenem Stein zu sein. Selbst an der schmalen Stelle, an der das Sonnenlicht seine Strahlen auf den Boden warf, war keine Wärme zu spüren. Er hätte sich gern gesetzt, doch es gab nirgendwo eine Stelle, die halbwegs trocken war, außer direkt neben seinem gefährlichen Mitgefangenen. Nie im Leben war er so gedemütigt worden. Das hatte er nicht verdient! Hatte er sich nicht all die Jahre für dieses Land aufgeopfert? Tag und Nacht für Ostfriesland eingesetzt? Und nun wollte niemand mehr etwas von ihm wissen?

«Hör mal zu, Habbo. Du hast sicher keine Ahnung von Politik, aber ich will dir mal etwas verraten: Die Preußen stehen vor den Grenzen.» Weert machte ein dramatisches Gesicht, und tatsächlich schien der Wächter aufgeschreckt zu sein. «In Emden brodelt es, weil die Aufständischen die Machtübernahme in Ostfriesland planen. Es ist nur noch eine Frage von Tagen oder Wochen, und es wird einen gefährlichen Machtwechsel geben. Deswegen haben sie mich auch in den Kerker gesperrt, weil ich dem Volk die Wahrheit erzählen wollte. Aber das passt der Familie Cirksena natürlich nicht. Doch wenn Friedrich II. hier das Ruder in die Hand nimmt, werde ich wieder ganz oben dabei sein, das kann ich dir versprechen.»

«Ja, und?»

«Du solltest dir gut überlegen, ob du dich weiterhin so ungehorsam benehmen willst. Denn wenn mein Einfluss wieder gewachsen ist, kann ich entscheiden, wer in einem solch muffigen Loch wie hier arbeiten muss und wer Mundschenk oder Stallmeister wird.»

«Und wenn es nicht stimmt? Wenn du mich einfach nur zum Narren hältst?»

Weert dachte kurz nach, er durfte nun keinen Fehler machen. Mit jeder Minute, die er länger hier festsaß, schwanden seine Chancen, die Situation wieder zu seinen Gunsten zu lenken.

«Pass auf, du gibst mir ein Stück Papier und eine Feder

zum Schreiben. Dann sorgst du dafür, dass die Fürstin meinen Brief erhält. Und ich wette mit dir, sie wird noch vor Sonnenuntergang hier auftauchen, um für meine Freilassung zu sorgen.»

«So ein Unsinn! Die Herrin ist hochschwanger und muss sich schonen. Sie wird wohl kaum im Kerker vorbeikommen.»

«Und wenn es sich doch so verhält, wie ich es sage, dann werde ich dich mitnehmen zu den Preußen, und wir werden gemeinsame Sache machen. Ich kann einen Kerl wie dich gebrauchen, einen Mann, der stark ist, klug und sich nicht von jedem Schwätzer gleich beeindrucken lässt.»

Der Kerl dachte einen Moment nach. Dann erhob er sich, verließ den Raum und kam bald darauf wieder. «Dann möchte ich aber ein eigenes Pferd», raunte er durch die Gitterstäbe, als er Weert die gewünschten Schreibutensilien reichte.

«Du kannst dir einen prächtigen Hengst aussuchen, das verspreche ich dir. Und du weißt, ein Ehrenmann hält seine Versprechen!»

Weert konnte ein hoffnungsvolles Schimmern in den Augen des Wachmannes ausmachen. Dann wandte er sich ab, um in Ruhe sein Schreiben aufzusetzen.

Liebste Fürstin Wilhelmine Sophie!
Wahrscheinlich habt Ihr schon von meinem Schicksal
erfahren. Ich könnte es Euch nicht verübeln, wenn Ihr
mit einem solchen Schurken wie mir nichts mehr zu
tun haben wollt. Doch bedenkt: Wenn Ihr mich hier in
meinem Gefängnis sitzenlasst, dann werde ich bei meiner
Hinrichtung – die sicher gut besucht sein wird – die
Gelegenheit nutzen und meine letzten Worte laut und

deutlich an alle Anwesenden richten, damit sie erfahren, wessen Kind Ihr unter dem Herzen tragt. Über Euren Besuch freue ich mich wie immer.
Untertänigst, Euer Geheimrat Weert Switterts

3

‹Mutter! Ich habe *Granat* gefangen, einen ganzen Eimer voll!» Jan zeigte stolz seine Beute.

Nach der Schulstunde war er den ganzen Nachmittag mit seinen Freunden am Strand unterwegs gewesen. Sein dunkelblondes Haar war nun zerzaust und die Wangen gerötet, doch sein Blick leuchtete vor Begeisterung. In diesem Moment erinnerte der Junge Maikea so sehr an Jantje, dass es ihr wehtat.

«Sie sind noch zu klein, Jan, wirf sie wieder ins Meer zurück.»

«Aber ich habe solch einen Appetit!»

«Wenn du diese Winzlinge pulen willst, sitzt du bis morgen früh daran und wirst nur noch hungriger davon. Warte noch, bis die Monate ohne ‹r› kommen, dann sind die Krabben dicker und fleischiger.»

Jan blickte sie mit seinen unwiderstehlichen Augen an, doch Maikea schüttelte unerbittlich den Kopf. «Heute gibt es Grütze, davon hat dein Magen mehr. Geh ins Haus und zieh dir ein trockenes Hemd an. Sobald ich hier fertig bin, können wir essen.»

Maikea war seit Ende Februar damit beschäftigt, das gelieferte Holz zu sortieren. Für den Wall brauchte sie Pflöcke von mindestens vier Ellen Länge, geradem Wuchs und ausreichender Dicke. Der Fürstenhof hatte jedoch nahezu unbrauchbares Material geliefert. Wahrscheinlich steckte wieder der Geiz dahinter, für den Weert Switterts bekannt war, wenn es um den Inselschutz ging. Immer noch rächte er sich auf diese Weise an ihr, nach all den Jahren. Und das, obwohl Maikeas langfristig angelegte Schutzmaßnahmen bereits Erfolge zeigten.

Durch die Strandhaferpflanzung im Südwesten hatte Juist an Breite gewonnen, denn die Strömung im Seegatt trug nun tatsächlich weniger Sand ab. Im letzten Sommer hatte Maikea dann damit begonnen, die Wellenbrecher anzulegen, genau an der Stelle, wo das Meer besonders hart auf die Insel schlug. Es waren nur kurze Reihen, vier nebeneinander, etwas westlich des Hammrichs gelegen. Die meisten davon hatten den Winter überstanden, aber das Klima war auch ausgesprochen mild und ruhig gewesen. Eine wirkliche Härteprobe hatten ihre Konstruktionen also noch nicht bestanden. Zwar waren die skeptischen Stimmen der Inselbevölkerung leiser geworden, aber noch nicht verstummt. Nur der Fürstenhof zeigte sich weiterhin unbelehrbar. Doch Maikea dachte nicht daran, sich dort zu beschweren, lieber verbrachte sie Wochen damit, die krummen Stämme gerade zu biegen.

«Lass dir helfen, Maikea», bot nun Geert Rulffes an und griff beherzt in den Holzhaufen. Er war Maikeas Nachbar und ein paar Jahre älter als sie. Ein Witwer aus Hage, der vor einigen Jahren eine Juisterin geheiratet hatte, die kurz darauf bei einer Fehlgeburt gestorben war. Er lebte seitdem allein und half gerne aus. Seine Kate stand nur einen Steinwurf entfernt. Maikea war nach ihrer Rückkehr in das Haus ihrer Eltern eingezogen, obgleich es in einem schlimmen Zustand gewesen war, denn seitdem sie nach Esens gebracht worden war, hatte es leer gestanden.

Wehmütig erinnerte sich Maikea an den Tag, an dem sie mit nichts als einem kleinen Säugling im Arm auf ihre Heimatinsel zurückgekehrt war. Einerseits hatte sie sich gefühlt, als kehre sie in den Schoß der Mutter zurück – die Dünen und Sandbänke, die kleinen Häuser und die altbekannten Gesichter. Der Milchkrug neben dem Kamin und Geeschemöhs Kräuter an der Decke hatten ihr gleich so etwas wie Geborgenheit geschenkt.

Doch durch die zerborstenen Fensterscheiben war Sand in das Innere der Stube geweht, hatte sich auf die Tische und Bänke und in das Bett der Mutter gelegt, als wäre er nun hier zu Hause.

Es hatte Maikea viel Kraft und Tränen gekostet, sich die Insel zurückzuerobern, den neugierigen Fragen auszuweichen und hier wieder heimisch zu werden.

Nur Geert hatte mit angefasst und ihr geholfen, das Dach zu flicken und die Fenster auszuwechseln. Er hatte sie auch stets in ihrer Funktion als Stellvertreterin des Inselvogtes gelobt und ermuntert, auch wenn die anderen Insulaner lieber spotteten. Er war ein herzensguter Mensch, Maikea mochte ihn. Und ganz Juist wartete nur darauf, dass sie seinem Werben endlich nachgeben und seine Frau werden würde. Sie dachten wohl, als Weib mit vaterlosem Kind müsse sie einen so ehrbaren Witwer zu schätzen wissen. Tatsächlich hatte Maikea den Gedanken in Erwägung gezogen. Denn ihre große Liebe war tot.

Die Erinnerungen waren schmerzhaft: Nur wenige Augenblicke nachdem sie mit dem Kind im Arm aus der Mühle hatte flüchten können, war das Gebäude in sich zusammengefallen. Maikea hatte das Reetdach einbrechen sehen, hatte die Hitze des auflodernden Feuers gespürt und gewusst, dass niemand darin überlebt haben konnte.

Doch obwohl dieser Tag nun schon neun Jahre zurücklag, konnte Maikea das Geschehene nicht vergessen. Es gab keinen Tag, an dem sie nicht an den Weißen Knecht, an Tasso Nadeaus dachte, sich nicht nach ihm sehnte und die Trauer weniger schmerzvoll an ihr nagte. Gefühle kannten keine Zeit, ahnte Maikea, sie würden ewig bleiben.

«Die Insulaner murren ganz schön, weil du sie morgen zur Arbeit antanzen lassen willst.» Geert war weitaus geselliger als Maikea.

Er traf sich oft mit den anderen Inselbewohnern in der Schänke oder hielt nach der Kirche ein Schwätzchen. Deswegen wusste er, was die Juister davon hielten, dass sie mit Eyke zwar einen angesehenen Inselvogt hatten, die tatsächliche Arbeit aber von einer Frau verrichtet wurde. Denn während Eyke gern von der Schankerlaubnis Gebrauch machte und zudem die Aufteilung der Strandungen regelte, ansonsten aber seine Schaluppe weiter zwischen Norden und Juist kreuzen ließ, war Maikea berüchtigt für ihre Unnachgiebigkeit, wenn es um die Strand- und Dünenpflege ging.

«Kannst du nicht warten, bis das Wetter ein bisschen freundlicher ist?», bohrte Geert weiter nach.

Maikea schaute sich um, sah die tief hängenden Regenwolken über dem Meer und bemerkte, wie der Nordwind den Sand in scharfen Schleiern über den Strand fegte.

«Anfang März kann man keinen Sonnenschein erwarten. Und wenn wir jetzt nicht damit anfangen, werden wir die Wälle bis zum Herbst kaum angelegt haben.» Maikea wusste genau, was sie wollte.

Sie hatte geplant, bis September mindestens zwanzig Wellenbrecher am Hammrich zu installieren. Es musste tief gegraben werden. Und sobald das Grundwasser die

Wände des sandigen Lochs einstürzen ließ, kam man nur noch mit einer Einspülung weiter. Dann mussten zwei Leute die Holzstämme in den Boden rammen, während zwei weitere stetig Wasser hineinkippten. Vier Arbeitskräfte brauchten eine Stunde für einen Pfeiler, und pro Wellenbrecher, so rechnete Maikea, benötigten sie achtzig bis hundert dieser Pflöcke. Ein enormer Aufwand, und natürlich war niemand erpicht darauf, so viel Kraft und Zeit zu opfern, wenn dann letzten Endes alles bei der nächsten Flut davongerissen wurde. Doch sollte alles so laufen, wie Maikea geplant hatte, dann könnte es auf diese Weise vielleicht sogar möglich sein, eines Tages den Riss in der Insel zu flicken. Natürlich geschah so etwas nicht innerhalb eines Jahres, man musste viel Geduld mitbringen, wenn man die See überlisten wollte. Aber Maikea hatte diese Vision: Sie wollte erleben, dass sich die ersten Grashalme an der Stelle zeigten, wo ihr Vater sein Leben lassen musste. Und wenn sie es nicht mehr mit eigenen Augen zu sehen bekäme, so sollte zumindest Jan, den sie liebte wie ihren eigenen Sohn, es erleben. Mehr wollte sie gar nicht. Nur ein paar Halme.

Maikea sah sich um. Geert hatte bereits einen beachtlichen Stapel aufgehäuft, er besaß ein gutes Auge für die Tauglichkeit der Stämme. Manchmal spürte sie, wie er ihr einen heimlichen Blick zuwarf, doch stets blieb die Geste unerwidert. Es war schön, Seite an Seite mit ihm zu arbeiten. Er verstand, worauf es ankam, und hielt sie weder für eine Spinnerin noch für ein Mannweib. Zudem war er Jan ein väterlicher Freund und verbrachte viel Zeit mit dem Jungen, den er – wie alle anderen auf der Insel auch – für Maikeas Sohn hielt. Das rechnete Maikea ihm hoch an. Vielleicht sollte sie ihm auch endlich sagen, wie sehr sie ihn mochte und dass sie bereit wäre, ihn zu heiraten, obgleich sie ihn niemals würde lieben können.

«Geert, hör mal ...», begann Maikea zögerlich.

Er richtete sich auf, strich sich eine blonde Strähne aus dem Gesicht und lächelte sie an. «Was ist?»

In diesem Augenblick kam Eyke aufgeregt angelaufen. Er musste gerade erst mit seinem Schiff angelandet sein.

«Maikea, es gibt Neuigkeiten!», rief er schon aus weiter Entfernung. Sein Gesicht war nass vom Regen, doch er strahlte mehr als die Sonne im August. «Sie haben Weert Switterts zum Teufel gejagt!»

Maikea ließ den Stamm, den sie gerade bearbeiten wollte, fallen, als wäre er mit einem Mal zu schwer geworden.

Atemlos blieb Eyke vor ihr stehen. «Stell dir vor, er soll seinen Vorgänger eigenhändig mit Arsen vergiftet haben. Und er soll für einige Mordanschläge verantwortlich sein. Damals, der Kartenmaler ...»

Maikea nickte. «Ich habe immer geahnt, dass nicht Brenneysen dahintersteckte. Diese Brutalität trug eindeutig Weerts Handschrift.»

«Und auch der Brand in der Mühle geschah auf seinen Befehl. Rudger, sein ewiger Schatten, hat die ganze Geschichte nun ausgeplaudert. Woraufhin Weert ins Gefängnis gewandert ist.»

Bei Maikea stellte sich jedoch keine Erleichterung ein, kein Gefühl der Genugtuung, nichts dergleichen. Selbst wenn man Weert hängen würde, machte das weder Jantje noch Tasso wieder lebendig.

«Aber ...» Eyke sah sie mit großen Augen an. «Leider ist ihm schon am nächsten Morgen der Ausbruch geglückt. Man fand seine Zellentür wie von Geisterhand geöffnet, und er selbst hatte sich scheinbar in Luft aufgelöst.» Nun musste der Schiffer wieder grinsen. «Fast wie damals bei uns ...»

«Und was geschieht nun?», fragte Geert.

Eyke ließ sich auf dem Holzstapel nieder. «Switterts wird wohl kaum je wieder auf seinen Platz in der Kanzlei zurückkehren können. Seine einzige Chance ist die Flucht. Aber die Renitenten, denen er als Geheimrat übel mitgespielt hat, werden ihn sicher verfolgen. Wahrscheinlich sind wir diesen Plagegeist also ein für alle Mal los. Ich kann ja gleich morgen eine Bestellung für neues Holz aufgeben. Du wirst sehen, Maikea, jetzt wird alles einfacher!»

«Daran mag ich nicht so recht glauben ...»

Geert trat neben sie und legte seine Hand auf ihre Schulter. «Wer wird denn so pessimistisch sein?»

Sanft schob sie seinen Arm zur Seite. «Noch ist der Kampf nicht gewonnen, Geert. Das spüre ich genau.»

«Von welchem Kampf sprichst du denn?»

«Von seinem.» Maikea dachte kurz nach, nein, dies war noch nicht die ganze Antwort. «Und von meinem», ergänzte sie.

4

Switterts! Wir haben schon von Eurem plötzlichen Absturz gehört. Kommt doch herein!»

Ein Bediensteter hielt Weert die Tür auf und gewährte ihm Eintritt in die Schreibstube des berüchtigten Syndikus Sebastian Homfeld. Der Politiker erhob sich von seinem Arbeitstisch. Er war in allerbestes Tuch gekleidet, ordentlich frisiert und machte einen ausgeschlafenen Eindruck. Weert dagegen fühlte sich schäbig, klein und unbedeutend.

Noch immer trug er die Kleider am Leib, die er am ersten Abend seiner Flucht einem alten Mann am Straßenrand gestohlen hatte. Ohne Perücke, Stiefel und Stock sah er wie ein Bettler aus, aber immerhin war er in diesem Aufzug unbehelligt bis nach Emden gekommen.

Homfeld beugte sich über seinen Schreibtisch und reichte Weert die Hand. «Ehrlich gesagt hatte ich schon gehofft, dass Ihr uns aufsuchen würdet. Wir brauchen einen Mann wie Euch. Der Zeitpunkt ist genau richtig. Ein Glas Wein?»

Ohne eine Antwort abzuwarten, schenkte Homfeld ihm ein.

Weert griff hastig nach dem Getränk. Er war durstig und trank den vollen Becher in einem Zug aus, obwohl es sich um einen furchtbar sauren Tropfen handelte. Auch das hellbraune Brot, das auf einem Teller vor ihm lag, schien trocken zu sein, doch er starrte es so gierig an, dass Homfeld ihm einladend zunickte. «Nehmt doch Platz und bedient Euch.»

Der Stuhl, auf den Weert sich setzte, knarzte laut. Es war nicht zu übersehen, dass in diesem Haus nicht annähernd der üppige Prunk herrschte wie in seinem Domizil in Aurich. Die Wände waren karg, das Mobiliar schlicht, die Gardinen am Fenster fadenscheinig. Emden hatte seine besten Zeiten offensichtlich hinter sich. Die einst wohlhabende Hafenstadt wirkte heruntergekommen, und ihre Einwohner trugen selbst Schuld daran. Als Strafe für ihre Aufmüpfigkeit waren sie seit Jahrzehnten vom Rest des Landes politisch und wirtschaftlich isoliert worden, viel Reichtum konnte er hier also nicht erwarten.

Weert befand sich im Ständehaus, von wo aus die Renitenten den gezielten Angriff auf das Fürstenhaus planten.

Dieser Kampf hatte mit dem Krieg des Weißen Knechts und seinen Leuten nichts mehr zu tun. Durch den Tod des Anführers spielten die Aufständischen im Landesinneren ohnehin keine Rolle mehr. Dafür war die Rebellion auf diplomatischer Ebene in den letzten Jahren immer weiter entflammt. Dass in Emden einige kluge Männer saßen und mal mit den Niederlanden, mal mit Preußen kollaborierten, war kein Geheimnis. Und nun saß er, Weert Switterts, der in Ungnade gefallene fürstliche Geheimrat, dem Mann gegenüber, der bei einer Machtübernahme der Preußen aller Wahrscheinlichkeit nach der oberste Minister werden würde.

Syndikus Homfeld strahlte eine beeindruckende Mischung aus Arroganz und Klugheit aus. Es hieß, er wäre derart fixiert auf seine politischen Ziele, dass nichts Menschliches mehr an ihm zu finden war. Weert glaubte dieser Beschreibung aufs Wort, passte sie doch zu dem blutleeren, fast asketischen Äußeren seines Gastgebers. Er war fasziniert von diesem Mann.

«Da Ihr zu mir gekommen seid, gehe ich davon aus, dass Ihr bei uns mitmachen wollt?»

Weert nickte. Er war einfach zu müde für jedes weitere Wort.

«Dann kann ich Euch sagen, dass wir einen Vertrag ausgearbeitet haben, der in die Geschichte eingehen wird. Die Stadt Emden hat sich, wie Ihr sicher wisst, immer geweigert, dem derzeitigen Fürsten zu huldigen. Aus gutem Grund: Wir wollen die Herrschaft der Cirksena abschaffen. Sie entspricht einfach nicht mehr dem modernen Weltbild. Und wie ich hörte, seid Ihr oberster Ratsherr gewesen und neuen Ideen gegenüber stets aufgeschlossen. Stimmt das?»

«Durchaus», antwortete Weert schlapp. Er hatte keine Ahnung, wie Homfeld auf eine derartige Annahme kam.

«So habt Ihr beispielsweise eine junge Frau bei ihrer Arbeit für die Sturmflutsicherung protegiert. Die Erfolge, die diese Maikea Boyunga bei ihrer Arbeit auf Juist erzielt, sind beachtlich. Das ist auch zum Teil Euer Verdienst, Switterts, deswegen habe ich mich entschieden, Euch zu trauen.»

Das war grotesk. Immerhin hatte Weert in den letzten Jahren alles darangesetzt, Maikeas Wirken zu sabotieren. Der tatsächliche Unterstützer war der Fürst höchstpersönlich gewesen, der glaubte, Maikea etwas zu schulden. Doch offiziell hatte Weert – wenn auch nur ungern – die Befugnisse für seine Erzfeindin unterschrieben. Nie hätte er gedacht, dass ihm diese Tatsache einmal so nützlich werden konnte.

«Maikea Boyunga und ich kennen uns von Kindesbeinen an. Ich wusste immer, dass sie ihrem ehrwürdigen Vater, dem Inselvogt Boyunga, eines Tages das Wasser reichen würde.»

Homfeld lachte trocken. «Das Wasser reichen … Ha! Was für ein amüsantes Wortspiel, Switterts. Doch nun möchte ich nicht weiter Zeit vergeuden, denn wir haben keinen Tag zu verlieren. Lasst uns über die Fürstin reden!»

«Wilhelmine Sophie?» Weert konnte sich beim besten Willen nicht erklären, warum Homfeld ausgerechnet diese Frau ins Spiel brachte.

«Ja, Eure Geliebte, wie ich aus sicherer Quelle weiß.»

Hätte Weert nicht ohnehin schon auf einem Stuhl Platz genommen, so hätte er sich spätestens jetzt dringend hinsetzen müssen. «Was erlaubt Ihr Euch? Sie ist schließlich die Fürstin!»

Homfeld zog nur spöttisch die Augenbrauen hoch. «Mein Vetter ist der fürstliche Leibarzt, Doktor Horst. Er ist mit der Landesherrin so vertraut wie kein anderer – außer Ihr selbst vielleicht, wenn ich mir die Bemerkung erlauben darf. Dass es keinen Beischlaf im fürstlichen Ehebett gab, ist allgemein bekannt. Aber dass Ihr Euch des unglücklichen Weibes angenommen habt, konntet Ihr bislang geschickt geheim halten, meine Hochachtung!»

Homfeld erhob sich und ging um seinen Schreibtisch herum auf Weert zu. «Das ungeborene Kind ist Eure Frucht, da können wir uns ziemlich sicher sein. All die Jahre hat Euch der Wunsch nach einem Sohn in das Bett der Fürstin gebracht.»

Weert musste schlucken. Es gab keinen Grund, zu widersprechen. Denn tatsächlich war die Geschichte mit Wilhelmine von Beginn an dem bloßen Zeugungsakt verschrieben gewesen. Beide hatten sie es so gesehen.

«Das Kind hat also», fuhr Homfeld fort, «wenn es denn überlebt, nicht den geringsten Anspruch auf den Thron. Ihr würdet uns daher einen großen Gefallen tun, wenn Ihr diese Tatsache öffentlich macht. Es würde den Weg zur preußischen Machtübernahme deutlich verkürzen.»

Weert begann zu schwitzen. Was wollte dieser Mann damit sagen? Wollte Homfeld ihm die letzte Hoffnung rauben? Sollte nicht sein eigen Fleisch und Blut endlich die Macht erlangen, die für ihn, den Juister Bauernsohn, zeitlebens unerreichbar geblieben war?

«Das kommt nicht in Frage!», rief er entrüstet. «Die Fürstin hat mich aus dem Gefängnis befreit, und als Gegenleistung habe ich ihr versprochen, nie ein Wort über diese Angelegenheit zu verlieren.»

«Soso!» Homfeld schnaubte verächtlich. «Ehrenmänner geben Versprechen, Switterts. Aber echte Staatsmänner brechen sie auch wieder, wenn es nötig ist ...»

Schwerfällig erhob sich Weert. Gern hätte er protestiert, aber dazu fehlte ihm die Kraft. «Was habt Ihr vor?»

«Die Fürstin wird in den nächsten Tagen nach *Wilhelminenholz* übersiedeln, um dort in Ruhe die Geburt abzuwarten. Mein Vetter wird als ihr Leibarzt mitreisen und für das Wohlergehen von Mutter und Kind sorgen. Und wenn Ihr die Wahrheit über die Entstehung der Leibesfrucht erzählt, haben beide nichts zu befürchten. Wohingegen die Gesundheit des Fürsten ...» Er machte eine kleine Pause, damit deutlich wurde, dass es eher um das Gegenteil ging. «Nun, wir brauchen jemanden, der sich mit den Gepflogenheiten am Hof auskennt und der weiß, welche Mahlzeiten der Fürst zu welcher Stunde zu sich nimmt und wann die beste Gelegenheit ist, etwas Medizin in den fürstlichen Morgentee zu rühren.»

«Ihr wollt Carl Edzard vergiften?»

«Mit Verlaub, es wirkt etwas albern, wenn Ihr Euch darüber echauffiert. Soweit ich informiert bin, habt Ihr es mit der Arznei des seligen Kanzlers Brenneysen auch nicht so genau genommen.»

«Bislang gibt es dafür keine Beweise.»

Der Blick aus den kalten Augen war abschätzig.

«Euer Ehrgeiz hat Euch zu einigen Taten verführt, von denen wir hier profitiert haben.» Ein blechernes Lachen kam nun aus dem schmallippigen Mund des Syndikus. «Im Grunde habt Ihr uns schon mehr als einmal die Arbeit abgenommen, ohne Euch dessen bewusst zu sein. Selbst den Krieg gegen den Weißen Knecht mussten wir nicht selber führen, weil Euer persönlicher Hass auf diesen Mann diese laienhafte Rebellion zerschlagen hat.»

«Aber habt Ihr nicht dasselbe Ziel verfolgt? Die friesische Freiheit? Die Abschaffung des Fürstenhauses?»

Weert musste zugeben, er war nie auf den Gedanken gekommen, dass die Feinde des Fürstenhauses nicht selbstredend gemeinsame Sache machten. Doch Homfelds verzogene Mundwinkel verrieten ihm, dass diese Annahme ein Irrtum gewesen war. Ein fataler Irrtum.

«Der Weiße Knecht war ein Träumer, ein Idealist. Er glaubte an diese alte Geschichte. Die Friesen seien ein besonderer Menschenschlag und müssten sich niemals einem Herrscher unterwerfen ...»

«Und woran glaubt Ihr, Homfeld?»

«An das Gleiche wie Ihr, Switterts. An die Macht. Nur dass ich niemals einen Finger krummgemacht hätte für ein Geschlecht wie die Cirksena, das seit Generationen nur aus Schwächlingen besteht. Ich glaube an die Macht der Stärkeren, und diese müssen nicht zwangsläufig blaublütig sein. Dafür kämpfe ich. Und Ihr solltet es auch tun.» Der Mann lehnte sich in seinem Stuhl zurück. «Nun, kann ich auf Euch zählen?»

«Aber Ihr müsst verstehen, es ist doch mein Kind, es könnte eines Tages ...»

«Da setzt Ihr auf das falsche Pferd, Switterts», unterbrach ihn der Syndikus und begann, einige Papiere auf seinem Schreibtisch zu sortieren. «Wenn unser Vertrag in den nächsten Wochen zur Unterschrift kommt, ist das Ende der Cirksena besiegelt. Wir sorgen dafür, dass die Friesen sich Friedrich II. anschließen. Und solltet Ihr, werter Switterts, uns heute dabei unterstützen, können wir Euch morgen mit einem eindrucksvollen Posten im preußischen Reich belohnen.»

Er ließ die Papiere wieder sinken und schaute Weert direkt an. «Wenn Ihr Euch jedoch entschließt, einen kleinen, schreienden Bastard zu unterstützen, dann werdet Ihr bis an Euer Lebensende solch erbärmliche, stinkende Kleidung tragen, wie Ihr es gerade tut. Überlegt es Euch gut!»

Mit einer lapidaren Bewegung schob Homfeld ihm die Unterlagen zu. «Werft ein Auge darauf, und Ihr werdet erkennen, dass dieser Vertrag für Euch die besten Chancen beinhaltet.»

«Und wenn ich nicht unterschreibe?»

«Dann wisst Ihr eindeutig zu viel, als dass ich Euch gefahrlos wieder gehen lassen könnte.»

5

Tasso zog den Pflug durch die torfige Erde. Hellbraune Klumpen warfen sich links und rechts der Schneise auf. Hätte er vor fünf Jahren gewusst, wie viel Arbeit auf ihn zukäme, hätte er das kleine Grundstück in der *Hagermarsch* nicht übernommen. Er war der Erste, der dieses brachliegende Land nach der Versalzung durch die Weihnachtsflut wieder bebaute. Zum Glück gab es dieses neue Gemüse, eine exotische Knolle aus Südamerika, die besonders gut im Kleiboden der Marschgegend reifte. Die Kartoffel schmeckte aromatisch, sättigte und ließ sich auf den ostfriesischen Märkten gut verkaufen. Bald würde Tasso die erste Ernte in diesem Jahr ausgraben. Doch zuvor war es an der Zeit, den Grünkohl und die Rote Beete zu setzen.

Das Bestellen des Ackers war eine Qual für seine Knochen. Er hatte niemanden, der ihm half, auch kein Rind oder gar Pferd, das den Pflug hätte ziehen können. Der Ertrag als Bauer machte ihn gerade mal satt. Nächstes Jahr wurde er vierzig, aber sein Rücken schmerzte bereits, als sei er ein alter Mann. Ein einsamer, alter Mann, dachte Tasso und fasste an die Kette um seinen Hals.

Seit jener Nacht in der Mühle trug er das Medaillon auf seiner Brust, das er von Eyke zum Dank erhalten hatte. Der neue Inselvogt von Juist hielt sich seit damals an das Versprechen, niemals einer Menschenseele zu verraten, dass der Weiße Knecht die Feuersbrunst überlebt hatte. Ab und zu trafen sie sich in der Nähe von Norden, und Eyke erzählte dann von Maikea, von ihrem Fleiß und ihrer Hartnäckigkeit. Und von Jan, den sie als ihren Sohn ausgab. Ein kluger Junge, gesund und kräftig. Eyke hatte auch nicht verschwiegen, dass Maikea ihrem Nachbarn vor wenigen Tagen das Eheversprechen gegeben hatte. Ihr Verlobter sei ein anständiger Kerl, der es gut mit ihr meinte.

Tasso hatte seinem Freund gelauscht, ohne zu verraten, was diese Worte in ihm auslösten. Er tat stattdessen so, als freue er sich aufrichtig über diese fabelhaften Neuigkeiten. Er sehnte sich nach Maikea, und er konnte es kaum ertragen, sie sich in den Armen eines anderen vorzustellen. Aber er blieb, wo er war.

Tasso kannte das Geheimnis, das den Jungen umgab. Aber niemand sonst durfte erfahren, dass der rechtmäßige Erbe Ostfrieslands heimlich auf Juist groß wurde. Erst, wenn die richtige Zeit gekommen war, bestand eine Chance, dass Jan sich zu dem entwickelte, was dieses Land so nötig brauchte: einem starken, aber gerechten Fürsten.

Es war jetzt Anfang Mai und so friedlich wie seit Jahren nicht mehr. Zwar gab es immer mehr Arme auf den Straßen, Räuber und Bettler und Huren, aber ebenso war es zahlreichen Menschen gelungen, endlich so etwas wie einen bescheidenen Wohlstand zu erlangen. Von Sturmfluten verschont, wurden Höfe gebaut, Felder bestellt, Ehen arrangiert und Kinder geboren.

Tasso wusste nicht genau, warum er trotzdem immer öfter das Gefühl hatte, dass es sich nur um die Ruhe vor dem Sturm handelte, um diesen Moment, bevor der Wind sich dreht, bevor die Wolken brechen und die Flut heranrollt.

Aber er hielt seine Augen und Ohren offen. In Emden saßen die preußischen Soldaten auf der Lauer. Und seit ein paar Wochen erzählte man sich, dass der Fürst unter einer merkwürdigen Schwäche litt, die ihn ständig unpässlich machte. Außerdem war Weert Switterts nach seiner Flucht vor sechs Wochen scheinbar spurlos verschwunden. Tasso wurde den Gedanken nicht los, dass diese drei Dinge – die Lauerstellung der Preußen, die Krankheit Carl Edzards und das Untertauchen des verstoßenen Geheimrats – zusammenhingen.

Er legte den Pflug zur Seite, wischte sich die schmutzigen Hände an der Hose ab und schaute in die Sonne. Bald war Mittagszeit. Wenn er sich beeilte, erreichte er noch zeitig genug Hage, wo heute Markttag war. Er musste sich nach neuen Sämereien umschauen, denn er hatte festgestellt, dass die Ernte besser ausfiel, wenn man jedes Jahr ein anderes Gemüse pflanzte. Vielleicht sollte er es mal mit Bohnen versuchen? Oder mit Schwarzwurzeln? Wenn die Kartoffeln in diesem Jahr wieder so dick und rund würden, könnte er sich im Herbst ein Schwein oder Schaf kaufen. Das war eine gute Perspektive. Mehr war nicht zu erwarten.

Auf dem Marktplatz in Hage, unweit der Ansgarikirche, tummelten sich mehr Menschen als gewöhnlich. Tasso erkannte bald, woran es lag: Ein Bote des Fürstenhauses stand am Brunnen und hielt eine Schriftrolle in der Hand. Das bedeutete, dass es entweder neue Erlasse des Herrschers gab oder dass etwas anderes passiert war. Für die Geburt des erwarteten Thronfolgers war es noch zu früh.

«Carl Edzard macht es nicht mehr lange», verriet ihm ein Viehhändler, den Tasso vom Sehen kannte. «Der Fürst kann nicht mehr aufstehen, will nicht essen ...»

Das Gesicht des Mannes schien eher belustigt als besorgt. Das Verhältnis des Volkes zu seinem Herrscher hatte sich in den letzten Jahren noch weiter verschlechtert. Es gab in Ostfriesland wohl keinen Menschen mehr, der Carl Edzard den nötigen Respekt entgegenbrachte.

Der Bote erzählte jetzt etwas von einem Vertrag. Doch die wenigsten Menschen auf dem Platz hörten noch zu, wenn es um komplizierte politische Angelegenheiten ging. An einem Stand pries eine Frau gerade geschlüpfte Küken an, die Hennen im zweiten Käfig gackerten mit ihr um die Wette. Weiter hinten ließ ein Scherenschleifer seinen Stein kreisen. Tasso musste ganz nah an den Brunnen herangehen, um den Boten verstehen zu können.

«... dass die Renitenten ihre enteigneten *Herrlichkeiten* wieder zurückbekommen. Paragraph 17 sieht vor, dass die Landeskasse wieder zurück in die Hafenstadt Emden verlegt wird ...»

«Wovon redet er?», fragte Tasso einen Mann in feinerem Zwirn, der ebenso interessiert lauschte.

«Die Renitenten haben in Emden eine Konvention verabschiedet. Ostfriesland soll die preußische Erbfolge anerkennen, dann würden uns als Dank bei der Übernahme einige Rechte zugestanden, die uns seit der Weihnachtsflut verwehrt geblieben sind.» Der Mann schien sich über die Aussicht zu freuen. Und Tasso wusste, die meisten Menschen im Land hofften inzwischen, dass Ostfriesland preußisch werden würde.

Friedrich II. war bekannt für seine Volksnähe. Er hatte die Folter abgeschafft, setzte sich für die Toleranz zwischen verschiedenen Religionen ein und war zudem ein recht erfolgreicher Kriegsherr. So einen wünschte man sich auch hier.

Tasso kommentierte die Ansichten des Fremden nicht. Er hatte es aufgegeben, irgendjemanden überzeugen zu wollen, für die eigene Freiheit zu kämpfen und sich keinen neuen absolutistischen Herrscher zu suchen. Die Menschen waren für die wirkliche Freiheit wohl einfach zu bequem.

«He, Bote!», rief da ein Bauer, der bekannt dafür war, gern das Wort an sich zu reißen. «Sag, wer steckt denn hinter diesem Plan, den sie in Emden ausgeheckt haben?»

Der Bote zuckte die Schultern. «Ich habe nur dieses Schriftstück zu verlesen, mehr nicht.»

«Ach, du weißt bestimmt noch mehr! Ist es dieser Syndikus, dieser Homfeld? Denn wenn er die Sätze aufgeschrieben hat, dann pfeif ich drauf. Der will doch nur selber seine Macht vergrößern!»

Der fürstliche Bote wurde nervös und wollte sein Papier verstauen, doch die Rede des Bauern hatte einige der Umstehenden angestachelt. Sie redeten nun auf den Mann ein, bis dieser immer kleiner zu werden schien. Schließlich sagte er seufzend: «Nun, es gibt natürlich Gerüchte …»

Mit einem Mal war der Marktplatz bis auf das Gackern der Hühner vollkommen still geworden.

«Man sagt, der ehemalige Geheimrat steckt mit Homfeld unter einer Decke. Sie wollen nicht nur die Erbfolge für Preußen sichern, sondern sind gleichzeitig bestrebt, das baldige Ende des Cirksena-Geschlechtes voranzutreiben.»

«Wusste ich es doch!», rief der Bauer. «In Wahrheit lauern auch die Renitenten nur darauf, uns ebenfalls zu unterdrücken! Sie sind ebenso Mörder und Intriganten wie die feinen Herren am Fürstenhof.»

«Du sagst es!», pflichtete ein anderer bei.

Und eine Marktfrau rief: «Dieser Switterts hat nur Unglück über uns gebracht!»

Der Viehhändler ballte die Faust. «Wenn es den Weißen Knecht noch gäbe, dann hätten wir einen, der sich das nicht so ohne weiteres bieten lassen würde.»

Zahlreiche Menschen riefen jetzt zustimmende Worte. «Aber den Weißen Knecht hat dieser verdammte Switterts damals ermorden lassen. Weil er wusste, gegen ihn hätte er keine Chance gehabt!»

«Der Weiße Knecht hätte dieses Spiel durchschaut, und er hätte sich eingemischt!»

«Ja, er hätte sein Leben riskiert. Für die Gerechtigkeit und die Freiheit. Das waren seine Ziele im Leben!»

Der Bote versuchte, die Menge zu beruhigen, doch als er merkte, dass niemand mehr auf ihn hörte, schnappte er sich seine Sachen und verließ auf dem Rücken seines Pferdes fluchtartig den Hager Markt.

Die Menschen riefen jetzt wild durcheinander. Und auf einmal durchfuhr es Tasso wie ein Blitz. Er erinnerte sich an den Moment, als er am ausgebrannten Haus des Kartenmalers gestanden und sich geschworen hatte, den Kampf wiederaufzunehmen. Nun war er zehn Jahre älter, und doch war das Gefühl wieder da.

«Wie viel verlangst du für ein Pferd?», fragte er den

Viehhändler, der gerade dabei war, seine Kutsche zu beladen.

Der Mann betrachtete ihn von oben bis unten, dann fuhr er fort, seine Waren zu sortieren. «So viele Gulden hast du sicher nicht.»

«Ich nehme den ältesten Gaul, ohne Zähne und mit trüben Augen, wenn es sein muss. Es ist nicht schlimm, wenn er morgen tot zusammenbricht, nur heute muss er mich noch tragen.»

Der Händler zeigte beim Lachen seine braunen Zähne. «Ich verkaufe keine kranken Viecher, dann wäre ich doch ein Betrüger!»

«Pass auf, ich gebe dir mein ganzes Geld. Achtzig Gulden.»

Die braunen Zähne lagen wieder blank. «Mach, dass du mir aus dem Weg gehst!»

«Und mein Grundstück. Die Kartoffeln sitzen in der Erde und warten darauf, bald geerntet zu werden. Du wirst ein gutes Einkommen haben. Und wenn es dir nichts bedeutet, so kannst du es ja weiterverpachten. Ich schreibe hier auf den Zettel, dass ab heute alles dir gehören soll!»

Die Augenbrauen des Mannes wurden skeptisch zusammengezogen. «Du bist sicher ein mieser Gauner. Niemand gibt alles, was er hat, für einen Klappergaul!»

«Ich bin kein Gauner. Aber ich bin auch kein Bauer, das habe ich eben bemerkt. Ich will ein neues Leben beginnen. Und dazu brauche ich kein Land, keine Hütte, keine Kartoffeln, sondern nur ein Pferd, das mich so bald wie möglich von hier wegbringt.»

Tasso musste sich noch einige überzeugende Sätze einfallen lassen, bis der Viehhändler schließlich ein lahmendes Kutschpferd abspannte und ihm übergab – allerdings ohne

Sattel oder Zügel. Aber das alte Tier würde ihn sicher nicht abwerfen, dachte Tasso und trieb es trägen Schrittes auf den Weg nach Aurich.

Obwohl es die Sonne an diesem Maiabend nicht eilig hatte, war es schon beinahe dunkel, als Tasso vor dem Schloss ankam. Die Wachen musterten ihn mit unverhohlenem Misstrauen.

«Der Fürst empfängt keine Bettler», speiste einer der Männer ihn ab. «Er ist schon krank genug, da wird er sich nicht noch Läuse und Flöhe einfangen wollen.»

«Sagt ihm, der Weiße Knecht ist gekommen, um mit ihm zu reden.»

Augenblicklich erstarrten beide. «Der ist doch tot!», stammelten sie.

«Sagt es ihm!» Tasso sah die Wachen mit derartig strengem Blick an, dass einer der beiden sofort loslief.

«Du siehst ihm tatsächlich ein wenig ähnlich», gab der andere zu. «Ich war damals am Neujahrstag hier im Hof.»

Tasso ging nicht auf das Gespräch ein. Wahrscheinlich war bereits die Hälfte aller Uniformierten heimlich zur preußischen Seite gewechselt, um sich für später die bessere Position zu sichern. Er musste vorsichtig sein, wem er hier trauen konnte und wer ihn ins Verderben reißen könnte.

Nach einer scheinbaren Ewigkeit kam der Wächter in Begleitung eines alten Mannes wieder.

«Ich bin der Leibarzt des Fürsten», erklärte der Mann. «Seine Durchlaucht ist schwer krank, seit ein paar Wochen schon. Und ich …»

«Welches Gift hat man ihm denn untergemischt?», unterbrach Tasso seine fadenscheinigen Ausreden.

Der Arzt wollte sich empören, doch es blieb nur bei einem vorgetäuschten Hustenanfall. «Wie kommt Ihr darauf?»

Tasso antwortete nicht gleich. Er wusste genau, dieser alte Mediziner war nicht so unschuldig, wie er tat. «Führt mich zu ihm, oder Ihr werdet es bereuen!»

«Was fällt dir ein, den Leibarzt derart anzufahren?» Die beiden Wachen traten neben seinen Gaul, mit drohender Miene und die Degen gezückt. «Wenn du tatsächlich der wiederauferstandene Weiße Knecht bist, dann solltest du lieber das Weite suchen. Der Fürst ist alles andere als gut auf dich zu sprechen!»

«Also, hau ab, oder wir werfen dich in den Kerker!», ergänzte der zweite Wachmann.

Tasso stieg vom Pferd ab. «Ich bin unbewaffnet und komme in friedlicher Absicht.»

«Niemand glaubt einem Verbrecher wie dir!» Die Klinge des einen drückte sich gegen seine Hüfte, nur der feste Stoff seines Umhangs verhinderte, dass sie sich in sein Fleisch bohrte.

Er musste schnell reagieren, sonst war er hier am Ende seiner Reise angelangt. «Nehmt das hier», sagte er, löste den Knopf unter seinem Kinn und warf den Umhang mit einer derart raschen Armbewegung über den Degen, dass er dem Wächter aus der Hand fiel. Gleichzeitig griff er mit der linken Hand danach und schlug dem anderen, der nun mit einem aufgeregten Schrei auf ihn zusprang, mit der Faust ins Gesicht. Der alte Mediziner wich ängstlich zurück und gab den Weg frei.

Wie lange hatte er keine Waffe mehr in der Hand gehalten? Tasso wusste es nicht. Er rannte ins Schloss, zerrte den Leibarzt hinter sich her und nahm zwei Stufen auf einmal, als er die wuchtige Treppe emporstieg. Die wenigen Menschen, denen sie begegneten, gingen ihnen aus dem Weg.

Drei Diener hatten sich vor dem Schlafgemach des Fürsten postiert, um jeden Gast mit irgendwelchen Duftwässerchen zu besprühen. Der Arzt schob die Männer rabiat zur Seite.

«Aber es ist für die Gesundheit des Fürsten!», rief einer von ihnen erbost, doch da war Tasso schon durch die gewaltige Tür getreten.

Der Fürst saß in seinem riesigen Bett, sein ausgezehrter Körper wurde an allen Seiten von Kissen gestützt, und er war so bleich wie das helle Linnen um ihn herum. Die Augen schienen matt und leblos zu sein, und als er den Weißen Knecht erblickte, waren weder Angst noch Hass in ihnen zu erkennen.

«Lasst uns allein», sagte Carl Edzard mit dünner Stimme. Schweiß lief über sein Gesicht, der kurze Satz schien ihn angestrengt zu haben. «Sofort!»

Der Arzt und einige herbeigeeilte Wachen folgten nur widerwillig dem Befehl. Als die Tür von außen geschlossen worden war, atmete Carl Edzard so tief ein und aus, als würde er gerade sein Leben aushauchen. Langsam schloss er die Augen, als müsse er sich sammeln.

«Was wollt Ihr?», hauchte er.

«Seid Ihr schon mal auf den Gedanken gekommen, dass man Euch vergiften will?»

Der Fürst schaffte ein mühsames Lächeln. «Dann hätte mein jämmerliches Leben wenigstens ein beachtliches Finale, oder nicht?»

«Und was ist mit Ostfriesland? Es wird in preußische Hände fallen und Friedrich II. um einen weiteren Landstrich reicher machen. Und Ostfriesland um das letzte bisschen Freiheit ärmer ...»

«Es ist mir egal!» Tatsächlich hatte der letzte Satz überzeugend geklungen. Er schloss die Augen. Carl Edzard musste mit seinem Leben abgeschlossen haben, dachte Tasso und wusste, es lag nun an ihm, den Fürsten am Aufgeben zu hindern. Auch wenn die Familie Cirksena stets sein Feindbild gewesen war, jetzt erschien ihm nichts wichtiger, als dass dieser todkranke Fürst überlebte.

«Ich war damals in der Mühle ...», begann er.

«Das weiß ich. Es war eine Genugtuung, zu wissen, dass auch Ihr verbrannt seid. Wie meine Liebste und das Kind.» Carl Edzard öffnete die Augen wieder. «Aber da habe ich mich wohl getäuscht.»

«Ich habe damals Eurem Sohn auf die Welt geholfen, gemeinsam mit Maikea Boyunga.»

«Es war also ein Junge?» Er lächelte traurig.

«Er ist es noch immer, Fürst.» Da sich keine Regung auf dem bleichen Gesicht zeigte, musste Tasso wohl deutlicher werden. «Habt Ihr nicht verstanden? Das Kind lebt! Maikea hat ihn damals gerettet und ihn mit nach Juist genommen. Inzwischen ist er fast zehn Jahre alt und erfreut sich bester Gesundheit, soweit ich weiß.»

Es dauerte weitere Sekunden, bis das Gesagte bei Carl Edzard eine Reaktion hervorrief. Er versuchte sich aufzurichten, etwas Farbe zeigte sich auf seinen Wangen. «Mein Sohn?»

«Genau! Aber ich weiß auch, dass er weit mehr als das ist. Eure heimliche Gattin hat mir alles erzählt. Der Junge ist der rechtmäßige Thronfolger!»

«Ich ... Mein Gott ... Was soll ich ...» Der Fürst wurde von einem Hustenanfall geschüttelt, und Tasso bekam Angst, dass die Aufregung für den Kranken zu viel gewesen sein könnte. Aber Carl Edzard fasste sich wieder, zwang sich, ruhig zu atmen, und wischte sich mit einem Tuch den Schweiß aus dem Gesicht. «Was soll ich jetzt tun?»

«Natürlich wäre es das Beste, wenn Ihr bald wieder zu Kräften kommen würdet. Ich gebe Euch den Rat, das Personal noch heute zu wechseln und Eure Mahlzeiten stets von einem Vorkoster testen zu lassen. Und lasst Euch keine Medikamente mehr einflößen! Ich wette, schon bald könnt Ihr wieder fest auf den Beinen stehen.»

«Und dann? Ich möchte meinen Sohn sehen! Am liebsten sofort!» Er sah aus wie ein kleiner Junge, der glaubte, seinen Willen mit kindlichem Trotz durchsetzen zu können.

«Nein, das wäre mehr als unvernünftig! Bedenkt, die Fürstin ist hochschwanger. Sie wird nicht begeistert sein, wenn Ihr nun den Sohn der Hofdame als rechtmäßigen Thronfolger präsentiert.»

«Aber das Kind in ihrem Leib ist ganz bestimmt nicht von mir!»

«Das hatte ich mir schon gedacht. Doch wenn Ihr zu voreilig seid, bringt Ihr Euch und den Jungen in Gefahr. Die Emder Renitenten glauben, sie sind bald am Ziel, sie werden nicht einfach so aufgeben.»

Der Fürst sank wieder kraftlos in seine Kissen zurück. «Ich wüsste nur zu gern, wie er ist, wie er aussieht. Hat er Ähnlichkeit mit mir? Oder mit Jantje? Ich hoffe Letzteres ...»

«Wahrscheinlich ist es besser, wenn Ihr ihn jetzt noch nicht zu sehen bekommt. Eure Feinde dürfen davon noch nichts erfahren. Sonst könnte es für Euch gefährlich werden. Deswegen ist es wichtig, dass Ihr ein geheimes Schreiben aufsetzt, aus dem eindeutig hervorgeht, dass der Junge ehelich ist und somit ein Anrecht auf den Thron hat. Vielleicht könnt Ihr den Geistlichen nennen, der Euch damals getraut hat, und ihn von der Schweigepflicht entbinden. Er müsste dann die Eheschließung bestätigen, wenn es darauf ankommt.»

«Ja, sicher. Aber es wird einige Tage dauern, bis ich ihn in Halle ausfindig gemacht habe.»

«Und so lange solltet Ihr Euch ruhig verhalten und zu Kräften kommen. Euch darf jetzt auf keinen Fall etwas zustoßen. Ihr müsst am Leben bleiben!»

«Das werde ich! Ganz bestimmt!» Ein Lächeln lag auf dem Gesicht des Fürsten, und Tasso glaubte schon, Carl Edzard sei vor Erschöpfung eingeschlafen. Doch dann öffnete er die Augen und blickte ihn direkt an. «Ich vertraue Euch, Weißer Knecht! Bitte, reitet Ihr nach Halle und sucht nach Pater Johannes Sturmius. Und wenn mir etwas passieren sollte, dann sollt Ihr es sein, der meinen Sohn an den Hof nach Aurich holt. Versprecht Ihr mir das?»

Tasso nickte. «Das Wohl Ostfrieslands hängt davon ab.»

6

Wilhelmine saß in der ersten Reihe vor dem Altar, den Kopf gesenkt, die Hände zum Gebet gefaltet. Niemals war ihr ein Kirchenstuhl so hart erschienen wie hier in der Wilhelminenholzer Kapelle.

Der Pastor predigte schon lange, die Enthauptung Johannes des Täufers war sein Thema: «... Und so können wir sicher sein, dass der Allmächtige das intrigante Treiben der Weibsbilder Salome und Herodias mit den schrecklichsten Qualen bestrafte, so wie es allen ergehen wird, die sich auf Erden durch falsches Spiel und bösartige Machenschaften einen Vorteil versprechen ...»

Wilhelmine hätte am liebsten weggehört. Doch die Rede des Gottesmannes war so eindringlich, als hätte er geahnt, dass in seiner Gemeinde die schlimmste aller Intrigantinnen saß. Es entsprach nicht ihrer Art, sich allzu schnell ein schlechtes Gewissen einreden zu lassen. Warum auch? Das Unrecht, das ihr an diesem Hof zugefügt worden war, hatte sie all diese Dinge tun lassen. Niemand hatte ein Recht, sie zu verurteilen, auch nicht dieser Pfaffe.

Carl Edzard war seit dem Tod seiner Mätresse nur noch ein Schatten. Also hatte Wilhelmine weiterhin bei Nacht das Haus des Geheimrates aufgesucht. Sie wusste, er würde dafür sorgen, dass sich ihr Bauch wieder wölbte und sie bald einen männlichen Thronfolger präsentieren konnte. Auch wenn er ein kalter Mensch war. Ein Eisklotz, der sie damals, als ihre Tochter Elisabeth nach wenigen Monaten gestorben war, mit ihrem Kummer alleingelassen hatte. Aber was hätte sie sonst tun sollen?

Nun war sie also tatsächlich erneut schwanger. Und der Zustand ließ sie wie ausgewechselt erscheinen, eine völlig andere Person, schwach und ständig angefüllt mit Tränen. Verletzlich wie eine der Porzellanfigürchen, die so edel, weiß und zerbrechlich auf ihrem Frisiertisch standen. Das Kind in ihrem Bauch stieß bereits ständig mit den Beinchen gegen die Rippen, es drehte und streckte sich. Es war ein Wunder. Und wenn das Kind ein Junge würde, was sie sicher glaubte, dann wäre es ihre Rettung. Denn Carl

Edzard war krank, ihm blieb nicht mehr viel Zeit. Und bis aus einem Säugling ein erwachsener Mann geworden war, dem man die Führung eines Landes zutraute, wäre sie die Herrin. Vor ihr hatte es bereits einige Cirksena-Witwen gegeben, die für ihre Söhne regierten. Wilhelmine wollte die nächste sein.

«Nun beginnen wir die Fürbitte», sprach der Pastor und wies die Gemeinde an, sich zu erheben. Wilhelmine durfte sitzen bleiben. Als Mitglied des Fürstenhauses war ihr das lange Stehen nicht zuzumuten. Und in der Schwangerschaft musste sie sich noch zusätzlich schonen, so hatte es auch Doktor Horst angeordnet. Ihr Leibarzt saß schräg hinter ihr, und sie nickte ihm kurz zu, als die Litanei begann.

«Und so bitten wir dich für die Heiden und Juden, dass sie den rechten Glauben finden mögen.»

«Herr, erbarme dich», antwortete die Gemeinde.

Kalt war es in der Kapelle. Wilhelmine fröstelte. Dies sollte ihr letzter öffentlicher Auftritt sein. Sobald die Messe vorüber war, wollte sie in die hübschen Zimmer des kleinen Schlösschens zurückkehren. Es war eine gute Idee gewesen, sich vor die Auricher Stadttore zurückzuziehen. Dort hatte Wilhelmine sich in den letzten Jahren ein eigenes kleines Reich einrichten lassen, in dem sie sich so sicher und geborgen fühlte wie seit ihrem Wegzug aus Bayreuth nicht mehr.

«… Wir bitten dich für unseren geehrten und gepriesenen Fürsten Carl Edzard von Ostfriesland, dass seine Genesung weiter voranschreiten wird und er …»

Wilhelmine horchte auf. Sie hatte nicht gewusst, dass es Carl Edzard bereits besser ging. Warum hatte ihr niemand davon berichtet?

«Herr, erbarme dich.»

«Und wir bitten dich, dass die Ernte in diesem Jahre ertragreich sein möge …»

Fast wäre Wilhelmine aufgesprungen. Hatte sie etwas überhört? Nach der Fürbitte für den Fürsten kam doch erst sie an die Reihe! Die Kirchen waren angewiesen, für die Fürstin und das ungeborene Kind zu beten. Aber nichts dergleichen wurde hier erwähnt. Das war unerhört. Wilhelmine wurde unruhig. Kam es ihr nur so vor, oder richteten sich jetzt tatsächlich die Blicke der kleinen Gemeinde auf sie? Eine Fürstin, für deren Wohlergehen nicht gebetet wurde, war ein Nichts! Der Stuhl schien von Minute zu Minute härter zu werden.

Nach dem letzten Lied und dem Schlusssegen erhob sie sich. Und als der Pastor auf sie zutrat, um ihr persönlich die Hand zu reichen, verweigerte sie ihm die Geste und zischte: «Es wird ein Nachspiel haben, dass Ihr mich und das ungeborene Kind nicht in die Fürbitten eingeschlossen habt, das kann ich Euch versprechen.»

Der Pastor wurde aschfahl. «Aber …» Er stammelte und suchte nach Worten. «So war es mir aufgetragen worden.»

Wilhelmine schnappte nach Luft. «Ich bitte Euch! Das muss ein Missverständnis sein.»

«Nein, ganz sicher nicht. Ich habe mich doch selbst darüber gewundert, Eure Durchlaucht, aber ich kann Euch das Schriftstück zeigen.» Er hastete in die Sakristei und kam bald darauf mit einem Bogen zurück. Seine Finger zitterten, als er das Schreiben entrollte. «Es ist ein fürstlicher Erlass vom 21. Mai diesen Jahres. Ab sofort darf bei den Gottesdiensten weder für das Wohlergehen der Fürstin noch für das Gedeihen ihrer Leibesfrucht gebetet werden.»

Die Kirchenbank bot gerade noch Halt, sonst wäre Wilhelmine zur Seite gekippt.

«Wer hat das unterzeichnet?»

Der Pastor schaute noch einmal genauer nach. «Der Kanzler von Langeln. Das fürstliche Siegel ist darunter. Versteht mich doch, Eure Durchlaucht, ich konnte nicht anders handeln.»

Ohne einen weiteren Satz drehte Wilhelmine sich um und verließ die Kirche. Welche Demütigungen sollte sie denn noch in Kauf nehmen müssen? Sie wollte so schnell wie möglich ihr Refugium aufsuchen.

Als sie auf dem Vorplatz eine in sich zusammengesunkene Gestalt in der Nähe des Brunnens stehen sah, ein fülliger Mann, der völlig außer Atem war, als hätte ihn der Teufel persönlich bis hierher gejagt, wollte Wilhelmine den Schritt beschleunigen. Doch dann erkannte sie Carl Edzard, ihren Gatten.

«Was macht Ihr denn hier?», fauchte sie ihn an.

«Gebt mir etwas zu trinken», japste er statt einer Antwort.

Es war unerklärlich: Sie konnte weder ein Reitpferd noch eine Kutsche sehen. Der Fürst musste vom Schloss bis hierher gelaufen sein. Ohne seine Entourage. Und das, wo er doch sonst jede Bewegung mied und bei der kleinsten Anstrengung in Atemnot geriet.

Wilhelmine wusste, es musste etwas geschehen sein. Erst der Erlass an die Pastoren, sie von der Fürbitte auszuschließen, und dann der unerwartete Besuch des Fürsten höchstpersönlich hier vor dem Gotteshaus. Wie ein Bettler kam er ihr vor.

«Hört Ihr nicht? Ich brauche etwas zu trinken», rief Carl Edzard.

Doktor Horst, der nach Wilhelmine aus der Kapelle getreten war, reagierte sofort. «Ich werde Euch ein Glas bringen, Eure Durchlaucht. Setzt Euch solange hin.»

Carl Edzard sank auf den Rand des Brunnens. Wilhelmine entschloss sich, erst einmal die besorgte Fürstengattin zu mimen, eilte auf ihn zu und betupfte mit ihrem Taschentuch seine Stirn. Sie konnte sich nicht erinnern, ihm jemals so nahe gekommen zu sein. «Um Himmels willen, verehrter Fürst, was ist geschehen?»

«Ich weiß alles, Wilhelmine. Ihr seid eine Mörderin! Und Ihr seid zu weit gegangen. Vieles habe ich ertragen, aber dass Ihr mir das Liebste genommen habt ... Alle Welt soll erfahren, dass dieses Kind in Eurem Leib nichts weiter ist als ein Bastard, den Ihr mit meinem Obersten Geheimrat gezeugt habt.»

Obwohl Carl Edzard am Ende seiner Kräfte zu sein schien und es aus eigener Kraft nicht schaffte, sich vom Brunnenrand zu erheben, wirkte er in Wilhelmines Augen zum ersten Mal furchteinflößend. Es war sein Zorn, der ihn zu einer Bedrohung werden ließ.

«Ihr habt den Befehl gegeben, Jantje und mein Kind zu töten. Und der Geheimrat hat ihn nur zu gern ausgeführt. Eigentlich hätte ich Euch genauso gefangen nehmen müssen wie diesen Switterts.»

Wilhelmine beschloss, sich nichts anmerken zu lassen. «Wie könnt Ihr es wagen, eine hochschwangere Frau mit derartigen Vorwürfen zu belasten? Mein Arzt hat gesagt, ich solle mich auf keinen Fall aufregen!» Sie hielt sich den Bauch und starrte ihn vorwurfsvoll an.

«Was Euer Arzt sagt und was nicht, ist mir, gelinde gesagt, egal. Da ich Euch nie beigewohnt habe, ist es nicht mein Kind, um das ich mich sorgen muss.»

Wilhelmine wich seinem Blick nicht aus. «Aber ich bin Eure Fürstin und trage den rechtmäßigen Thronfolger unter meiner Brust.»

«Jantje Haddenga war mein Eheweib, und das wisst Ihr längst. Der Junge, den sie mir geschenkt hat, ist der wahre Thronfolger. Und diese Wahrheit soll nun das ganze Land erfahren. Es muss Schluss sein mit diesen Intrigen und Heimlichkeiten! Außerdem werde ich die machtgierigen Preußen in ihre Schranken weisen und endlich für Frieden in diesem Land sorgen.»

Niemals hatte Wilhelmine ihren Gatten so reden hören. Es war, als wäre er von einem Tag auf den anderen erwachsen geworden. Doch das, was er sagte, brachte alles in Gefahr, was ihr Leben bedeutete.

Doktor Horst stürmte herbei, ein kühles Glas Milch in seiner Hand, feine Tropfen hatten sich am Rand gebildet. Carl Edzard entriss ihm das Getränk ungeduldig und setzte es an seine Lippen.

Wilhelmine versuchte ein selbstsicheres Lächeln.

«Verehrtester Gatte, es ist doch hinfällig, welche Bedeutung dieser Junge gehabt haben mag. Schließlich ist er tot, verbrannt bei diesem tragischen Brand in der Pewsumer Mühle. Und weder er noch seine Mutter haben das Unglück damals überlebt. Also lasst doch mein Kind Thronfolger werden, so fällt das Land wenigstens nicht an Friedrich II. Das könnt ihr doch nicht wollen!»

Der Fürst hatte das Glas in einem Zug geleert. Er wischte sich die milchigen Lippen am Ärmel seines Mantels ab und lächelte sie an. Noch nie war er ihr mit einem solchen Blick begegnet.

«Mein Sohn lebt! Ich weiß es erst seit wenigen Tagen und kann es selbst noch nicht glauben, aber er ist aus den

Flammen gerettet worden und inzwischen fast zehn Jahre alt.»

«Nein!», rief Wilhelmine entsetzt. «Das ist unmöglich! Ihr phantasiert!»

«Noch nie war mein Geist so klar!» Carl Edzard erhob sich vom Brunnen, die Milch schien ihn gestärkt zu haben. Dennoch fasste er sich an die Schläfe, als versuche er, einen Kopfschmerz zu lindern.

Wilhelmine ging auf ihn zu und trat ganz nah an ihn heran. Ihre Stimme war ein boshaftes Flüstern: «Und wo soll das Kind jetzt sein? Wer hat es so lange versteckt? Gibt es Beweise, Zeugen, was weiß ich?» Sie wagte ein spöttisches Lachen. «Wahrscheinlich wollte Euch irgendeine Bettlerin ihren Bastard unterschieben, und Ihr seid naiv genug gewesen, diesen Unfug zu glauben.»

Carl Edzard schüttelte den Kopf, seine Augen verloren für einen kurzen Moment den Blick, er schwankte und hielt sich am Brunnenrand fest.

«Nichts werde ich erzählen, gar nichts. Es gibt einen Mann, der alle Beweise in seiner Hand hält. Und …», er stockte auf einmal und röchelte, als habe er etwas verschluckt, «… falls mir etwas zustößt, wird der Junge …» Die Stimme versagte ihm, obwohl er sich verzweifelt bemühte, einen Ton herauszubekommen. Und plötzlich kippte er nach vorn, sank in die Knie und fiel um.

«Doktor Horst!!!», kreischte Wilhelmine. «So tut doch etwas! Seht Ihr denn nicht, meinem Gatten geht es furchtbar schlecht!»

Wilhelmine war fassungslos. Ihr Gatte würde doch nicht etwa hier vor ihren Augen … Nein, das durfte nicht passieren! Wenn es stimmte, was er ihr gerade erzählt hatte, und ein Eingeweihter im Falle seines Ablebens diesen geheimnisvollen Jungen präsentierte, dann wäre sein Tod zum jetzigen Zeitpunkt eine Katastrophe für sie! Wenn Carl Edzard jetzt starb, würde das auch ihr Ende bedeuten.

«Tut endlich was, Doktor! Bitte, rettet meinen Gatten!»

Doch der Arzt schüttelte den Kopf, beugte sich über den massigen Körper, der auf dem Boden lag und zuckte, als hätte ein Dämon von ihm Besitz ergriffen.

Wilhelmine wagte einen kurzen Blick, Schaum kam aus seinem Mund, sein Blick war starr und stumpf.

Der Pastor trat heran und stellte sich neben sie. Er räusperte sich, holte ein Kreuz aus seinem Talar und schlug die Bibel auf.

«Und Gott wird abwischen alle Tränen von ihren Augen, und der Tod wird nicht mehr sein ...»

7

Jan war vergnügt. Es machte ihm sichtlich Spaß, auf dem Platz vor der Kirche die Bänke zu richten. Ab und zu rannte er zu Geert hinüber, der mit dem zweiten Fass Bier beschäftigt war. Oder er schnupperte an der Fischsuppe, die in einem großen Topf über dem offenen Feuer hing und ihren verlockenden Duft über die ganze Insel zu verteilen schien.

Maikea beobachtete ihn gerührt. Nach dem Jawort in der Inselkirche hatte er für die ganze Gemeinde hörbar einen Jubelschrei ausgestoßen. Es lag nicht nur an der heutigen Feier, die er mit Feuereifer erwartete, sondern auch daran, Geert nun endlich Vater nennen zu dürfen. Jan war selig. Und das überzeugte Maikea, dass ihre Entscheidung richtig gewesen war.

Ihr frisch angetrauter Ehemann umfasste sie zärtlich von hinten und schob ihr mit einer Hand sanft die blonde Strähne aus dem Gesicht, die sich aus dem Blumenkranz gelöst hatte.

«Wie wunderschön du aussiehst!», flüsterte er ihr ins Ohr. «Ich kann es kaum fassen, dass du nun in meinem Haus leben wirst!»

Sie drehte sich um und küsste ihn flüchtig auf den Mund. Nein, es war nicht dieselbe Empfindung, die sie damals in der Mühle gehabt hatte, als Tasso ihr so nahe gekommen war. Doch sie mochte Geert und konnte ihm vertrauen. Und heute Nacht würde sie auch ganz die seine sein.

«Die Musiker kommen!», rief Geert erfreut und wirbelte Maikea herum. «Die ganze Insel hat gewettet, dass eine Inselvogtin, die den lieben langen Tag riesige Pfähle in den Sand rammt, wohl kaum wie eine fröhliche Braut tanzen kann.» Er fasste sie an den Händen und zog sie auf den runden Platz, um den sich mittlerweile alle Insulaner versammelt hatten. Die Menschen klatschten und johlten.

«Ich halte die Wette dagegen!», rief Maikea und ließ sich zur Musik drehen. Aber die Insulaner hatten nicht unrecht: Sie hatte noch nie in ihrem Leben getanzt, und aus vollem Herzen fröhlich war sie auch nicht. Sie wusste, dass die Menschen sich zwar für den beliebten Geert freuten, mit seiner eigensinnigen Frau aber nichts anfangen konnten. Deshalb war es ihr wichtig, sie nun alle eines Besseren zu belehren.

Die Fiedel ertönte, ein Bauer klopfte rhythmisch auf eine über ein Fass gespannte Kuhhaut, und Frauke Oncken hatte die alte Drehleier ihrer Mutter zwischen den Knien. Zwei- oder dreimal trat Maikea ihrem Gatten auf die Füße, doch allmählich verstand sie, dass sie sich frei machen musste, wenn sie diesen Tanz heil überstehen wollte. Sie schloss die Augen, wiegte den Kopf mit der Musik, spürte die starken Arme, die sie hielten, und ließ sich von Geert führen.

Die Ausgelassenheit, die auf der Feier herrschte, war für alle eine willkommene Abwechslung, denn die Insulaner hatten stets viel Arbeit. Und Maikea verlangte viel von ihnen.

Aber es war Mitte Juni, und die ersten Wälle standen bereits sicher im Meeresboden. Tatsächlich hatte es auch schon beachtliche Sandablagerungen gegeben. Maikea hatte außerdem schon eine günstige Verlagerung der Strömungen gemessen. Doch die Juister erkannten diese Vorteile nicht, sahen nur die zusätzlichen Anstrengungen, die Tag für Tag von ihnen verlangt wurden, und sie nahmen es Maikea übel, dass sie von ihrem scheinbar kopflosen Tun nicht absehen wollte. Zweimal hatten sie schon Beschwerde bei dem eigentlichen Inselvogt eingelegt. Doch Eyke hatte nur die Achseln gezuckt und klar und deutlich erklärt, dass dies alles dem schriftlich festgelegten Willen des Fürstenhauses entspräche und er daran nichts ändern könne, selbst wenn er wollte. Als dann die Nachricht vom plötzlichen Tod des Fürsten auf Juist eingetroffen war, hatte es einen kleinen Aufstand gegeben. Aber Eyke hatte betont, solange er noch offiziell bestellter Inselvogt sei, müsste sich die Inselbevölkerung nach Maikeas Arbeitseinteilung richten. Die Stimmung war seitdem mehr als gereizt, seit Wochen schon. Und Maikea graute bei dem Gedanken daran, dass noch nicht einmal die Hälfte der Arbeit verrichtet war.

Aber heute schienen alle gut gelaunt, die Sonne strahlte, und das Gezwitscher der Jungvögel auf den Salzwiesen klang in den Pausen der Musiker wie ein Hochzeitsständchen, das die Natur zum Fest beisteuerte.

Doch plötzlich erstarb die Musik, Geert hörte auf, sich zu drehen, und Maikea öffnete die Augen. Sie folgte den Blicken der anderen und sah einen Mann mit langsamen Schritten von der Wattseite kommen.

«Wer ist das?», fragte Frauke Oncken.

«Keine Ahnung», antwortete Uke Christoffers, der eigentlich jeden kannte, der den Fuß auf die Insel setzte.

«Ich glaube es nicht … Das darf doch nicht wahr sein!», rief Eyke plötzlich, und es war nicht auszumachen, ob er sich freute oder sorgte.

Der Fremde kam näher, er lief etwas gebeugt, als habe er schwer arbeiten müssen. Sein Gesicht war sonnengebräunt und das hellblonde Haar von weißen Stellen durchzogen.

Maikea erkannte ihn sofort.

Auch Eyke schien sich sicher zu sein. «Der Weiße Knecht!», rief er. «Er kommt zur Hochzeit! Wenn das mal keine Ehre ist!»

Es gab keinen Ausdruck für das, was Maikea empfand. Namenloses Entsetzen vielleicht? Oder sprachlose Freude? Der Blick des Mannes aus den dunklen, eng zusammenstehenden Augen war derselbe, an den sie all die Jahre gedacht hatte. Vielleicht sollte sie ihm entgegenrennen? Doch sie konnte es nicht. Alle Kraft, die sie zu einer Bewegung gebraucht hätte, nahm ihr wild schlagendes Herz für sich in Anspruch. Tasso lebte! All die Jahre hatte er sie im Glauben gelassen, er sei tot, und dann tauchte er hier einfach so auf, ohne eine Vorwarnung. Es war mehr, als sie verkraften konnte. Ausgerechnet an ihrer Hochzeit. Der Hochzeit mit einem Mann, dem sie nur deswegen das Jawort hatte geben können, weil die Liebe ihres Lebens vor zehn Jahren gestorben war, ausgerechnet da entschloss er sich, hier zu erscheinen. Was hatte das zu bedeuten?

Wie ein Schlag durchfuhr es Maikea plötzlich: Er kam gar nicht wegen ihr. Wäre es ihm um sie gegangen, dann hätte er sich schon viel eher auf den Weg gemacht. Heute war es für ihre Liebe genau einen Tag zu spät.

Maikea sah zu Jan, der neugierig den unbekannten Besucher musterte. Er war ein aufgeschlossener Junge, der seine Freiheit liebte. Oft hatte Maikea überlegt, was wohl aus ihm geworden wäre, wenn Jantje überlebt und ihn am Auricher Hof erzogen hätte. Was wäre aus ihm geworden, eingezwängt vom Hofzeremoniell, abgeschirmt vom wahren Leben, von Abenteuern und den Wundern der Natur? Und mit einem Mal wurde ihr klar, um was es ging.

Tasso war gekommen, um Jan zu holen. Er war der eheliche Sohn des ostfriesischen Fürsten. Und wenn Carl Edzard gestorben war ...

«Nein», flüsterte sie. Es kam ihr vor, als öffnete sich der Sand zu ihren Füßen, als würde er zu einem Trichter, der sie hinabzog in eine andere Welt. Eine Welt, die sie vergangen geglaubt hatte. Ihr schwindelte.

Geert fing sie auf. «Was ist los, Maikea?»

Sie antwortete nicht. Erst, als Tasso direkt vor ihr stand, schaffte sie es, ein paar Wörter über die Lippen zu bekommen. «Was willst du?»

«Wir müssen unter vier Augen sprechen. Gehen wir in dein Haus?»

Die Hochzeitsgesellschaft folgte ihnen mit unergründlichen Blicken. Alle wussten, dass Maikea auf dem Festland Kontakt zum Weißen Knecht gehabt hatte, genau wie Eyke und die Männer. Doch warum sie nun so seltsam reagierte, konnte niemand nachvollziehen.

Als Maikea die Tür hinter sich schloss, war es, als hätte sich die Zeit für einen Moment davongeschlichen. Es nahm ihr den Atem. Und den Mut, ihm in die Augen zu sehen.

«Was hast du hier zu suchen?», fragte sie schließlich.

«Ich bin gekommen, weil Carl Edzard vor einigen Tagen verstorben ist.»

«Das weiß ich bereits.»

«Ich habe ihm vor seinem Tod noch sagen können, dass sein Sohn am Leben ist.»

Also doch, dachte Maikea, und alles in ihr bäumte sich auf. «Willst du ihn mir wegnehmen? Auf einmal, von einem Tag auf den anderen?»

«Wir können nicht länger warten, Maikea», kam Tassos jämmerliche Erklärung. «Je länger wir zögern, desto schwieriger wird es, Jan als neuen Fürsten durchzusetzen. Und er scheint mir ein großartiger Junge zu sein …»

«Du kennst ihn doch überhaupt nicht. Tauchst hier auf, nach all den Jahren, wirfst einen Blick auf das Kind und behauptest, er wäre großartig. Woher kennst du überhaupt seinen Namen?»

Zerknirscht blickte Tasso zu Boden. «Ich habe Eyke oft getroffen, wenn er auf dem Festland war. Er hat mir erzählt, dass du eine gute Mutter bist, die …»

«Mit Eyke hast du dich getroffen? Aber mich ließest du im Glauben, dass du in der Mühle verbrannt bist!»

«Es wäre zu gefährlich gewesen, dich einzuweihen!»

«Und jetzt soll es auf einmal ungefährlich sein? Der Fürst ist tot. Ermordet, wie die Gerüchte verlauten, die bis zur Insel vordringen. Die Preußen sitzen schon so gut wie auf dem Thron … Und in einer solchen Situation willst du dieses Kind präsentieren?» Sie schnaubte verächtlich. «Niemals, Tasso, niemals würde ich das zulassen!»

«Hör zu, es ist Jans Bestimmung, und das weißt du!»

Maikea drehte sich abrupt weg, schaute aus dem Fenster, von dem aus man auf die Festwiese blicken konnte. Die Musiker hatten die Instrumente zur Seite gelegt. Niemand rührte seinen Teller oder Becher an. Der ungebetene Hochzeitsgast hatte die Feier mit einem Schlag beendet. Am Hang einer Düne entdeckte sie Jan, wie er mit einem Stock im Sand herumstocherte. Die Enttäuschung über das abgebrochene Fest stand ihm ins Gesicht geschrieben. Geert ging zu ihm, schien ihn trösten zu wollen. Der Anblick versetzte Maikea einen schmerzhaften Stich ins Herz. Ihr Hals war wie zugeschnürt.

«Du hast doch keine Ahnung von unserem Leben hier. Es gibt so viel Arbeit. Manchmal ärgere ich mich über die sturen Insulaner, die noch immer nicht verstehen, wie ich ihre Heimat schützen will. Aber sobald wir die erste Sturmflut heil überstehen, wird es anders sein … Ich hatte mich abgefunden mit dem Tod meiner besten Freundin, sogar mit deinem Tod, Tasso. Heute habe ich geheiratet. Alles war so friedlich … Warum willst du das jetzt zerstören?»

«Das will ich nicht. Aber es ist der Wunsch des Fürsten gewesen, dass sein Sohn nach seinem Tod nach Aurich kommen soll. Dort sind Urkunden hinterlegt, die beweisen, dass er …»

Wieder unterbrach sie ihn. «Seine Mutter hat sich ein anderes Leben für ihn gewünscht. Sie wollte die Freiheit für Jan, das waren ihre letzten Worte.»

«Maikea, bitte, es ist doch …»

Das war zu viel. Wie Essig kroch die Wut in ihr hoch. «Nein!», schrie sie. «Du hast immer nur deinen Kampf geführt, Tasso. Stets sind dir deine politischen Interessen wichtiger gewesen als die Menschen, denen du etwas bedeutet hast. Damals, als wir uns am Hafen getroffen haben, hast du mich fortgeschickt, weil du deine Sache allein durchführen wolltest.»

«Du konntest in Aurich so viel mehr bewirken als ...»

«Ach.» Maikea hatte keine Geduld, sich irgendwelche Erklärungen anzuhören, nein, sie war es leid. «Als du Jantje entführt hast, wusstest du, dass du damit auch mich treffen würdest. Aber es war dir egal.»

«Du irrst dich!»

«Dann lässt du mich glauben, du wärest verbrannt, obwohl du wusstest, wie viel du mir bedeutest. Fast zehn Jahre tauchst du unter, weil es angeblich zu gefährlich wäre, mich zu treffen ...»

«Auch wegen des Jungen!»

«Jetzt hör endlich damit auf, Tasso! Es geht nicht um mich, nicht um den Jungen, sondern nur um dich und deinen Kampf für diese verdammte Freiheit. Du bist doch selbst schon lange ein Gefangener geworden. Eingesperrt in ein Leben mit falschem Namen, ohne Vergangenheit und Zukunft. Und ohne Liebe.»

Sie schaute ihn an, sah ihm das erste Mal direkt in die Augen, seitdem sie wusste, dass er am Leben war. Gern hätte sie geweint, ihn geküsst, ihm gesagt, wie sehr sie sich freute, ihn wiederzusehen. Aber stattdessen fauchte sie ihn an. «Lass mich in Ruhe, Tasso. Mich, meinen Mann und den Jungen. Wir wollen in Frieden leben. Verschwinde von dieser Insel!»

8

‹Drei silberne Puderdöschen, sechs moderne Porzellanfiguren aus dem Hause Meißen», diktierte Weert und steckte sich, während sein neuer Sekretarius mit dem Schreiben beschäftigt war, heimlich die siebte Figur, eine filigrane Schäferin mit vergoldetem Rocksaum, in die Manteltasche. «Und dann schließlich noch der Frisiertisch selbst, aus Nussbaum, wenn mich nicht alles täuscht.»

Er betrat nun den Ankleideraum der Fürstin und schob im Schrank ein paar Roben zur Seite. Zwischen den edlen Kleidern hing noch Wilhelmines Duft. Wie oft hatte er ihn direkt von ihrem Körper eingeatmet. Nun lebte nur noch die Erinnerung an sie in den Räumen des Schlosses, das von den preußischen Soldaten in Beschlag genommen worden war.

«Schreibt ferner auf: ein Brautkleid aus reiner Seide, mit Schleppe und Perlenstickerei …»

Nie hätte Weert gedacht, dass es so einfach, zügig und problemlos vor sich gehen konnte, in seinem Land erneut die Macht zu übernehmen. Zugegeben, zu einem Großteil war dies das Verdienst Homfelds und seiner Emder Konvention. Der Syndikus hatte einen derart ausgeklügelten Vertrag vorgelegt, dass sowohl das Königshaus in Hannover wie auch die letzte Vertreterin der Cirksena – *Prinzessin Friederike*, Schwester von Georg Albrecht – kläglich gescheitert waren in ihrem Versuch, den Thron zu besteigen. Jeder, der sich noch auf die alte Fürstentreue berief, wurde inhaftiert, so schnell, dass keine Zeit mehr blieb, in der Öffentlichkeit große Reden zu schwingen.

An die eher bescheidenen Verhältnisse der Preußen hatte Weert sich allerdings erst gewöhnen müssen. Doch er lebte zum Glück wieder in seinem eigenen Haus neben der Lambertikirche, zumindest solange er noch hier in Aurich zu tun hatte.

Zurzeit war er dafür zuständig, die Wertgegenstände

des Fürstenhauses zu dokumentieren. Jede silberne Tasse, jeder goldene Löffel, jedes Gemälde und sämtliche Möbelstücke mussten in einem Katalog aufgelistet werden. Mit dem Erlös ihrer Versteigerung wollte man so bald wie möglich die Schulden bei den Niederlanden begleichen. Die eintönige Beschäftigung bot Weert genügend Gelegenheit, sich den einen oder anderen Schatz zur Seite zu schaffen.

«… Französische Robe aus besticktem Seidentaft in Rosé, dazugehörig ein Reifrock …»

«Weert Switterts! Ihr seid ein Parasit!» Die Frauenstimme zerschnitt so plötzlich den geruhsamen Arbeitsablauf, dass Weert vor Schreck eine kostbare Brosche auf den Boden fallen ließ. Zu dumm, er hatte das Schmuckstück gerade erst in seinen Ärmel rutschen lassen.

«Wilhelmine!»

«Fürstin Wilhelmine, darum bitte ich! Und da Ihr Euch so lange nicht bei mir habt blicken lassen, verlange ich auch ein ‹Eure Durchlaucht› als Anrede!»

Sie war mager geworden, dachte Weert. Und die Nase, die sie mit zur Schau gestelltem Selbstbewusstsein etwas höher hielt als gewöhnlich, schien ihm noch spitzer als sonst. Das Kleid war so weit geschnitten, als handle es sich noch um das Umstandsgewand, das nun durch keinen gewölbten Bauch mehr gefüllt war.

Weert konnte sich ein schadenfrohes Lachen nicht verkneifen. «Es gibt keine Fürstenfamilie mehr, Wilhelmine. Und Ihr habt doch ohnehin nie wirklich dazugehört, macht Euch und mir nichts vor!»

Sie zuckte zusammen, als sei sie geprügelt worden, und hätte beinahe das unförmige Bündel in ihrem Arm fallen lassen. Doch dann riss sie sich zusammen, bog das Kreuz gerade und hielt krampfhaft Weerts Blick stand. «Was treibt Ihr in meinem Schlafgemach?»

«Ihr habt doch sicher schon davon gehört. Der überflüssige Plunder der Cirksena wird verkauft, damit ...»

«Ihr wollt meine Kleider verkaufen?» Das Entsetzen in ihrem Gesicht war beinahe mitleiderregend. «Ich bin extra den Weg von Wilhelminenholz gekommen, weil ich etwas zum Anziehen brauche. Im Lustschloss liegen nur die weiten Kleider ...»

Weert senkte den Kopf. «Ihr hattet eine Fehlgeburt, wie ich hörte. Nur wenige Tage nachdem der Fürst in Wilhelminenholz zusammengebrochen war und vier Tage vor seinem plötzlichen Tod. Das tut mir aufrichtig leid!»

«Spart Euch die Heuchelei, Switterts! Ihr wisst doch genau, dass es nur ein Gerücht ist. Vier Tage vor dem Ableben des Fürsten ging ein Erlass an die Kirchen, dass man mich und das Kind von der Fürbitte auszuschließen habe. Das lag nur daran, weil Ihr Euch – entgegen Eurem Versprechen der Verschwiegenheit – offiziell als der Vater ausgegeben habt. Und für einen Bastard betet man nicht!»

Wilhelmine trat auf ihn zu, streckte ihm das Bündel entgegen und zeigte, was sich auf ihrem Arm verbarg.

«Vor drei Wochen wurde Euer Kind geboren, Weert Switterts. Herzlichen Glückwunsch! Ihr seid Vater eines Sohnes, den Ihr durch Euren blinden Ehrgeiz um seinen sicheren Platz auf dem Thron gebracht habt!»

Weert warf nur einen flüchtigen Blick auf das rosige, schlafende Gesicht. Es ließ ihn ebenso unberührt wie die Begegnung mit seinem ersten Kind, das als Mädchen für sein Vorhaben leider nicht geeignet und somit wertlos gewesen war. «Macht Euch nichts vor, Wilhelmine. Die Preußen wussten schon längst von unserer Affäre. Auch ohne meine Erklärung wäre dieser Säugling als Thronfolger nicht anerkannt worden.»

«Es ist aber doch Euer Sohn! Und da Ihr nun schon offiziell erklärt habt, der Vater zu sein, solltet Ihr meine Ehre retten und mich ehelichen. Meint Ihr nicht?»

Jetzt verstand Weert. Sie war hierhergekommen, nicht nur weil sie glaubte, etwas von dem Besitz der Cirksena für sich retten zu können. Nein, sie wollte von seinem neuen Ruhm, von seiner zweiten Karriere profitieren. Er hätte es ahnen müssen, Wilhelmine war genauso berechnend wie er. Er schüttelte amüsiert den Kopf.

«Aber Wilhelmine! Wäre mir an Euch gelegen, dann wäre ich doch selbst schon auf eine solche Idee gekommen. Aber überlegt doch: Wenn ein hoher Beamter des preußischen Königs nun ein ehemaliges Mitglied der Fürstenfamilie ehelicht, kann das nur eine große Behinderung für ihn sein. Jegliche Fürstentreue wird mit Gefängnis bestraft.»

«Vergesst nicht, ich habe Euch damals aus ebenjenen Kerkermauern befreien lassen!»

«Nun, das war vielleicht nicht Eure beste Entscheidung.»

Weert triumphierte. Kurz spiegelte sich in Wilhelmines Mimik so etwas wie Enttäuschung oder Wut, dann jedoch erkannte Weert ihr bösartiges und gefährliches Lächeln.

«Euer Plan wird ohnehin nicht funktionieren. Wenn die Preußen glauben, sie hätten das Land nun sicher in ihrer Gewalt, haben sie sich getäuscht. Und das, mein lieber Switterts, ist der Trumpf, den ich nun gegen Euch ausspielen werde.»

«Was sollte das schon sein? Alle Untertanen haben bereits der preußischen Krone gehuldigt.»

«Kurz vor seinem Tod hat Carl Edzard mir mitgeteilt, dass sein Kind, das er mit diesem Kammerfräulein hatte, nicht gestorben sei. Carl Edzards ehelicher Sohn lebt! Und ein Mann, dessen Name er mir nicht verraten hat, wird sich bald nach seinem Ableben auf den Weg machen, um diesen rechtmäßigen Erben Ostfrieslands zu finden!»

«Wer bitte soll denn dieser Mann sein? Und was wisst Ihr darüber?»

«Nichts weiß ich, außer, dass Euch diese verfluchte Emder Konvention nichts mehr nützt, denn sie klärt nur die Erbfolge nach Aussterben der Cirksena. Durch dieses Kind aber geht die Geschichte der Fürstenfamilie weiter. Und ich werde in ihr meinen Platz finden, da könnt Ihr sicher sein. Es wird mir ein Vergnügen sein, bei Eurem Prozess wegen Hochverrats als Zeugin auszusagen.»

Weert war wie gelähmt. Er vermochte auch nichts dagegen zu unternehmen, als Wilhelmine, das Kind auf dem Arm, beherzt in den Kleiderschrank fasste. Drei Kleider bekam sie zu packen und verließ ohne Abschiedsgruß mit erhobenem Haupt das Gemach.

Der Sekretarius stand mit seinen Schreibutensilien und weit geöffnetem Mund neben der Tür.

«Ich verlasse mich auf Eure Diskretion», knurrte Weert und steckte ihm die Brosche mit dem rot glänzenden Stein in die Tasche seines Mantels.

Der junge Mann nickte beeindruckt. Dann zückte er wieder seine Feder hervor und lauschte den Angaben, die ihm diktiert wurden.

Es kostete Weert sehr viel Kraft und Konzentration, weiterzumachen. Denn immer wieder schweiften seine Gedanken ab.

Wenn es stimmte, was Wilhelmine sagte, musste er den

Jungen finden. Und diesen Mann, der angeblich den Aufenthaltsort des Knaben kannte, bevor dieser die Wahrheit ans Licht brachte. Der Sohn des Fürsten musste getötet werden! Dann wäre das Geschlecht der Cirksena endgültig ausgelöscht.

Weerts neue Macht käme nie wieder in Gefahr.

9

Wenn sich die Natur den Normen widersetzte, war sie besonders wütend. Wenn ein Sturm beschloss, gegen die Küste zu drücken, obwohl es erst Ende September war, dann zeigte er sich meistens gewaltig.

Am Nachmittag des vorigen Tages hatte sich das Wetter innerhalb weniger Stunden von spätsommerlich warm in kalt, stürmisch und regnerisch gewandelt. Seitdem hatte sich auch der Wind aus Nordwest zu einem handfesten Orkan gesteigert und ließ die Wellen hoch aufpeitschen. Und über allem hing der Himmel als grauschwarze Wolkenmasse.

Es war bereits finster, obwohl es noch ein paar Stunden dauerte, bis die eigentliche Nacht hereinbrechen sollte. Solang Ebbe herrschte, bestand keine Gefahr für die Insel und das Leben ihrer Bewohner. Aber bald, sehr bald, würde das Wasser, dem unendlichen Rhythmus folgend, wiederkommen. Spätestens dann offenbarte die Natur ihre unbarmherzige Seite.

Tasso wusste, Maikea würde sich heute dennoch weder in der Kirche noch im Haus aufhalten. Sie würde am Strand sein, wild entschlossen, sich diesem Sturm zu stellen. Er wollte sie sehen, wollte heute an ihrer Seite stehen. Auch wenn sie ihn abermals abweisen sollte, so wie sie es in den letzten Wochen immer wieder getan hatte. Zu Recht, das war ihm klar.

Sie konnte und wollte ihm weder sein jahrelanges Verschwinden noch sein plötzliches Auftauchen an ihrem Hochzeitstag verzeihen. Zwar hatte sie irgendwann akzeptiert, dass er sich nicht von der Insel verweisen lassen würde, und ihm schließlich sogar erlaubt, in ihrem Elternhaus zu wohnen, das seit ihrem Umzug zu Geert leer stand. Aber ansonsten ging sie ihm aus dem Weg. Das Geheimnis seiner Herkunft verriet sie nicht.

Keiner der Insulaner hatte Tasso als Geeschemöhs Sohn erkannt, vielmehr verehrten ihn alle als den Weißen Knecht. Und da man auf Juist um Maikeas Verbindung mit den Rebellen wusste, wunderte sich niemand, dass sie diesem seltsamen und ungeladenen Hochzeitsgast ein Dach über dem Kopf gewährte. Doch dies war auch ihr einziges Entgegenkommen.

Maikea sprach nicht mit ihm, wenn er zum Arbeiten am Strand erschien. Sie ignorierte ihn, wenn er mit den anderen Insulanern die Pfähle nach ihren Anweisungen schleppte und in den Strand rammte. Und sie schimpfte nicht mit ihm, wie sie es mit den anderen Männern zu tun pflegte. Denn noch immer waren die Wellenbrecher nicht zu ihrer Zufriedenheit vollendet. Die Pfähle hatten sich kaum festsetzen können, die Gezeitenströme ihre Kräfte noch nicht daran ausprobiert und daher auch kaum Sand und Muschelkalk dort abgelegt. Doch Tasso ahnte, dass Maikea den verfrühten Orkan wahrscheinlich als Herausforderung auffasste. Und die musste sie annehmen, ob sie wollte oder nicht.

Er zog ein warmes Wollhemd an und trat vor die Tür. Salzige Nässe klatschte in sein Gesicht, als er zum Strand lief. Es ist nicht so bitterkalt und dunkel wie damals, dachte er, aber ich bin auch kein kleiner Junge mehr.

Trotzdem erinnerte ihn dieser Moment auf grausame Weise an die Weihnachtsflut, in der er Maikeas Geburt beigewohnt hatte – und wenig später dem Sterben ihres Vaters. Aber Tasso wollte nicht daran denken. Nein! Denn es gab ein Gefühl, das ihn mit einem Mal einzuholen schien, als wäre es ihm jahrelang auf den Fersen gewesen und habe nur darauf gewartet, ihn jetzt und hier hinterrücks zu überfallen. Es war die Angst.

Denn dies war mehr als nur eine Sturmnacht, das wusste Tasso.

Dies war eine Schicksalsnacht.

Er stieg auf die Dünen und spähte über den Strand. Sandkörner wehten in seine Augen, und der peitschende Regen lief ihm in den Nacken. Immer wieder lugte der Mond hinter den dunklen Wolken hervor und ermöglichte Tasso für kurze Augenblicke den Blick auf das Chaos, das vor ihm lag. Die Wellen, die sich schon weit hinten auf dem Meer zum Angriff mobilisierten, zeichneten unruhige, grauweiße Linien auf das Wasser. Vom Kirchturm her hörte er die kleine Glocke läuten: Sturmwarnung. Nun hieß es an Gott glauben, die Sachen und das Leben in Sicherheit bringen – oder kämpfen. So wie Maikea es tat.

Am östlichen Ende des Hammrichs konnte Tasso ihre Gestalt erkennen. Sie war allein und lief schwer beladen vom Holzlager in den Randdünen zu den Wellenbrechern. Warum war sie so verbissen? Was hatte diese Frau so hart werden lassen, dass sie mutterseelenallein dort dem Meer entgegentrat, das heute ein so furchtbarer Gegner war. Was wäre anders geworden, wenn er nur damals seinen Gefühlen gefolgt und bei ihr geblieben wäre …?

Tasso rannte die Düne hinab und rief gegen den Wind: «Maikea, es ist zu spät, jetzt noch etwas zu befestigen. Was wir bislang nicht geschafft haben, wirst du heute nicht mehr vollenden können.»

Entweder hörte sie ihn nicht, oder sie blieb auch in diesem Moment ihrem trotzigen Stolz treu. Er wusste, sie würde sich ohnehin von niemandem aufhalten lassen. Denn sie wollte sehen, wie die tosende Brandung den Pfählen begegnete, ob sie durch das Holz abgeschwächt wurde und als harmlose Gischt anlandete. Oder ob es sich umgekehrt verhielt und die Wellen als Ganzes über die Holzwälle ritten und diese zerstörten. Es war ein Kampf, ja, das war es. Meer gegen Mensch, Sturm gegen Verstand. Und diesen Kampf konnte sie nicht wie die anderen im Kirchenschiff beim Gebet austragen. Nicht Gott war für die Rettung heute Nacht verantwortlich, sondern sie, Maikea.

Tasso rannte zu ihr. Ihr roter Rock war durchnässt, ihr blondes Haar klebte auf der Stirn, während sie versuchte, die Pfähle mit Zwischenkeilen zu stabilisieren. Aber jede Welle warf das Holz wieder zurück. Er zögerte kurz. Dann näherte er sich und griff nach einer Leiste, die nach außen gedrückt worden war. Für den Bruchteil eines Augenblickes berührten seine Hände die ihren.

«Was willst du?», herrschte sie ihn an und nutzte die Gelegenheit, ein raues Seil um die Bretter zu winden.

«Dir helfen!»

Maikea zog den Knoten fest, dann lief sie an ihm vorbei zu einem Holzhaufen, den sie einige Ruten weiter am Strand aufgetürmt hatte. Gezielt griff sie nach den passenden Balken, sie durften nicht zu lang und nicht zu dick sein. Viel würde das Ganze ohnehin nicht bringen, aber es war alles, was sie auf die Schnelle tun konnte.

Tasso folgte ihr, doch sie sorgte dafür, dass stets zehn Schritte zwischen ihnen lagen. Über ihren Augen schwoll eine Ader an, und Tasso erinnerte sich an den Inselvogt, auf dessen Stirn sich damals ebenfalls das wütende Temperament der Boyungas abgezeichnet hatte. Er hatte einiges an seine Tochter vererbt, doch sie war ihm – ohne es selbst zu wissen – inzwischen um so vieles überlegen. Wissen, Kraft und Durchhaltevermögen. Täglich trieb sie die Insulaner dazu an, Stämme für den Sandfang zu befestigen. Und wenn gegen Abend alle erschöpft waren, dann stand sie noch immer am Strand, mit nassen Händen und von oben bis unten versandet. Sie wäre eine gute Inselvogtin, das wusste Tasso, das wusste jeder hier. Kein Mann hätte dieses Bauwerk so planen und umsetzen können.

«Hier, nimm das!», herrschte sie ihn im unverwechselbaren Befehlston an und legte ihm drei große Balken in die Arme, sodass er beinahe in die Knie gegangen wäre. «Bring es zur letzten Reihe. Wenn wir zügig weitermachen, sind die *Buhnen* hoffentlich stabil genug.»

«Die was?», fragte er nach.

«Die Buhnen. Ich habe mich entschlossen, diese Bauten so zu nennen. Und du wirst sehen, sie erfüllen ihren Zweck. In hundert Jahren findet man sie überall an der Küste.» Maikea nahm selbst zwei schmalere Hölzer und lief zurück ins Wasser. Aus ihrer Manteltasche holte sie ein weiteres Seil hervor und begann, die weniger sicher stehenden Pfähle zusammenzubinden.

Tasso gehorchte. Er legte die Pfähle an die Wasserkante und lief erneut zum Holzstapel. Sie musste ihm nicht erklären, was er zu tun hatte. Er war in den Wochen seit seiner Ankunft jeden Tag hier gewesen, hatte geschuftet wie kaum ein anderer, hatte sich die Pläne angeschaut und versucht, sie zu verstehen. Er wusste also, worauf es heute ankam. Fünf- oder sechsmal rannte er, um Material zu holen, dann stellte er sich neben Maikea und ging ihr mit den Seilen zur Hand. Doch irgendwann stand beiden das Wasser bis zu den Knien, die Wellen drohten sie umzuwerfen.

«Mehr können wir nicht tun!», rief Tasso gegen den Wind. «Komm, lass uns an Land gehen.»

«Nein, ich werde weitermachen! Es wird sonst nicht halten ...» Aber schon wenige Minuten später musste Maikea einsehen, dass er recht hatte. Kein Pfahl ließ sich mehr verkeilen, die Wellen drückten zu stark gegen die Buhnen. Ihre Kleidung war nass, sie zitterte vor Kälte und Anstrengung.

Tasso zog sie mit sich, bevor es für Maikea zu spät würde. Aber plötzlich erfasste sie von hinten eine hohe Woge und drückte sie unter Wasser. Maikea verschluckte sich am salzigen Nass, stand wieder vor ihm und hustete. Ihre Zähne klapperten aufeinander.

Nie hatte Tasso einen Menschen mehr bewundert als Maikea in diesem Moment.

Er packte sie mit beiden Händen und hob sie hoch, bis sie wieder auf sicheren Füßen stand. «Ich bringe dich jetzt nach Hause. Hier können wir nichts mehr tun!»

Sie riss sich los und starrte ihn an. «Niemals! Ich will sehen, was geschieht!»

«Du wirst erfrieren! Oder ertrinken! Bitte, Maikea, sei doch einmal weniger stur und bring dich in Sicherheit ...»

«Nein, es ist meine Aufgabe, hierzubleiben! Mein Vater hätte das sicher auch getan. Niemals hätte er sich in Sicherheit gebracht, wenn die Insel noch in Gefahr war ...»

«Du irrst dich, Maikea! Du musst endlich aufhören, dich mit einem Mann zu vergleichen, den du nie gekannt hast! Erinnerst du dich an die Geschichte von dem feigen Inselvogt, der die Schiffbrüchigen nicht hatte retten wollen, weil ihm die Gefahr für sich selbst zu groß erschien? Ich habe sie dir vor Jahren, als wir uns in Norden trafen, erzählt. Du hast gesagt, sein Tod sei gerecht gewesen, eine Gottesstrafe ...»

«Ja und? Warum kommst du jetzt damit?»

«Dieser Inselvogt ist dein Vater gewesen, Maikea.»

Sie starrte ihn an, die Ader an ihrer Stirn pulsierte nun unübersehbar. «Du lügst!»

«Doch! Ich war dabei! Anstatt nach Überlebenden zu suchen, wollte er zunächst nach seiner Frau und seinem Kind sehen. Das war ihm wichtiger.»

«Das Kind ... das bin ich gewesen?»

«Ja, er hat es für dich getan. Er war kein Mann, der seine Gefühle verdrängte und jeden Kampf bis aufs Letzte ausfechten musste, um sich zu beweisen.»

«Aber ... Dann war er ein Feigling.»

«Damals hielt ich ihn für feige. Aber heute verstehe ich, was in ihm vorgegangen ist. Er hat euch geliebt, Maikea. Dich und deine Mutter und deine Brüder. Ihr wart ihm das Wichtigste auf der Welt. Er hat sich gegen die Seeleute entschieden, weil er euch keinen Schaden zufügen wollte. Aber er hatte keine Angst um sich selbst, sondern um euch. Er tat es nicht aus Feigheit, sondern aus Liebe!»

«Was weißt du schon von Liebe?», fragte Maikea bitter.

Tasso fasste an seinen Hals, zog die Kette hervor, an deren Ende das silberne Medaillon hing, und reichte sie ihr. «All die Jahre habe ich diesen Schatz bei mir getragen, weil ich dich in meiner Nähe haben wollte. Aber du hast recht, ich hätte mich damals schon für dich entscheiden sollen.»

Sie sah aus, als wollte sie etwas erwidern, ihn beschimpfen, doch es kam nichts aus ihrem Mund, denn er legte seine Lippen darauf und küsste sie. Er küsste sie, bis sie sich endlich widerstandslos von ihm umarmen ließ. Es war wie in jener Nacht in der Mühle, und doch war es anders, denn damals hatte er für einen kurzen Moment an eine gemeinsame Zukunft geglaubt. Heute wusste er es besser.

10

Mit letzter Kraft zogen die Männer das Schiff an Land. Weert wünschte einen kurzen Moment, er wäre ein frommer Mensch, denn ein Dankgebet wäre jetzt angebracht gewesen.

Sie hatten bei unruhiger See in Emden abgelegt, doch im *Dollart* war ein Sturm aufgezogen, der selbst dem erfahrenen preußischen Kapitän die Angst ins Gesicht geschrieben hatte. Der Mann wollte den sicheren Hafen in Greetsiel ansteuern. Und obwohl Weert selbst um sein Leben fürchtete, hatte er es ihm untersagt.

Viel zu lange suchte er bereits die richtige Spur, viel zu teuer war ihm das Unterfangen geworden. Die Gefahr, dass der Weiße Knecht ihm nun zuvorkam und der Sohn des Fürsten bereits auf dem Weg nach Aurich war, saß ihm im Nacken. Er musste nach Juist, zurück auf diese verfluchte Insel seiner Kindheit. Und er nahm es persönlich, dass die Nordsee ihn mit haushohen Wellen, tückischen Grundseen und reißenden Strömungen davon abzuhalten versuchte.

Endlich hatte er nun wieder festen Boden unter den Füßen. Weert hörte das dünne Gebimmel der Inselkirche, die dort vor ihm lag. Und ein schwaches Licht durch ihre kleinen Fenster verriet, dass die Juister sich abermals aufs Beten konzentrierten. Anscheinend war es mit ihrem Vertrauen in die Bauwerke von Maikea Boyunga doch nicht so gut bestellt.

Weert zog sich die warme Schaffellweste dichter um die Schultern. Seine Lederstiefel versanken im nassen Sand, und obwohl sie vom besten Auricher Schuster gefertigt worden waren, drang das kalte Wasser hinein und rieb seine Haut bei jedem Schritt wund. Er wartete nicht ab, bis Habbo und die übrigen Soldaten so weit waren. Der ehemalige Gefängniswärter war mittlerweile sein ständiger Begleiter. Sollte er doch helfen, das Schiff zu vertäuen, Weert wollte nicht einen Moment verstreichen lassen.

Mit lautstarkem Räuspern trat er in das Gotteshaus. Die Gemeinde kniete auf den Bänken und betete, doch sein Auftritt war zu gewaltig, als dass nicht alle ihre Köpfe zu ihm herumdrehten.

«Seid Ihr ein Schiffbrüchiger?», fragte der Pastor, ein dünner, unscheinbarer Mann, der, soweit Weert informiert war, schon seit einigen Jahren auf Juist lebte.

«Nein, ich bin Weert Switterts, ehemals Geheimrat im Fürstentum.» Ein Raunen ging durch die Reihen. Einige ältere Gemeindemitglieder erkannten nun den kleinen Bauernjungen wieder, doch zu freuen schien sich niemand über seine Ankunft.

Auf den ersten Blick konnte Weert zwischen den Kirchenbänken weder Maikea Boyunga noch ihren Jungen ausmachen. Es hätte ihn auch stark verwundert, sie hier anzutreffen.

«Ich bin mit offiziellem Auftrag der neuen Regierung hier. Sagt mir, wo ich den Sohn der Maikea Boyunga finde!»

Ein Mann mit wilder Haarmähne kam auf ihn zu, seine Miene war eindeutig feindselig.

«Ich bin Eyke, der Inselvogt. Ja, genau, der Mann, den Ihr vor Jahren in Aurich hängen lassen wolltet! Doch Carl Edzard hat uns damals amnestiert. Wie Ihr Euch denken könnt, macht uns Euer Auftreten misstrauisch. Ein so hoher Regierungsmann fährt bei einem Herbststurm nach Juist, um einen Jungen zu suchen ... Also, was wollt Ihr von dem kleinen Jan?»

Weert hatte keine Lust, sich von diesem Gauner bloßstellen zu lassen. «Ihr seid Euren Posten ganz schnell wieder los, das liegt jetzt alles wieder in meiner Hand.»

«Ihr könnt mir schon lange nicht mehr drohen», entgegnete Eyke, ohne mit der Wimper zu zucken. Doch dann wurde die Kirchentür erneut aufgestoßen, und der Gesichtsausdruck des Inselvogtes veränderte sich schlagartig. Er wich zurück und machte den bewaffneten Soldaten Platz.

Weert gab Anweisung, die Insulaner in Schach zu halten. Selbstsicher grinste er in die Menge.

«Meine Männer bleiben erst einmal hier. Und wenn doch noch einem von Euch einfallen sollte, wo das Kind gerade steckt ... Das würde Eure Wartezeit erheblich verkürzen.»

Niemand sagte ein Wort. Ein kleines Mädchen mit verängstigtem Blick holte kurz Luft, als wolle sie etwas sagen, aber die Mutter schob ihr schnell die Hand auf den Mund und zog die Kleine an sich.

Weert wies Habbo mit einem Kopfnicken an, sich das Kind mit den Zöpfen zu schnappen. Er wusste, es bereitete dem Kerl keine Probleme, sein Messer an einen Mädchenhals zu drücken.

«Und? Mir scheint, als wüsstest du, wo dieser Jan zu finden ist.»

Die Augen der Kleinen waren starr vor Angst. Kein Wort kam über die zitternden Lippen des Kindes.

«Lasst meine Tochter los!», rief ein Mann aus den vordersten Reihen. «Ich sage es Euch. Wenn Ihr wollt, zeige ich Euch auch den Weg. Aber tut meiner kleinen Tochter nichts!»

«Na also», sagte Weert. «Dann bitte ich darum.»

Gemeinsam verließen sie die Kirche und wurden draußen von einem Sturm empfangen, der sich in den letzten Minuten zu einem ausgewachsenen Orkan gesteigert hatte. Der Wind griff Weert unter die Kleidung, schubste ihn von links nach rechts, als wolle er sich über ihn lustig machen.

Der verängstigte Mann zeigte auf ein durchaus ansehnliches Häuschen, aus dessen Fenstern Kaminfeuer leuchtete. «Dort wohnt Maikea mit ihrem Sohn und ihrem Ehemann. Aber bitte, Ihr wollt der Familie doch kein Leid zufügen?»

«Das lasst mal meine Sorge sein!», fuhr Weert ihn an und schickte ihn mit einem groben Schubs wieder zur Kirche zurück. Was er nun vorhatte, ging niemanden etwas an. Nur Habbo, sein bester Mann, der ihm treu zur Seite stand, seit er ihn zum Truppenführer ernannt hatte, war noch bei ihm. Ihn brauchte er, denn er war stark und rücksichtslos – und dumm genug, jeden noch so grausamen Befehl auszuführen.

Als sie die Tür aufbrachen, schoss eine Windböe mit ihnen in das kleine Haus. Das Feuer im Kamin flackerte kurz auf und tauchte die Stube in wilde Schatten.

«Geert! Wer ist das?», schrie der Junge und versteckte sich hinter dem Rücken seines Vaters.

Doch er wartete vergeblich auf eine Antwort. Habbo hatte sein Messer zu schnell gezückt.

11

Maikea sah die Gestalt zuerst.

Der Mann kam auf sie zugerannt, regennass und hektisch winkend. Es war einer der Insulaner, er rief etwas, doch seine Stimme kam nicht gegen die Brandung und den Sturm an. Erst als er schon beinahe vor ihr stand, konnte sie seine Worte hören.

«Ein Schiff der neuen Regierung ist gekommen, sechs oder sieben bewaffnete Soldaten sind dabei. Sie sind auf der Suche nach deinem Sohn. Und sie haben sich meine Tochter geschnappt und ...» Atemlos blieb er vor ihnen stehen.

Maikea ließ Tassos Hand los. Der Kuss, den sie eben noch auf ihren Lippen gespürt hatte, war vergessen. Was redete der Mann? Jemand fragte nach Jan?

«Was wollen sie von uns? In wessen Auftrag sind sie hier?»

«Weert Switterts. Der ehemalige Geheimrat. Ein Mann mit einer hässlichen Zahnlücke ... Eyke hat ihn zurückhalten wollen, aber da haben die Soldaten ihre Waffen aufblitzen lassen.»

Maikea wurde augenblicklich übel. «Weert ... Um Gottes willen, er muss es irgendwie erfahren haben. Wo ist er jetzt?»

«Ich ... Sie hatten doch meine kleine Tochter ... Ich habe ihnen den Weg zu deinem Haus gezeigt. Und dann bin ich gleich hierhergerannt, um dich zu warnen.»

«Er ist bei Jan?» Diese Vorstellung hatte die Wirkung eines Fausthiebes in den Leib. Maikea rannte los. Die nassen Kleider klebten an ihren Beinen und machten das Laufen fast unmöglich, mehrfach stürzte sie, rappelte sich aber immer wieder auf und hastete weiter durch die Randdünen. Sie nahm den kürzesten Weg zum Dorf, auch wenn er steil und verwachsen war. Die Gefahr, in der Jan schwebte, wirkte wie ein Schutzschild gegen den Schmerz. Es war Maikea egal, dass ihre Arme bluteten und sie mit dem Fuß an einer Strauchwurzel hängen blieb. Sie musste sofort zu ihm. Wenn Weert tatsächlich erfahren hatte, dass der Junge in Wirklichkeit der rechtmäßige Thronfolger war, dann durfte sie keine Zeit verlieren. Weert Switterts würde Jan töten, so viel stand fest.

«Warte auf mich!»

Tasso lief hinter ihr, und Maikea war froh, dass er bei ihr war. Aber schon aus einiger Entfernung konnte sie sehen, dass sie zu spät gekommen waren. Das Haus stand offen, der Sturm warf die Tür wütend hin und her, und das Regenwasser strömte bereits in kleinen Rinnsalen ins Haus.

«Jan? Geert? Wo seid ihr?», schrie sie. Aber es war nichts zu hören außer dem Heulen des Windes und dem ewigen Grollen der Nordsee. «Sie sind weg!»

Tasso stürzte an ihr vorbei ins Innere und wäre beinahe über einige Möbel gestolpert, die umgeworfen auf dem Boden lagen. Und nun sah auch Maikea, dass ein Kampf stattgefunden haben musste. Dunkle Flecken breiteten sich auf den Holzdielen aus. Stiefelabdrücke hatten ein wildes Muster hinterlassen. Kleine Füße und große Füße, als hätten sie im Blut getanzt.

Maikea folgte der Spur bis zum Kamin und schrie

plötzlich auf: «Jan!» Sie erschrak über die eigene schrille Stimme

«Bleib, wo du bist, Maikea», sagte Tasso im strengen Ton. Er näherte sich bereits der Feuerstelle und beugte sich über die Gestalt, die dort am Boden lag.

«Geert hat eine Wunde am Hals, aus der er viel Blut verliert.» Tasso zog seinen Schal aus und drückte ihn auf die Verletzung. «Der Kampf muss erst vor kurzem stattgefunden haben, sonst wäre er schon tot.»

«Aber wo ist Jan? Mein Gott, wohin hat er mein Kind geschleppt?» Maikea fühlte sich wie zerrissen. Sie wollte bei Geert bleiben, der blutend auf dem Boden lag. Doch wenn sie sich ausmalte, dass ihr Junge in den Händen dieses skrupellosen Switterts war … und Weert, dessen Grausamkeit sie leider zu gut kennengelernt hatte, Jan in diesem Moment einen Schaden zufügte, überschlugen sich ihre Gefühle. Sie drehte sich um und verließ die Stube. «Bleibe du bei Geert, bis Hilfe kommt!», rief Maikea. «Ich muss diesen verdammten Weert finden! Ich werde nicht zulassen, dass er Jan etwas tut! Niemals!»

Mit diesen Worten drehte sie sich um, ohne auf Tassos Einwände zu hören, und rannte hinaus. Sie war so voller Wut und Verzweiflung, dass es in ihr heftiger stürmte als der Orkan auf dem Meer. Es musste ein Ende haben. Heute war der Tag, an dem der Kampf zwischen ihnen endlich entschieden wurde.

Das Meer floss bereits über den Hammrich. Von weitem konnte Maikea schemenhaft die Umrisse eines kleinen Schiffes an der Wattseite erkennen. Damit müssen Weert und seine Männer auf die Insel gekommen sein, dachte sie. Der Mast schwankte bedrohlich, und der Rumpf hatte Schlagseite. Was immer ihr Widersacher auch vorhatte, bei diesem Wetter konnte er unmöglich die Insel verlassen. Es sei denn, er wollte sein eigenes Leben riskieren, doch dafür war er sicher zu feige. Weert hatte sich schon immer vor den Naturgewalten gefürchtet. Der Sturm war Maikeas Glück, denn sie war ihm gewachsen.

Der Mond ließ für einen flüchtigen Augenblick sein weißes Licht über die Insel fallen, und da erkannte Maikea zwei Menschen in den Dünen. Es waren Umrisse, die sich vom Gestrüpp der Sandberge abhoben, ein kleiner und ein großer Schatten. Dann schoben sich wieder Wolkentürme vor das Licht, und die Nacht war so dunkel wie zuvor.

«Jan!», schrie sie. Der feuchte Boden bremste ihren Schritt, ließ sie beim Rennen einsacken und stolpern. Doch als sie an den wildbewachsenen Abhang der Dünenkette gelangte, konnte sie schneller laufen. «Weert, lass deine Finger von meinem Kind!»

In einer kleinen Kuhle, verborgen zwischen Sanddornsträuchern, hatte Maikea im Frühjahr ein paar ausgemusterte Hölzer gelagert, lange Balken, zu dünn, um als Verstärkung für die Buhnen zu dienen. Blind griff sie einen davon, er würde ihr als Waffe dienen. Selbst wenn Weert einen Degen haben sollte und von seinen Männern nochmal jeder zwei, sie fühlte sich, als wäre sie fast unbesiegbar.

«Mutter, Hilfe!», hörte sie plötzlich einen Ruf inmitten des Sturmgeschreis. Maikea vergrößerte ihre Schritte, kletterte den Hang hinauf und hielt den Balken mit beiden Händen fest umklammert.

Da standen sie! Ein großer Mann hielt Jan am Hals gefasst und hob ihn hoch. Der Junge trat um sich, warf seine Arme links und rechts in die Luft und wehrte sich mit ganzer Kraft. Doch er war chancenlos. Der Kerl war ein Riese, dem es Spaß zu machen schien, ein Kind zu quälen.

Er hatte Maikea in der Dunkelheit noch nicht gesehen und drehte ihr in diesem Moment den Rücken zu.

Maikea spurtete lautlos heran, holte aus und traf den Soldaten auf den Scheitel. Er sackte in sich zusammen wie ein nasser Sack. Der zweite Schlag traf ihn auf die Stirn. Wenn er nicht tot war, so schien er zumindest ohnmächtig geworden zu sein, denn seine Arme ließen den völlig verstörten Jan frei.

Der Junge rappelte sich auf, schaute sich erschrocken um, und als er Maikea neben sich erkannte, den schweren Balken noch immer schlagbereit in der Hand, schluchzte er auf und flüchtete sich in ihre Arme.

«Mutter, was wollen diese Männer von mir? Ich verstehe das nicht, ich habe doch niemandem etwas getan!»

«Pst!» Für Erklärungen war jetzt keine Zeit, niemals würde Jan so schnell begreifen, wer er wirklich war – und wer nicht. «Lauf, so schnell du kannst.» Maikeas Atem raste.

«Wohin denn? In die Kirche?»

«Nein, und auch nicht in unser Haus.» Sie zog ihn nah an sich und flüsterte ihm ins Ohr: «Du musst mutig sein, mein Junge. Renne in die Dünen, so weit du kannst, und verstecke dich dort. Du kennst dich hier aus, die fremden Männer jedoch würden sich verirren. Aber geh nicht an den Strand oder in Wattnähe, der Sturm ist zu gefährlich! Und bleib von den Menschen fern, Jan, hörst du? Du kannst keinem trauen außer mir – und dem Weißen Knecht!»

«Aber warum, Mutter? Ich will bei dir bleiben!» Er krallte sich in ihren Rock. Es brach Maikea das Herz, und sie hätte ihn gern in den Arm genommen, ihn getröstet und ihm all die Erklärungen gegeben, die sie ihm schuldete. Doch dann sah sie Weert auf sich zukommen. Er hielt eine Fackel in der einen und den Degen in der anderen Hand.

«Habbo? Komm schon!»

Offensichtlich hatte er sie nicht gehört, dachte Maikea erleichtert. Weert schien auch noch nicht bemerkt zu haben, dass sein brutaler Gehilfe mit zerschmettertem Kopf vor ihren Füßen lag.

«Renn sofort los, Jan! Ich will keine Widerworte hören! Es geht um dein Leben, also bring dich in Sicherheit!» Sie drückte ihn kurz an ihre Brust, küsste seinen Scheitel – und stieß ihn sanft von sich. «Immer nach Osten, Jan! Und jetzt schnell!»

Endlich gehorchte er, blickte sich nicht mehr um, rannte durch die Gräser, bis er in der Dunkelheit verschwand.

Als Maikea sich umdrehte, stand Weert nur wenige Ellen unterhalb des Hanges vor ihr, mit gezücktem Degen. Der Schein einer Fackel tanzte über sein Gesicht.

«So sieht man sich wieder, Maikea Boyunga.» Seine Worte schienen den Sturm zu zerschneiden. «Die mächtige Inselvogtin steht in ihrem Reich!» Er lachte.

Doch sie ließ sich davon nicht beeindrucken. «Ich dachte, ich wäre dich endlich los, ein für alle Mal!»

«Wenn du nicht so einen verdammt wertvollen kleinen Bastard unter deine Fittiche genommen hättest, hätte ich mir die Fahrt auf diese gottverlassene Insel gern gespart!» Er machte einen Schritt den Hang hinauf und stockte, als er seinen niedergestreckten Begleiter entdeckte.

Maikea versteckte den Balken hinter ihrem Rücken. Noch war sie in der besseren Position, doch wenn er ein weiteres Stück an sie herankam, waren sie auf Augenhöhe, und da konnte man mit einer Klinge mehr anfangen als mit einem morschen Stück Holz.

«Wo ist denn der kleine Fürstensohn?», knurrte Weert und leuchtete mit der Fackel in alle Richtungen.

«Bleib, wo du bist, Weert Switterts. Ich warne dich! Deinen besten Mann habe ich bereits erledigt. Und auf dich habe ich weitaus mehr Wut!»

Tatsächlich blieb er, wo er war. «Du bist wütend auf mich? Müsste ich nicht eher einen Groll gegen dich hegen? Du hast meinen durchaus ernst gemeinten Antrag abgelehnt, und nun erfahre ich, dass du stattdessen einen bettelarmen Witwer geehelicht hast. Wer weiß, wahrscheinlich bist du inzwischen sogar schon Witwe, den Angriff meines tapferen Kumpans hier konnte der Kerl wohl kaum überleben ...»

Maikea verwünschte das wütende Zittern, das sich in ihren Armen ausbreitete. Sie durfte nicht die Kontrolle verlieren, im Gegenteil, sie musste ihren Gegner provozieren, dann war sie ihm überlegen.

«Weert Switterts, du bist ein Mörder, ein Betrüger, ein Schmarotzer und Menschenfeind. Ich hätte lieber einen toten Hering geheiratet als dich!»

«Deine verdammte Arroganz nützt dir nichts. Genau wie dieses alberne Versteckspiel. Also, wo steckt der Sohn dieses Fürstenflittchens?»

«Er war die letzten zehn Jahre gut versteckt und wird es auch die nächsten Jahre sein!», höhnte Maikea.

«Keineswegs, denn ich werde ihn töten, wie ich alle töte, die mir im Weg stehen. Ich bin es leid, mir meinen Wohlstand immer und immer wieder erkämpfen zu müssen. Damit muss jetzt Schluss sein.»

«Damit ist jetzt auch Schluss!», fauchte sie, zog mit einer blitzschnellen Bewegung das Brett hervor und ließ es mit voller Kraft auf ihn herabsausen.

«Verflucht!», schrie Weert, ließ die Fackel fallen und wich im letzten Moment aus, sodass der Schlag nur seine Schulter traf. Er heulte kurz auf, doch dann bekam er das Ende des Balkens zu fassen.

Maikea erstarrte, weil ihr Angriff gescheitert war. Sie hatte nur diese eine Chance gehabt, und die war nun vertan.

Weert warf ihre Waffe im weiten Bogen davon und stürzte im selben Augenblick auf sie zu. Seine Augen fixierten sie wütend und entschlossen. Die Klinge seines Degens, nass vom Regen, blitzte kurz im erlöschenden Licht der Fackel auf, die nun scheinbar vom nassen Boden verschluckt wurde.

«Du bist eine Hexe, Maikea Boyunga, schon immer bist du das gewesen. Und du weißt, was man mit solchen Weibern anstellt!» Mit einem wütenden Schrei stürzte Weert auf sie zu, seine Waffe streifte ihren Rock und schlitzte den Stoff auf.

Maikea rannte die Dünen hinunter. Jeder ihrer Schritte war sicher, dies war schließlich ihre Insel, während ihr Verfolger mit den Armen rudernd hinter ihr herstolperte. Sie musste es bis zum Strand schaffen, denn sie wusste genau, wie sehr ihr Verfolger sich vor der Gewalt des Meeres fürchtete.

Maikea nutzte ihren Vorsprung und sah sich um, als sich das Mondlicht kurz durch eine Wolkenlücke schob. Sie griff nach einem angeschwemmten Fischernetz, nicht größer als eine Decke, doch hingen viele kleine, verworrene Seile an seinen Enden. Es war eine jämmerliche Waffe, aber etwas anderes bekam sie bei ihrer Flucht nicht in die Hände. Dicht vor der Brandungslinie blieb sie stehen, tat so, als sei sie außer Atem, und ließ Weert dicht herankommen.

«Ich spieße dich auf, du Höllenweib!», grölte er und hielt seine Klinge wie eine Lanze ausgestreckt.

Maikea wusste, so konnte sie ihn nicht überwältigen. Um das Netz über ihn zu werfen, müsste sie ihm direkt gegenübertreten, und das war zu gefährlich. Also lief sie weiter, ins aufgewühlte Meer hinein, trotzte den mannshohen Wellen und ließ sich auch von der Kälte nicht beirren. Hier war sie sicher, denn Weert würde es nicht wagen, den Strand zu verlassen.

«Ich bleibe hier stehen, bis dich die nächstbeste Welle umwirft», drohte er. «Du wirst mir wie ein Fisch vor die Füße geschwemmt, und ich muss nur noch zustoßen ...»

Hart brachen die Meeresmassen über Maikeas Rücken, und wenn die Wellen zurückrollten, zogen sie den sandigen Boden unter ihren Füßen mit sich. Maikea taumelte und ging in die Knie.

Nein, er durfte nicht recht behalten! Sie wollte nicht sein Opfer werden. Dann wäre alles, was sie getan hatte, umsonst gewesen.

Doch die Wasserberge türmten sich immer höher, warfen sie vor und zurück. Die Wucht des Meeres zehrte an ihren Kräften, und mit Schrecken bemerkte sie, wie müde und schwach sie sich mit einem Mal fühlte. Sie saß in der Falle. Hinter ihr tobte das Meer, vor ihr der Mann, der so viel Leid über sie und die Menschen, die sie liebte, gebracht hatte. Maikea dachte an Josef Herz, den Kartenmaler, an Helene, an Jantje ... Sie alle hatte Maikea schon verloren. Und wenn sie jetzt aufgab, würde sie auch Jan verlieren. Dann hatte Weert alles zerstört. Das durfte sie nicht zulassen. Sie musste sich rächen an ihm, musste ihn daran hindern, weiterzumachen. Sie musste ihn vernichten!

Plötzlich stieß etwas Hartes gegen ihre Beine. Es war

einer der Pfähle, der sich aus den Buhnen gelöst haben musste. Als habe das Meer ihre Gedanken erraten, schickte es ihr auf diesem Weg eine neue Waffe, einen schweren, dicken Stamm, so groß wie ein Mann, vollgesogen mit Wasser. Niemals würde sie dieses Ding oberhalb der Wasserfläche tragen können. Es gab also nur einen Weg: Sie musste Weert unter Wasser angreifen. Doch ihr Gegner stand eine Elle vom Meer entfernt, und sobald eine höhere Welle kam, sprang er zurück.

Maikea legte das Fischernetz auf das hintere Ende des Holzes und band sich schnell die Schnüre um die Hüfte. So blieb sie mit ihrer neuen Waffe dicht verbunden, wenn sie nach vorn schoss. Maikea blickte sich um. Die Brecher warfen sich übereinander und peitschten unzählige Gipfel aus Wasser in die Höhe.

Ein Leben lang war die Flut eigentlich ihre Feindin gewesen, die sie stets zu bändigen, zu bewältigen versuchte. Nun musste sie ihr vertrauen. Denn wenn der Plan erneut misslang, war Maikea ihrem Erzfeind ausgeliefert. Dann gab es kein Entkommen mehr. Hinter ihr sammelte sich das Wasser zu einer gewaltigen Welle, der Schaum tanzte schon auf der Spitze. Doch sie wuchs immer weiter, höher als die Wogen links und rechts, höher als sie selbst, vielleicht zu hoch. Maikea konnte nun nicht mehr flüchten, sie musste sich dem nassen Wall hingeben, mit ihm reisen, in ihn hineintauchen. Sie hielt die Luft an, kniff die Augen zusammen, hörte das Dröhnen und das Rauschen und das Ächzen näher kommen. Wenn diese riesige Welle sie einfach nur geradeaus tragen würde, dann hatte sie ihn!

Das Wasser brach über ihr zusammen und erfasste sie von allen Seiten, so schnell und so mächtig, dass Maikea kaum Zeit blieb, die Richtung zu bestimmen. Der Pfahl schnellte vor und wurde plötzlich in der Bewegung abgebremst. Maikea konnte nichts sehen und nichts hören. Und sie wusste nicht, ob sie Weert tatsächlich getroffen und ihn umgerissen hatte. Noch während der Sand an ihrem Körper rieb, sie den Boden fühlte und endlich wieder Luft holen konnte, band sie das Netz los. Ihre Beine schmerzten, die Strömung hatte mit ihnen gespielt und sie herumgewirbelt. Doch Maikea konnte aufstehen. Sie sah sich kampfbereit um.

Weert lag neben ihr im Wasser und wurde immer wieder von Wellen überspült, die dann langsam zurück ins Meer flossen. Seine Augen waren schreckensweit geöffnet, die Angst in seinem Gesicht nicht zu übersehen.

Den Degen hatte ihm die Welle bereits entrissen, Maikea sah die Waffe mit der Strömung im Meer verschwinden. Schnell breitete sie das Netz über Weert aus und wickelte ihn darin ein. Wie ein Wahnsinniger schlug er um sich, versuchte, es von sich fortzuschieben, und verfing sich dabei immer mehr in den Leinen.

»Hilf mir!«, schrie er sie an, doch als Wasser in seinen Mund schwappte, musste er husten und würgen. Er versuchte, auf die Beine zu kommen, aber ein Knoten hatte ihm das Knie nach hinten gebogen. Er konnte sich nicht mehr rühren, und je mehr er zappelte, desto auswegloser wurde das Netz.

«Nein, ich helfe dir nicht!», rief sie und ging zu den Dünen. Sie stieg den alten Weg hinauf, den sie mit Pastor Altmann so oft gegangen war. Dort ließ sie sich im Sand nieder, als sei Sommer und dies einer ihrer Erkundungsstreifzüge. Das Festland lag in der Dunkelheit verschwunden, hier gab es nur die Insel. Die Bill im Westen, das Loog im Osten. Der Hammrich würde nun bereits vollkommen überschwemmt sein. Neue Wellen rollten heran, immer höher, immer gewaltiger. Noch zwei oder drei Stunden lief das Wasser auf, und wenn der Sturm aus Nordwest nicht nachließ, würde es weiterhin so wild auf die Insel zutreiben, ohne Gnade. Wie lange die Buhnen halten würden, wusste Maikea nicht. Denn in dieser Nacht hatte das Meer alles in seiner Gewalt.

TEIL 5

Frühjahr 1751

Jan liebte den weißen Friesenhengst, den sein Vater ihm zum sechzehnten Geburtstag geschenkt hatte. Ein edles Tier, mit dem er schon seit zwei Jahren jeden Tag die Insel umrundete. Nun gehörte er ihm.

«Du bist jetzt ein erwachsener Mann, deshalb brauchst du auch ein eigenes Pferd», hatte Geert heute Morgen zu ihm gesagt. Und man sah ihm den Stolz an, seinem Sohn ein solches Geschenk machen zu können. Er hatte sich nur langsam von seiner Verletzung erholen können. In der Zeit seit jener schrecklichen Nacht war ihm der Weiße Knecht hilfreich zur Hand gegangen, hatte ihm Kartoffeln in seinen sandigen Acker gesetzt, dieses neuartige Gemüse, das auf der Insel prächtig gedieh und daher gute Gewinne auf den Märkten des Festlandes erzielte. Inzwischen arbeiteten die beiden Männer meist gemeinsam, während Jans Mutter täglich am Strand unterwegs war und die Insulaner zu Fleiß und Vernunft erziehen wollte. Jan dachte gern an die aufregende und doch schöne Zeit seiner Kindheit zurück. Und nun war er ein erwachsener Mann. Was immer das auch bedeuten mochte.

Der Ritt an diesem sonnigen Tag war also etwas Besonderes. Im Trab hatte er gerade die südliche Billspitze passiert. Nun ließ er den Schimmel im Schritt laufen und genoss die Stille ringsherum. In einiger Entfernung erkannte er die Untiefen von Memmert – der kleinen Insel konnte man beinahe beim Wachsen zusehen. Ein Segel am Horizont verriet, dass der Inselvogt Eyke wieder einmal mit vollbeladener Schaluppe vom Festland zurückkehrte.

Also würde es gleich ein Fest an der Wattseite geben. Jan musste aufpassen, nicht die Zeit zu vergessen, denn seine Mutter hatte ihn gebeten, nicht zu spät zum Abendessen zu kommen. Sie müsse mit ihm reden, hatte sie mit ernster Miene gesagt. Und dieser Satz saß ihm nun schon den ganzen Tag quer im Magen. Er befürchtete, sie wollte ihm nun endlich etwas über seinen Vater erzählen, seinen leiblichen Vater, dessen Namen und Herkunft sie bislang stets verheimlicht hatte. Damals, als dieser unheimliche Mann in der Sturmnacht aufgetaucht war, um ihn zu töten, hatte er unbedingt wissen wollen, welches Geheimnis seine Abstammung umgab. Doch der Fremde war im Sturm ums Leben gekommen, man hatte seine Leiche am nächsten Morgen am anderen Ende der Insel, in einem Netz verfangen, entdeckt. Und all die Jahre hatte Jan nicht mehr nach seiner Herkunft gefragt, aus Angst, die Antwort könne vielleicht grausam oder beängstigend sein. Was, wenn es sein Leben aus den Fugen brachte?

Er liebte Geert wie seinen leiblichen Vater, mehr konnte ein Sohn seinen Vater nicht lieben. Und im Weißen Knecht sah Jan so etwas wie einen väterlichen Freund, der viel von der Welt gesehen hatte und sich gern die Zeit nahm, darüber zu reden. Manchmal überlegte Jan, ob er vielleicht sein Vater war. Denn dass zwischen ihm und seiner Mutter etwas Seltsames vorging, blieb selbst ihm nicht verborgen. Doch wie ließe sich die ehrliche Freundschaft zwischen Geert und dem Weißen Knecht dann erklären? Nein, es musste um etwas anderes gehen.

Aus der Entfernung konnte Jan die schwarzen Linien der Buhnen erkennen. Er trieb sein Pferd an, denn es gab nichts Herrlicheres, als mit diesem starken Tier an einem sonnigen Tag wie heute über die versandeten Hürden zu springen. Viel war von dem Bauwerk seiner Mutter nicht mehr zu erkennen. Die Pfähle hatten wie berechnet die Meeresströmungen verändert, sodass sich die Insel an dieser Stelle merklich ausbreiten konnte. Bald schon wären sie vollständig vom Flugsand bedeckt.

Die Befestigungen nahmen außerdem den Sturmfluten den Schrecken. Seit Jahren hatte es keine nennenswerten Schäden oder Todesopfer gegeben. Längst schon war seine Mutter damit beschäftigt, an einer anderen Stelle Buhnen zu errichten. Die Insulaner liebten und hassten sie dafür gleichermaßen. Die Regierung belohnte ihre Arbeit mit Anerkennung und einer Besoldung, die der eines Inselvogtes in nichts nachstand. Unter der Herrschaft des Preußenkönigs war es aufwärtsgegangen in Ostfriesland, das wusste Jan. Juist verfügte mittlerweile über einen eigenen Handelshafen, verschiffte die Waren der Insel bis nach England und Dänemark, woran auch die Juister Schiffer gut verdienten.

Es war herrlich, hier zu leben. Jan fühlte sich reich und zufrieden.

Im schnellsten Galopp ritt er auf die Buhnen zu, zog die Zügel im richtigen Moment stramm, verlagerte sein Gewicht im Sattel und nahm die Hindernisse wie im Flug. Auch dem Hengst schien dieses Spiel Spaß zu machen. Jan hatte den Eindruck, das Tier wäre am liebsten noch einmal umgekehrt, um immer und immer wieder zu springen. Doch er musste sich beeilen. Seine Familie wartete am Esstisch.

Aber noch lag der Hammrich vor ihm. Die Hufe des Friesen versanken im weichen Sand. Der Schatten, den die tief stehende Sonne von Reiter und Pferd auf den Strand warf, war länglich verzogen, und Jan musste lachen über die Figur, die er abgab. Da fiel sein Blick auf ein paar Halme im Sand. Dünn und hellgrün wehten sie im seichten Frühlingswind. Es war Strandhafer, daran bestand kein Zweifel. Er musste sich in den Wintermonaten hier verwurzelt haben und hatte sich allem Anschein nach halten können. Und wo ein paar Büschel Halt fanden, da würden auch noch mehr wachsen. Jan wusste, welche Bedeutung dies für seine Mutter hatte. Oft war ihr dieser Wunsch über die Lippen gekommen. Aber er wusste, sie rechnete nicht damit, dass er je in Erfüllung gehen würde.

Jan ließ seinen Hengst wieder in Galopp fallen. Er freute sich, ihr gleich davon berichten zu können. Egal, was seine Mutter ihm heute so Wichtiges erzählen wollte, es würde warten müssen. Was konnte schon wichtiger sein als dieses Wunder?

Denn Jan wusste nun, der Hammrich, die Wunde der Insel, begann sich allmählich wieder zu schließen.

ANMERKUNGEN UND
HISTORISCHE PERSONEN

Dieser Roman erzählt die fiktive Geschichte der Maikea Boyunga vor einem historischen Hintergrund. Einige Personen und Begebenheiten hat es tatsächlich so gegeben, doch vieles ist auch frei erfunden – so gibt es beispielsweise keine Belege dafür, dass es auf Juist einmal Buhnen gegeben hat. Damit die Leser das eine vom anderen unterscheiden können, sind hier in alphabetischer Reihenfolge einige Anmerkungen zu den im Roman kursiv gedruckten Begriffen und Personen zu finden.

Begriffe und Orte

ARSENIKUM   Arsenhaltige Medikamente wurden als Heilmittel gegen Lungenleiden, z. B. Tuberkulose, verordnet. In geringen Dosen wirkte das Arsenikum nicht giftig, doch bei längerer Anwendung oder Überdosierung konnte es zu Schmerzen, Haarausfall, Hautentzündungen und zum Tod führen. Eine schleichende Arsenvergiftung ließ sich damals jedoch nicht nachweisen.

BILL   Der Name des Westteils von Juist ist vermutlich dem friesischen Wort «Bille» mit der Bedeutung «Gesäßbacke» entlehnt. Aus diesem Grund heißt es auch auf (oder an) der Bill, nicht in Bill. An dieser Stelle stand die allererste Siedlung der Insel, bis zur Petriflut sogar auch noch ein gewaltiger Kirchturm, der gleichzeitig als Seezeichen diente. Doch im 18. Jahrhundert mussten die Insulaner ihre Häuser dort aufgeben, da die Strömungen des Meeres – insbesondere bei Sturmfluten – die Dünen im Westen stark angriffen oder sogar zerstörten. Fundamente und Fragmente von Brunnen kann man auch heute noch bei extremem Niedrigwasser an der Strandseite ausmachen.

BUHNEN   Ein im rechten Winkel zum Ufer angelegtes Bauwerk aus Pfählen, später auch aus Stein und Beton, das den Zweck hatte, die Wellen zu brechen und die parallelen Strömungen vom Strand fernzuhalten. Durch Sandablagerungen dienten die Buhnen langfristig auch der Landgewinnung.

CIRKSENA   Eine aus einem alten Greetsieler Geschlecht hervorgegangene ostfriesische Häuptlingsfamilie (Standesbezeichnung für wohlhabende, einflussreiche Familien), die das Land von 1439 bis 1744 regierte, zuerst als Grafen, sie wurden 1654 vom Kaiser in den Fürstenstand erhoben.

DEICHACHTEN   Die selbstverwalteten Körperschaften, die in ihrem Verbandsgebiet für Bau und Instandhaltung der Deichanlagen sorgten. Sie gehen auf die Selbstorganisation der Friesen zurück, die den Küstenschutz und die Entwässerung an der Nordsee seit dem hohen Mittelalter gemeinschaftlich organisierten.

DOLLART   Meerbusen zwischen den Niederlanden und Ostfriesland, in den die Ems mündet.

DÜLLKOPP   Ostfriesisches Plattdeutsch für: Hitzkopf.

TIEFSCHAFT   Der Name beschreibt eine alte ostfriesische Webtechnik, die an Webstühlen mit fünf Schäften ausgeführt wird. Charakteristisch dabei ist, dass die Kette aus Leinen und der Schussfaden aus Wolle bestehen. Die Dichte der Schussfäden verleiht dem Stoff Festigkeit und den typischen Glanz.

FREIHEITSBUND OSTFRIESLANDS   Am 14.11.1430 schlossen sich nach einem landesweiten Aufstand gegen die Unterdrückung durch den Herrscher Focko Ukena die Landesverbände zum «Freiheitsbund der Sieben Ostfrieslande» zusammen. Anführer war der Häuptling Edzard Cirksena, der seine Position nutzte und sich mit der Stadt Hamburg zusammentat, um unter anderem die Duldung der Seeräuber in Ostfriesland zu beenden. Dies war der Grundstein für die bald folgende Herrschaft seiner Familie.

FRIESENPFERDE   Eine der ältesten warmblütigen Pferderassen in Europa, die ab dem 16. Jahrhundert an der friesischen Nordseeküste durch Einkreuzung spanischer Pferde gezüchtet wurden und als begehrte «Barockpferde» galten.

FÜRSTENSITZ AURICH   1448 errichtete Graf Ulrich Cirksena eine Burg als Familiensitz in Aurich. Nach einer Brandkatastrophe 1568 wurde innerhalb der Wallanlage, die unter anderem aus drei Wassergräben bestand und auch die Gesindehäuser, Ställe und Wirtschaftsgebäude beherbergte, ein Schloss im Stil der Renaissance errichtet. Georg Albrecht modernisierte das Bauwerk 1731; ein barocker Schlossgarten wurde nach Versailler Vorbild angelegt. 1855 hatte König Georg von Hannover das baufällige Schloss komplett abreißen und neu aufbauen lassen, doch der Marstall, die Standbilder der Bellona und Athene sowie das steinerne Wappen der Cirksena, einst Bestandteil der Hauptwache, sind erhalten geblieben und auch heute noch in der Nähe des Landgerichtes zu sehen.

GALERIEHOLLÄNDER   Die Holländerwindmühle verdankt ihren Namen den holländischen Mühlenbauern, die diese moderne Weiterentwicklung der klassischen Windmühle im 16. Jahrhundert auch bis nach Ostfriesland brachten. Den umlaufenden Balkon brauchte man, um bei der für damalige Zeiten gewaltigen Bauhöhe weiterhin Flügel und Steert erreichen zu können.

GEESCHEMÖH   Bei älteren Frauen wurde in Ostfriesland an den Vornamen (hier: Geesche) die Silbe «möh» gehängt, was so viel bedeutet wie «Tante» oder «Großmutter».

GRANAT   Ostfriesischer Name für Nordseekrabben.

HAGERMARSCH   Landstrich in der Nähe des Ortes Hage, der durch Eindeichung und Landgewinnung entstanden ist, durch die Weihnachtsflut von 1717 jedoch lange Zeit unbewirtschaftet blieb.

HAMMRICH   Ein ca. zwei Kilometer breiter Inseldurchbruch, der die Siedlungen «Bill» und «Loog» miteinander verbindet und nur bei Ebbe trocken fällt. Der Name ist vom friesischen Wort «Hammer» mit der Bedeutung «niedrig gelegene, feuchte Wiese» abgeleitet. Erst 1770 begannen die Insulaner, durch Sandaufschüttung im Süden die Bruchstelle zu «flicken». Nach Eindeichungsmaßnahmen an der Nordseite in den 1930er Jahren ist dort ein Süßwassersee – der Hammersee – entstanden.

HERRLICHKEIT Alter, regionaler Verwaltungsbezirk, an dessen Spitze ein Adliger stand.

INSELVOGT Von der Regierung bestallter Vogt, der auf den Inseln für die Ausübung des staatlichen Rechts zu sorgen hatte. Insbesondere musste er sich um die Bergung von Strandgut (und die ordentliche Abgabe des Anteils an den Fürsten), um die Sicherung der Inselflächen, um die Besteuerung der Erträge und die Einhaltung der Gesetze kümmern. Zudem oblag ihm als Einzigem die Erlaubnis, alkoholische Getränke auszuschenken.

KOPER SAND Eine Untiefe nordwestlich von Juist, die früher nur bei Ebbe trocken fiel. Heute wird die Sandbank selbst bei Flut nicht mehr überspült, stattdessen sind die ersten Zeichen einer Inselneubildung zu sehen: Halme des Strandhafers.

LANDVERMESSUNG Längen und Ortslagen wurden im 18. Jahrhundert noch mit Hilfe der Triangulation festgelegt. Bei dieser Vorgehensweise wurde ein Netz aus Dreiecken über die zu vermessende Fläche gelegt und diese dann durch Winkelmessungen berechnet. Nicht selten waren die Experten zugleich Historiker und Geologen, da diese Wissenschaftsbereiche damals eng miteinander verknüpft waren.

LOHNE   Ostfriesisches Plattdeutsch für: kleine, enge Gasse.

LOOG   Der Name ist friesischen Ursprungs und bedeutet Dorf. Man sagt entsprechend das Loog. Nach der Petriflut im Jahr 1651 wurden im damals östlichen Inselteil die ersten Häuser und Kirchen gebaut. Heute liegt dort der etwas ruhigere, kleinere Ortsteil mit dem Küstenmuseum.

MALADIE   Krankheit, Unwohlsein. Da das Hofleben in Versailles den europäischen Adelskreisen als Vorbild galt, ließ man stets einige Wörter französischer Herkunft in die Muttersprache einfließen.

PETRIFLUT   Am 22.2.1651 zerstörte die schwere Sturmflut neben etlichen Festlandsdeichen auch die Dünenketten der Inseln Juist und Langeoog, beide Eilande wurden geteilt. Sturmfluten bekamen ihre Namen durch die Fest- oder Heiligentage, an denen sie stattfanden.

PFEFFERSTRASSE   Im Frühjahr 1726 kommt es in Leer zur blutigsten Auseinandersetzung zwischen den Truppen des ostfriesischen Fürstenhauses und den rebellierenden Ständen, die die Steuerhoheit wieder zurückgewinnen möchten. Soldaten aus verbündeten Ländern wie z. B. Dänemark mischen sich in den Kampf ein, woraufhin sich die Fronten verhärten und es zu weiteren Schlachten u. a. in Norden kommt.

PIETISMUS   Die besonders bibelfeste Form des Protestantismus, die sich dem Zeitalter der Aufklärung entgegenstellt und den Menschen zu Bescheidenheit, Obrigkeitsgehorsam und tiefer Frömmigkeit auffordert.

PRIEL Ein natürlicher, oft mäandrierender Wasserlauf im Watt und am Strand, durch den das Meer bei Ebbe ab- und bei Flut aufläuft. Oftmals sind die Priele durch große Wassertiefe und starke Strömungen eine nicht zu unterschätzende Gefahr für Wattwanderer.

RENITENTEN Zu Beginn des 18. Jahrhunderts spitzten sich die Gegensätze zwischen den «ungehorsamen» Ständen, den sogenannten Renitenten, und dem Fürsten zu. Beide Seiten beanspruchten die Steuerhoheit des Landes und hatten gesonderte Steuerkassen eingerichtet und Steuern erhoben. Die Renitenten lebten – vom restlichen Ostfriesland mehr oder weniger freiwillig abgeschottet – in Emden und nahmen die Salvegarde der Holländer oder Preußen für ihre Interessen in Anspruch.

SALVEGARDE Militärische Schutztruppe, die von einem größeren verbündeten Land – in diesem Falle Dänemark – zur Verstärkung geschickt wird, um für Ordnung und Sicherheit zu sorgen und sich somit auch die guten diplomatischen Verbindungen zu sichern.

SCHALUPPE Kleines, einem Kutter ähnelndes Segelboot mit einem Mast, wird meist als größeres Beiboot verwendet.

SCHILL Muschelschalen, die zerrieben als Kalk zum Häuserbau benutzt wurden.

SEEGATT   Eine meist sehr tiefe und schmale Rinne zwischen den Inseln, die als Durchlass für die Gezeitenströme dient und durch die bei Flut das Wasser in das Watt hinein- und bei Ebbe wieder herausfließt. Im Seegatt findet durch die ständige Wasserbewegung viel Erosion statt. Die Rinne wird auch als Seeweg für die Schifffahrt genutzt, obgleich die starken Strömungen nicht ungefährlich sind.

SNIERTJEBRAA   Zum Höhepunkt und zugleich Abschluss des Schlachttages gehört Sniertjebraa, ein Gericht, das aus Schulter- und Nackenfleisch besteht. Da das Fleisch sehr frisch ist, macht es beim Braten schurrende Geräusche. Der Ostfriese sagt dazu, «es sniert», daher der Begriff «Sniertje».

SPÖKENKIEKER   Ein Mensch, dem das «zweite Gesicht» nachgesagt wird, der also in die Zukunft schauen und Unheil voraussehen kann.

ST. MAGNUS   Auf der Kirchwarft (künstlicher Hügel) in Esens gelegenes Gotteshaus aus dem 12. Jahrhundert, das im Mittelalter um einen gotischen Hochchor erweitert wurde. Heute findet sich dort eine Kirche aus dem 19. Jahrhundert. Doch der Altar mit den geschnitzten Weinranken, den C. W. Schneider, der Gründer des Waisenhauses, 1713 hatte anfertigen lassen, ist noch immer zu sehen.

STRANDHAFER   (auch Helm genannt) Die aus der Familie der Süßgräser stammende Pflanzengattung wird auch heute noch wegen ihrer langen, festen Wurzeln zur Inselsicherung gepflanzt. Sie gedeiht in kargem Sandboden am besten und mag starken Wind.

TOLLKIRSCHE   Die Beeren und Blätter der giftigen Pflanze wurden früher niedrig dosiert als Schönheitsmittel (Pupillenerweiterung) und Aphrodisiakum (erregende und halluzinierende Wirkung) genutzt.

UPDRÖGT BOHNEN   Ein typisch ostfriesisches Gericht mit Bohnen, die dafür nach der Ernte auf einen Faden gezogen und in der Küche oder auf dem Dachboden getrocknet werden und so ihren unverwechselbaren Geschmack erhalten.

UPSTALSBOOM   Der Upstalsboom war das mittelalterliche Landtagsgelände der friesischen Stämme bei Rahe, südwestlich von Aurich. Hier trafen sich bis ins 13. Jahrhundert die Abgesandten der Friesen, um Recht zu sprechen und Beschlüsse zu fassen. Später entstand das Upstalsboom-Siegel, mit dem auch in der neueren Zeit Gesetze nach dem alten Prinzip der friesischen Freiheit für gültig erklärt wurden. 1678 verlieh Kaiser Leopold I. der Landschaft ein eigenes Wappen – das Upstalsboomwappen – und erkannte damit die besondere hoheitliche Position an. Auch heute noch gilt der Upstalsboom als Symbol der ostfriesischen Kultur.

WAISENHAUS IN ESENS   1713 von Carl Wilhelm Schneider nach dem Vorbild pietistischer Waisenhäuser in Halle gegründete Einrichtung, in der die Kinder unter der Schirmherrschaft des Fürstenhauses ihre Schulbildung erhielten. Gleichzeitig mussten sie dort auch arbeiten und so für ihren Lebensunterhalt sorgen. Bis zu einem verheerenden Bombenangriff im Zweiten Weltkrieg stand an dieser Stelle in der Nähe der St.-Magnus-Kirche ein

Armen- und Waisenhaus, heute erinnert eine Gedenktafel daran.

WEIHNACHTSFLUT   Die in der Weihnachtsnacht 1717 wütende Sturmflut, die historischen Berichten zufolge eher einer großen Flutwelle als einer sich langsam nahenden Katastrophe geglichen haben soll, hat an der gesamten Nordseeküste schwere Schäden angerichtet. Von den Niederlanden bis nach Dänemark soll es ungefähr 12 000 Tote gegeben haben. Die Deichbrüche, der Verlust von Vieh, Häusern und Land, aber auch die Versalzung der Ackerböden stürzten ganz Ostfriesland in eine schwere Krise.

WILDE PFERDE AUF JUIST   Im 16. und 17. Jahrhundert ließ die Familie Cirksena auf Juist wertvolle Friesenpferde züchten. Die edlen Tiere bewegten sich frei auf der Insel und wurden mit gutem Gewinn weiterverkauft. Doch mit ihren Hufen und durch das Abgrasen der Weidefläche beeinträchtigten sie die natürliche Schutzfunktion von Dünen und Wattwiesen. Deshalb wurde 1628 die Zucht eingestellt.

WILHELMINENHOLZ   Ein kleines Anwesen im Nordwesten von Aurich, wo Fürst Carl Edzard Ende der 1730er Jahre für seine Gattin Wilhelmine Sophie ein stattliches Gutshaus einrichten ließ, welches später von preußischen Beamten bewohnt wurde.

ZUCKERBANKETT   Süßes, kunstvoll verziertes Gebäck, das zu besonderen Anlässen gereicht wurde.

Historische Personen

ALTMANN, LAURENT Inselpastor von 1704–1731, der sich oft über das unvernünftige Verhalten der Insulaner beklagte, die ihr Vieh in den Dünen weideten und ihre Kinder lieber zum Vogeleiersuchen als zur Schule schickten. Noch heute leben auf Juist seine Nachfahren.

BILSTEIN, JOHANN WOLROTH Der pietistisch geprägte Theologe war von 1728 bis 1740 Pastor in Esens und Leiter des Waisenhauses.

BRENNEYSEN, RUDOLPH (1669–1734) Als Kanzler unter Georg Albrecht führte Brenneysen relativ uneingeschränkt die Regierungsgeschäfte und versuchte, in Ostfriesland den religiös geprägten Absolutismus durchzusetzen. Der als despotisch geltende Gelehrte kämpfte mit seiner «Ostfriesischen Historie und Landeverfassung» gegen die aufklärerischen Schriften des bekannten Geschichtsschreibers Ubbo Emmius an. Der Konflikt zwischen den Ständen und dem Fürstenhaus soll sich aufgrund seiner unbeugsamen Verhandlungsstrategie immer wieder entfacht haben.

CARL EDZARD VON OSTFRIESLAND (1716–1744) Der fünfte Fürst Ostfrieslands wurde nach einem streng geregelten Plan erzogen, da er als einziger männlicher Nachkomme der Cirksena den Bestand des Fürstengeschlechts sichern sollte. Zwar genoss er eine umfassende Ausbildung und war schon mit zehn Jahren Obrist der fürstlichen Miliz, doch nie hatte er die Gelegenheit, sich zu einem selbstbewussten Menschen zu entwickeln.

EMMIUS, UBBO (1547–1625) Der schon zu Lebzeiten berühmteste Gelehrte Ostfrieslands erwarb sich besondere Bedeutung als Historiker. Eines seiner Grundprinzipien war die uneingeschränkte Freiheit der Geschichtsforschung. Neben seiner historischen Arbeit widmete sich Emmius auch der kartographischen Erfassung seiner Heimat, die er per Triangulation vermaß. Die von Emmius gezeichnete Karte wurde immer wieder kopiert und blieb über 200 Jahre lang die genaueste Darstellung von Ostfriesland. Kanzler Brenneysen versuchte zeit seines Lebens, die aufklärerischen Lehren des Emmius zu widerlegen.

FRIEDERIKE, PRINZESSIN VON OSTFRIESLAND (1695–1750) Eine jüngere Schwester des Fürsten Georg Albrecht, die in Herford Kanonistin war und nach dem Tode Carl Edzards erfolglos Anspruch auf den Thron erhob.

GEORG ALBRECHT VON OSTFRIESLAND (1690–1734) Der vierte Fürst von Ostfriesland galt als frommer Mann, der in einer schweren Zeit regierte. Gebeutelt von Sturmfluten, Missernten und Viehseuchen, ging es seinen Untertanen schlecht. Da er selbst nie ganz gesund war, überließ er seinem Kanzler Rudolph Brenneysen den Großteil der Regierungsarbeit.

HOMFELD, SEBASTIAN ANTON Als skrupellos und ehrgeizig bekannter Syndikus (Anwalt) der Landesstände, der sich bereits in Berlin schulen ließ, später als Vermittler gegenüber Preußen agierte und sich durch die preußische Übernahme persönliche Vorteile und den Rang als Landesherr versprach.

LANGELN, JOHANN PHILIPP VON   Der Hofmarschall Carl Edzards galt als fleißig und korrekt und war trotzdessen oder gerade deswegen in keiner Weise den politischen Ränkespielen gewachsen. Nach dem Tod Brenneysens übernahm er offiziell das Kanzleramt, trat aber politisch kaum in Erscheinung.

SOPHIE CAROLINE VON OSTFRIESLAND (1707–1760) Zweite Gattin des Fürsten Georg Albrecht, stammte aus dem Hause Brandenburg-Culmbach und galt als künstlerisch interessierte, freundliche Persönlichkeit.

SOPHIE MAGDALENE VON DÄNEMARK (1700–1770)   Geborene Prinzessin von Brandenburg-Culmbach und Schwester von Sophie Caroline, war seit der Heirat mit dem dänischen König Christian VI. Königin von Dänemark. Sie galt als eine tiefreligiöse Frau. Durch das Bereitstellen einer Salvegarde in Ostfriesland – unter anderem bei der Schlacht in der Pfefferstraße – unterstützte das dänische Königshaus das Fürstentum Ostfriesland.

THIELEN, ELIAS   Vorgänger von Pastor Altmann, der den Insulanern wegen ihres unchristlichen Lebensstils das Abendmahl verweigerte und von der Insel gejagt wurde. Er soll die Weihnachtsflut von 1717 als Gottesstrafe prophezeit haben.

WILHELMINE SOPHIE VON CULMBACH-BAYREUTH (1714–1749)   Nichte von Sophie Caroline von Ostfriesland, stammte aus einem verarmten Adelszweig der Hohenzollern und galt als resolute Persönlichkeit.

DANKSAGUNG

Die Inspiration für dieses Buch erhielt ich schon in Kinderjahren, und zwar von meinem Vater Kurt Perrey, der auf Juist Pastor war, gern in alten Kirchenbüchern stöberte und einen faszinierenden Vortrag über die Geschichte der Inselkirchen hielt. Er hat mir einen Berg von wunderbar verstaubten Büchern vererbt – ebenso wie die Lust, daraus spannende Geschichten zu ersinnen. Ihm gebührt mein Dank an erster Stelle!

Für die Unterstützung beim Schreiben danke ich meinen Lektorinnen Ditta Kloth, Grusche Juncker und Anne Tente, die mir die Zeit ließen, aus der Idee von einem historischen Inselroman nun endlich ein tatsächliches Buch werden zu lassen. Auch meinem Agenten Georg Simader nebst Copywrite-Team sei dafür auf die Schulter geklopft!

Die umfangreiche Recherche fand an vielen Stellen statt: im Küstenmuseum Juist, in den Historischen Museen in Aurich und Emden, im Teemuseum in Norden, in der Bibliothek der Ostfriesischen Landschaft Aurich, in der Peldemühle Esens, in den Nationalparkhäusern in Norddeich, Juist und Norderney, im Maritim-Museum in Norddeich und auf unzähligen Internetseiten.

Eine große Hilfe waren unter anderem folgende Bücher und Schriften:

Agena, G.: *Kleiner Leitfaden durch die ostfriesische Geschichte* (Niedersachsen-Archiv 1950)

Haar, Annelene von der: *Das Kochbuch aus Ostfriesland* (Münster 1975)

Jakubowski-Tiessen, Manfred: *Sturmflut 1717 – Die*

Bewältigung einer Naturkatastrophe in der frühen Neuzeit (München 1996)

Jhering, Martin: *Hofleben in Ostfriesland* (Hannover 2005)

Melchers, Thorsten: *Ostfriesland – Preußens atypische Provinz* (Oldenburg 2002)

Perrey, Kurt: *Kirche auf Juist einst und jetzt* (Juist 1980)

Stracke, Dr. J.: *De Juest – Zur Kulturgeschichte des alten Eilands* (Aurich 1956)

Troltenier, Willy: *Juist – gestern und heute* (Juist 1971)

Namentlich erwähnen möchte ich noch einige Experten, die mir hilfreich bei der Beschaffung von Informationen zur Seite standen: Brigitte Junge, Detlef Kiesé, Hans Kolde, Dr. Martin Tielke. Danke! (Und eine vorsorgliche Entschuldigung, wenn sich die fiktiven Ereignisse in diesem Roman nicht immer mit den tatsächlichen historischen Begebenheiten decken ... So etwas ist künstlerische Freiheit!)

Den «Testlesern» Christiane Freese, Brigitte Junge, Jürgen Kehrer, Detlef Kiesé, Thomas Koch, Julie Lüpkes, Gudrun Todeskino und Peter Veckenstedt schüttle ich hiermit auch ganz ausgiebig die Hand – fundierte Kritik ist sehr wertvoll!

Für überhaupt alles danke ich Julie, Lisanne und Jürgen!